Au pire, qu'est-ce qu'on risque ?

Du même auteur
chez le même éditeur

361
Adios Schéhérazade
Argent facile
Aztèques dansants
Bonne Conduite
Dégâts des eaux
Divine Providence
Drôles de frères
Envoyez les couleurs
Faites-moi confiance
Histoire d'os
Jimmy the Kid
Kahawa
La Mouche du coche
Le Contrat
Le Couperet
Les Sentiers du désastre
Levine
Mauvaises nouvelles
Moi, mentir ?
Moisson noire 2001 (anthologie sous la direction de D. Westlake)
Mort de trouille
Motus et Bouche cousue
Ordo
Personne n'est parfait
Pierre qui roule
Pourquoi moi ?
Smoke
Trop humains
Un jumeau singulier
Voleurs à la douzaine

Sous le pseudonyme Richard Stark

Backflash
Breakout
Comeback
Firebreak
Flashfire
La Dame
La Demoiselle
Le Septième
À bout de course

Donald Westlake

Au pire, qu'est-ce qu'on risque ?

Traduit de l'anglais (États-Unis)
par Marie-Caroline Aubert

Collection dirigée par
François Guérif

Rivages / noir

Retrouvez l'ensemble des parutions
des Éditions Payot & Rivages sur
www.payot-rivages.fr

Tire original : *What's the worst that could happen ?*

106, bd Saint-Germain - 75006 Paris

ISBN : 978-2-7436-1198-7
ISSN : 0764-7786

Pour Quinn Malloy

Comme dit le Yi king : *un début difficile garantit le succès suprême.*

« L'heure n'est pas à la légèreté. »
Oliver Hardy

« L'heure n'est pas à la légèreté. Hmp ! »
Stan Laurel (parfaitement d'accord)

1

Vu les circonstances, Dortmunder aurait dit que c'était une escroquerie à l'héritier disparu. Ça avait commencé une semaine plus tôt, par un coup de fil d'un type qu'il connaissait vaguement, un mec qu'on appelait Alias parce qu'il bricolait sous un tas de noms différents : « Salut, John, Alias à l'appareil. Dis-moi, je me demandais si tu n'avais pas la grippe, ou un truc comme ça ? Parce que ça fait un bout de temps qu'on ne t'a pas vu à l'endroit habituel.

– De quel endroit habituel s'agit-il ? demanda Dortmunder.

– “ L'Armweery ”.

– Ah, ouais. Eh bien, je suis de retour. On se verra peut-être là-bas un de ces jours. »

Ayant raccroché, Dortmunder regarda l'adresse de l'Armweery dans l'annuaire et y fonça, et il y trouva Alias dans un box du fond, sous une affiche LES BAVARDS METTENT NOS NAVIRES EN PÉRIL, où un petit plaisantin avait noirci presque toutes les dents du Jap.

« Il s'agit d'une déposition, articula Alias sous sa nouvelle moustache (celle-ci était dans les tons roux, de même que, pour l'instant, ses cheveux). Jeudi en huit à dix heures du matin, dans les bureaux de cet avocat, immeuble Graybar. Compte une bonne heure. Tu y vas, ils te font prêter serment, te posent quelques questions, et le tour est joué.

– Je connais les réponses ?

– Tu les connaîtras.

– Ça me rapporte combien ?

– Cinq cents. »

Cinq cents dollars pour une demi-heure de boulot ; pas trop mal. *À condition*, bien évidemment. Selon. Dortmunder demanda : « Au pire, qu'est-ce qu'on risque ? »

Alias haussa les épaules. « Ils cherchent un certain Fred Mullins, de Long Island.

– Qui est-ce ?

– Toi.

– Pigé.

– On aura aussi un avocat de notre côté, précisa Alias. Je veux dire, du côté du type qui monte l'opération. L'avocat n'est pas au courant de toute l'affaire, pour lui, tu es vraiment Fred Mullins de Carrport, Long Island ; il est juste là pour s'assurer que l'autre partie ne s'écarte pas du programme fixé. Et quand c'est terminé, dans l'ascenseur, il te donne l'enveloppe.

– Ça m'a l'air correct.

– Aussi facile que de lâcher un régime », dit Alias en lui tendant une enveloppe de papier kraft, que Dortmunder rapporta chez lui et ouvrit. Il trouva à l'intérieur l'histoire d'un certain Fredric Albert Mullins et de toute une famille nommée Anadarko qui avait habité Red Tide Street à Carrport entre 1972 et 1985. Dortmunder mémorisa dûment tout ça, et demanda à sa fidèle compagne May de lui faire répéter sa déposition tous les soirs lorsqu'elle rentrait du supermarché Safeway où elle était caissière. Puis, le mercredi suivant, la veille du jour où sa prestation personnelle devait avoir lieu,

Dortmunder reçut un autre appel d'Alias qui lui dit : « Tu sais, cette voiture que j'étais sur le point d'acheter ? »

Euh, oh. « Ouais, répondit Dortmunder. Je me rappelle, tu devais la payer cinq cents dollars.

– Eh bien, figure-toi que c'était une mauvaise affaire, il y a eu un pépin à la dernière minute. En un mot, ça tombe à l'eau.

– Et les cinq cents dollars ?

– Ben, tu sais, John, expliqua Alias, je ne vais pas l'acheter, cette caisse. »

2

Raison pour laquelle, le jeudi à dix heures du matin, au lieu de se trouver dans le bureau d'un avocat dans l'immeuble Graybar en plein centre de Manhattan, quelques étages au-dessus de Grand Central (où les mêmes quatre cent mille personnes se croisent chaque jour que Dieu fait), à parler de la famille Anadarko de Carrport, Long Island, eh bien, Dortmunder était chez lui, se donnant un mal de chien pour effacer de sa mémoire le moindre souvenir concernant Fred Mullins et tout ce qui l'entourait. Raison pour laquelle il était présent pour ouvrir la porte quand la sonnette retentit dans l'entrée à 10 h 22 ce matin-là, et découvrir quelqu'un de chez FedEx qui se tenait dans le couloir.

Jamais personne de chez FedEx n'avait approché Dortmunder, aussi ignorait-il tout du protocole, mais le coursier en question l'aida à franchir les étapes et l'expérience ne fut pas du tout pénible.

Ce qu'on lui livrait était un Pak, à savoir une enveloppe de carton brillant, rouge, blanc, bleu, avec quelque chose à l'intérieur. Le Pak était adressé à May Bellamy et provenait d'un cabinet d'avocats quelque part dans l'Ohio. Dortmunder savait que May avait de la famille dans l'Ohio, raison pour laquelle elle n'y allait jamais, aussi accepta-t-il de prendre le paquet, inscrivant « Ralph Bellamy » à l'endroit où le coursier voulait une signature, et passa ensuite le reste de la journée à se demander ce qu'il y avait dans le Pak, ce qui lui procura une sympathique distraction.

Le résultat fut qu'à 17 h 40 cet après-midi-là, lorsque May rentra du Safeway, Dortmunder aurait été incapable de distinguer un Anadarko d'un diplômé d'Annapolis. « Tu as un Pak, lança-t-il.

– J'ai deux sacs pleins, rétorqua-t-elle. Tiens, prends-en un.

– Ce n'est pas ce que je voulais dire », expliqua Dortmunder en acceptant de se charger d'un des deux sacs de provisions contenant la prime quotidienne clandestine que May s'octroyait au supermarché. Il la suivit dans la cuisine, posa le sac sur le comptoir et désigna le Pak sur la table en disant : « Ça vient de l'Ohio. Par FedEx. C'est un Pak.

– Qu'est-ce qu'il y a dedans ?

– Aucune idée. »

May resta plantée devant la table, fronçant les sourcils à la vue du Pak, pas encore résolue à le toucher.

« Ça vient de Cincinnati, annonça-t-elle.

– J'avais remarqué.

– Des avocats de là-bas.

– J'avais remarqué aussi. C'est arrivé ce matin, juste avant dix heures trente.

– C'est ce qu'ils promettent de faire, confirma May. Tout livrer avant dix heures trente du matin. Je me demande à quoi ils peuvent bien occuper le reste de leur journée.

– May, est-ce que tu vas l'ouvrir ? demanda Dortmunder.

– Ben, je ne sais pas. Si je le fais, tu crois que je risquerais des poursuites ?

– Pour quoi ?

– Je sais pas. Un truc d'avocats.

– Ouvre donc, suggéra Dortmunder, et si c'est un genre de problème, on mentira tous les deux, on dira qu'on ne l'a jamais reçu.

– Tu as dû signer quelque chose ?

– Bien sûr. »

May le regarda, et finit par comprendre. « D'accord », dit-elle, et elle prit le paquet. Sans la moindre hésitation ou presque, elle tira sur la languette, au-dessus, plongea la main à l'intérieur et dégagea une feuille de papier à lettres super luxe pliée en deux, ainsi qu'une petite boîte, genre qui pourrait contenir des boucles d'oreilles ou le doigt d'une personne kidnappée.

Ayant posé le Pak et la boîte, May ouvrit la lettre, la lut et la passa sans dire un mot à Dortmunder qui regarda les cinq noms d'avocats et l'adresse imposante qui trônaient en épais caractères noirs en haut de la feuille de papier hors de prix. Il y avait aussi toute une colonne de noms qui descendait du côté gauche, puis le texte dactylographié, adressé à « Mlle May Bellamy », dans cet appartement de cet immeuble de la 19e Rue Est, New York, N.Y. 10003, suivi de :

Chère Mlle Bellamy,

Nous représentons la succession du regretté Gideon Gilbert Goodwin, à qui vous êtes apparentée par les liens du sang. Le défunt étant décédé le 1er avril de l'année en cours, sans avoir laissé d'autre testament qu'une lettre holographe adressée à sa nièce June Havershaw, en date du 28 février de l'année en cours, lui demandant de distribuer comme elle l'entendrait, après sa mort, ses biens matériels aux membres de sa famille, et Mme Havershaw ayant décidé que vous, sa propre sœur et par conséquent également la nièce du défunt, deviez recevoir l'objet ci-joint qui faisait partie des possessions du regretté G.G. Goodwin, nous avons le plaisir de vous adresser la « bague porte-bonheur » du regretté M. Goodwin, qu'il considérait comme une de ses possessions les plus chères, et dont Mme Havershaw a pensé que vous l'apprécieriez pour sa valeur sentimentale.

Toute requête ultérieure concernant cette question devra être directement adressée à Mme Havershaw, exécutrice testamentaire de G.G. Goodwin.

Veuillez agréer nos respectueuses salutations,

Jethro Tulley

« G.G. Goodwin, dit Dortmunder.

– Je me souviens de lui. Du moins, j'ai l'impression. C'est celui qui sentait le fumier de cheval, je crois. Il était tout le temps à la pelouse.

– Tu n'étais pas très proche de lui, j'imagine.

– Je ne voulais surtout pas l'être, si ma mémoire est bonne.

– Ta sœur était plus proche.

– June a toujours léché les bottes des adultes. Elle se moquait complètement de l'odeur qu'ils dégageaient.

– Il était tout le temps à la pelouse, tu disais.

– Ben oui, il jouait aux courses.

– Pourtant, il n'est pas mort sans le sou. J'ai remarqué que ta sœur t'avait envoyé le truc qui avait une valeur sentimentale.

– Oncle Gid n'a pas dû laisser grand-chose, dit May. Et puis, il a été marié plusieurs fois. À des femmes rencontrées au champ de courses.

– Ça m'étonne qu'il ait pu laisser quoi que ce soit, alors. À quoi ressemble cette bague ?

– Comment veux-tu que je sache ? » Avec un haussement d'épaules, May ajouta : « Elle est encore dans sa boîte, non ?

– Tu veux dire que tu ne t'en souviens pas ? » Dortmunder était sidéré. « Je croyais, valeur sentimentale et tout, qu'il existait un vrai lien entre toi et cette bague.

– Pas que je sache, en tout cas. Bon, jetons-y un coup d'œil. »

La boîte n'était ni emballée, ni scellée, ni rien. C'était une boîte noire ordinaire avec un ressort à l'intérieur pour maintenir le couvercle fermé. May l'ouvrit et leurs yeux se posèrent sur un nuage de coton blanc. Elle secoua la boîte, et quelque chose fit toc-toc à l'intérieur, aussi la renversa-t-elle sur la table et le coton tomba, ainsi que, séparément, la chose qui faisait toc-toc.

Une bague, comme annoncé. Ça ressemblait à de l'or mais ce n'en était pas, au mieux, ça devait être du laiton. Au-dessus, il y avait un pentagone plat, pareil à l'écusson qui entoure le grand S de Superman sur sa poitrine. À la place du S, toutefois, la bague déployait sur sa surface plate trois fines rangées de pierres minuscules – des éclats, à vrai dire – qui ressemblaient à des diamants mais n'en étaient pas, et devaient probablement être de la verroterie. À tout le mieux. La rangée du haut était interrompue au milieu par un espace, alors que les deux autres étaient continues. Ça donnait à peu près ceci :

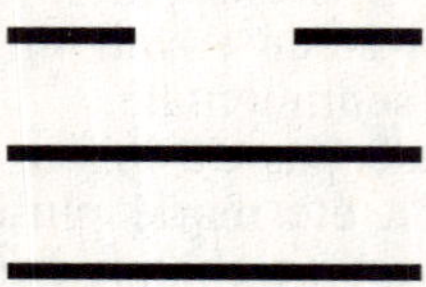

Dortmunder demanda : « Quel sentiment cela représente-t-il exactement ?

– Aucune idée », répondit May. Elle glissa la bague au médius de sa main gauche, puis la tint, doigts pointés vers le bas, au-dessus de sa main droite, et la bague tomba dans sa paume. « Je me demande s'il l'a trouvée dans un paquet de céréales.

– Ça serait son côté porte-bonheur, suggéra Dortmunder.

– Il n'y a qu'une raison pour que June m'ait envoyé ça, expliqua May en glissant la bague au médius de sa main droite. C'est qu'elle veut que je l'appelle.

– Et tu vas le faire ? »

May tint sa main droite au-dessus de sa main gauche, doigts pointés vers le bas. La bague tomba dans sa paume. « Pas question, déclara-t-elle. En fait, je vais même m'abstenir de répondre au téléphone pendant quelque temps. » Retournant la bague dans tous les sens, elle constata : « Ce n'est pas un vilain objet, après tout.

– Non, elle est plutôt discrète, approuva Dortmunder. On ne s'attendrait pas à ça de la part d'un type qui joue aux courses.

– D'accord, mais elle ne me va pas, dit May en lui tendant la bague nichée au creux de sa paume. Essaie-la, toi.

– Mais elle t'appartient, objecta Dortmunder. Ce n'est pas à moi que ton oncle G.G. l'a envoyée.

– Mais elle ne me va pas. Et puis, tu sais, John... Hum, comment formuler ça ?

– Aucune idée. » Dortmunder sentait que de toute manière, quelle que fût la formulation, ce qui suivrait n'allait pas lui plaire.

« Un peu de chance ne te ferait pas de mal.

– Allons, May.

– Du savoir-faire, tu en as à revendre, s'empressa-t-elle d'ajouter pour le rassurer. Tu sais t'adapter, tu es très professionnel et tu as des associés compétents. Mais la chance, tu pourrais en avoir plus. Essaie-la donc. »

Donc, il l'essaya, la glissant à l'annulaire de sa main droite – toute bague à l'annulaire de sa main gauche n'aurait pu que lui rappeler son malencontreux mariage (suivi d'un bienheureux divorce), pas mal d'années plus tôt, avec une entraîneuse de boîte de nuit de San Diego qui exerçait ses talents sous le nom de scène de Honeybun Bazoom et n'avait absolument aucun point commun avec May –, et elle lui allait.

Elle lui allait à la perfection. Dortmunder laissa retomber son bras droit contre sa hanche, les doigts relâchés vers le bas, et agita un peu la main, mais la bague resta où il l'avait mise, bien en place mais pas trop serrée. En fait, il se sentait très à l'aise.

« Hum, dit-il.

– Eh bien, voilà ! s'exclama May. Tu as une bague porte-bonheur.

– Merci, May », dit-il, et le téléphone sonna.

May le regarda d'un œil sombre. « Ce doit être June. Pour savoir si j'ai reçu le paquet, si j'ai aimé la bague, si je me souviens du bon vieux temps.

– Je vais répondre, proposa Dortmunder. Tu n'es pas là, mais je vais prendre le message.

– Parfait. »

Toutefois, comme ce n'était pas forcément la sœur de May, Dortmunder répondit au téléphone à sa manière habituelle, fronçant puissamment les sourcils en demandant d'un air excessivement soupçonneux : « Allô ?

– John ? C'est Gus. Tu veux faire un petit tour ? »

Dortmunder sourit pour indiquer à May que ce n'était pas sa sœur qui appelait, et aussi parce que la traduction de ce qu'il venait d'entendre était facile : *Gus* était Gus Brock, un associé de longue date et épisodique dans diverses branches. Un petit *tour* signifiait visiter un endroit dont les occupants étaient sortis et d'où l'on ne repartait pas les mains vides. « Ça me semble possible », répondit-il, puis sa prudence habituelle prit le dessus quand il se souvint que Gus avait parlé d'un *petit* tour.

« Petit comment ?

– Pas très difficile.

– Ah ! » Voilà qui était mieux. « Et où ça ?

– Un patelin de Long Island dont tu n'as jamais entendu parler, ça s'appelle Carrport.

– Eh bien, en voilà une coïncidence », s'écria Dortmunder en regardant la bague porte-bonheur d'oncle Gid à son doigt. On aurait dit que la chance démarrait déjà. « J'ai une revanche à prendre sur cette ville.

– Ah bon ?

– C'est sans importance. Tu veux le faire quand, ce petit tour ?

– Pourquoi pas tout de suite ?

– Ah !

– Il y a un train qui part à 7 h 22 de Grand Central. On s'arrangera pour le retour. »

Encore mieux. Le site visité devait inclure un véhicule quelconque, que l'on pouvait utiliser avant d'en tirer des bénéfices. Chic.

7 h 22, c'était dans une heure et douze minutes. « Je te retrouve dans le train », dit Dortmunder avant de raccrocher. Puis il confia à May : « J'aime bien ton oncle Gid.

– C'est à cette distance qu'on est le mieux placé pour l'aimer », reconnut-elle.

3

Si Caleb Hadrian Carr, baleinier, entrepreneur, importateur, récupérateur d'épaves, pirate à ses heures et, depuis sa retraite, député de l'État de New York, pouvait voir aujourd'hui la ville qu'il a fondée sur la côte sud de Long Island en 1806 et à laquelle il a donné son nom, il cracherait par terre. Il cracherait du soufre, même.

Long Island, une île longue et étroite au sud de New York, a repris à son compte la célèbre maxime de l'évêque Reginald Heber : « Tous les projets sont bons, seul l'homme est vil. » Jadis une contrée, agréablement boisée, de collines basses et de plages blanches, bien irriguée par de nombreux cours d'eau, peuplée d'Indiens industrieux et d'une myriade de créatures sylvestres, Long Island est aujourd'hui un paysage digne de l'imaginaire de Dali, tout en béton, pacotille, et montres molles.

Tout au bout de la côte sud de l'île, mieux que le mauvais goût ouvrier de Nassau County, mais en deçà du clinquant branché des Hamptons, s'étend Carrport, enclave de richesse parvenue dans un décor qui ressemble, ainsi que ses résidents éblouis ne cessent de se le répéter mutuellement, à ce qu'était jadis un village de baleiniers de la Nouvelle-

Angleterre, ce qu'il est d'ailleurs précisément, à ceci près qu'il ne se trouve pas en Nouvelle-Angleterre.

Les résidents actuels du Vieux Carrport sont pour l'essentiel des conservateurs aux yeux de qui Cap Cod et ses maisons de bardeaux ne représentent qu'un troisième, quatrième, voire cinquième foyer possible. Ce sont des gens qui n'ont pas vraiment le niveau pour accéder à la stabilité de la vieille fortune caractéristique de la côte nord de l'île (vieille fortune signifie que votre arrière-grand-père était, ou est devenu, riche), mais qui ont une assez bonne opinion d'eux-mêmes, et assez d'argent, pour ne pas être obligés de frayer avec ceux qui, sur leur droite, gagnent leur pain à la sueur de leur front. Pour les résumer, ils ne daigneraient pas fréquenter un représentant du show business qui ne soit pas au minimum membre du Congrès.

Les résidents de Carrport n'ont pas toujours été ainsi. Quand Caleb Carr a construit sa première maison et sa première jetée à Carr's Cove (ça aussi, il lui a donné son nom), c'était principalement pour abriter sa femme et la famille de celle-ci pendant qu'il était en mer, et pour trier et conserver son poisson, récupérer des épaves et du butin quand il était à terre. D'autres membres de l'équipage ont fini par construire de petites maisons autour de la baie pour y installer leur famille. Un jeune gars entreprenant de la deuxième génération qui souffrait du mal de mer est resté sur la terre ferme et a ouvert le premier magasin d'alimentation générale.

Lorsque Caleb Carr mourut en 1856 (son dernier geste fut une lettre antiabolitionniste au *New York Times*, qui parut dans le même numéro que sa notice nécrologique), il était riche en honneurs, en famille, en estime de ses concitoyens, et en capital. Ses sept enfants et quatre de ses petits-enfants avaient leur maison à Carrport, et de son lit de mort, il avait sous les yeux la perspective d'une communauté solidement implantée, qui assurerait la pérennité de son nom, de son prestige et de sa philosophie pendant des temps immémoriaux.

Eh bien, non. Pendant un demi-siècle, Carrport somnola, se développant avec lenteur, ne changeant pas, jusqu'au jour...

À chaque génération, la ville de New York produit une nouvelle vague de parvenus, et à chaque génération, un pourcentage étourdissant de ces individus se dirigent vers l'est, vers Long Island, pour y fonder un nouveau lieu de villégiature spécial, branché, « in », dernier cri, *au courant*, tendance. Carr's Cove connut ce genre d'invasion dans les années vingt, de jeunes loups de Wall Street qui se prenaient pour Gatsby, avec des épouses faussement délurées qui adoraient frissonner à la vue de ces lumières de bateaux, au loin : des contrebandiers ! L'alcool qu'ils boiraient dès le vendredi suivant fendait l'eau en ce moment même, glissant à la surface noire de l'océan. (En fait, ces lumières qui passaient étaient probablement celles de pêcheurs sur le chemin du retour et les boissons fortes que les fêtards de Carrport consommeraient le prochain week-end étaient présentement distillées dans quelque cuve d'un entrepôt du Bronx.)

Tout ce qui est dans le coup finit un jour par ne plus l'être. Les Gatsby et leurs pétroleuses sont partis depuis longtemps, expédiés à la poubelle par leurs petits-enfants avec l'étiquette « bourge ». Le léger air de canaille qui flottait dans Carrport et séduisait tant, jadis, les visiteurs de fin de semaine est aujourd'hui remplacé par un air d'ennui friqué. Des résidences pour travailleurs du secteur des services et pour d'autres qui vont tous les jours trimer à New York, ont fini par border la ville d'origine du feston périphérique commun aux agglomérations de

Long Island. (Toutes les banlieues résidentielles ressemblent à des peintures datant d'avant la découverte de la perspective.) Le prétendu Fredric Albert Mullins et sa voisine, la douteuse Emmeline Anadarko, tous les deux de Red Tide Street, vivaient ou avaient vécu là. Mais ces grandes maisons anciennes ayant appartenu à des capitaines de bateaux, recouvertes de bardeaux, vastes, mansardées, munies de belles vérandas, peintes en blanc, continuent de border la baie comme elles l'ont toujours fait, face à la mer immuable. Elles appartiennent actuellement à des cadres de grandes sociétés, et dans certains cas, aux sociétés elles-mêmes.

Les résidents épisodiques d'aujourd'hui sont pour la plupart de jeunes loups du monde des affaires pour qui la maison au bord de l'eau n'est que le complément du pied-à-terre au dernier étage d'un immeuble de Manhattan. En fait, ces gens-là vivent à Londres et à Chicago et à Sydney et à Rio, à Gstaad, au Cap d'Antibes et à Aspen et à... Enfin, bon. N'allez pas leur demander où est leur maison. Ils hausseraient les épaules en répondant : « Désolé, seul mon comptable peut répondre à cette question. »

Présentement, six des grandes demeures anciennes qui bordent la baie appartiennent à des sociétés et non à des personnes privées, et sont utilisées, à en croire ces mêmes comptables, pour des « réunions, séminaires, consultations de clients et groupes de réflexion ». Ce sont également des oasis où les dirigeants des sociétés en question peuvent se reposer et récupérer, si d'aventure l'un d'eux devait absolument se trouver à Boston, New York ou Washington à la veille d'un week-end ensoleillé.

L'une de ces maisons, le numéro 27 Vista Drive, fait partie des biens de Trans-Global Universal Industries, ou TUI comme l'on dit dans le monde des affaires, ou de Max Fairbanks, quand on s'exprime en termes de réalité concrète. Max Fairbanks, baron multimilliardaire des médias et de l'immobilier, possède une grande partie de la planète, de ses produits et de ses habitants, par l'intermédiaire de diverses sociétés interdépendantes, mais les fils, pour ceux qui peuvent en suivre le cours – et personne d'autre que les comptables susmentionnés n'est capable de voir même où ils commencent –, vous ramènent toujours à la maison mère, TUI, qui s'incarne physiquement dans la personne de Max Fairbanks.

Pour qui l'année n'avait pas été bonne. Quelques négociations avaient foiré, quelques hommes politiques en divers points du globe ne s'étaient pas laissé soudoyer, et quelques tendances annoncées par les spécialistes ne s'étaient pas concrétisées. Le cash-flow était actif, mais dans la mauvaise direction. On avait pratiqué la réduction d'effectifs en période de prospérité, si bien que maintenant, au moment où il était nécessaire de tailler dans le vif, il ne restait plus de chair. Max Fairbanks n'était pas pauvre, loin s'en faut, il était en réalité à plusieurs années-lumière de la pauvreté, mais ses problèmes financiers l'avaient acculé dans un recoin peu confortable et il avait dû (lui ou ses comptables, toujours eux) prendre quelques mesures.

4

« Il est au Chapitre Onze, dit Gus Brock.

– C'est une personne, ou un livre ? » demanda Dortmunder.

Ils se trouvaient dans le train de 7 h 22 qui relie Grand Central à Long Island, traversant les banlieues en direction de l'est, entourés de types obsédés par leur travail qui avaient encore le nez penché sur leur ordinateur portable. Gus, un homme massif et carré avec une moustache également massive et carrée qui semblait tirer son visage vers le bas comme si elle était tissée dans une fibre plus lourde que du poil, déclara : « C'est une faillite.

– Ce type a fait faillite ? s'exclama Dortmunder en regardant d'un air soucieux le profil avachi de son partenaire. Ce type n'a plus un sou et nous sommes en route pour aller le voler ? Qu'est-ce qui lui reste ?

– Des milliards. Il sort quotidiennement plus d'argent des poches de Max Fairbanks que tout ce que toi et moi pourrons voir pendant le reste de notre vie.

– Alors, comment il a réussi à faire faillite ?

– C'est un genre de faillite à part, spécialement conçue pour des gens qui ne doivent pas être touchés, expliqua Gus. Quand un pays fait faillite, c'est pareil, on ne voit pas un commissaire-priseur se pointer pour vendre les villes, les rivières et compagnie, ça signifie juste qu'un tribunal prend les finances en charge pendant un moment, donne à chacun huit *cents* pour un dollar, après quoi le pays peut retourner aux petites affaires dont il s'occupait avant que ça ne foire. Ce type, il est riche à ce point-là, c'est le même topo. »

Dortmunder secoua la tête. Les finances, dans l'ensemble, c'était trop pour lui. Sa vision de l'économie se réduisait à sortir, voler de l'argent et acheter de quoi manger avec. Autre possibilité, voler la nourriture. Au-delà, ça devenait trop compliqué. Aussi dit-il : « Je comprends, c'est juste une de ces chouettes façons qu'ont les riches de voler tout le monde sans avoir à crocheter des serrures.

– T'as compris.

– Eh bien, alors ? demanda Dortmunder. S'il a toujours ce qu'il avait, et il avait des milliards, qu'est-ce que ça peut nous faire, qu'il soit au Chapitre Onze ?

– Parce que, expliqua Gus, comme cette baraque de Carrport appartient à la firme, c'est le tribunal qui en a le contrôle maintenant, et personne n'a le droit de s'en servir.

– Tu veux dire qu'elle est inoccupée, renchérit Dortmunder.

– Tout juste.

– Parfait. S'il n'y a rien d'autre.

– Y a rien d'autre, confirma Gus. Max Fairbanks est au Chapitre Onze, donc la maison que sa société possède à Carrport est sous le contrôle du juge des faillites, donc personne n'est censé y aller, donc elle est vide.

– Par conséquent, nous, on y va. J'ai pigé.

– Du gâteau », confirma Gus.

5

« Max Fairbanks, dit Max Fairbanks, vous êtes un vilain garçon. » Les yeux d'un bleu laiteux qui le contemplaient avec aménité dans le miroir de la salle de bains exprimaient la compréhension, la sympathie, voire un certain humour ; ils pardonnaient au vilain garçon.

Cela faisait longtemps que Max Fairbanks s'ingéniait à pardonner à Max Fairbanks, à lui pardonner ses indélicatesses, ses peccadilles, ses petites faiblesses. Il avait dépassé la soixantaine maintenant, étant né quelque part à l'est du Rhin, probablement, et au milieu des années trente, vraisemblablement. Pas une très bonne combinaison – et quelque part dans sa jeunesse, il avait appris qu'il suffisait d'une parole aimable pour non seulement détourner la colère de l'adversaire, mais aussi l'inciter à tourner la tête juste ce qu'il faut pour l'assommer avec une brique. Sourires et brutalité, un mélange judicieux. Max avait mis très tôt la recette au point, quand les enjeux étaient vraiment élevés, et n'avait pas vu l'intérêt de la modifier pendant les années de réussite qui s'étaient succédé depuis lors.

Comme c'est souvent le cas chez les hommes qui arrivent par eux-mêmes, Max avait commencé par faire un riche mariage. Il n'était pas encore Max

Fairbanks à l'époque, pas en ce temps où le siècle atteignait la cinquantaine et lui ses vingt ans, mais cela faisait longtemps qu'il n'était plus son moi d'origine. S'il y avait jamais eu des parents aimants pour donner à cet enfant un nom, le leur plus un autre, plus personne n'avait idée de l'endroit où ils étaient dans les années cinquante, y compris Max qui, se trouvant à Londres, s'était rebaptisé Basil Rupert, et vite rendu indispensable à la fille d'un brasseur répondant au nom d'Elsie Brenstid. Brenstid père, baptisé Clément pour quelque obscure raison, n'avait pas jugé le jeune Basil Rupert aussi irrésistible que le prétendait sa fille, jusqu'au jour où Basil lui apporta la preuve que les pubs appartenant à la brasserie de papa Brenstid pouvaient rapporter des bénéfices nettement plus considérables en pratiquant un juste mélange de cajoleries et de terreur.

Le mariage dura trois ans, se soldant par deux jumelles et un divorce selon des termes extrêmement satisfaisants pour Basil, Elsie étant alors disposée à payer n'importe quel prix pour se débarrasser de son mari. Basil emporta son butin en Australie, et le temps que le paquebot effectue sa traversée, il était devenu Dieu sait comment un certain Edward Wizmick, Anglais natif du Devon.

Rien n'est plus ennuyeux que la réussite. Aussi Max Fairbanks était-il maintenant le plus ennuyeux des hommes, ayant accumulé les succès durant quatre décennies, et sur tous les continents. Si d'aventure il connaissait un revers – non, pas même, *décélération* était le mot juste –, comme cette idiotie de Chapitre Onze aux États-Unis, ça ne comptait pour ainsi dire pas, à peine un *blip* sur l'écran.

Et cela n'allait certainement pas empêcher Max de prendre du bon temps. Dans sa lointaine enfance, il avait trop souvent été à deux doigts de se faire effacer, dans trop de ruelles sordides ou de marais à demi gelés, pour envisager de se priver du moindre plaisir que pourrait lui offrir cette vie après la (presque) mort.

Par exemple. Une irritation mineure au sein de l'irritation mineure du Chapitre Onze était que Max n'était pas censé profiter de la maison de plage à Carrport. Le personnel chargé du ménage était autorisé à venir entretenir les lieux une fois par semaine, mais en dehors de ça, tout devait rester sous scellés jusqu'à ce que l'accord du Chapitre Onze soit conclu de façon satisfaisante. Mais alors, comment faire avec Miss Septembre ?

Ah, Miss Septembre... Tracy Kimberley pour tous ceux qui l'aiment. Dès qu'il avait vu ses poils pubiens dans *Playboy*, Max avait su qu'il faudrait l'avoir pour lui tout seul, un certain temps. Le problème, bien évidemment, était Mme Fairbanks, la douce Lutetia, sa quatrième et dernière épouse, celle auprès de qui il allait vieillir (lentement), qui avait plusieurs centaines de millions de dollars à son nom dans les actifs de Max, pour des raisons que les comptables comprenaient. On pouvait espérer que Lutetia agirait avec discrétion tant que Max agirait avec discrétion, ce qui signifiait qu'il y avait seulement certains lieux très précis où il pouvait espérer promener ses doigts dans cette douce chevelure soyeuse, l'un d'entre eux n'étant certainement pas l'appartement de Manhattan. Mais dans sa poursuite avide d'une carrière de journaliste de la rubrique spectacles, Tracy Kimberley avait choisi de vivre à Manhattan, et il aurait été encore moins discret, de la part de Max, d'effectuer de longs voyages en sa compagnie ; par exemple, en avion.

D'où la maison de Carrport, dans la salle de bains de laquelle, attendri par la chaleur postcoïtale, Max Fairbanks était une fois de plus en train de tout se pardonner. L'adultère, la rupture du pacte du Chapitre Onze, tout. (Si le juge ne lui avait pas interdit l'accès de sa propre maison de plage, Max aurait très bien pu emmener la pneumatique Tracy et sa chevelure de plumes dans une suite d'un chouette hôtel de la 59e Rue Ouest donnant sur Central Park, où l'on vous montait du champagne à la demande. Mais lorsqu'on était censé avoir été tué, rejeté et oublié depuis l'âge de dix ans, destiné à n'être qu'une brève étincelle, rien de plus qu'une raclure parmi tant d'autres sur le bord de la grande route de l'histoire, eh bien, rien ne pouvait vous procurer plus de plaisir dans cet après-vie que de faire justement ce qu'on vous avait interdit de faire. Et d'ailleurs, que risquait-il ? Ils allaient le tuer ?)

En raison des circonstances juridiques, et aussi parce que c'était plus romantique, Max et Tracy s'ébattaient ce soir-là sous un éclairage minimal. « Je veux apprendre le braille », avait-il dit dans son anglais fluide et sans accent, en se penchant sur elle dans le salon du rez-de-chaussée. Plus tard, à l'étage, la lampe du couloir qui s'allumait automatiquement tous les soirs pour décourager les cambrioleurs avait été leur unique source de lumière, amplement suffisante. Et maintenant, au moment de sortir de la salle de bains, il éteignit l'éclairage clinquant avant d'ouvrir la porte pour regagner la pénombre moelleuse de la chambre à coucher où Tracy reposait, pareille à un éclair à la crème sur le drap de satin noir. « Miam », murmura-t-il.

Tracy se tortilla en souriant, ses dents étincelant dans la pénombre. « Bonsoir », exhala-t-elle en changeant de pose.

Max posa un genou sur le lit – le satin est étonnamment froid, et pas aussi romantique que beaucoup voudraient le croire – et se pencha en avant, souriant à la charmante broche qu'était le nombril de Tracy. Et s'arrêta net. Releva la tête. Écouta.

« Chéri, je...

– Chuuuut. »

Elle cligna des yeux, chuchota : « Qu'y a-t-il ?

– Un bruit. »

L'éclair se mua en banquise. « Une épouse ?

– Plutôt un cambrioleur », répondit Max sur le même ton, et il tendit la main vers le tiroir de la table de chevet où il rangeait son arme.

6

Il y a plusieurs manières de contourner ou neutraliser un système d'alarme. À la sortie de la gare, en traversant la ville à pied dans l'obscurité, Dortmunder et Gus discutèrent des diverses possibilités et découvrirent que leur méthode préférée variait en fonction du fabricant. Dortmunder finit par concéder : « Je te laisserai faire, mes doigts dérapent parfois.

– Pas les miens », affirma Gus.

La maison était telle qu'il l'avait décrite. Vaste, opulente et plongée dans l'obscurité à l'exception de l'incontournable lumière dans le couloir que les occupants laissent allumée pour signaler aux voleurs qu'il n'y a personne à l'intérieur. Gus jeta un coup d'œil à la porte d'entrée et fit quelques pas pour inspecter les fenêtres, puis il revint à la porte et pénétra dans la maison, s'arrêtant une seconde au passage pour accorder au système d'alarme l'attention qu'il méritait.

L'intérieur avait la belle mine anonyme des décors conçus pour les cadres sup de sociétés. Beaucoup de beige, beaucoup de mobilier de qualité mais sans le moindre intérêt, rien d'original ni de personnel. Personne n'habitait vraiment cette maison depuis de nombreuses années, et ça se voyait.

Mais c'était très bien ainsi ; Dortmunder et Gus n'avaient nullement l'intention de s'installer. Seulement, les cadres sup de sociétés ayant tendance à jeter l'argent par les fenêtres quand il s'agit d'utiliser celui de la boîte pour régler leurs petits à-côtés, il devait y avoir plus d'un objet digne d'intérêt dans cet endroit.

À commencer par la grande salle à manger, un imposant espace avec une table de seize couverts, quatre doubles portes vitrées ouvrant sur une galerie qui faisait le tour de la maison, la vue sur Carr's Cove, et un grand buffet massif en acajou abritant tout un tas de belle argenterie. « Chouette », commenta Gus en prenant une pelle à tarte. Un paysage d'hiver avec cheval et traîneau était gravé sur la lame rectangulaire.

Dortmunder regarda à l'intérieur du tiroir que Gus venait d'ouvrir, et effectivement, c'était plein d'argenterie là-dedans. Pas du plaqué, du vrai. Et de l'ancien, probablement. « Je vais chercher des taies d'oreiller », annonça-t-il, et pendant que Gus approfondissait son inspection du buffet, il retourna dans le vestibule où il trouva le grand escalier. Il avait gravi la moitié des marches quand les lumières jaillirent.

Une grande quantité de lumières. Dortmunder s'arrêta. Il leva les yeux et vit, sur le palier, un homme massif d'un certain âge, vêtu d'un peignoir en tissu-éponge blanc. Le téléphone qu'il tenait dans sa main droite inquiéta nettement moins Dortmunder que le pistolet que braquait la gauche.

« Hum, dit Dortmunder tout en cherchant comment expliquer sa présence dans cet escalier en cet instant sans donner l'impression qu'il avait enfreint, ou était sur le point d'enfreindre une loi. Hum, hum.

– Pas un geste », dit l'homme.

Pas un geste. Pourquoi est-ce que tout le monde dit « Pas un geste », de nos jours ? Qu'est-il advenu de « Les mains en l'air » ? Avec « Les mains en l'air », vous pouviez accomplir un simple mouvement très précis, qui démontrait à tous que vous n'aviez pas l'intention de faire le mariole, que vous alliez obéir à la personne armée, pas de problème. Mais quand on vous ordonne « Pas un geste », qu'êtes-vous censé faire ? Osciller sur un pied ? Garder l'expression stupide qu'affiche votre visage ? « Pas un geste », c'est pour les acteurs de télé : dans la vie réelle, c'est avilissant pour toutes les parties en présence.

Dortmunder n'en tint pas compte. Le pistolet retenait la plus grande part de son attention, le reste s'intéressant au téléphone sur lequel l'homme composait un numéro d'une seule main. (Sinon qu'il capta vaguement un chuintement étouffé provenant de la salle à manger au moment où une des portes-fenêtres s'ouvrait doucement et se refermait de même. Gus Brock, que Dieu soit béni, s'était sorti de là.) Aussi, plutôt que de ne plus bouger, Dortmunder s'appuya-t-il sur la rampe avec une patience attristée, et entreprit de réfléchir.

Bon. Quand rien ne va, tout va. « Monsieur, commença Dortmunder tout en sachant pertinemment qu'il gaspillait sa salive, je m'apprêtais juste à rentrer chez moi, vous savez ? Oublions tout ça. Rien n'a été abîmé, rien n'a été pris.

– Si vous faites un geste, menaça l'homme en portant le combiné à son oreille, je vous loge une balle dans le genou et vous boiterez jusqu'à la fin de vos jours. Je suis un excellent tireur.

– Je vous crois », dit Dortmunder.

7

La ville de Carrport pouvait se vanter d'avoir la quatrième police municipale de l'État de New York, en termes de salaires. Les garçons et les filles en bleu appréciaient autant leur statut que leur métier et ne voyaient pas l'intérêt de s'agiter pour accéder au troisième rang. La criminalité était peu élevée à Carrport, la consommation de drogues se limitait essentiellement aux citoyens friqués, dans le cadre discret de leurs résidences respectives, et le risque de se faire blesser ou tuer pendant le service était bien moindre que dans, oh, disons certains quartiers de New York. Il est vrai que les loyers étaient chers, même pour un flic gagnant bien sa vie, et que les supermarchés locaux vendaient les saletés habituelles au tarif épicerie fine, bon et après ? Un ajustement en fonction de l'indice des prix était prévu dans les contrats d'embauche ; ils n'étaient pas à plaindre. Tout bien considéré, « Vous servir avec le sourire » aurait constitué un meilleur slogan pour la police municipale de Carrport que ce « Protéger, servir, soutenir et honorer » conçu par quelque conseiller municipal aujourd'hui oublié qui figurait sur la porte de chaque véhicule de la police locale, juste en dessous de l'écusson.

L'équipement de la PMC était également de pointe, moderne et bien entretenu, sans pourtant rivaliser, bien entendu, avec ce que les polices de Los Angeles ou de Miami considéreraient comme le dernier cri. Quand il s'agissait de claquer du fric, les pères de la cité préféraient le dépenser pour le personnel plutôt que pour de jolis jouets dont on n'aurait jamais l'usage. (D'ailleurs, si d'aventure le besoin d'un jouet plus sophistiqué se faisait sentir, on pouvait toujours faire appel aux flics de Suffolk County, qui étaient également fort bien payés mais bénéficiaient d'un avantage supplémentaire, un matériel suffisant pour envahir la Syrie, à condition que la question des heures supplémentaires soit préalablement réglée.)

Ce soir-là, l'appel au 911 de Suffolk County fut reçu par le service des urgences du Q.G. de Riverhead à vingt et une heures et neuf minutes, puis transféré sur la PMC où le sergent de faction nota les informations, comprenant instantanément tout ce qu'impliquait l'adresse, 27 Vista Drive, des chiffres qui doivent impérativement être inscrits en toutes lettres, même dans un rapport de police. Le sergent contacta aussitôt l'une des deux voitures de patrouille en service ce soir-là, qui avait à son bord les agents Kebble et Overkraut. Kebble étant au volant, c'est Overkraut qui répondit : « Overkraut ».

« Rôdeur capturé au vingt-sept Vista Drive. L'occupant est armé et tient le suspect en respect. L'occupant est un certain M. Fairbanks. »

Bien entendu, le nom était connu de Kebble et de Overkraut, mais ils ne firent aucun commentaire. Au bon vieux temps, il y aurait eu un échange de plaisanteries sur la question dans la radio de bord, pendant que Kebble les propulsait dare-dare vers Vista Drive, mais ce n'était plus de mise. Maintenant, on effectue des enregistrements, que l'on conserve, et à propos de tout. La créativité a été étouffée dans l'œuf. « En route », dit Overkraut au sergent et à la bande magnétique et à Dieu sait qui d'autre, sans ajouter d'autre réflexion sur la richesse ou la célébrité du propriétaire des lieux, un dénommé Fairbanks, ni dénigrer les proprios qui se baladent avec des armes à feu. « Terminé ! » annonça Overkraut en éteignant le micro et en s'autorisant enfin à communiquer ses appréciations, sans surveillance, à l'agent Kebble, qui lui répondit de même.

Ni le gyrophare ni la sirène n'étaient indiqués, un jeudi de printemps à Carrport, par une douce soirée, à neuf heures un quart. Surtout si l'occupant des lieux braquait déjà son arme sur l'intrus.

Aussi l'agent Kebble traversa-t-elle la ville rapidement mais avec discrétion et s'arrêta dans l'allée du 27 Vista, où la maison était illuminée comme pour le lancement d'une fusée de la Nasa. Les deux policiers coiffèrent leur képi et descendirent de voiture. L'agent Kebble s'arrêta le temps d'ajuster sa ceinture qui lui remontait au-dessus de la taille chaque fois qu'elle s'asseyait dans une voiture, et ils s'avancèrent vers la porte d'entrée qui s'ouvrit au moment précis où ils l'atteignaient. Une jeune femme d'une saisissante beauté, échevelée et vêtue d'un peignoir en tissu-éponge blanc, les accueillit avec un murmure rauque : « Oh, chic, vous êtes là. Max est dans le salon avec *lui*. »

Pourquoi, se demanda l'agent Overkraut pendant qu'ils remerciaient la jeune femme et s'engageaient dans la direction indiquée, pourquoi diable l'agent Kebble ne peut-elle pas lui ressembler, ne serait-ce qu'un tout petit peu ?

Le salon. Mobilier beige. Moquette vert-de-gris. Vaste cheminée, pas trace de cendres et des chenets astiqués avec une énergie irritante. Reproductions de tableaux représentant des rues de villages méditerranéens. Lampes coiffées de très grands abat-jour pâles. Et Max Fairbanks debout au centre de la pièce, vêtu lui aussi d'un peignoir d'éponge blanc, plus un petit .38 S&W serré dans son poing droit et pointé avec fermeté sur le voleur, un individu aux épaules tombantes et à l'air abattu, vêtements foncés et cheveux clairsemés, qui semblait tellement effondré et démoralisé qu'on ne voyait pas l'intérêt de le menacer avec autre chose qu'une banane.

« B'soir, m'sieur Fairbanks, lança Overkraut en s'approchant du voleur et en sortant ses menottes, tout en veillant à rester hors de la ligne de tir.

– Vous avez réagi très rapidement, déclara Max Fairbanks. Excellent.

– Merci, monsieur. »

Le voleur tendit les poignets avec humilité pour qu'on lui passe les bracelets. L'intention d'Overkraut était de lui attacher les mains dans le dos, mais le geste lui parut si doux, si pathétique qu'il n'eut pas le cœur d'aggraver la situation du type et procéda sans tarder, glissant les anneaux de métal autour des poignets osseux tandis que le voleur poussait un long soupir résigné.

Pendant qu'Overkraut fouillait l'individu et s'étonnait de le trouver sans arme, Kebble demanda : « Savez-vous combien ils étaient, monsieur Fairbanks ?

– Il était seul, à mon avis, répondit Fairbanks. Il semblerait qu'il ait joliment arrangé l'alarme de la porte d'entrée. »

L'agent Kebble secoua la tête, tandis que la très séduisante jeune personne au peignoir éponge numéro un se postait sur le seuil pour observer la scène. « Si seulement ils utilisaient leurs talents à bon escient, dit Kebble, mais ils ne le font jamais. »

Overkraut lança : « Vous n'avez plus besoin de cette arme, monsieur.

– Exact. » Fairbanks glissa le S&W dans la poche de son peignoir.

« A-t-il pris quelque chose avant que vous le trouviez, monsieur ?

– Je ne crois pas, il était juste... » Fairbanks s'interrompit brutalement et fronça les sourcils en regardant le voleur. « *Attendez* une minute. »

Le voleur leva la tête. « Quoi ? demanda-t-il.

– Laissez-moi voir ses mains, commanda Fairbanks.

– Quoi ? Quoi ?

– Montrez vos mains à M. Fairbanks, commanda Overkraut.

– J'ai rien dans les mains. » Le voleur tendit les mains autant que le permettaient les menottes pour présenter ses paumes ouvertes.

« Si, dit Fairbanks. Cette bague. »

Le voleur écarquilla les yeux. « Quoi ?

– Elle est à moi !

– Non, c'est pas vrai ! s'écria le voleur en couvrant la bague de son autre main.

– Cette ordure a pris ma bague ! Je l'avais posée près de l'évier de la cuisine et...

– Mais c'est la mienne !

– Vous, la ferme, coupa Overkraut en effleurant d'un air entendu la matraque attachée à sa ceinture.

– Mais...

– Je veux cette bague.

– Mais...

– Je ne veux pas que vous la gardiez comme preuve ou une sornette de ce genre, je veux récupérer ma bague, et je la veux sur-le-champ.

– Mais c'est ma bague ! »

Overkraut se tourna vers le voleur qui s'énervait. « Écoutez, si vous ne voulez pas vous retrouver dans le pétrin pour de bon, vous allez enlever cette bague tout de suite sans faire de bruit.

– Mais...

– Ça, c'est du bruit.

– Je...

– Ça aussi. »

Overkraut dégagea la matraque que retenait une boucle de sa ceinture.

Le voleur poussa un soupir de forgeron, à deux doigts de faire encore du bruit, mais réussit à se contenir. Sautillant sur les talons comme s'il avait un besoin pressant, il finit par ôter la bague de l'annulaire de sa main droite et la laissa choir dans la paume gauche d'Overkraut.

« Ce n'est pas juste », dit-il.

L'ignorant, Overkraut se détourna pour poser la bague dans la paume de Fairbanks. « Je suis content que vous l'ayez repérée, monsieur.

– Oh, moi aussi, monsieur l'agent. » Levant la main, il contempla la bague avec un sourire et ajouta : « Vous voyez ? Le symbole de TUI. J'ai bâti ma société dessus. »

Si c'était là un tuyau d'initié, il échappa à Overkraut. « Bon, en tout cas, je suis content que vous l'ayez récupérée, monsieur. »

Un rien buté, le voleur répéta : « Ce n'est pas juste. Je veux bien passer sur certaines choses, mais ça, ce n'est pas juste.

– Écoutez, dit Fairbanks en glissant la bague au médius de sa main droite (il portait une alliance à la gauche, ce qui n'était pas le cas de la séduisante jeune personne là-bas près de la porte, Overkraut s'en fit la remarque), je dois vous dire que, même si je vous suis reconnaissant d'être venus et si je me réjouis de la capture de cet individu, ainsi que d'avoir récupéré ma bague...

– Ma bague.

– ... Je dois avouer qu'il y a un petit problème en l'occurrence et – je ne sais comment le formuler, en particulier devant le, euh, comment l'appeler, l'auteur du délit ?

– Je pourrais l'accompagner à la voiture, suggéra Kebble, et appeler le commissariat pour leur dire que nous le tenons, comme ça, monsieur, vous pourriez parler à mon collègue.

– C'est parfait, madame. Merci infiniment. »

Kebble poussa le voleur vers la sortie, qui jeta en chemin quantité de regards maussades par-dessus son épaule, et une fois qu'ils furent sortis, Fairbanks s'adressa à Overkraut : « Monsieur l'agent, je vais maintenant vous expliquer pourquoi, si la capture de ce criminel est estimable et digne d'être communiquée au public, il serait en revanche préférable que ma présence en ce lieu, ainsi que celle de Mlle Kimberly, reste dans l'ombre.

– Monsieur Fairbanks, dit Overkraut, je suis tout oreilles. »

Ce qui était vrai à plus d'un titre.

8

Dortmunder était très, très, très, *très* en colère.

Se faire arrêter était une chose, être condamné, envoyé en prison, avoir un casier, devoir porter du denim mal coupé, supporter la proximité de citoyens profondément indésirables, écouter des conférences, faire des travaux d'atelier, manger des saloperies, c'était dans l'ordre des choses, cela faisait partie des risques prévisibles et acceptés de l'existence. Mais se laisser ridiculiser ? Être *humilié* ? Être volé... par un *propriétaire* ?

Qu'on lui ait volé la bague de Mary, voilà ce qui faisait vraiment mal. Ce qui changeait entièrement la situation. Jusqu'en cet instant précis, confronté au propriétaire et à son arme – et tant pis pour tous ces chapitres où le propriétaire était supposé se trouver –, puis à la police locale, Dortmunder avait sincèrement espéré que les choses évolueraient selon le scénario habituel, le programme prévu, tout espoir abandonné, deux récidives et l'on vous boucle, je jette l'éponge, d'accord, c'est bon, vous m'avez eu, je ne connaîtrai plus jamais la liberté.

Mais quand ce salopard a volé la bague, c'est là que tout a changé. C'est là que, Dortmunder l'a compris, il ne pouvait plus jouer le jeu selon les règles. Il allait tout faire pour récupérer cette bague. Ce qui signifiait qu'il devait s'échapper.

La femme flic au gros cul l'accompagna dans l'allée jusqu'à la voiture de police et le poussa sur la banquette arrière, puis elle manœuvra le bouton qui bloquait les deux portières arrière et actionna la grille de séparation qui isolait les sièges avant, emprisonnant Dortmunder. Puis elle prit place derrière le volant pour allumer la radio.

Très bien. Il allait s'échapper, c'était décidé. Ce qui signifiait qu'il devait le faire avant qu'ils atteignent le commissariat, où ils disposeraient certainement d'une cellule costaude pour l'enfermer mais, de surcroît, ne manqueraient pas de relever immédiatement ses empreintes, de sorte que s'il s'échappait après ça, il lui serait beaucoup plus difficile de mener une vie normale par la suite. Il fallait donc le faire maintenant, de cette voiture, avant qu'ils arrivent là où ils allaient.

Un ouvrier pense d'abord à ses outils. De quoi disposait-il, en dehors de ces menottes qui ne servaient qu'à limiter ses mouvements ? (Mouvements qui auraient été encore plus limités si les menottes avaient été attachées dans son dos, mais Dortmunder, ayant expérimenté une ou deux fois dans sa vie la procédure d'arrestation, avait appris qu'il suffisait souvent, surtout avec des flics jeunes ou inexpérimentés, de présenter les poignets d'un air humble et abattu pour bénéficier de l'option nettement plus confortable qui consistait à être menotté devant. Ça avait encore marché cette fois, lui épargnant de devoir grimper ultérieurement par-dessus ses bras à la façon de Houdini, ce qui revenait à reculer en se tortillant dans un cerceau.)

Outils, outils, outils... Il avait une ceinture munie d'une boucle. Il avait des chaussures à lacets. Il y avait une fermeture Éclair sur son pantalon et cette fermeture avait une languette métallique, le truc sur lequel on tire pour la baisser ou la remonter. La languette n'était pas fixée à la fermeture à glissière, mais tenait par une crête incrustée dans un sillon de chaque côté de la glissière. Sans quitter des yeux la nuque de la femme flic, Dortmunder saisit la languette d'une main et la glissière de l'autre, les tordit en sens contraire et récupéra la languette. Un outil.

Bien que verrouillées, les portières arrière de la voiture de police étaient tout à fait ordinaires, à ceci près qu'il n'y avait ni boutons ni manivelles pour ouvrir les fenêtres, juste des petites plaques de métal brillant à l'endroit où boutons et manivelles auraient dû se trouver. En dessous de chaque vitre, le panneau intérieur était fixé par tout un tas de vis cruciformes.

Dortmunder glissa vers la gauche, derrière la femme flic. Il dissimula sa main droite sous l'autre et la fit descendre entre sa hanche et la porte, insérant un des angles supérieurs de la languette dans le X qui striait la tête de la première vis. Il appuya, mais rien ne se produisit. Il arrêta, inspira à fond, serra plus fort la languette et donna une impulsion brusque. Résistance, résistance. La vis tourna.

Parfait. Un peu de jeu, on n'a pas besoin de plus pour l'instant. Dortmunder s'attaqua à la vis suivante, à hauteur de son coude gauche. Même résistance, même poussée brusque, même victoire abrupte. La troisième vis, toutefois, dut subir deux poussées avant de céder.

Dortmunder avait libéré cinq vis et il lui en restait au moins autant au programme lorsque le flic mâle au képi sale sortit de la maison, s'installa sur le siège du passager, jeta un coup d'œil pour la forme à son prisonnier avachi et ahuri, balança son képi par terre (pas étonnant qu'il fût sale), et annonça : « C'est bon, on peut l'emmener.

– De quoi voulait-il te parler, après mon départ ? »

Le flic se marra. « Attends un peu que je te raconte », répondit-il pendant que Dortmunder dégageait la sixième vis.

La femme conduisit, Dortmunder s'occupa des vis et le flic raconta l'histoire de Max Fairbanks et de sa faillite judiciaire. Fairbanks – ainsi, le salopard qui avait fauché la bague de Dortmunder était le type en personne, la grosse huile – avait servi au flic une version allégée de sa situation juridique, qui s'avéra exactement celle que Gus avait décrite à Dortmunder, à ce détail croustillant près que Max Fairbanks avait enfreint l'ordonnance du tribunal concernant la maison en question, et ne voulait pas que cela se sache.

N'était-ce pas une bonne histoire ? Max Fairbanks viole la loi, il passe outre une ordonnance du juge, il demande à ce flic à tête de veau et képi crasseux de le soutenir dans son activité criminelle, et le flic obtempère ! La vie serait-elle injuste, des fois ?

Elle l'est. Le flic avait accepté, vu que Max Fairbanks n'était pas censé se trouver là, et vu que de surcroît il n'était certainement pas censé s'y trouver en compagnie de cette jeune personne, il en résultait que les deux flics avaient repéré une lumière dans cette maison qui aurait normalement dû être inoccupée, étaient entrés et avaient capturé le cambrioleur.

« Pour vous aussi, c'est mieux comme ça, ajouta le flic en tournant la tête pour regarder Dortmunder derrière le grillage. Si la maison est inoccupée, c'est un simple cambriolage, mais s'il y a quelqu'un à l'intérieur au moment où vous entrez par effraction, c'est du vol qualifié, et la peine est plus lourde. Vous avez de la chance, hein ?

– Merci », répondit Dortmunder en faisant sauter la dernière vis.

Carrport est une vieille ville où il ne se passe pas grand-chose les soirs de semaine, pas depuis que les Gatsby et leurs copines délurées ont disparu. Comme il y a davantage d'arbres feuillus que de réverbères sur les trottoirs, on n'y voyait pas très bien à l'intérieur de la voiture de police qui s'éloignait à vitesse régulière de la zone résidentielle bordant la baie, en direction du centre des affaires, sur la colline, où se trouvait le commissariat. L'obscurité convenait parfaitement à Dortmunder qui ôta toutes les vis et les glissa dans sa poche pour éviter qu'elles ne fassent du bruit en roulant par terre, puis détacha silencieusement le panneau et l'adossa au siège de la conductrice, non sans avoir essuyé ses empreintes avec ses paumes. Ensuite, l'obscurité se révéla beaucoup moins propice, car il avait besoin de voir le mécanisme à l'intérieur de la porte s'il voulait passer à la phase deux de l'opération.

Et voici le quartier des affaires dans toute sa splendeur : agents immobiliers et magasins de vidéo. En général, on appelle ce secteur le centre-ville, mais à Carrport, c'est le haut de la ville par rapport à la baie, les « affaires » étant rassemblées à bonne distance des riches propriétés du bord de mer, aussi les habitants disent-ils centre-ville, et quand ils ont besoin de quelque chose, ils vont ailleurs.

N'empêche, il y avait davantage de réverbères dans ce coin-là, et moins d'arbres feuillus, et Dortmunder put enfin voir comment s'organisait l'intérieur de la portière. Cette barre traverse ici, ce coude aboutit là, et si l'on tire sur cette fiche, ici...

Flop. La vitre tomba comme une guillotine dans la partie solide de la porte.

« C'était quoi, ça ? » cria le flic, et la femme appuya sur le frein, ce qui était excellent car Dortmunder, tête la première, se propulsant à l'aide de ses mains menottées, sortit par la fenêtre, s'en écarta d'un coup de pied, rentra la tête dans les épaules, atterrit sur le dos, et fit plusieurs roulades vers la droite, emporté par son élan. Ensuite, meurtri, contusionné, menotté mais libre, il se remit péniblement debout tandis que les policiers en étaient encore à essayer d'arrêter leur voiture, et détala à toutes jambes vers la première zone d'obscurité venue.

9

Les yeux de Max scintillèrent sous la lumière de la véranda quand il regarda la rutilante voiture de police s'éloigner sur l'asphalte brillamment éclairé et franchir la grille pour se fondre dans les ténèbres extérieures, emportant à son bord le malheureux cambrioleur avec son air de chien battu. Et sans sa bague. Trouve donc un travail qui te convienne mieux, mon pote, voilà mon avis.

Existait-il une sensation supérieure à celle-là ? Non seulement il avait gagné mais en plus, il avait terrassé son adversaire. La bague étincelait à son doigt, encore chaude du contact de la main du voleur.

C'est pour cela qu'il était un gagnant, et le serait toujours, en toutes circonstances. La chance sourit aux audacieux. Et voyez donc ce qu'elle lui apportait cette fois-ci.

Quand il avait initialement décidé de prendre la bague, il ne l'avait pas encore regardée de près, il ne savait pas qu'elle lui appartenait pour de bon, d'étrange et exquise manière. S'en emparer n'avait été que la cerise sur le gâteau, l'amusante conclusion d'une soirée déjà fort agréable : couronner le tout en volant le voleur. Après tout, que risquait-il, au pire ?

Et voilà que cette bague était la sienne, elle l'était, spirituellement, depuis le début. Quelle surprise, lorsque le policier la lui avait remise, de lire en la retournant : TUI.

La bague en soi ne valait pas un clou, un vulgaire anneau à trois sous, mais il y avait ce symbole sur le chaton. La ligne interrompue au-dessus des deux lignes continues : *Tui*, son trigramme personnel. Il avait même nommé sa société écran d'après ce symbole, le jour où il était devenu tellement riche qu'il lui fallait une société écran. *Trans-Global* représentait la ligne brisée au sommet, tandis qu'*Universal* et *Industries* étaient les lignes continues, et les initiales sur la plaque, TUI. C'est moi. Cette bague est mienne, j'ignorais à quel point j'avais raison.

Il l'avait même montrée à ce flic plutôt lent d'esprit, et pourtant le type n'avait pas la moindre idée de ce qu'il racontait. « Là, vous voyez ? Le symbole de *Tui*. J'ai bâti ma société dessus. »

Il fallait qu'il lance les pièces sans tarder. Mais pour commencer, le moment était venu de se débarrasser de la fille. Et de se protéger contre les retombées fâcheuses que pouvait déclencher cette infraction à l'ordonnance du juge. « Chérie, dit Max en rentrant dans la maison et en éteignant l'éclairage extérieur, va dans la cuisine. »

Elle avait l'air d'attaque et encore désirable, dans son peignoir d'éponge.

« Oui ?

– Près du téléphone, tu trouveras le numéro de l'agence de location de voitures. Appelle-les donc, mon chou. »

Apparemment, elle ne savait plus que penser. « On abandonne la voiture ? »

À savoir la Lamborghini dans laquelle ils étaient arrivés, pour l'heure à l'abri dans le garage prévu pour plusieurs véhicules qui était adossé à la maison. « Il va falloir que je reste ici un peu plus longtemps, expliqua Max. À cause de cet incident. »

Elle n'appréciait pas, mais qu'y pouvait-elle ? Elle alla téléphoner tandis que Max montait en vitesse s'habiller à l'étage. Elle le rejoignit peu après, prenant quelques postures suggestives pendant qu'elle se changeait à son tour, mais il n'était plus intéressé par la question. D'une certaine façon, elle représentait maintenant une quantité connue – non, une qualité connue – et surtout, il avait envie de se retrouver seul avec sa nouvelle bague.

Ils furent en bas en un rien de temps, abandonnant leurs peignoirs en éponge emmêlés dans le panier à linge sale en osier. Dehors, une berline Lincoln bleu foncé remonta discrètement l'allée en ronronnant. Max déposa un baiser absent sur la joue de Miss Septembre, lui tapota l'autre joue et l'expédia. Puis il regagna l'intérieur de la maison d'un pas vif, éteignant les lumières au fur et à mesure.

La bibliothèque. De profonds fauteuils en cuir brun, des lampes de lecture coiffées d'un globe de verre émeraude, des livres achetés au mètre par un décorateur. Parmi lesquels se trouvait Le Livre, et sur le manteau de marbre de la cheminée si rarement utilisée, un petit pot à moutarde en porcelaine Wedgwood, et à l'intérieur du pot, trois pièces d'un *cent* rutilantes.

Là. Il avait juste le temps de les lancer une fois avant de devoir quitter les lieux. Cela donna un sept, un neuf, un huit, et trois sept consécutifs, comme ci-dessous :

Fantastique. Le Créatif au-dessus, et son propre trigramme, *Tui*, le Joyeux, au-dessous. Mais une seule ligne mobile, le neuf en deuxième position.

Max feuilleta fébrilement les pages du Livre. Hexogramme numéro dix. « Marcher sur (Action). » Commentaire : « Marcher sur la queue du tigre. Il ne mord pas l'homme. Réussite. »

Oui, oui, oui. N'était-ce pas la vérité ? N'était-ce pas toute l'histoire de sa vie ? Marcher sur la queue du tigre, s'en sortir indemne et connaître la réussite grâce à sa propre témérité.

C'était précisément ce qu'il venait de faire ce soir, en voyant la bague. Soudain, il l'avait voulue, il avait vu la plaisanterie, il avait vu le triomphe, il s'était dit *Au pire, qu'est-ce que je risque ?* et s'était écrié : « C'est ma bague ! »

Un neuf en deuxième position. « Avancer d'un pas tranquille et régulier. La persévérance d'un homme brun apporte la chance. »

C'est moi. L'homme brun, débordant de chance. Max rangea les pièces et Le Livre, un sourire aux lèvres.

Bientôt la maison se retrouva plongée dans l'obscurité et Max au volant de la Lamborghini noire, roulant sur la Southern State Parkway déserte en direction de la ville. La bague brillait à son doigt, éclairée par le tableau de bord, et de temps en temps, Max la regardait en souriant. J'aime cette bague, se dit-il. Ma bague porte-bonheur.

10

Jamais de sa vie Dortmunder ne s'était senti aussi sûr de lui. Il avait arraché le panneau de la porte et sauté de la voiture en marche comme s'il s'exerçait depuis une semaine à ce genre de cascade. Lorsque la ruelle, parallèle à la rue principale, dans laquelle il s'était engouffré au pas de course longea l'arrière de la quincaillerie locale, il s'arrêta et se pencha sur la serrure de la porte de service, qu'il caressa avec des doigts rendus spécialement performants par la colère. La porte s'ouvrit en douceur et il se faufila à l'intérieur, la refermant et la verrouillant juste avant que ne retentisse dehors le martèlement des godillots de la police. Et effectivement, ils essayèrent d'ouvrir la porte.

Heureusement, c'était encore un de ces endroits où on laisse une lampe allumée à l'intention des cambrioleurs, pour qu'ils ne risquent pas de se blesser en trébuchant sur quelque chose dans l'obscurité. Veillant à rester hors de la zone éclairée, Dortmunder avança jusqu'à l'avant du magasin, s'installa sur un sac de plâtre, ses mains enchaînées enserrant ses genoux, et regarda par la vitrine de verre armé ses poursuivants s'éloigner peu à peu.

Il avait estimé que les autorités mettraient une demi-heure à décider qu'il n'était plus dans les parages immédiats, mais en réalité, cinquante minutes s'écoulèrent avant que les voitures de police – celles de Suffolk County en plus de celles de la ville – et les agents à pied cessent de quadriller le terrain dans tous les sens.

Quand le calme fut enfin revenu à Carrport et que Dortmunder abandonna sa station assise sur le sac de ciment, ce fut pour constater qu'il était engourdi et endolori ; et d'ailleurs, pourquoi pas ? Faisant bouger ses épaules, ses jambes et son torse, gémissant doucement, il regagna lentement l'arrière du magasin où l'attendait un vaste choix d'outils bien décidés à l'aider à se débarrasser de ses menottes.

On se calme ! Plusieurs tournevis et autres petits instruments étaient prêts à se laisser insérer dans la serrure entre les deux menottes. Quelque chose va finir par l'ouvrir, quelque chose, quelque chose.

Ping. Les bracelets tombèrent par terre et d'un coup de pied, Dortmunder les expédia sous un présentoir de produits anticafards. Tout en frottant ses poignets gourds et endoloris, il se promena dans les travées du magasin, choisissant les outils qu'il souhaitait emporter. Après quoi il ressortit par la porte de service et rebroussa chemin en empruntant la même ruelle.

Carrport n'était pas une ville très compliquée. Si vous descendiez la colline, vous aboutissiez à la baie, et si vous tourniez à gauche en arrivant à la baie, tôt ou tard vous vous retrouviez au 27 Vista Drive. Bien entendu, si vous vous cachiez des voitures de police et des patrouilles à pied, le parcours risquait de prendre un peu plus longtemps que la normale, mais tout compte fait, vous finissiez par arriver devant la maison, de nouveau plongée dans l'obscurité à l'exception de cette trompeuse lumière destinée aux voleurs, dans le couloir du premier étage. Pas un policier en vue, aucune raison de se priver de la visite.

La méthode employée par Dortmunder pour neutraliser l'alarme de la porte d'entrée fonctionna aussi bien que celle de Gus, peut-être encore mieux si ça se trouve, mais cette fois, Dortmunder se garda d'entrer le nez en l'air. Cette fois, il savait que la maison était occupée – ce n'était plus un simple cambriolage mais un cambriolage aggravé, surtout ne pas oublier la différence – et il savait aussi que l'occupant possédait une arme et un téléphone (et une bague qu'il ne méritait pas, maudit voleur) et l'idée de reproduire les circonstances de leur précédente rencontre ne l'intéressait absolument pas. Aussi se faufila-t-il furtivement à l'intérieur, s'arrêtant à plusieurs reprises pour scruter les ténèbres épaisses du couloir du premier étage, et après tout ça, décida que la maison était vide.

Vide. Vous essayez de n'être qu'un simple cambrioleur, et vous vous retrouvez voleur qualifié. Après quoi, vous essayez d'être un voleur qualifié et vous vous retrouvez simple cambrioleur. Bon sang de bois !

D'un pas d'éléphant, Dortmunder traversa les pièces vides l'une après l'autre, et il lui apparut clairement que Max Fairbanks et sa petite amie n'y avaient pas du tout vécu, ils étaient juste passés par là pour compliquer la vie d'un brave cambrioleur, puis, en ayant terminé avec leur mauvaise action de la journée, ils avaient décampé. Mais oui, voici leurs peignoirs en tissu-éponge, au fond du panier à linge sale. Ils étaient venus, s'étaient envoyés en l'air et étaient repartis.

Dortmunder quadrilla la maison inhabitée, allumant et éteignant les lampes en toute tranquillité, sachant que les flics croyaient Max Fairbanks installé chez lui, sachant qu'il ne leur viendrait jamais à l'esprit que leur fugitif était retourné sur les lieux du crime.

Fairbanks aurait-il laissé quelque part son butin mal acquis, par exemple sur le comptoir de la cuisine qu'il avait mentionné ? Non. Il avait disparu, tout comme Fairbanks lui-même. Devait se trouver au doigt de ce salaud.

Je vais récupérer cette bague, jura Dortmunder, un serment plein de détermination, même s'il faut pour cela que je lui arrache le doigt d'un coup de dents. En attendant, histoire de terminer l'expédition précédemment interrompue, il monta chercher des taies d'oreiller à l'étage.

Une demi-heure plus tard, Dortmunder franchit la porte latérale et se trouva devant un long garage prévu pour accueillir cinq voitures. Trois des emplacements étaient occupés. Le véhicule le plus proche était un minibus Honda pour douze personnes, tout juste bon à rapatrier de la gare des cadres moyens venus par le train. La plus éloignée était une petite voiture de sport rouge, une Mazda RX-7 destinée aux cadres supérieurs qui souhaiteraient faire le tour de la baie. Et celle du milieu était une berline Lexus d'un noir étincelant. On peut compter sur les grosses sociétés américaines pour acheter toutes leurs voitures en Asie.

Dortmunder fixa son choix sur la Lexus. Il entassa huit taies d'oreillers cliquetantes et pleines à ras bord sur la banquette arrière, trouva le bouton qui ouvrit la porte à bascule devant son nouveau moyen de transport, sortit de là, s'arrêta, en invité prévenant, pour appuyer sur un autre bouton qui éteignait les lumières du garage et refermait la porte, et s'éloigna enfin du 27 Vista Drive, sans doute définitivement.

Il y avait en ce moment même un tas de voitures de police en circulation, qui rôdaient de-ci de-là dans le monde, mais aucune ne s'intéressait à une jolie Lexus noire rutilante et toute neuve. Dortmunder s'engagea sur la Long Island Expressway, brancha la radio sur une station spécialisée dans la musique d'ambiance et se réjouit de retourner à New York dans des conditions si confortables.

Où il devait faire deux arrêts avant de rentrer à la maison. Le premier, à l'ouest de Manhattan, pour rendre visite à un dénommé Stoon, connu pour donner des liquidités en échange d'objets de valeur. Stoon apprécia le matériel que contenaient les taies d'oreiller. Le deuxième à Brooklyn, pour laisser la Lexus à l'arrière d'un établissement baptisé Maximilian, Voitures d'occasion. C'était fermé à pareille heure, vous imaginez, mais Dortmunder glissa les clés de la Lexus dans une enveloppe avec un petit message sibyllin, balança l'enveloppe par-dessus le fil de fer barbelé pour que les dobermans puissent le renifler, et prit un taxi pour rentrer chez lui, où May était encore debout, devant le journal télévisé de onze heures. « Je le regarde toujours, dit-elle en désignant le téléviseur, au cas où ils parleraient de toi.

– Je suis désolé, May, déclara Dortmunder en laissant choir vingt-huit mille dollars en espèces sur la table basse. J'ai de mauvaises nouvelles à t'annoncer. »

11

Dortmunder entra dans la cuisine vers les neuf heures le lendemain matin, bâillant, se grattant et plissant les yeux énormément, et tomba sur Andy Kelp, sourire aux lèvres, qui était assis à la table de la cuisine. « Je n'ai pas besoin de ça », dit Dortmunder.

May était également là, en train de préparer le café, l'ayant entendu ricocher entre les murs de la chambre et de la salle de bains au cours du dernier quart d'heure. « Allons, John, ne sois pas grognon. Andy est passé te dire bonjour.

– Bonjour », dit Dortmunder. Il s'assit devant la table que recouvraient presque entièrement les coudes d'Andy et tendit la main vers le paquet de céréales Cheerios, qu'il aimait avec beaucoup de lait et beaucoup de sucre.

Andy, un maigre de caractère jovial doté d'un nez effilé, arbora un sourire de dentiste en regardant Dortmunder enfoncer la cuiller dans le sucre en poudre. « John, commença-t-il, pourquoi fais-tu cette tête ? May m'a raconté que tu avais touché le jackpot la nuit dernière.

– Elle t'a dit ça, hein ? »

En lui apportant son café – beaucoup de lait et beaucoup de sucre –, May s'expliqua : « Je savais que ça ne te dérangerait pas que je le dise à Andy. »

On croit connaître les gens. Dortmunder courba le dos et mangea.

« Alors, si tu as touché le jackpot et que tu es rentré libre à la maison, pourquoi tu tires cette tête ?

– John, la bague n'est pas si importante, risqua May.

– Pour moi, si. »

Andy se dressa, sur le qui-vive, tel un écureuil qui a entendu tomber un gland.

« La bague ? »

Dortmunder leur lança un regard noir. S'adressant à May, il demanda : « Tu ne lui as pas parlé de ça, j'espère ?

– Je croyais que tu voudrais.

– Non », répliqua-t-il en engouffrant assez de Cheerios pour rester *incommunicado* pendant une semaine.

Aussi est-ce May qui expliqua à Andy le paquet de Federal Express, la bague à valeur sentimentale héritée de l'oncle à moitié inconnu, comme elle allait parfaitement à John (du moins s'abstint-elle de mentionner qu'un petit supplément de chance ne serait pas de trop pour lui, il lui en fut reconnaissant), et la manière dont un propriétaire la lui avait volée lors de son expédition nocturne à Long Island.

Pendant tout le récital, Dortmunder était resté penché, à mâchonner d'un air maussade, contemplant le fond de son bol de Cheerios, et quand il releva les yeux, le diable si Andy n'était pas en train de sourire. « Mmm », proféra Dortmunder.

Andy demanda : « John, ça s'est vraiment passé comme ça ? Le type t'a arraché la bague du doigt ? »

Dortmunder haussa les épaules et mastiqua des Cheerios.

Andy rit pour de bon, cette fois. Ce n'était vraiment pas sympa. « Je suis désolé, John, mais il faut que tu apprécies l'humour de la chose. »

Faux. Dortmunder continua à mastiquer des Cheerios.

« Je veux dire, c'est ce qu'on appelle l'arroseur arrosé, tu comprends ? Tu es l'arroseur, et tu t'es fait arroser. »

May dit gentiment : « Andy, je ne crois pas que John soit encore prêt à apprécier l'humour de la chose.

– Ah bon ? D'accord. » Andy haussa les épaules. « Eh bien, préviens-moi quand tu seras prêt, John, parce que c'est vraiment drôle. Je regrette, mais ce type a un certain style.

– Nn mm gg », répondit Dortmunder, ce qui signifiait « et ma bague.

– Mais si tu ne veux pas en parler maintenant, poursuivit Andy, je comprends très bien. Il t'a ridiculisé et humilié, il s'est foutu de toi...

– Andy, intervint May, je crois que John va te poignarder avec sa cuiller.

– Mais, objecta Andy en changeant d'allure sans perdre son énergie, si je suis venu aujourd'hui, c'est au sujet d'une éventualité dont j'ai entendu parler et qui pourrait t'intéresser, en rapport avec une expédition d'émeraudes colombiennes passées en douce, tu sais, que cette troupe de danseurs est censée avoir, et ils vont à la BAM, et je me disais...

– Excuse-moi, Andy, intervint May, ils vont où ?

– À la Brooklyn Academy of Music, le conservatoire qui est à Brooklyn, un tas de spectacles sont montés là-bas qui ne conviennent pas à Broadway parce qu'ils n'utilisent pas de machines pour faire de la fumée, mais en même temps ils sont trop importants pour être *off* Broadway, alors cette troupe de ballet... »

Et Andy poursuivit dans cette veine, décrivant la culture américaine, l'histoire du ballet aux Etats-Unis, la prééminence des émeraudes dans l'économie colombienne, jusqu'au moment où Dortmunder fit passer ses Cheerios avec une rasade de café et coupa : « Non. »

Andy leva les yeux vers lui. « Non, quoi ?

– Non aux émeraudes, non au ballet, non à la BAM, non merci madame. »

Andy écarta les mains. « Et pourquoi pas ?

– Parce que je suis occupé.

– Ah oui ? Et à quoi ?

– À récupérer ma bague. »

Andy et May le dévisagèrent d'un air stupéfait.

« Mais, John, la bague est partie, s'exclama May.

– Jusqu'à ce que je la récupère.

– John, tu vas t'en prendre à ce multimilliardaire ? s'enquit Andy. Ce Max ?

– Fairbanks, oui. » Dortmunder porta une autre montagne de Cheerios à sa bouche.

« Attends ! s'écria Andy. Ne mange pas tout de suite, John, écoute-moi d'abord. »

Dortmunder restitua à regret la montagne dans le bol.

« Et...

– Et les multimilliardaires ont des gardes du corps, du personnel de surveillance, tout ça. Tu ne peux pas te pointer d'un air décontracté et dire simplement bonjour.

– C'est ce que j'ai fait hier soir.

– Si j'en crois May, c'est parce qu'hier soir, le type faisait quelque chose en dehors de son territoire. Il était avec une fille, non ?

– J'en conviens.

– Mais la plupart du temps, John, il doit être sur la réserve, tu sais ? Je veux dire, même si tu savais où se trouve la réserve. Enfin, comment vas-tu faire pour le retrouver ?

– Je le retrouverai.

– Comment ?

– D'une manière ou d'une autre.
– Bon, d'accord. Écoute-moi. Cette histoire d'émeraudes peut attendre quelques jours, ils sont en train de traverser l'Amérique du Sud, ils doivent danser à Cancun en ce moment, un endroit comme ça. Si tu veux, je bosse avec toi sur cette affaire de bague, et...
– Pas la peine.
– Mais John, je veux t'aider. On tente le coup de la bague, on voit comment ça se passe, et après, on parle émeraudes. »
Dortmunder posa sa cuiller sur la table. « Je me fous des émeraudes. Ce type m'a piqué cette putain de bague et je veux la récupérer, et je refuse de penser à quoi que ce soit d'autre tant que je n'aurai pas mis la main dessus, et j'ignorais que le type était un Indien, mais ça ne fait rien, s'il vit dans une réserve, je la retrouverai, et...
– C'était juste une façon de parler, John....
– Ah bon ! Eh bien, je vais retrouver ce type et je vais récupérer la bague ? Pigé ?
– Pas de problème, dit Andy. Je vais t'aider.
– Bien sûr, dit Dortmunder, prenant un ton sarcastique. Et tu as l'adresse de Max Fairbanks ?
– Je vais appeler Wally. »
Dortmunder cilla, ses velléités de sarcasmes tuées dans l'œuf.
« Quoi ?
– Tu te souviens de Wally, mon petit camarade informaticien ? »
Dortmunder le regarda d'un air des plus soupçonneux. « Tu n'essaies pas encore de me vendre un ordinateur, j'espère ?
– Non, j'ai perdu tout espoir d'y parvenir avec toi, John, admit Andy, mais l'intérêt de Wally, c'est qu'il peut accéder à n'importe quel ordinateur dans le monde, se promener à l'intérieur du disque dur

comme un petit lapin et y dénicher tout ce que tu veux. Tu souhaites savoir où se trouve un multimillionnaire nommé Max Fairbanks ? Wally peut te le dire. »

May sourit : « J'ai toujours bien aimé Wally.

– Il a déménagé dans le nord de l'État, expliqua Andy en lançant un regard vif à Dortmunder. Eh bien, John, qu'est-ce que je fais ? Je l'appelle ? »

Dortmunder soupira. Les Cheerios s'étaient transformés en bouillie dans le bol. « Pourquoi pas, lâcha-t-il.

– Tu vois, John, dit Andy d'un air radieux en sortant de sa poche le téléphone portable de quelqu'un d'autre, je te suis déjà utile. »

12

Il pleuvait sur Maximilian, Voitures d'occasion. De fait, il pleuvait sur tout le secteur, là où Brooklyn et Queens rencontrent la frontière du comté de Nassau, l'endroit où la ville de New York abandonne enfin tout espoir de demeurer la ville de New York et laisse la place à Long Island, mais on avait l'impression que la pluie visait spécialement Maximilian, Voitures d'occasion, et que ce qui tombait ailleurs, c'était par accident.

Vêtu d'un imperméable qui prenait l'eau, coiffé d'un chapeau qui prenait l'eau et chaussé de souliers qui prenaient l'eau, Dortmunder avait parcouru plusieurs pâtés de maison depuis la bouche de métro et ressemblait maintenant plus ou moins à un tas de vêtements mis au rebut pour une œuvre de charité. Il aurait dû prendre un taxi – après tout, il était riche, ces derniers temps – mais bien qu'il y ait eu pas mal de nuages lorsqu'il était parti de chez lui (d'où l'imperméable), il ne pleuvait pas vraiment sur Manhattan, et probablement pas sur ce secteur. Il pleuvait seulement sur l'établissement de Maximilian, ce genre de pluie régulière, comme dispensée par un arrosoir, qui descend d'une grosse tache de nuage accroupie juste deux mètres cinquante au-dessus du chapeau avachi de Dortmunder.

Il y a une chose qu'on peut porter au crédit de la pluie : elle rend les voitures jolies. Toutes ces ! ! ! CHOUCHOUS ! ! ! et ! ! ! ULTRASPÉCIAL ! ! ! et ! ! ! SUPER AFFAIRE ! ! ! lustrées et rutilantes, dont les taches de rouille avaient été transformées en grains de beauté, et les nombreux accrocs en dessins effilés, symboles de vitesse, sur la carrosserie. La pluie remplissait le même office pour ces tas de boue que l'arsenic pour les courtisanes françaises ayant dépassé la date limite de consommation : elle leur donnait l'éclat fiévreux d'une jeunesse et d'une beauté fallacieuses.

Pataugeant entre ces mensonges à quatre roues, Dortmunder avait l'air d'être leur chauffeur à tous. Comme il s'approchait du bureau, un jeune type en blazer et pantalon de toile, chemise blanche, cravate tape-à-l'œil et mocassins, large sourire et chevelure abondante, sortit par la porte garnie d'une moustiquaire chromée. Il ignora purement et simplement la pluie, comme si elle n'existait pas, et bondit tel un faune par-dessus graviers et flaques d'eau pour lancer :

« Bonjour, monsieur ! Vous cherchez un carrosse, n'est-ce pas ? Vous avez frappé à la bonne adresse ! Je vous vois parfaitement dans une berline à quatre portes, je ne me trompe pas ? Une voiture qui ait de l'intégrité sous le capot, mais en même temps un éclair de...

– Max. »

Le jeune type cligna des yeux et des éclaboussures d'eau jaillirent de ses cils.

« Monsieur ?

– Je suis venu voir Max. »

Le jeune gars prit un air tragique.

« Je regrette infiniment, monsieur, mais M. Maximilian n'est pas là aujourd'hui.

– M. Maximilian, décréta Dortmunder, n'a pas d'autre endroit que celui-ci. » Et contournant le jeune type, il se dirigea vers le bureau.

L'autre sautilla derrière lui. Dortmunder regretta de ne pas avoir une balle à lui lancer. Ou un bâton. Pas pour lancer. « J'ignorais que vous étiez un ami de M. Maximilian, monsieur.

– Je ne savais pas qu'il en avait », rétorqua Dortmunder en pénétrant dans le bureau, un espace austère lambrissé de gris où une femme austère au visage en lame de couteau tapait à la machine, assise devant une table ordinaire. « Bonjour, Harriet », dit Dortmunder au moment où le téléphone sonnait.

La femme leva les deux mains de son clavier, la droite pour lever l'index à l'intention de Dortmunder, signifiant, je vous parle dans une minute, l'autre pour décrocher : « Maximilian, Voitures d'occasion, miss Caroline à l'appareil. » Elle écouta, et dit : « Vous avez caché une bombe ? Où ça ? Oh, c'est à nous de le découvrir ! Vous avez fait ça quand ? Oh, mais si, je sais que vous parlez sérieusement. »

Dortmunder recula vers la porte au moment où le jeunot sautillant entrait, souriait niaisement, et traversait la pièce pour aller s'asseoir dans le coin, derrière un bureau beaucoup plus petit.

Harriet/miss Caroline poursuivit : « Ah, la nuit dernière. Après la fermeture ? Escaladé la clôture ? Avez-vous pensé à changer l'eau des chiens, pendant que vous y étiez ? »

Elle eut un rire cristallin, raccrocha et dit : « Salut, John. »

Il désigna le téléphone du menton. « Un client mécontent ?

– Ils sont tous mécontents, John, pourquoi viendraient-ils ici, sinon ? Et après, ils appellent avec ces alertes à la bombe. »

Pointant le pouce par-dessus son épaule, en direction des voitures garées dehors, Dortmunder déclara : « Ce sont elles, les alertes à la bombe.

– Allons, John, voulez-vous parler gentiment. »

Dortmunder se mit à faire un tas d'autres gestes. Cette fois, ils désignaient Peter Pan dans son coin. « Je vois que vous avez un animal de compagnie.

– Mon neveu, expliqua Harriett en insistant légèrement sur le mot neveu. Vous vous êtes déjà rencontrés ?

– Oui. Max est là ?

– Toujours. » Elle décrocha le combiné, appuya sur un bouton et annonça : « Max ? John D. est là. » Elle raccrocha, sourit, se remit à taper et dit : « Il arrive tout de suite. »

Effectivement. Maximilian en personne apparut sur le seuil de la porte de communication, un grand type âgé, bajoues charnues et cheveux blancs clairsemés. Son blouson foncé était ouvert sur une chemise blanche couverte de taches après tant d'heures à se pencher sur de vieilles voitures. Il avait longtemps fumé le cigare, et maintenant qu'il avait laissé tomber, il continuait à avoir l'air d'un type qui fume le cigare. Un cigare fantôme planait en permanence autour de lui. Mâchonnant son cigare fantôme fiché au coin de sa bouche, il jeta un coup d'œil à gauche et à droite, puis regarda Dortmunder et dit : « Je pensais qu'elle parlait de John D. Rockfeller.

– Je crois qu'il est mort, répondit Dortmunder.

– Ah bon ? Je peux dire adieu à mon pourboire. Que puis-je faire pour toi ?

– J'ai déposé une bagnole l'autre nuit.

– Oh, celle-là. » Max secoua la tête. Un médecin avec de mauvaises nouvelles pour la famille. « Quel dommage. Elle avait belle allure, note bien. Tu as remarqué comme elle broutait ?

– Non. »

Nouveau hochement de tête. « Les gars de l'atelier pensent qu'ils peuvent sans doute arranger ça, cela dit, ils finissent toujours par avoir des résultats, mais ça va être coton. »

Dortmunder attendit.

Max soupira. « On se connaît depuis longtemps, nous deux. Si tu veux, je t'en débarrasse.

– Max, il n'est pas question que tu fasses une chose pareille.

– Quoi ? s'étonna Max, sourcils froncés.

– Je ne veux pas te planter avec une caisse pourrie, ajouta Dortmunder tandis que Harriet cessait de taper pour tendre l'oreille, juste parce qu'on est de vieux potes. Je me sentirais trop mal. Cette bagnole est une vraie casserole, je vais la reprendre, et excuse-moi.

– Mais pas du tout, dit Max. Je suis sûr que les gars vont en sortir quelque chose.

– Ça va me rester sur la conscience, Max, il y aura toujours ce problème entre nous. Donne-moi les clés, je vais voir si j'arrive à la faire démarrer, je vais la sortir de là. »

Cette fois, Max plissa le front de mécontentement. « Qu'est-ce qui te prend, John ? Serais-tu en train de négocier ?

– Mais non, Max, je suis désolé de t'avoir embêté avec ça, je ne m'étais pas rendu compte.

– John, persista Max, l'air presque désespéré, elle vaut quand même quelque chose.

– Les pièces détachées, je sais. Je vais la porter chez un gars qui va la désosser, j'en tirerai bien quelques dollars. Harriet a les clés ? »

Max recula de quelques pas pour mieux toiser Dortmunder. « Changeons de sujet, décida-t-il. Qu'est-ce que tu penses du temps ?

– Génial pour les récoltes, dit Dortmunder. Harriet a les clés ?

– Tu as rencontré son neveu ?

– Oui. C'est lui qui a les clés ?

– Je t'en donne mille deux cents, de ta bagnole ! »

Dortmunder, qui s'attendait tout au plus à cinq cents, dit : « Je ne peux vraiment pas te faire ça, Max. »

Max mâcha furieusement son cigare fantôme : « Je ne monterai pas au-dessus de mille trois cent cinquante !

Dortmunder écarta les mains. « Si tu insistes, Max. »

Max lui lança un regard incendiaire et glapit : « Ne sors pas d'ici !

– Je t'attends. »

Max regagna son bureau perso, Harriet reprit sa frappe et le neveu ouvrit un exemplaire de *Popular Mechanics*.

Dortmunder demanda : « Harriet, vous pourriez m'appeler un taxi ?

– Bien sûr, John », répondit Harriet, et elle s'y employait encore lorsque Max ressortit de son bureau avec une vieille enveloppe de la Compagnie des téléphones de New York bourrée de billets, qu'il fourra dans la main de Dortmunder en disant : « Reviens un jour où il y a du soleil. La pluie te fait un drôle d'effet. » Il regagna son bureau d'un pas pesant, laissant dans son sillage la fumée d'un cigare fantôme.

Dortmunder attendit son taxi en lisant un exemplaire encore plus vieux de *Popular Mechanics*. Ensuite, en traversant les nombreux micro-quartiers de Queens, il songea qu'il venait de s'en sortir dix fois mieux que d'habitude avec Max. Etait-ce parce que ce dernier portait le même prénom que le type qui avait volé la bague porte-bonheur de l'oncle de May ? Etait-ce une sorte de revanche sur tous les Max de par le monde ? Ou était-ce simplement son jour de chance ?

Ça serait chouette. Il n'avait jamais eu de jour de chance, aussi devait-il faire attention aux sensations que cela procurait, s'il s'avérait que c'était justement ça. Huit cent cinquante dollars de plus que ce qu'il aurait osé espérer. Pour l'instant, c'était agréable.

De retour à la maison, il tourna la clé dans la serrure pour pénétrer dans ce qui aurait dû être un appartement vide, vu que May devait être à son travail au supermarché, et voilà qu'Andy Kelp était dans le couloir, sortant de la cuisine et se dirigeant vers le salon, une canette de bière dans une main et un verre de jus d'orange dans l'autre.

Dortmunder regarda la porte d'entrée de son appartement. « Je me demande pourquoi je prends la peine de la verrouiller.

– Pour me lancer un défi. Allons, entre. Wally a réussi à épingler ton millionnaire. »

13

Ah, ah ! Ainsi, le moment de décider était arrivé. Poursuivre, ou non ?

La réelle fureur qui avait animé Dortmunder durant cette nuit riche en événements, qui avait alimenté son intelligence et son savoir-faire de sorte qu'il avait réussi à échapper à ces flics, cette fureur s'était maintenant envolée. On ne peut pas éternellement en vouloir à mort à quelqu'un, quoi qu'il ait fait. Entre le matériel qu'il avait vendu à Stoon et la somme inespérée qu'il avait obtenue pour la voiture, il s'était quasiment fait trente plaques grâce à sa rencontre avec Max Fairbanks, ce qui représentait probablement trois mille fois la valeur de la bague. Alors, désirait-il vraiment poursuivre cette vendetta, traquer un multimillionnaire qui fréquentait la jet-set et qui devait certainement, comme l'avait fait remarquer Andy, être protégé par tout un système de sécurité ? Ou bien était-il à flot, suffisamment à flot pour oublier tout ça et vivre tranquillement sa vie ?

Eh bien, non. À voir la réaction d'Andy Kelp, et celle, moins clairement exprimée, de May, face à ce qui lui était arrivé, il lui apparaissait maintenant que la plupart des gens allaient envisager cette histoire sous un angle qui faisait de lui une poire. Aussi, étant donné la propension d'Andy à bavasser à tort et à travers, il était à peu près sûr que dans les plus brefs délais, tous ceux qui le connaissaient allaient être informés de l'incident de la bague de Carrport. Ils risquaient de lui rire au nez, comme l'avait fait Andy, ou de se moquer de lui dans son dos, mais quoi qu'il en soit, Max Fairbanks en sortirait comme le héros de l'histoire et John comme le dindon de la farce.

Sauf s'il récupérait cette putain de bague. Il suffirait qu'il se promène la bague au doigt, sur son doigt à lui sur cette main ici même, et alors, qui serait le dindon ?

Très bien. Max Fairbanks, à nous deux.

Ce qui signifiait pour commencer, à nous deux Wally Knurr, aussi Dortmunder avança-t-il dans le salon, et qui était là ? Wally Knurr, égal à lui-même, tel un gentil petit pâté à la viande. Un gros joufflu d'environ vingt-cinq ans, cent quarante kilos dépourvus de la moindre tonicité musculaire, ramassés en une boule d'un mètre quarante, si bien qu'il était à peu près aussi haut que large et qu'il paraissait tout à fait arbitraire, dans son cas, que les pieds se trouvent en bas et la tête au sommet. Cette tête était une réplique miniature du corps, comme si Wally Knurr était un bonhomme de neige fabriqué avec du saindoux, et des yeux en guimauve bleue derrière de gros verres de lunettes et une betterave en guise de bouche. (Apparemment, les fabricants n'avaient pas trouvé de carotte, aussi n'avait-il pas de nez.)

Dortmunder étant familiarisé avec l'aspect de Wally Knurr, il se contenta de lui lancer : « Salut, Wally, comment ça va ?

– Très bien, John », répondit Wally.

Quand il descendit de sa chaise sur laquelle il était juché, il sembla relativement plus petit. Le verre de jus d'orange était posé à côté de lui sur la table basse. « Myrtle et maman t'envoient leurs amitiés, ajouta-t-il.

– Et moi de même », répondit Dortmunder. Ayant épuisé son répertoire de civilités, il demanda : « Alors, tu as trouvé mon type, hein ? Assieds-toi, Wally, assieds-toi. »

Wally regagna sa chaise tandis que Dortmunder allait s'installer sur le canapé. Sur le côté, Andy prenait ses aises dans le fauteuil bien rembourré, regardant Wally en souriant comme s'il avait créé lui-même le petit individu, à partir d'un sachet de purée instantanée.

« Trouver M. Fairbanks n'était pas un problème, expliqua Wally. Il est partout.

– Comme le mauvais temps, dit Dortmunder. Bon, Wally, si ce n'était pas un problème de le trouver, c'était quoi, le problème ?

– Eh bien, John, commença Wally en agitant nerveusement les jambes sous sa chaise (ses pieds ne touchaient pas le tapis élimé quand il était assis), à dire vrai, le problème, c'est toi. Et Andy.

– Wally nous prend pour des escrocs, expliqua Andy avec un rire désinvolte.

– Ben, c'est vrai, dit Wally.

– Je suis un escroc, reconnut Dortmunder, mais Fairbanks aussi. Andy t'a raconté ce qu'il avait fait ?

– J'ai juste dit qu'il avait quelque chose qui t'appartenait, expliqua Andy. J'ai pensé que si tu voulais que Wally connaisse les détails, tu préférerais les lui donner toi-même. Mettre ta griffe dessus, comme l'on dit.

– Merci. Il a une bague qui m'appartient, ajouta-t-il à l'intention de Wally.

– John, je regrette de devoir te dire ça, mais je t'ai entendu raconter un tas de craques sur des bagues et des trucs et ceci et cela. Je t'aime bien,

John, mais je refuse de t'aider si tu dois commettre des délits, or c'est ce que tu fais. »

Dortmunder inspira à fond et bloqua sa respiration. « Très bien, finit-il par dire. Voilà ce qui s'est passé », et il balança toute l'histoire à Wally, sans omettre le morceau sur le Chapitre Onze et la maison supposée vide – eh bien oui, c'était un délit que lui et son partenaire anonyme, pas Andy, avaient envisagé de commettre ce soir-là dans une propriété vide appartenant à une société –, mais quand il en arriva au vol de la bague, la fureur le reprit de plus belle et Wally – Wally ! – n'arrangea pas les choses en tentant de réprimer un sourire. « Et voilà, conclut-il en boudant, se sentant maltraité.

– Bon, John, je te crois, dit Wally.

– Merci.

– Personne ne va raconter une histoire où il joue un tel rôle si ce n'est la vérité. D'ailleurs, en recherchant M. Fairbanks, je suis tombé sur la faillite du Chapitre Onze, et je me souviens même d'avoir lu quelque chose sur la maison de Carrport.

– Eh bien, tu vois.

– Tu as très bien raconté ça, John, commenta Andy. Tu y as mis beaucoup de passion.

– Mais, demanda Wally, si tu rencontres de nouveau M. Fairbanks, comment comptes-tu t'y prendre pour le convaincre de te rendre la bague ?

– Eh bien, expliqua Dortmunder, j'envisageais de recourir à un mélange de persuasion morale et de menaces.

– Tu ne vas blesser personne, n'est-ce pas ? »

Chacun peut dire une certaine quantité de vérité en une seule journée, et Dortmunder sentait qu'il avait épuisé son stock. « Bien sûr que non, Wally. Tu me connais, je suis cent pour cent non violent.

– D'accord, John. » Joyeux et souriant, Wally raconta : « Tu sais, c'était très intéressant de chercher M. Fairbanks, ça ne ressemblait pas du tout à ce que je fais d'habitude.

– Ah, bon ?

– D'habitude, quand on recherche quelqu'un, expliqua Wally, on pénètre dans le système informatique d'une compagnie aérienne, plutôt United Airlines, parce que la plupart des autres en dépendent. Puis on s'attaque au système des grandes chaînes hôtelières, genre Hilton, Marriot et Holiday Inn. Et aussi aux sociétés de location de voitures, ces trucs-là. Mais pas avec M. Fairbanks.

– Oh, non ?

– Il ne voyage pas comme le commun des mortels. Il possède un tas de bureaux et de résidences dans le monde entier, qui sont tous reliés entre eux par des lignes de fax et de téléphone, des lignes protégées et tout un tas de trucs, et il ne descend jamais à l'hôtel. Et quand il doit se rendre quelque part, il ne prend jamais un vol normal. Il utilise un de ses avions privés.

– L'un de ses... répéta Dortmunder.

– Bien sûr. À ma connaissance, il en possède cinq, je parle d'avions pour transporter des passagers, pas des marchandises, et je crois qu'il y en a encore d'autres en Europe qu'il n'utilise pas en ce moment.

– Oh, oh, commenta Dortmunder.

– J'ai donc dû le traquer à partir des plans de vol que ses pilotes communiquent aux tours de contrôle.

– Oh, oh.

– Nous parlons bien du type que tu as l'intention de chasser comme un cerf blessé, c'est ça, John ? demanda Andy.

– Oui, répondit Dortmunder, puis se tournant vers Wally : Dis m'en plus.

– Bon, ils envoient son emploi du temps, poursuivit Wally. Son secrétariat le communique à ses divers bureaux et résidences. Juste l'emploi du temps de base, là où il va se trouver et ce qu'il va faire. Ils envoient ça par télécopie, la plupart du temps, et ils faxent aussi les modifications, il n'arrête pas de changer de programme, afin que chacun sache où il se trouve et comment entrer en contact avec lui.

– Ça c'est de la chance, John, dit Andy. Tu es tombé sur un type qui raconte à la terre entière où il va se trouver.

– Parfait, dit Dortmunder. Comme ça, je vais le savoir. Alors, Wally, où est-il ? »

Il y avait une enveloppe en papier kraft par terre, près de la chaise de Wally. Se penchant avec maints grognements et faux départs, Wally ramassa l'enveloppe et en sortit deux feuilles de papier en disant : « Je suppose que tu veux le programme jusqu'à la fin mai.

– Exactement.

– D'accord. » Wally étudia les feuilles. « Bon, aujourd'hui, il est à Londres.

– C'est rapide, estima Dortmunder. Il était à Long Island jeudi dernier.

– Attends de voir la suite, suggéra Andy.

– Il est arrivé à Londres ce matin, précisa Wally.

– Combien de temps doit-il y rester ? demanda Dortmunder qui n'avait pas vraiment envie d'aller jusqu'à Londres pour récupérer sa bague.

– Après-demain, il part pour Nairobi.

– Nairobi. » Ça ne plaisait pas du tout à Dortmunder. « C'est quelque part en Afrique, non ?

– Ben...

– Il a l'intention de rentrer aux États-Unis un jour ?

– Samedi, dit Wally, parce qu'il doit parler devant une commission du Congrès lundi prochain, c'est-à-dire dans une semaine exactement.

– Ce que tu tiens là, intervint Andy, est la cible mobile traditionnelle.

– Londres, Nairobi, Washington, tout ça dans la même semaine, dit Dortmunder. Il va à Washington samedi ?

– Lundi. Il passera le week-end à Hilton Head, en Caroline du Sud.

– Je suis content pour lui. Et combien de temps reste-t-il à Washington ?

– Jusqu'à mercredi. Ensuite il passera deux jours à Chicago, et après, Sydney la...

– Sydney ? C'est une personne.

– Sydney en Australie, John, c'est une ville. Et le lundi suivant, il revient et repart pour Las Vegas, et ensuite il...

– On est toujours en mai ? demanda Dortmunder.

– Bien sûr, John. Le programme dit qu'il sera à Las Vegas dans deux semaines exactement.

– Je commence à éprouver de la compassion pour ce type.

– Je crois qu'il aime ça, dit Andy.

– Bon, je ne vais pas lui courir après à Londres et en Afrique, c'est certain, déclara Dortmunder. Je peux attendre qu'il revienne par ici. Washington n'est pas si loin. Où habite-t-il, à Washington ? Il a aussi une maison là-bas ?

– Un appartement, précisa Wally. Dans le Watergate.

– J'en ai entendu parler, dit Dortmunder. C'est un genre d'endroit. »

Andy et Wally échangèrent un coup d'œil. « Il en a entendu parler », nota Andy.

Wally s'adressa à Dortmunder : « C'est un très grand bâtiment qui donne sur le Potomac. Une partie bureaux, une partie hôtel, une partie appartements.

– Les appartements sont plus difficiles, dit Dortmunder. Il y aura probablement des portiers. Des voisins. Et un type comme ça doit avoir des domestiques à demeure. »

Affichant un large sourire, Andy demanda : « John, tu envisages un cambriolage dans le Watergate ?

– J'envisage de récupérer ma bague, lui répondit Dortmunder, si c'est de ça que tu parles. »

Andy avait toujours son petit sourire en coin. « Ce n'est pas trop grave, suggéra-t-il. Juste un petit cambriolage de troisième catégorie dans l'immeuble du Watergate.

– Et alors ? demanda Dortmunder en haussant les épaules. Au pire, qu'est-ce que je risque ?

– Eh bien, ça peut te coûter la présidence. »

Dortmunder, qui n'avait aucun sens historique parce que l'histoire ne l'intéressait pas vu qu'il était généralement plongé dans des problèmes concernant le présent, ne saisit pas l'allusion. N'y prêtant pas plus attention qu'aux autres remarques d'Andy, il se tourna vers Wally : « Alors, comme ça, il sera là-bas lundi soir dans une semaine, n'est-ce pas ?

– C'est le programme.

– Merci, Wally. Eh bien, moi aussi, j'y serai. »

14

Déjà, c'était devenu une habitude, un rituel, un petit réflexe agréable. Lorsque Max était engagé dans une conversation ou plongé dans ses pensées, les doigts de sa main gauche tripotaient et tournaient la bague du voleur sur le médius de sa droite. Le contact frais, la sensation de cet écusson plat orné du symbole *Tui*, le souvenir du vilain geste accompli sur l'impulsion du moment lui donnaient des forces, l'encourageaient. C'était vraiment dommage que la blague soit trop bonne pour pouvoir être racontée.

Toute la journée du lundi, alors qu'un chauffeur le pilotait de réunion en réunion à bord d'une Rolls appartenant à la division britannique de TUI, il ne cessa de tripoter la bague. Le lundi soir, alors qu'il assistait au dernier spectacle de Cameron Mackenzie, *Nana : The Musical*, avec une autre ambitieuse journaliste spécialisée dans les pages Loisirs (celle-ci, une Anglaise, s'appelait Daf), il ne cessa de tournicoter la bague. (Il avait déjà vu la version new-yorkaise de *Nana*, évidemment, mais la production originale de Londres lui plaisait encore plus, ne serait-ce que pour le mépris spontané des Anglais à l'égard des Français.) Et le mardi matin, dans sa suite du Savoy, il ne cessa de caresser la bague pendant que les dirigeants de sa chaîne de journaux britanniques lui faisaient part de leurs dernières prédictions optimistes – quoi qu'ils fissent, il le savait parfaitement, quelle que fût la quantité de polémiques lancées par leurs soins, de hooligans mis en première page, de seins ou de membres de la famille royale exposés, ils continueraient à être lus par les mêmes quatre cent mille abrutis – lorsque miss Hartwright, sa secrétaire londonienne, entra d'un air déférent et annonça : « S'cusez-moi, monsieur Fairbanks, il y a M. Greenbaum au téléphone. »

Greenbaum. Walter Greenbaum était l'avocat personnel de Max à New York. Il n'était pas homme à appeler pour une raison futile. « Je le prends », décida Max, et tandis que les dirigeants de journaux se retiraient dans la coquille bien élevée de leurs costumes informes, il décrocha le combiné, appuya sur la touche clignotante verte et lança : « Walter ! Ce n'est pas un peu tôt pour vous ? » Après tout, il y avait cinq heures de décalage entre Londres et New York. Il devait être à peine six heures du matin, là-bas.

« Si, répondit la voix de Walter Greenbaum, étonnamment proche. Mais en même temps, il est très tard. Où pouvons-nous parler ? »

Ça semblait menaçant. Max dit : « Je ne sais pas, Walter. On m'attend demain à la Bourse de l'ivoire, à Nairobi, et je ne pense pas pouvoir être de retour aux Etats-Unis avant...

– Je suis ici. »

Max cilla. « Ici ? Vous voulez dire, à Londres ?

– J'ai pris le Concorde hier soir. Quand êtes-vous libre ? »

Si Walter Greenbaum avait un problème justifiant qu'il se rende personnellement à Londres plutôt que de faxer, téléphoner ou attendre, Max se devait de le prendre au sérieux.

« Maintenant », répondit-il, et il raccrocha. Se tournant vers les patrons de journaux, il conclut : « Au revoir. »

— —
———
———

Walter Greenbaum était un homme massif d'une cinquantaine d'années, avec de grosses poches sous les yeux qui lui donnaient l'air de passer tout son temps à contempler les malheurs du monde. Un jour où l'un de ses amis lui faisait remarquer que pour un chirurgien plasticien, enlever ces poches serait un jeu d'enfant, il avait répondu : « Jamais. Sans ces poches, je ne serais plus un avocat mais un plaignant. » Et il avait raison. Les poches conféraient à chacun de ses propos la gravité de celui qui en a vu de toutes les couleurs et s'en est sorti de justesse. Pourtant, il tenait de simples propos d'avocat, comme n'importe qui.

« Bonjour, Walter.

– Bonjour, Max.

– Un peu de café ? Vous avez pris votre petit déjeuner ?

– Il y a eu un cambriolage le week-end dernier à la propriété de Carrport, sur Long Island. »

N'oublie pas que tu entends ça pour la première fois, se dit Max. Prenant un air moyennement intéressé, il s'étonna : « Un cambriolage ? Voilà ce qui arrive, quand on laisse les maisons inoccupées. Ils ont pris beaucoup de choses ?

– À peu près un quart de million en argenterie et autres objets de valeur, plus une voiture. »

Max en resta bouche bée. Son esprit se figea. Il était incapable de trouver la moindre réponse plausible.

Walter sourit d'un air finaud dans le silence qu'il avait provoqué. « Eh oui, Max. Il y est retourné. Il a échappé à la police et est retourné à la maison.

– Retourné ? Retourné ? » Que savait Walter au juste ?

Ils se tenaient dans le salon blanc et or de la suite dont les fenêtres donnaient sur la Tamise, où des oiseaux noirs tournoyaient sous un fort vent, surplombés par de gros nuages pressés. Ni l'un ni l'autre n'accordait la moindre attention à la vue quand Walter désigna un canapé blanc : « Vous devriez vous asseoir, Max, avant de tomber par terre. »

Max s'assit. Walter approcha un fauteuil Empire blanc et or qui laissa des traces sur la moquette blanche. Prenant place devant Max, tel un maître affligé, il commença : « Je suis votre avocat, Max. Essayez de me dire la vérité. »

Entre-temps, Max s'était ressaisi. Donc : le cambrioleur avait échappé à ces personnes incompétentes de la police, était retourné à la maison (pour chercher sa bague ?), avait dévalisé l'endroit, puis avait volé une voiture pour emporter son butin. Et en conséquence, d'une manière ou d'une autre, la participation de Max aux événements de la soirée avait été révélée. Pas bon. Il se lança.

« Je vous dis toujours la vérité, Walter. S'il y a une chose que je veux vous cacher, je ne vous la dis pas, c'est tout. Mais je ne vous mens pas.

– Vous auriez dû me dire que vous aviez l'intention d'enfreindre l'ordonnance du juge de faillite.

– Vous auriez insisté pour que je n'en fasse rien.

– Qui était la femme ?

– Avec moi à Carrport ? » Max haussa les épaules. « Miss Septembre. » Soudain, une pensée affreuse le traversa. « Lutetia est au courant ?

– Pas encore.

– Walter, une épouse ne doit pas entendre ce genre de chose. Ni maintenant, ni jamais. Vous savez ça, Walter ?

– Absolument, admit Walter. Raison de plus pour m'informer de vos plans avant de les mettre à exécution.

– Je ne vois pas... pourquoi... pourquoi... » Max s'arrêta net, inspira à fond, et reprit : « Comment cela s'est-il su ? Je veux dire, pour *moi* ?

– Apparemment, au début, les policiers ont eu l'intention de vous couvrir, mais du moment où le prisonnier leur a échappé, ils ne pouvaient plus, ils n'ont pas *osé*, ils étaient dans de trop sales draps. Sans compter le fait que c'est vous qui avez appelé le 911.

– Je n'arrive pas à croire... Walter, vous auriez dû voir ce type, ce cambrioleur, jamais vous n'auriez pensé... Mais comment diable ont-ils réussi à le perdre ? Il était doux comme un agneau ! »

Walter secoua sa grosse tête. « Il ne faut jamais se fier aux apparences, Max.

– Je le constate. Ainsi, il est retourné là-bas, poursuivit Max d'un air pensif en frottant la bague contre son menton. Pour récupérer la bague, je suppose.

– La quoi ?

– Rien, rien.

– Max, dit Walter en s'appuyant au dossier de sa chaise qui émit un couinement de souris, vous n'êtes plus un enfant. Vous savez que vous devez vous confier à votre avocat.

– Je sais, je sais, vous avez raison. » Max n'avait pas l'habitude d'être embarrassé devant d'autres êtres humains. Il n'aimait pas ça. Bientôt, il allait le reprocher à Walter. « Simplement, je ne suis pas sûr que vous trouviez ça drôle. »

Walter haussa les sourcils, ce qui transforma ses poches en outres. « Drôle, Max ? Il y a quelque chose dans cette histoire que je pourrais trouver drôle ?

– Eh bien, dit Max avec un petit sourire, en fait, j'ai volé la bague du voleur.

– Vous avez volé...

– Sa bague. » Max tendit la main pour la lui montrer. « Celle-ci. Vous voyez ? Elle porte le trigramme...

– Vous le menaciez de votre arme, de toute façon, alors vous avez pensé...

– Non, après. Quand la police est arrivée.

– Vous avez volé la bague du voleur en présence de la police ?

– Eh bien, ils ont suggéré que je jette un coup d'œil sur les lieux pour vérifier s'il avait embarqué quelque chose, et ça m'a pris comme ça, une impulsion, j'ai dit que cette bague à son doigt, celle-ci, était à moi. Et ils ont dit, voulez-vous restituer cette bague à monsieur Fairbanks. Il était fou de rage, conclut Max d'un air radieux.

– Tellement fou de rage, insista Walter, qu'il s'est échappé et est revenu vous chercher, et à votre place, il a trouvé un butin valant un quart de million de dollars.

– Ce n'est pas une mauvaise opération, de son point de vue, apprécia Max en levant la main pour admirer la bague. Pour ma part, je suis également enchanté, tout est bien qui finit bien. » Baissant la main, il haussa les épaules et ajouta : « La compagnie d'assurances paiera certainement. Elle nous appartient.

– Et le juge posera des questions, objecta Walter.

– Oui, je suppose, admit Max, un léger nuage venant assombrir sa satisfaction. Mais nous pouvons limiter les dégâts, n'est-ce pas ? Je peux tout à fait prétendre que j'étais juste passé par là pour récupérer quelques effets personnels qui ne font pas partie du Chapitre Onze, et que justement je suis tombé sur un cambrioleur au moment où il pénétrait dans la maison par effraction, c'était vraiment une chance que je sois là au bon moment, etc., et nous ne sommes pas obligés de mentionner Miss Septembre. Enfin, je pense à Lutetia. C'est là que nous risquons d'avoir des ennuis, si on ne fait pas gaffe.

– Ça va faire mauvaise impression sur le tribunal, que vous ayez quitté le pays immédiatement après.

– Pas *immédiatement*, Walter, et de toute manière, ce voyage était prévu depuis des mois. Le moindre de mes mouvements est organisé très longtemps à l'avance, vous le savez parfaitement.

– J'ai eu le juge au téléphone.

– Et alors ?

– Le plus difficile, avoua Walter, a été d'obtenir de lui qu'il accepte de commencer par une petite entrevue à huis clos dans sa chambre, plutôt qu'une séance au prétoire avec toutes les parties concernées.

– Une séance de tribunal, et pourquoi donc ?

– Oh, Max ! s'exclama Walter, exaspéré. Pour avoir violé les termes du Chapitre Onze.

– Oh, pour l'amour du ciel, Walter, chacun sait que c'est du vaudeville, tout ça, une fanfreluche, rien qui doive être pris au sérieux.

– Les juges prennent tout au sérieux. Si vous utilisez des avoirs qui sont censés être gelés, le juge peut, si bon lui semble, rouvrir les négociations, convoquer les représentants des créanciers...

– Ces misérables...

– Créanciers.

– Oui, oui. Je...

– Y compris le fisc. »

Max grommela. Il n'aimait pas qu'on le presse, il n'aimait pas du tout ça. Se jugeant maltraité, il dit : « Que voulez-vous que je fasse ?

– Annulez Nairobi.
– Mais Walter, c'est très difficile, ils...
– Vous pouvez faire ce qu'il vous plaît, vous le savez très bien, du moins sur ce plan-là. Annulez Nairobi, rentrez demain à New York avec moi et présentez-vous devant le juge à huis clos, jeudi à treize heures.
– Et ?
– Ayez l'air contrit. »
Max fit la grimace. « Je fais comment ?
– Ça se travaille. Vous vous exercerez dans l'avion. »

15

« Le fait est, dit Dortmunder.

– Washington, suggéra May.

– C'est bien ça. C'est exactement ça. »

Ils rentraient du cinéma sous la pluie. May adorait le cinéma, aussi y allaient-ils de temps en temps, même si Dortmunder ne voyait pas ce que ça avait de tellement intéressant, en dehors d'un tas de gens qui n'avaient pas besoin de bague porte-bonheur. Quand ces gens que l'on voyait dans les films se postaient devant un arrêt de bus, le bus arrivait dans la seconde. Quand ils sonnaient à la porte, la personne qu'ils venaient voir devait les attendre derrière le battant, parce qu'elle ouvrait illico. Quand ils allaient braquer une banque, ces gens dans les films, ils trouvaient toujours un endroit où se garer juste *devant*. Quand ils tombaient d'un immeuble, ce qui arrivait fréquemment, ils ne jetaient même pas un coup d'œil en bas, ils se contentaient de tendre la main et voilà qu'une hampe de drapeau était déjà en place, tellement pratique pour s'accrocher en attendant que la charrette remplie de foin passe juste en dessous.

Pour sa part, Dortmunder avait un tas de souvenirs de chutes, mais aucun de charrette de foin.

« Washington, dit-il.

– Ce n'est qu'une ville, John, expliqua May. Tu connais plusieurs villes.

– Je connais celle-ci, lui répondit-il en montrant le trottoir mouillé sous leurs pieds. À New York, je sais ce que je fais, je sais où je me trouve, je sais qui je suis. À Washington, je ne sais rien, je ne sais pas comment me déplacer, comment faire ceci ou cela, je ne sais pas comment parler, là-bas.

– On parle anglais à Washington, John.

– Ça se peut.

– Ce qu'il te faut, c'est un associé, quelqu'un qui connaisse les lieux et puisse t'aider.

– Je ne sais pas, May. Qu'est-ce que je vais lui donner, la moitié de la bague ?

– Ce Fairbanks, il est très riche, remarqua May. Chez lui, là-bas, il doit y avoir un tas d'autres choses intéressantes. Regarde combien t'a rapporté sa maison de Long Island.

– Ça, c'est bien vrai, admit Dortmunder. Mais d'un autre côté, qui je connais, à Washington ? Tous les gens que je connais vivent par ici.

– Demande, suggéra May.

– Demander à qui ?

– À tout le monde. Commence par Andy, il connaît un tas de gens.

– Le problème avec Andy, commença Dortmunder tandis que May ouvrait la porte de leur immeuble, c'est qu'il adore connaître un tas de gens. »

Ils montèrent l'escalier sans ajouter un mot, Dortmunder pensant à un bon verre de bourbon. Les pluies de printemps sont chaudes, mais elles n'en sont pas moins humides.

May tourna la clé dans la serrure et ils pénétrèrent dans l'appartement non éclairé. Dortmunder alluma la lampe de l'entrée et lança :

« Andy n'est pas là. Tu te rends compte ?

– Andy n'est pas là tout le temps.
– Ah bon ? »

May referma soigneusement la porte d'entrée à clé.

« Tu veux du bourbon, une bière ? demanda Dortmunder.

– Du thé. Je vais le préparer. » Encore un truc qu'elle avait dû apprendre dans un de ces magazines qu'elle lisait sans arrêt.

« Moi, je reste au bourbon, décida Dortmunder. Je vais le préparer. »

Ils se dirigèrent vers la cuisine, allumant les lampes au passage, et Dortmunder se versa un bourbon sec avec de la glace qui avait pourtant l'air chaud. Même avec ces glaçons qui flottaient à la surface, vous saviez que le liquide allait vous réchauffer le corps.

May s'occupait de son thé. « Je t'attends dans le salon », dit Dortmunder en sortant de la cuisine. Puis il revint sur ses pas : « Le voilà. Je te l'avais bien dit, tu te souviens ? »

Sans quitter la théière des yeux, May lança : « Salut, Andy. »

Andy, qui venait d'arriver, referma la porte d'entrée et répondit : « Salut, May. »

Dortmunder repartit vers le salon en disant à Andy : « Autant te joindre à nous.

– Puisque je suis là, répondit Andy.
– Justement. »

Andy portait une espèce de sac en cuir à rabat sur l'épaule, comme les éclaireurs à cheval qu'on voit dans les westerns. Dortmunder n'était pas absolument sûr de vouloir connaître le contenu du sac, mais ce dont il était sûr, c'est qu'il finirait par le savoir. Andy rajusta le sac sur son épaule pour signaler qu'il était drôlement lourd, et déclara : « Je vais commencer par une bière. »

Dortmunder réfléchit. Il contempla son verre. Assumant à contrecœur ses responsabilités d'hôte, il demanda : « Tu veux un bourbon ?

– Merci de me le proposer, John, mais je vais rester à la bière. »

Ainsi prirent-ils des routes séparées. Dortmunder s'installa confortablement dans son fauteuil, dans son salon, goûtant son bourbon, et le jugeant en tous points à la hauteur de son attente. Puis Andy apparut avec son verre de bière, s'assit sur le canapé, posa la bière et le sac sur la table basse et tendit la main vers le rabat. Dortmunder l'interrompit : « Avant de l'ouvrir, quoi que ça contienne, laisse-moi te poser une question.

– Bien sûr. » La main d'Andy bifurqua à gauche et s'empara de la bière.

« Qui connais-tu à Washington ? »

Andy but une gorgée. « Le Président. Ce sénateur, là, Machin-Truc. Et une hôtesse de l'air nommée Justine. »

Dortmunder goûta le bourbon. Ça, c'était vraiment bon, en tout cas.

« Qui connais-tu qui ne soit pas un honnête citoyen ? » précisa-t-il.

Andy se redressa. « Tu veux dire, quelqu'un dans notre branche ? Oh, je vois, ton correspondant local quand tu te feras le Watergate.

– May pense qu'il y aura probablement assez de marchandise dans l'appartement du type pour justifier le déplacement.

– Certainement, si l'on en juge par la dernière fois. Laisse-moi le temps d'y réfléchir. » Andy se pencha vers la table et posa sa bière. « En attendant, ajouta-t-il en revenant au sac, voici pourquoi je suis ici.

– Oh, oh ! » Dortmunder se cramponna à son verre de bourbon.

Andy souleva le rabat du sac dont il sortit une petite boîte de métal noir munie d'un récepteur de téléphone sur le flanc.

« Je vais devoir débrancher ton téléphone quelques minutes, annonça-t-il.

– C'est un répondeur ? s'enquit Dortmunder en jetant un regard incendiaire à l'objet. Andy, je te l'ai déjà dit plusieurs fois, je ne veux pas...

– Non, non, John, je t'assure, j'ai complètement renoncé à toi pour la technologie. » Avec un sourire conciliant, il écarta les mains et expliqua : « Je te comprends, maintenant. Si tu veux bien rouler en voiture, c'est uniquement parce qu'il n'y a pas de place pour un cheval dans ton appartement.

– Ça se voulait sarcastique, Andy ?

– Je ne crois pas. Cet objet est un fax. Tu en as déjà vu. »

À vrai dire, oui. Un fax, c'est un truc que l'on ramasse et porte chez le fourgue. Dans le monde normal, c'est une autre manière de dire des choses aux gens et d'obtenir des réponses d'eux. Vu que dire des choses aux gens et écouter les mauvaises nouvelles qu'ils ont à vous transmettre n'avaient jamais fait partie des priorités de Dortmunder, il ne voyait pas quelle place un fax pouvait occuper dans son mode de vie. S'il en possédait un, à qui pourrait-il envoyer des messages ? Que dirait-il ? Et qui irait lui envoyer, à lui, des messages qui ne pouvaient pas être communiqués par téléphone, par lettre, ou devant une bière à l'O.J. Bar & Grill d'Amsterdam Avenue ?

Andy porta la boîte noire en question jusqu'à la table où trônait le téléphone, se pencha vers le sol et tira sur la prise murale afin de brancher son fax à la place, tandis que Dortmunder s'écriait : « Pourquoi dois-je avoir ça, tout à coup ? Et pendant combien de temps vais-je l'avoir ?

– L'intérêt d'un fax, John, c'est que c'est plus compliqué à mettre sur écoute. Pas totalement impossible, d'accord, les fédés ont un appareil qui peut capter un fax et ça atterrit chez le parti au pouvoir, mais ça ne les rend pas plus malins pour autant. Cependant, ça ne fait pas encore partie de leur routine, pas encore, pas comme les écoutes téléphoniques. Attends un instant. » Andy décrocha le combiné et composa un numéro.

« C'est une communication locale ? s'enquit Dortmunder.

– Non, pas du tout. » Andy écouta, lâcha : « Salut, c'est Andy, vas-y », et raccrocha.

« Fais comme chez toi », dit Dortmunder. Son verre était quasiment vide, à part les glaçons.

S'accroupissant à côté du fax, Andy pivota vers Dortmunder et expliqua : « Wally m'a appelé. Il a des nouvelles, mais nous ne voulons pas qu'il les dise au téléphone. Donc, il va... »

La sonnerie grelotta. « Réponds, veux-tu ? demanda Dortmunder. Tu es juste à côté.

– Non, non, c'est Wally. » Le téléphone sonna derechef et May apparut dans l'embrasure de la porte, une tasse de thé à la main. Elle jeta un coup d'œil dans la pièce et repéra la boîte noire. « Qu'est-ce que c'est que ça ? » demanda-t-elle au moment où la boîte émettait un épouvantable bruit perçant qui faisait penser à une bande de pigeonneaux que l'on torturerait à mort tous en même temps. May écarquilla les yeux et le thé sursauta dans la tasse. « Qu'est-ce que c'est que *ça* ? »

Les pigeons trépassèrent. La boîte gloussa dans son coin. Dortmunder précisa : « C'est un fax. Apparemment, c'est ainsi que notre ami préfère parler, désormais.

– Le voilà », annonça Andy.

Dortmunder et May, à la fois fascinés et horrifiés, fixèrent la boîte alors qu'elle se mettait à leur tirer lentement la langue. Une grosse langue blanche, une feuille de papier brillant qui se recroquevillait en sortant à l'avant de la boîte, avec des mots inscrits dessus.

Andy considéra la boîte avec un sourire paternel. « C'est comme une machine à pasta, vous ne trouvez pas ?

– Oui », répondit Dortmunder. C'était plus simple de répondre oui.

La feuille blanche continuait à se répandre tout en s'enroulant sur elle-même comme du papyrus. Puis elle s'arrêta et la boîte émit un *bing* comme une cloche, et Andy tendit la main pour arracher la feuille. Se redressant, il regagna le canapé, s'assit, but une lampée de bière, déroula le fax – il avait tout l'air du héraut clamant l'arrivée du duc des Carpates dans le royaume – et lut : « Chers John et Andy et miss May. » Avec un sourire, il commenta : « Quel garçon poli, ce Wally.

– C'est une personne charmante », apprécia May en s'asseyant sur son fauteuil perso. Mais, Dortmunder s'en fit la remarque, elle ne se laissa pas aller contre le dossier et resta sur le bord du siège, tenant sa tasse à deux mains.

Andy baissa les yeux vers la proclamation, ou genre. « Je viens de tomber sur un mémo interne de Trans-Global Universal Industries, qui est la holding personnelle de Max Fairbanks, et ses plans ont changé. Au lieu d'aller à Nairobi, il rentrera à New York...

– Excellentes nouvelles, apprécia Dortmunder d'un air surpris, un peu comme quelqu'un dirait, *Regarde ! Une licorne !*

– Il doit arriver demain soir.

– Mercredi, traduisit May.

– Exact. Parce qu'il a rendez-vous jeudi avec son juge du Chapitre Onze. Puis il partira vendredi pour

Hilton Head et reprendra le cours prévu de son programme.

– Il va se trouver *ici*, dit Dortmunder en faisant cliqueter les glaçons dans son verre par ailleurs vide. Dormir ici. Deux nuits. Mais où ?

– Nous y arrivons, intervint Andy, qui continua à lire : “ À New York, Fairbanks habite avec sa femme Lutetia au N-Joy Theatre sur Broadway. J'espère que ceci vous sera utile. Cordialement, Wallace Knurr. ”

– Le quoi ? demanda Dortmunder.

– N-Joy Theatre sur Broadway.

– Il vit dans un théâtre ?

– Écoute, John, au moins ce n'est pas Washington, souligna May. C'est New York. Et New York, tu connais.

– Bien sûr que je connais. Ce type vit dans un théâtre. Tout le monde vit dans un théâtre, à New York, si je ne me trompe ? »

16

Même si les deux piliers sur lesquels TUI avait toujours reposé étaient l'immobilier (taudis, puis immeubles de bureaux, puis hôtels) et la communication (journaux, puis magazines, puis télévision câblée), la société s'était aussi, dès le début, étendue horizontalement, comme du millet, à des affaires parallèles. Au cours des dernières années, les branches immobilier et communication s'étaient de plus en plus utilisées mutuellement, combinant leurs spécialités pour créer des parcs à thèmes, acquérir un studio de cinéma et découper des centres touristiques dans les docks décrépits et les bas quartiers écroulés des vieilles villes. Et maintenant, très récemment et très triomphalement, elles avaient uni leurs forces pour construire, abriter et faire fonctionner un théâtre à Broadway.

Le centre de l'île de Manhattan est le cœur absolu de la triangulation des loisirs et de l'immobilier dans le monde capitaliste. Là, chaque année, des millions de touristes venus de tous les coins de la planète sont gavés à l'intérieur et autour de bâtiments édifiés sur un terrain qui vaut des centaines de milliers de dollars au mètre carré.

Max Fairbanks souhaitait depuis longtemps avoir une présence évidente dans la ville de New York, d'abord parce qu'il y avait déjà plusieurs autres multimillionnaires ayant une présence évidente à New York, ensuite parce qu'on ne devient pas multimillionnaire sans un certain degré de compétitivité naturelle. Bien évidemment, le goût du profit n'était pas absent de ses préoccupations – le complexe N-Joy était censé faire pour la ville de New York ce que Disneyworld avait fait pour Orlando, lui donner une place sur la carte –, mais il venait nettement en seconde position après la notion d'agrandissement personnel, d'où le nom choisi pour le théâtre : le N-Joy Broadway, d'après le symbole de Max, *Tui*, dont l'une des caractéristiques, dans Le Livre, était le Joyeux.

Le N-Joy Broadway était un authentique théâtre de scène, plus particulièrement destiné à monter des reprises de comédies musicales chères au cœur du public, mais il était aussi beaucoup, beaucoup plus que ça. Encerclant le bâtiment, la Petite Arcade du Vieux New York, des boutiques et des magasins, reconstituait une version archaïque et plus propre de la vraie ville, terrifiante, qui s'étendait au-delà. Lorsqu'ils s'y trouvaient, les touristes n'avaient plus à braver les dangers de la véritable 57e Rue, plus haut dans le centre-ville.

Au-dessus du théâtre – une extravagante construction d'avant-garde, saturée de plates-formes pivotantes, scènes qui montaient et descendaient grâce à un système hydraulique, dossiers informatisés, machines à fumée incorporées et son Dolby sous chaque siège – s'élevait une tour de quarante-neuf étages en similigranit qui abritait quelques étages de bureaux – show business, architecture et quelques-unes des entreprises appartenant à Max Fairbanks – puis l'hôtel N-Joy Broadway dont le hall de quatre étages de haut démarrait au seizième. Un jour normal, quatre-vingt-deux pour cent des mille deux cents chambres construites au-dessus du hall de l'hôtel étaient occupées, mais il s'agissait évidemment de clients de passage, qui restaient rarement aussi longtemps qu'une semaine. À l'instar de l'Opéra de Paris, le N-Joy Broadway n'accueillait qu'un résident permanent, dont le nom était Lutetia.

Lutetia Fairbanks était son nom depuis peu, mais désormais pour toujours. Cette grande et belle femme à la sensationnelle chevelure brune se déplaçait d'un pas particulièrement décidé, elle avait une façon lourde et sensuelle de foncer droit devant, comme si elle était en permanence à la recherche de fourmis à écraser. L'allure royale, quoique légèrement transylvanienne, que cela lui conférait était rehaussée par son goût pour les grandes robes tourbillonnantes et les turbans.

La demeure de Lutetia, depuis seize mois et pour un avenir prévisible, était un appartement de douze pièces creusé dans le front du N-Joy, au-dessus de la marquise et en dessous du hall de l'hôtel. Les fenêtres en verre isolant de son grand salon donnaient sur un des panoramas urbains les plus célèbres du monde, au cœur du O en néon blanc qui proclamait le nom du bâtiment. Ses nombreux invités – elle s'était rapidement acquis une réputation locale d'hôtesse comptant parmi les plus éminentes de la ville – étaient propulsés jusqu'à son aire de rapace dans un ascenseur privé piloté par un employé, juste à côté de l'entrée du théâtre. Le personnel de l'hôtel assurait le service. Le même système de contrôle de la climatisation qui gérait l'ambiance de la salle de théâtre et du hall de l'hôtel purifiait et tempérait l'atmosphère de l'appartement. Le mobilier était ancien, la domesticité dûment formée dans d'autres pays, la vie facile. Tant que Max ne déconnait pas trop, on pouvait continuer à dormir sur des roses.

Lutetia avait comme l'impression que Max était en train, ou venait de déconner. Il avait ce regard, cet éclat enfantin de plaisir coupable, risquant le tout pour le tout pour cracher au visage du professeur.

Ils s'étaient vus le mercredi en fin d'après-midi dans la salle de bal où Lutetia surveillait les préparatifs du souper du vendredi, dont les invités d'honneur seraient Jerry Gaunt, le dernier journaliste superstar de CNN, et l'émir du Hak-kak, une puissance pétrolière proche du Yémen. Max était venu la retrouver là, Lutetia ayant d'autres chats à fouetter que de courir après un époux baladeur.

Selon, évidemment, qu'il s'était un peu ou beaucoup baladé. « Qu'est-ce que tu as encore fabriqué ? » lui demanda-t-elle quand ils eurent trouvé refuge à l'autre bout de la salle, loin du personnel affairé à dresser les tables.

« Rien, ma chérie, affirma Max, battant des cils sur ses yeux ô combien innocents. Rien, mon petit lapin.

– Tu as des problèmes avec la faillite, c'est pour ça que tu es revenu à New York.

– Et pour te voir, ma douce.

– Foutaises. Que faisais-tu à Carrport ? Avec qui étais-tu ?

– Personne, ma toute belle. J'avais besoin, simplement besoin, de m'éloigner de tout ça, d'être dans un endroit sans sonneries de téléphone, sans coursiers qui débarquent, sans problèmes à régler obligatoirement.

– Le dernier point n'a pas été génial, n'est-ce pas ? »

Max écarta les mains, son sourire ô tellement soumis aux lèvres.

« Comment pouvais-je deviner qu'un abruti de petit truand choisirait cette nuit-là pour s'attaquer à l'endroit ?

– S'il avait été averti de ta présence, fit remarquer Lutetia, il t'aurait certainement laissé tranquille, ne serait-ce que par courtoisie professionnelle.

– Tu es dure, Lutetia, vraiment dure.

– Max, commença Lutetia, hautaine, en marchant autour de lui de son pas lourd de menace, il y a deux choses que tu n'es pas autorisé à apporter dans ma maison et dans ma vie. Le scandale, et la maladie.

– Mon lapin, jamais je n'irais...

– Le scandale est pire, mais la maladie est déjà horrible. Je refuse d'être humiliée et je refuse le risque d'une mort répugnante. Je ne l'accepterai pas, Max. Nous savons tous deux ce que pourraient faire mes avocats, s'ils le voulaient.

– Mais pourquoi le voudraient-ils ? Petite fleur bien-aimée, pourquoi, toi, le voudrais-tu ?

– Je suis occupée en ce moment, Max. Je ne suis pas disposée à voir mon emploi du temps malmené par un petit garçon adulte qui fait l'école buissonnière.

– Tu te rendras à peine compte de ma présence, ma chérie.

– À peine.

– Est-ce que nous dînerons ensemble, mon trésor ?

– Pas ce soir », déclara-t-elle pour le punir.

Elle savait qu'il avait emmené une femme à Long Island, ses antennes le lui soufflaient. Par ailleurs, elle ne souhaitait pas vraiment connaître les détails sordides, pas de façon certaine, parce qu'alors, elle serait contrainte de prendre des mesures radicales, ne fût-ce que pour satisfaire son orgueil, qui était aussi puissant et démesuré que celui de son mari. « Je dîne en ville, ce soir, expliqua-t-elle. Avec des amis. » Puis, s'adoucissant quelque peu, elle ajouta : « Nous pourrions dîner ensemble demain, si tu as encore faim après ta séance chez le juge.

– Je suis sûr que j'aurai faim, dit-il en lui adressant son sourire de petit voyou. Mais te verrai-je plus tard dans la soirée, ma fleur de lotus ? »

Elle était sur le point de refuser, question de principe, mais la lueur qui brillait dans le regard de Max la retint. Il était aussi voyou au lit qu'au salon, elle le savait très bien, et si c'était parfois éprouvant, c'était aussi très amusant. « Nous verrons », concéda-t-elle avec l'ombre d'un sourire. Et elle l'autorisa à lui mordiller le lobe de l'oreille avant de le laisser filer, pendant qu'elle retournait annoncer à la domesticité qu'elle voulait les serviettes couleur corail, et certainement pas pêche, comme le premier imbécile l'aurait deviné en voyant le milieu de table.

17

« Je ne crois pas que ça me plaise beaucoup, dit Dortmunder.

– Pourquoi pas ? s'étonna Andy, désignant la photo aux couleurs vives représentant le grand salon de réception avec ses opulents canapés marron foncé et la fontaine de marbre d'où jaillissait un jet d'eau. Je trouve ça drôlement chouette.

– Je ne parle pas de l'aspect, je parle de la façon d'y entrer.

– Ah, oui. Bien sûr, ça. »

Quelques années auparavant, Dortmunder et ses amis avaient découvert combien les magazines d'architecture pouvaient être utiles dans leur branche d'activité, avec leurs photos brillantes d'intérieurs de riches, montrant une succession de pièces remplies de choses méritant d'être ou de ne pas être emportées, plus des plans de maisons et de jardins, plus, apparaissant dans le fond de nombreuses photos, des portes d'entrée avec leur système de sécurité bien visible.

L'appartement que possédaient Max et Lutetia Fairbanks dans le nouveau N-Joy avait évidemment eu droit à ce traitement plusieurs mois plus tôt, dans un de ces magazines de déco hyper branchés. Andy en avait trouvé un exemplaire chez un marchand de revues d'occasion et l'avait rapporté chez Dortmunder, où ils étaient présentement assis côte à côte sur le canapé, une bière en main, le magazine ouvert devant eux sur la table basse, feuilletant inlassablement les six pages de reportage illustré de photos. Et Dortmunder n'aimait pas du tout ce qu'il voyait. « Le problème, dit-il, c'est le temps.

– On n'en a pas beaucoup devant nous.

– Tu peux le dire.

– Je l'ai dit.

– Il va être là-bas ce soir, ainsi que demain soir, et après, il descend dans un Hilton je ne sais où.

– Hilton Head, c'est une île plus au sud.

– Une île plus au sud, il n'est même pas question d'y songer. Par conséquent, ce sera ce soir ou demain soir, si on veut le choper chez lui à New York, et c'est donc forcément ce soir, vu qu'il part demain soir et qu'on n'a pas beaucoup de temps devant nous.

– C'est bien ce que je te disais.

– Le premier problème qui se pose, c'est comment nous, on entre, dit Dortmunder. Un ascenseur privé à l'intérieur du hall, qui ne va nulle part sinon dans cet appartement, voilà comment eux, ils entrent.

– Et il y a un garçon d'ascenseur, poursuivit Andy. Un type en livrée à l'intérieur de la cabine, qui appuie sur le bouton. Tu crois qu'on pourrait opérer une substitution ? Prendre la place du garçon d'ascenseur ?

– Peut-être, mais on manque de temps pour préparer le coup. Et si on achetait des billets pour aller au théâtre ? Ce n'est pas dit ici, mais on peut imaginer qu'ils ont une espèce de fenêtre, quelque chose, pour voir ce qui se passe sur la scène, regarder le spectacle si ça leur chante ?

– Ben, le problème, expliqua Andy, c'est que j'ai fait un tour sur place ce matin et ils jouent je ne sais quelle comédie musicale, et c'est complet pour les sept mois à venir.

– Complet ? (Dortmunder fronça les sourcils.) Qu'est-ce que tu racontes, complet ?

– Comme je te le dis. Ce n'est pas comme le cinéma, John, ça ressemble plus à prendre l'avion. Tu appelles à l'avance et tu annonces quand tu veux faire ton voyage, et ils te vendent un billet.

– Pour sept mois plus tard ? Comment tu peux être sûr que tu auras envie de voir un spectacle dans sept mois ?

– C'est ainsi que ça se passe, dit Andy en haussant les épaules.

– Reste plus qu'à prendre la place du gars de l'ascenseur, dit Dortmunder. Sinon que les ouvreurs et les gens qui travaillent au théâtre doivent probablement le connaître.

– Probablement.

– Laisse-moi réfléchir », conclut Dortmunder.

Andy se carra confortablement dans son fauteuil pour le laisser réfléchir, tandis que Dortmunder relisait en entier le reportage du magazine, les phrases ronflantes sur l'organisation de l'espace, et les tensions entre la tradition et la modernité, et l'audace des couleurs, tout cela lui passant sous les yeux comme la circulation des camions sur l'autoroute. Au bout d'un moment, il déclara : « Ils disent que le service de l'appartement est assuré par le personnel de l'hôtel. Ça doit comprendre des femmes de chambre et compagnie, non ?

– Oui, confirma Andy.

– Les femmes qui font les chambres d'hôtel, avec leurs gros chariots, les draps propres, le papier Q, les savonnettes, toutes ces conneries, et le linge sale qu'elles remportent. Est-ce qu'elles traversent l'entrée du théâtre avec tout ça et prennent l'ascenseur pour monter à l'appartement ?

– Ça ferait bizarre, admit Andy, de les voir pousser un de ces chariots d'hôtel dans le hall du théâtre.

– Et le hall de l'hôtel, ajouta Dortmunder. Et la rue, car l'hôtel et le théâtre ont des entrées séparées. Par conséquent, ce n'est pas par là qu'elles passent, on est d'accord ?

– Donc, il y a un monte-charge.

– Forcément. Un monte-charge qui descend de quelque part dans l'hôtel. Probablement un des ascenseurs qui assurent le service normal, à ceci près que la gaine traverse les étages non concernés.

– Et il n'y a pas de garçon d'ascenseur, avança Andy. Les femmes de ménage peuvent appuyer sur le bouton toutes seules. »

Dortmunder attrapa enfin sa bière, et redressa vivement la bouteille avant d'en renverser la plus grande partie. « Nous disposons d'aujourd'hui et demain, annonça-t-il. Quand May rentrera à la maison, on mettra deux ou trois trucs dans une valise et on ira prendre une chambre à l'hôtel. Il va falloir que je passe chez Stoon lui acheter une carte de crédit. Quelque chose qui tienne la route pendant deux jours.

– Dès que tu es installé, dit Andy, tu m'appelles et tu me donnes ton numéro de chambre.

– Et tu rappliques un peu plus tard.

– Genre une heure du matin, ça va ?

– Et on inspecte les lieux.

– Et on trouve le monte-charge.

– Et je récupère ma bague.

– Et deux ou trois bricoles pendant qu'on y est, suggéra Andy qui ajouta, regardant d'un air attendri les photos du magazine : Tu sais, un type pourrait très bien prendre un chargement d'objets dans cet appart et aller ouvrir un magasin d'antiquités à Bleecker Street. »

Dortmunder but sa bière.

– « Très bien. Toi, tu fais ça. Moi, je récupère ma bague. »

18

Le concept d'expansion horizontale dans le monde des sociétés est que les éléments, à condition de les choisir avec soin, feront prospérer les affaires des uns et des autres, et augmenteront par conséquent leurs bénéfices. On avait estimé que vingt-trois pour cent des clients inscrits à l'hôtel N-Joy Broadway allaient voir le spectacle du théâtre N-Joy Broadway et qu'en réalité, soixante-sept pour cent de ceux-ci avaient choisi précisément cet hôtel parce qu'ils étaient venus à New York pour voir ce spectacle. Réciproquement, dix-neuf pour cent des spectateurs qui n'étaient pas des clients de l'hôtel choisissaient de dîner au restaurant de l'hôtel avant ou après la pièce, une proportion tout à fait respectable que la direction souhaitait cependant améliorer. Ils avaient un bon spectacle, un bon hôtel et un bon restaurant : la combinaison se devait d'être gagnante.

Quant au spectacle, c'était *Desdémone !*, une adaptation féministe, version comédie musicale, de l'histoire d'amour célèbre dans le monde entier, légèrement modifiée pour satisfaire le goût américain des temps modernes (ils restaient tous en vie à la fin). Parmi les airs les plus populaires de la pièce, il y avait *Ôte-la, Othello, ôte-la* et *Iago, mon cher ami*, et le finale dont tout le public accompagnait le rythme en tapant des pieds, *Et voilà le mouchoir !*

La direction disposait également de statistiques précisant combien d'Européens descendaient à l'hôtel et/ou assistaient au spectacle, et combien d'Américains du Sud, de Japonais, de Canadiens, d'Américains et (spectacle seulement) de New-Yorkais (onze, à ce jour). Il y avait d'autres statistiques concernant le niveau de revenus et le niveau d'études, le nombre de membres d'une même famille dans un groupe, et toutes ces choses-là, bon, et après ? Le résultat était que, conformément aux prévisions, le N-Joy s'était rapidement imposé comme destination pour les amateurs, les vacanciers, les voyageurs du monde entier pas très mondains, ayant des revenus et un niveau culturel moyens. En dehors des employés de TUI, qui n'avaient pas le choix, l'hôtel ne faisait pas beaucoup d'affaires avec les entreprises, un marché qu'ils ne commenceraient pas à exploiter avant cinq ans, quand le centre de conférences du dernier étage serait terminé. En attendant, ils connaissaient leur clientèle et en étaient satisfaits, et les affaires roulaient tout à fait comme prévu.

Évidemment, tous les clients ne correspondaient pas exactement aux statistiques et aux études démographiques. Par exemple, la plupart des clients de l'hôtel qui arrivaient en taxi venaient de l'un des trois grands aéroports de New York ou bien d'une des deux gares ferroviaires, ou à la rigueur du principal terminus de cars. Jusqu'alors, personne n'était jamais parti du croisement Troisième Avenue et 19e Rue, comme l'avaient fait John et May Williams, prétendument domiciliés à Gary, Indiana, le mercredi 10 mai en fin d'après-midi. D'un autre côté, le portier en livrée écarlate n'avait aucun moyen de savoir d'où venait ce taxi-là, ni que le trajet avait été particulièrement court pour ces bagages éraflés et disparates que M. Williams disputa au chasseur jusqu'à ce que Mme Williams lui décoche un vilain coup de pied à la cheville.

La plupart des clients du N-Joy vivaient à plus d'une centaine de kilomètres de New York, alors que les Williams, qui n'avaient jamais mis les pieds de leur vie à Gary, Indiana, vivaient à deux kilomètres de l'hôtel, dans la partie est du bas de la ville. La plupart des clients utilisaient des cartes de crédit, comme M. Williams, mais en général, il s'agissait de cartes leur appartenant, qui n'avaient pas été récemment volées, repassées, modifiées et trafiquées. Et la plupart des clients donnaient leur vrai nom.

« Je vous souhaite un agréable séjour au N-Joy, monsieur et madame Williams, déclara le préposé à l'accueil en remettant à Dortmunder deux cartes magnétiques faisant office de clés.

– Il le sera, j'en suis persuadé.

– New York ! » feula May avec un sourire extasié. Elle contempla ce hall sous le ciel, temple grec de quatre étages dédié à la déesse du bijou en toc. « Nous sommes à New York ! »

Dortmunder trouva qu'elle en rajoutait un peu, mais le type de la réception avait l'air ravi.

19

Andy Kelp était déçu. Il était allé au N-Joy de bonne heure, espérant ramasser un ou deux articles au passage, puisque John et May avaient emporté des valises autant y mettre quelque chose, mais il n'y avait tout simplement rien, dans cet endroit, pour attirer ses regards inquisiteurs.

Non que cela manquât de boutiques, échoppes et magasins. Le hall en était ceinturé, tel un collier d'attache-lettres, chacun muni de larges vitrines déployant les trésors contenus à l'intérieur, chacun avec les noms d'autres grandes villes inscrits en lettres d'or en bas de la vitrine, pour suggérer que ce magasin-là avait des succursales dans d'autres capitales. Mais pourquoi ? Pourquoi avoir un magasin rempli de ces trucs-là à Milan, Londres, Paris et Beverley Hills ? Bon, d'accord pour Beverley Hills. Mais dans les autres villes, ce que ces noms inscrits suggéraient était l'existence d'une boutique comme celle-ci dans un hôtel comme celui-ci dans les villes en question. Alors, à la réflexion, quel était l'intérêt de voyager ?

Les magasins étant fermés et les promeneurs relativement rares dans le hall, Kelp s'introduisit dans une boutique après l'autre, espérant trouver dans la réserve autre chose que les articles exposés en vitrine, mais c'était toujours pareil, et le mot-clef était clinquant. Cuir clinquant, montres d'homme clinquantes, fourrures clinquantes, vases en verre rose clinquant, couvertures clinquantes de magazines clinquants, sacs à main clinquants, chaussures clinquantes, boucles d'oreilles clinquantes. On avait l'impression de se trouver dans un magasin détaxé pour pies voleuses. Minuit, et toujours zéro butin. Kelp savait que John et May n'aimaient pas le voir débarquer sans préavis, or il l'avait peut-être fait un peu trop souvent ces temps derniers, aussi était-il fermement décidé à ne pas monter dans leur chambre avant leur rendez-vous d'une heure du matin, ce qui signifiait : que faire, maintenant ? Alors que la vie nocturne palpitait encore à l'extérieur du bâtiment, commençant tout juste à battre son plein, le N-Joy était plongé dans le calme et l'obscurité, à l'exception du bar, installé à l'écart dans un coin. Kelp décida d'y diriger ses pas.

Le lieu en question consistait en une demi-lune incurvée autour d'un comptoir massif sous un plafond bas. La couleur dominante était le pourpre, et l'éclairage principal n'existait pas. Les bougies qui dégoulinaient sur chaque table étaient enfermées dans du verre rouge épais. La principale source de lumière, en fait, provenait des surfaces en Formica noir des tables rondes, flanquées chacune d'énormes fauteuils bas, trop rembourrés, où l'on avait l'impression de s'asseoir dans des beignets à la confiture. Trois des tables étaient occupées par des couples qui murmuraient, chuchotaient, susurraient, endimanchés et sans but précis, et buvaient des *stingers* (whisky-soda sur de la glace pilée) ou pire encore. Il y avait deux femmes au bar, l'une étant la serveuse en tutu noir, l'autre une cliente, les coudes sur le comptoir, son vieux sac à bandoulière avachi sur le tabouret voisin, et un grand verre devant elle qui, à en juger par son expression lugubre, était définitivement à moitié vide, et pas à moitié plein.

Les tabourets de bar, recouverts de vinyle pourpre, étaient hauts et larges. Kelp en choisit un à égale distance des deux femmes, posa l'avant-bras sur le comptoir et observa le barman, individu austère et moustachu, qui finissait de préparer deux *stingers*. La serveuse embarqua les verres et le barman tourna son attention vers Kelp. « Oui, monsieur, dit-il en glissant une serviette en papier sur le comptoir.

– Un bourbon », commanda Kelp.

Le barman inclina la tête et attendit, mais Kelp avait terminé. Finalement, le barman risqua, « Et puis ?

– Bon, un verre, je suppose. Et un glaçon.

– C'est tout ? » Un léger sourire se dessina sous la moustache. « On ne nous demande pas souvent ce genre de chose, par ici.

– Mais vous avez du bourbon, tout de même ? suggéra Kelp.

– Oh, certainement. Mais la plupart des gens veulent quelque chose avec. Un peu de vermouth bien sucré ? Une cerise au marasquin ? Un zeste ? Une rondelle d'orange ? Un trait d'angostura ? Triple sec ? Amaretto ?

– À part, précisa Kelp.

– Vous m'avez compris. »

Le barman s'éloigna et la femme qui se trouvait à gauche de Kelp dit : « Bonsoir. »

Il la regarda. Elle devait avoir dans les trente-cinq ans, et était séduisante d'une manière qui suggérait qu'elle n'en avait pas conscience et ne se donnait en conséquence pas beaucoup de mal pour séduire. Elle n'était pas d'humeur vacancière. Le son de sa voix lorsqu'elle avait dit bonsoir donnait l'impression que, sans avoir spécialement envie de parler, elle sentait que c'était de circonstance, et donc, s'en acquittait.

« Bonsoir », lui répondit Kelp.

La femme hocha la tête. Mission accomplie. « D'où venez-vous ? demanda-t-elle.

– Cleveland, Ohio. Et vous.

– Lancaster, Kansas. Je suis censée y retourner... un jour.

– Après tout, si c'est là que vous vivez.

– Je crois que mon mari est parti. »

Voilà qui était inattendu. Ne voyant pas de deuxième verre sur le comptoir, Kelp dit : « Il est peut-être aux toilettes.

– Je crois qu'il est parti lundi. »

Ah, et l'on était mercredi. Kelp y réfléchit pendant que le barman posait sur la serviette en papier devant lui un verre, un glaçon et un peu de bourbon. « Merci », lui dit-il, et à la femme : « Ici, à New York ? Il a tout simplement disparu ?

– Il n'a pas disparu, il m'a quittée, expliqua-t-elle. Nous sommes arrivés ici dimanche, et le lundi, il m'a dit “ Anne-Marie, ça ne marche plus entre nous ”, il a fait sa valise et il est parti.

– C'est un peu rude.

– Oh, dit-elle, c'est rude parce que c'est ici. Je veux dire, il avait raison, ça ne marchait plus, c'est pour ça que j'avais une liaison depuis trois ans avec Charlie Petersen, et il va devenir blanc comme linge en apprenant la nouvelle, mais franchement, j'aurais vraiment préféré, s'il devait le faire, j'aurais vraiment préféré qu'il le fasse à Lancaster, pas ici.

– Ça aurait été plus pratique, reconnut Kelp en hochant la tête pour exprimer sa compassion.

– L'idée, expliqua-t-elle, c'est que ce voyage était notre dernière tentative pour faire marcher ce mariage. Vous savez quand les gens disent qu'ils veulent que leur mariage *marche* ? Comme s'ils voulaient lui donner une feuille de route ou un truc de ce genre. Donc nous sommes venus ici et nous avons commencé à nous taper mutuellement sur les nerfs, exactement pareil qu'à Lancaster, à ceci près qu'ici, nous n'avions qu'une seule chambre pour le faire, alors Howard a dit ça ne marche pas, il a fait sa valise et il est parti.

– Il est rentré à Lancaster.

– Je ne pense pas. Il est représentant pour Pandorex Computers, vous savez, il couvre toute la région du Midwest, alors il doit probablement être avec une copine en ce moment.

– Vous avez eu des enfants ?

– Non, merci. Ce maudit verre est encore vide. Qu'est-ce que vous buvez ?

– Du bourbon.

– Avec ?

– Du bourbon, et encore du bourbon.

– Vraiment ? Je me demande à quoi ça ressemble.

– Barman ? Je crois que nous avons une convertie. Resservez-moi la même chose, et apportez-en un pour la dame également.

– Oui, monsieur.

– Je déteste qu'on m'appelle la dame.

– Pardonnez-moi, mais ma maman m'a dit que c'était mal élevé de désigner les gens par des pronoms.

– La dame, ça craint.

– Voilà d'excellentes nouvelles, dit Kelp. Eh bien, dorénavant, je vous appellerai la poule. Marché conclu ? »

Elle sourit, comme si elle n'en avait pas envie. « Marché conclu. »

Le barman apporta les verres. La poule goûta le sien et fit la grimace. Puis elle prit une deuxième gorgée, la goûta plus longuement et dit : « Intéressant. Ce n'est pas sucré.

– Effectivement.

– Intéressant. » Encore une gorgée. « Si vous en avez assez de m'appeler la poule, proposa-t-elle, essayez Anne-Marie.

– Anne-Marie, je m'appelle Andy.

– Comment allez-vous ?

– Très bien.

– Voyez-vous, expliqua-t-elle, c'est un forfait, un voyage organisé, on a tout payé à l'avance. J'ai la chambre jusqu'à samedi, le petit déjeuner jusqu'à dimanche, le dîner jusqu'à vendredi, alors ça paraissait idiot de rentrer à Lancaster, mais en même temps, qu'est-ce que je fous ici ?

– Vous gardez le bar.

– Je ne veux absolument pas être ivre, déclara-t-elle. J'ai contrôlé ma consommation. » Elle fronça les sourcils en regardant le verre à moitié vide qui se trouvait devant elle. « Est-ce que ce truc va me saouler ?

– Probablement pas, promit Kelp. À moins que vous ne soyez de ces rares individus qui ont une chimie bizarre, vous voyez le genre. »

Le coup d'œil qu'elle lui lança suggérait qu'elle n'était pas loin de commencer à douter de lui. « Vous allez rester longtemps ici ? demanda-t-elle.

– Oh, un moment. » Et il porta son verre à demi plein à ses lèvres.

Ça la fit réfléchir. « Vous aimez cet hôtel ?

– Je ne suis pas descendu ici. »

Ça l'étonna. « Pourquoi êtes-vous ici, alors, si vous n'habitez pas l'hôtel ? Vous n'êtes quand même pas passé par hasard.

– J'ai un rendez-vous dans le coin, dit-il en consultant sa montre. Bientôt. Je suis venu tuer le temps.

– Ainsi, nous sommes des navires qui se croisent dans la nuit, dit-elle.

– Peut-être bien, admit Kelp. Dites-moi, est-ce qu'il y a un frigo rempli de petites bouteilles, dans les chambres ?

– De la bière, du champagne, des noix de macadamia et tous les petits mélanges.

– C'est ce que je voulais dire. Et il y a du bourbon ? »

Elle considéra la question, puis désigna son verre. « Ce truc-ci ? Je ne suis pas sûre.

– Je pourrais passer un peu plus tard, pour vérifier, suggéra-t-il. Je pense que mon rendez-vous sera terminé vers trois heures, peut-être même plus tôt, dans ces eaux-là.

– C'est drôlement tard, pour un rendez-vous.

– On est à New York, vous savez. La ville qui ne dort jamais.

– Ah bon. Mais moi, je dors. Enfin, pas tant que ça depuis que Howard est parti, à dire vrai. Je suppose qu'il ne rentrera pas.

– Ça m'en a tout l'air.

– Je suis au 2312, dit Anne-Marie. Quand votre rendez-vous sera terminé, vous savez, vous pouvez toujours essayer de frapper à la porte. Si je suis éveillée, je répondrai. »

20

À son réveil, Dortmunder se demanda où diable il pouvait bien être. Une boîte beige éclairée et des voix lointaines qui parlaient. Il leva la tête et vit une chambre qu'il ne connaissait pas, avec la télé allumée, toutes les lampes allumées, et lui-même, allongé sur le dos au milieu d'un immense lit double, dont l'épais couvre-lit marron n'avait pas été enlevé, et, sur sa gauche, May qui dormait profondément dans un fauteuil, un de ses magazines gisant à ses pieds. Sur l'écran de télé, on transportait vers des ambulances des gens couverts de sang. On ne disait pas où ça se passait, mais ce qui est sûr, c'est que c'était le bordel. Puis, sous les yeux de Dortmunder, les victimes et les ambulances s'effacèrent progressivement alors que des barres chocolatées se mettaient à danser.

Retrouvant la mémoire, Dortmunder s'assit dans le lit. L'hôtel N-Joy Broadway. Max Fairbanks. La bague porte-bonheur. Le monte-charge. Andy Kelp qui devait passer plus tard. Une heure du matin.

Il y avait un radio-réveil soudé à la table de chevet. Ses chiffres rouges annonçaient 12 : 46. Dortmunder se mit en mouvement, découvrant plusieurs douleurs, et parvint enfin à lever. Il gagna d'un pas traînant la salle de bains étincelante où il trouva sa brosse à dents et son dentifrice personnels ainsi que le savon et les serviettes de l'hôtel. Quand il sortit de la salle de bains, se sentant un poil plus humain et vivant, May s'ébrouait dans le fauteuil et reprenait ses esprits, cherchant son magazine, aussi vaseuse que lui. Le voyant, elle dit : « Je me suis endormie.

– Tout le monde s'est endormi. »

Ils avaient pris leur chambre en fin d'après-midi, avaient un peu traîné pour déballer leurs affaires et réfléchir à tout ça, et fait un excellent dîner au restaurant de l'hôtel. Puis May était allée lire dans la chambre pendant que Dortmunder effectuait un petit tour préliminaire sur le terrain, se familiarisant avec les lieux avant de remonter comparer ce qu'il avait vu avec le plan accroché à la porte de la chambre qui expliquait la procédure à suivre en cas d'incendie. « Vous êtes ici. » « Empruntez l'escalier A. » « Ne prenez pas l'ascenseur. » N'empêche, les ascenseurs étaient inscrits sur le plan au sol.

La configuration était toute simple. En gros, l'hôtel dessinait un U épais, la base du U donnant sur Broadway et les branches sur les rues latérales. L'espace central était occupé, tout en bas, par le théâtre et le hall de l'hôtel avec sa verrière qui le dominait du seizième étage. Le U démarrait au dix-septième étage et grimpait jusqu'en haut, si bien que toutes les chambres avaient une fenêtre.

« Je dors mal dans les fauteuils, commenta May en se mettant debout.

– Ce n'était pas dans tes intentions, remarqua Dortmunder.

– Le fait est pourtant là », rétorqua-t-elle en se dirigeant vers la salle de bains pendant que Dortmunder s'approchait de l'unique fenêtre de la chambre et écartait discrètement l'épais rideau. Comme la fenêtre ne s'ouvrait pas, il appuya le front contre la vitre froide afin de voir le plus bas possible.

Ils avaient une chambre interne, soit zéro vue sur la ville, et par là même zéro bruit de circulation, et ce que l'on voyait tout en bas à condition de s'écraser le front contre la vitre était la verrière du hall. Ce dôme de verre était brillamment éclairé en début de soirée alors que maintenant, la lumière était sourde, comme si un feu couvait là-dessous.

12 : 53.

Dortmunder retourna à la porte pour examiner derechef le plan au sol dans son petit cadre. Il s'approcha tout près, le scrutant avec soin, essayant de visualiser la chose.

Le plan consistait essentiellement en petits rectangles numérotés représentant les chambres, avec un couloir central. Au milieu de chacun des trois côtés se trouvait un bloc de service : escalier, ascenseur, distributeur de glaçons, pièces non numérotées où l'on stockait le linge et les produits d'entretien. L'appartement de Max Fairbanks ne figurait évidemment pas sur ce plan général, mais Dortmunder savait déjà qu'il se trouvait au-dessus du théâtre et en dessous de l'hôtel, et qu'il donnait sur Broadway. Par conséquent, le bloc service du côté Broadway devait également abriter l'ascenseur privé. La chambre de Dortmunder était du côté sud, aussi dès qu'Andy arriverait, ils iraient...

La porte heurta brutalement le nez de Dortmunder. Il recula d'un pas, les larmes aux yeux, et Andy en personne entra en disant : « J'espère que je ne suis pas en avance.

– Tu n'es pas en avance », répondit Dortmunder en se massant le nez. Andy le considéra avec attention, l'air soucieux. « John ? On dirait que tu as attrapé un rhume.

– Ce n'est rien.

– La clim, peut-être, suggéra Andy. On respire de l'air recyclé dans ce genre de bâtiments, tu sais, alors...

– Ce n'est rien ! »

Mary sortit de la salle de bains, l'air mieux réveillé. « Salut, Andy ! s'écria-t-elle. Pile à l'heure.

– Juste une minute d'avance, précisa Dortmunder, le nez démis.

– Une minute d'avance, c'est pile à l'heure, objecta May.

– Merci, May. »

Ne voyant pas ce que l'avenir lui réservait de bon s'il restait irrité, il cessa de se tripoter le nez et montra à Andy le croquis sur la porte : « Nous avons ici un petit plan au sol. » Il expliqua où ils se trouvaient et où l'ascenseur privé de l'appartement devait logiquement être situé. « Tu crois que ça va être si simple ?

– Probablement pas.

– Bon, allons quand même y jeter un coup d'œil, proposa Andy.

– John, où est la commande ? demanda May.

– La quoi ?

– Pour le poste. La télécommande. J'aurais aimé regarder la télévision pendant ton absence, mais je ne trouve pas la télécommande.

– Elle est peut-être dans le lit, avança Dortmunder.

– Ou dessous », suggéra Andy.

Tout le monde regarda, personne ne trouva. May dit : « Il n'y a qu'une pièce et elle n'est pas si grande que ça et il n'y a pas beaucoup de choses dedans. On devrait donc pouvoir trouver la télécommande.

– Vous êtes sûrs qu'il y en avait une ? demanda Andy.

– *Oui*. Je m'en suis servie pour l'allumer la toute première fois. Et puis, John, tu n'as pas arrêté de zapper.

– Elle devrait donc être dans le lit, affirma Dortmunder.

– Ou dessous », suggéra Andy.

Ils la cherchèrent ensemble et ne la trouvèrent pas davantage, jusqu'au moment où Andy passa dans la salle de bains et s'écria : « La voilà ! » et ressortit en la brandissant. « Elle était près du lavabo.
« Je ne poserai aucune question, dit May en la lui prenant des mains. Merci, Andy.

– Je t'en prie. »

Dortmunder, pourtant certain de ne pas être celui qui avait emporté la télécommande dans la salle de bains mais ne voyant aucun avantage à entamer une dispute, demanda : « On peut y aller, maintenant ?

– Bien sûr », dit Andy, et ils partirent.

Le couloir était long, discrètement éclairé et complètement vide. De-ci, de-là, des plateaux contenant des reliefs de repas étaient posés par terre. Dortmunder et Andy allèrent jusqu'au bout, tournèrent à droite et tombèrent sur un autre couloir identique au premier, avec le même tapis, le même éclairage et les mêmes plateaux. À mi-chemin sur la droite, tout près du plafond, un panneau lumineux vert annonçait SORTIE. « Par ici », dit Dortmunder.

Au milieu du couloir, à droite sous le panneau vert marqué SORTIE, il y avait les ascenseurs, le côté intérieur du bâtiment qui ne donnait pas sur la rue. L'escalier se trouvait à gauche des ascenseurs, et le distributeur de glaçons, à droite. En face des ascenseurs, il y avait un mur vide avec un miroir, et devant, une petite table et un fauteuil à accoudoirs de bois. En face de l'escalier, une porte sans inscription.

Sans inscription et fermée à clé. Andy lui parla gentiment et elle s'ouvrit peu après. Ils pénétrèrent dans une pièce carrée tapissée d'étagères de bois brut abritant des piles de linge, des rouleaux de papier hygiénique, des boîtes de mouchoirs à démaquiller, des cartons remplis de savonnettes, de shampoings et de lotions pour le corps. Un espace vide était dégagé sur la gauche, devant deux portes d'ascenseur.

« L'un des deux, dit Dortmunder en les désignant d'un signe de tête. Ça devrait, en tout cas.

– Peut-être celui qui arrive », précisa Andy.

Dortmunder tendit l'oreille et capta le discret ronronnement d'une cabine montant dans sa cage. « Ce n'est pas pour cet étage, à mon avis.

– Pas si sûr, dit Andy. Allons attendre là-bas. »

Dortmunder lui emboîta le pas et ils se fondirent dans les rangées de fournitures au moment où le ronronnement cessait. Ils entendirent les portes s'ouvrir. Andy haussa un sourcil en regardant Dortmunder – *Tu vois ?* – et Dortmunder lui répondit d'une mimique éloquente : *Eh oui.*

À travers des montagnes de serviettes propres, ils regardèrent un type en livrée noir et blanc sortir de l'ascenseur en poussant un chariot métallique gris à deux étages. Les portes se refermèrent dans son dos alors qu'il ouvrait la porte donnant sur le couloir, où il disparut avec son chariot.

« Il va récupérer les plateaux, chuchota Andy.

– Ça nous laisse quelques minutes. »

Ils abandonnèrent les fournitures et s'approchèrent des ascenseurs. Andy appuya sur le bouton. L'ascenseur qui avait monté le garçon d'étage étant toujours là, les portes s'ouvrirent aussitôt. Andy les maintint en position ouverte pendant qu'il étudiait avec Dortmunder le tableau de commandes. Il y avait juste des boutons noirs avec des numéros, 31 étant le plus élevé (eux-mêmes se trouvaient au 26) et 17 le plus bas, ainsi que deux boutons supplémentaires, en dessous du 17, marqués CUISINE et LINGERIE.

« Ce doit être l'autre, dit Andy.

– Ou alors, suggéra Dortmunder qui contemplait le tableau de commandes en songeant à la veine qu'il avait ces temps-ci, c'est que nous n'avons pas vu juste.

– Que veux-tu que ce soit ? On va attendre ici que le garçon reparte, et ensuite, on fera monter l'autre cabine.

– D'accord, on verra bien ce que ça donne. »

Ils libérèrent les portes et regagnèrent leur tas de serviettes. « Ça m'étonnerait qu'il y ait juste un bouton, dit Dortmunder. Je veux dire, si on ne s'est pas trompé. Il doit y avoir une clé, pour la sécurité.

– Évidemment. On peut accéder à n'importe quel étage avec cet ascenseur, mais pas à l'étage en question, à moins d'avoir la clé. »

Le garçon d'étage ouvrit la porte du couloir et fit entrer son chariot croulant sous des piles de plateaux, d'assiettes et de couverts. Il manœuvra jusqu'à l'ascenseur le chariot qui semblait moins docile lorsqu'il était chargé, enfonça la touche d'ouverture, poussa le chariot dans la cabine, appuya sur un bouton et disparut de leur vue.

Aussitôt, Andy s'élança et appuya sur Montée. Aucun voyant lumineux ne permettant de savoir si l'autre cabine arrivait, il ne leur restait qu'à attendre, et à constater.

« Et puis, dit Dortmunder, dans son sillage, peut-être qu'ils mettent l'autre hors service pour la nuit.

– Pourquoi ça ? Ils ont un tas de trucs à faire pendant la nuit. Et tu sais quoi ? Maintenant que j'y pense, on ferait mieux de retourner se planquer là-bas.

– Pourquoi ?

– Eh bien, au cas où la cabine arriverait et où il y aurait quelqu'un à l'intérieur.

– Très juste », reconnut Dortmunder.

Ils repartirent dans les serviettes et attendirent. Peu après, l'autre cabine d'ascenseur arriva et quand ses portes s'ouvrirent, elle était vide. Andy se précipita avant que les portes ne se referment, et il étudia avec Dortmunder le tableau de commandes qui était semblable au premier. « Naturellement, dit Dortmunder.

– Il faut bien qu'ils nettoient, persista Andy. D'une manière ou d'une autre, il faut qu'ils nettoient. Les riches nettoient beaucoup, ils embauchent des brigades entières pour nettoyer.

– Jetons un coup d'œil au dix-sept », proposa Dortmunder.

Le couloir du dix-septième présentait à peu près les mêmes couleurs sur les murs, portes et tapis que celui du vingt-sixième, mais pas tout à fait, si bien que l'on commençait par croire qu'il y avait un truc qui clochait. À cet étage, Dortmunder et Andy inspectèrent les trois cagibis du service, au nord, à l'ouest et au sud (l'ouest étant celui qui devait se trouver au-dessus de l'appartement de Fairbanks) et n'y trouvèrent rien qu'ils aient déjà vu au vingt-sixième. Andy poussa un soupir en consultant sa montre et dit : « Quand je pense que ça devait être si simple.

– C'est très simple, remarqua Dortmunder. On ne peut pas entrer.

– Il y a forcément un moyen. Est-ce qu'ils gardent une bonniche enchaînée ici ? Comment se procure-t-elle du savon ? Comment se débarrasse-t-elle des draps sales ? »

Ils étaient de retour dans le couloir, près des ascenseurs réservés au public dans la section du milieu. L'appartement Fairbanks devait se trouver juste sous leurs pieds. Dortmunder couvrit du regard les deux extrémités du couloir et dit : « Il nous faut une autre porte. Une porte sans numéro.

– Très juste », confirma Andy.

Ils prirent le couloir direction sud, et le temps d'arriver à l'angle, ils étaient passés devant trois portes sans numéro mais fermées à clé, les avaient nonobstant toutes ouvertes, et avaient découvert d'abord une pièce pleine de chariots de service et d'aspirateurs, puis une autre bourrée de téléviseurs et de lampes, et enfin une salle de bains, probablement réservée au personnel. Ils tournèrent aussitôt les talons et repartirent en sens inverse, et au nord des ascenseurs, ils trouvèrent une porte sans inscription et fermée à clé qui ouvrait sur un labyrinthe de canalisations. Chauffage ou plomberie ou les deux. Et la porte suivante ouvrait sur un ascenseur, avec un chariot de service à l'intérieur.

« Bon, voyons ça, proposa Andy.

– Quelqu'un arrive », dit Dortmunder qui venait d'entendre l'ascenseur du public s'arrêter au bout du couloir. D'un même mouvement, tels une bande de passereaux traversant l'espace, ils entrèrent dans le nouvel ascenseur et laissèrent la porte se refermer derrière eux, *clic*.

Maintenant, ils étaient dans le noir. Ils palpèrent les parois à l'aveuglette jusqu'à ce qu'Andy découvre l'interrupteur, et tout redevint normal.

Cette cabine-là était semblable aux autres ascenseurs de service, simple, rectangulaire, peinture industrielle grise. Le tableau de commandes était encore plus simple : deux boutons, sans inscription. Et histoire d'effacer le dernier doute s'ils en avaient un, le chariot contenait des cartons de papier à lettres portant le monogramme MF ou LF, en caractères chichiteux.

Au-dessus des deux boutons, il y avait un trou de serrure sur le tableau de commandes. Andy se pencha pour l'examiner, puis se redressa et dit : « Non. »

Dortmunder le regarda. « Non ?

– Ce n'est pas une serrure ordinaire.

– Non. Il n'y a pas de raison.

– Une serrure ordinaire, je peux en venir à bout, expliqua Andy, mais pas celle-ci. Et je la soupçonne d'être reliée à un système d'alarme, qui doit déclencher une sonnerie quelque part dans un poste de sécurité dès que quelqu'un s'avise de farfouiller dedans avec une épingle de sûreté ou je ne sais quoi.

– Ça ne m'étonnerait pas, confirma Dortmunder.

– En fait, si tu veux mon avis, ce serait plus sûr de passer par le plancher et de se laisser glisser le long du câble, ou de descendre par l'échelle de secours, s'il y en a une, que de prendre des risques avec cette serrure. Si nous enlevons les vis ici et là, puis là et là, pour soulever la plaque du tableau de commandes et voir comment ça se présente dessous, même *ça* risque d'envoyer un signal au poste de sécurité.

– Je n'en doute pas.

– Donc, on va jeter un coup d'œil au plancher. »

Ils poussèrent le chariot dans un coin avant de se mettre à quatre pattes pour examiner le plancher. C'était du contreplaqué, quatre grandes feuilles vissées et peintes en gris. Ils le testèrent en toquant avec leurs jointures et entendirent un son mat, sans écho. Ils échangèrent un regard, toujours à quatre pattes, tels des chiens se rencontrant devant la borne d'incendie du quartier, et se relevèrent. « C'est de l'acier, en dessous, dit Andy.

– J'avais remarqué.

– Pas de trappe pour accéder à la machinerie ou autre chose.

– Exact.

– Ce qui signifie que la machinerie doit être au-dessus. »

Ils levèrent les yeux vers le plafond peint en gris, et repérèrent dans l'angle droit du fond les contours d'une trappe. Et dans la trappe, un trou de serrure. « Ils commencent à m'emmerder, déclara Dortmunder.

– Nous ne sommes pas du genre à capituler.

– C'est exact, mais parfois, je me demande pourquoi.

– Quand la situation devient compliquée, le compliqué requiert un expert. Je sais quand une serrure est au-delà de mes simples compétences rustiques. Il nous faut un serrurier.

– Tu veux faire appel à quelqu'un ?

– Pourquoi pas ? Ce que nous allons ramasser en bas, nous pouvons très bien le partager en trois au lieu de deux. De toute manière, tu t'en fous. Ce que tu veux, c'est ta bague.

– Ce n'est pas faux, reconnut Dortmunder. Mais quelques bénéfices ne feraient pas de mal.

– Je vais voir si Wally Whistler est libre, proposa Andy. Ou Ralph Winslow, ils sont bons tous les deux. Je vais leur montrer les photos du magazine, et ils nous payeront pour nous accompagner.

– Ça, j'en suis moins sûr, dit Dortmunder en regardant ce putain de trou de serrure dans ce putain de panneau de commandes. On est là, exactement au bon endroit, et cette bague est juste sous nos pieds, je peux la sentir.

– On va l'avoir », lui promit Andy. Il consulta sa montre et ajouta : « Mais pas ce soir. Demain soir. » Il se tourna pour ouvrir la porte du couloir. « Ce soir, j'ai un rancard, et je n'aimerais pas arriver en retard ».

Dortmunder fronça les sourcils. « Un rancard ? À cette heure-ci ?

– On est à New York, tu sais. » Andy ouvrit la porte avec précaution, passa prudemment la tête pour s'assurer que la voie était libre et ajouta à l'intention de Dortmunder : « La ville qui ne dort jamais. »

Dortmunder le suivit dans le couloir et la porte sans numéro se referma doucement derrière lui. « New York, la ville insomniaque. C'est une bonne idée ?

– On se voit demain », conclut Andy.

21

Le matin, la plupart des clients de l'hôtel N-Joy Broadway allaient visiter la ville, mais pas les Williams. Ils se levaient et sortaient comme tout le monde, mais ensuite Mme Williams devenait May Bellamy et se rendait au supermarché du centre-ville où elle travaillait, tandis que M. Williams se transformait en un certain John Dortmunder, qui rentrait chez lui, 19e Rue Est, où il occupait sa journée comme d'habitude, c'est-à-dire à pas grand-chose.

Il avait été convenu que Dortmunder et May se retrouveraient à l'hôtel vers six heures, pour plomber d'un repas supplémentaire la facture de la carte de crédit qu'ils utilisaient pour l'instant, puis qu'ils attendraient l'arrivée d'Andy Kelp à une heure tardive qu'ils évaluaient aux environs de minuit. Ce soir, ils essaieraient de ne pas s'assoupir. Dortmunder quitta donc son appartement vers cinq heures trente et quand il ouvrit la porte donnant sur la rue, qui était là, montant vers le porche ? Gus Brock. « Salut, dit Dortmunder.

– Salut, répondit Gus Brock, s'arrêtant sur une marche.

– Ce n'est pas une coïncidence, hein ? »

Gus le regarda d'un air faussement surpris. « Qu'est-ce qui n'est pas une coïncidence ? Je venais te voir.

– C'est bien ce que je disais. Eh bien, je vais en ville.

– Dans ce cas, moi aussi. »

Ils s'éloignèrent ensemble, et après avoir tourné dans la Troisième Avenue, en route vers le centre-ville, Gus dit : « J'ai lu dans *Newsday* que nous avions réalisé un assez joli score à Long Island la semaine dernière.

– Ah bon ?

– C'est bien nous, n'est-ce pas, qui avons pris tout ça dans cette grande maison de Carrport ?

– Nous ? Qu'entends-tu au juste par *nous* ?

– Allons, John, tu sais très bien. Tu ne connaissais pas du tout cet endroit, moi si. Tu n'étais pas au courant pour le Chapitre Onze et tout ça. Moi, si.

– À ceci près que le type était là, objecta Dortmunder. Alors, merci bien pour tous tes chapitres.

– Mais c'était notre petite expédition, John. Je te demande juste de réfléchir à la situation et tu constateras qu'il serait normal que j'en aie ma part. Pas forcément la moitié, je ne suis pas un type gourmand, mais... »

Dortmunder s'arrêta net sur le trottoir. Piétons et voitures les dépassaient, filant dans toutes les directions. « Gus, nous sommes allés tous les deux faire une petite visite et rien ne s'est produit. Tu t'es cassé...

– John, tu ne vas pas me le reprocher. Tu en aurais fait autant, à ma place.

– Certainement. Mais je n'irais pas te trouver, ensuite, pour dire que nous avons fait ci et ça.

– Bien sûr que si. On peut avancer, John ? Où allons-nous, d'ailleurs ? »

Dortmunder se remit en marche et Gus lui emboîta le pas.

« En ville.

– Merci. Pour ce qui est du partage...

– Non, Gus. Cette petite visite a été interrompue. Tu as filé et j'ai été arrêté.

– Oui, j'ai lu ça dans le journal, dit Gus en secouant la tête d'un air compatissant. Eh ben, c'était vraiment à un poil près.

– Ce n'était pas à un poil près, j'ai été *arrêté*. »

Les piétons qui les croisaient les dévisageaient au passage mais poursuivaient leur chemin. Gus dit : « Tu n'es pas obligé de crier, John, ce n'est pas comme si tu avais gagné à la Loterie ou quelque chose de ce genre. »

Patiemment, calmement, Dortmunder expliqua : « Après mon arrestation, je me suis échappé. Personne ne m'a aidé, surtout pas toi, je me suis juste...

– Allons, John !

– Échappé. Et après m'être échappé, je suis retourné dans cette maison et c'est devenu une visite tout à fait différente, qui n'avait rien à voir avec toi. Tu étais parti, je m'étais échappé, et c'était quelque chose d'entièrement nouveau. J'ai pris ce que j'ai pris, pas ce que *nous* avons pris. »

Ils marchèrent sans échanger un mot jusqu'à la rue suivante, Gus assimilant la philosophie de Dortmunder. Finalement, il soupira : « John, nous sommes amis depuis très longtemps.

– Je dirais plutôt que nous sommes associés depuis très longtemps.

– Bon, c'est plus adapté, d'accord. Je comprends ton point de vue, et si j'étais à ta place, j'en voudrais un peu à mon partenaire, mais ça ne m'empêche pas d'avoir la sensation désagréable qu'il y a eu une belle prise et que ça m'a rapporté que dalle.

– Tu aurais dû rester dans les parages, déclara Dortmunder sans la moindre compassion. Nous nous serions échappés ensemble.

– John, tu es pourtant quelqu'un de raisonnable, d'habitude.

– J'essaie de me défaire de cette habitude.

– Alors, c'est ainsi que tu veux que ça se termine. Avec de la rancœur de part et d'autre. »

Une fois de plus, Dortmunder s'arrêta net au milieu du flot de passants pour se tourner vers Gus en fronçant les sourcils, et le contempla d'un air pensif. Gus soutint son regard avec dignité, et Dortmunder finit par lâcher : « Tu es au courant, pour la bague ?

– La bague, quelle bague ? » demanda Gus, complètement largué.

Bon, décida Dortmunder, je vais lui raconter l'histoire, et s'il rit, c'est réglé, on se sépare. « Eh bien, c'est pour ça que je suis retourné là-bas.

– Ce que j'ai trouvé vraiment gonflé de ta part, en pensant à ce qui avait dû se passer.

– Ce qui était absolument indispensable, vu ce qui s'est passé.

– Il s'est passé quelque chose ?

– Après m'avoir arrêté, les flics ont demandé au type si j'avais pris quelque chose. Et le type a raconté que je lui avais pris sa bague, que je portais sa bague. Or c'était la *mienne*, c'est May qui me l'a donnée, et les flics m'ont obligé à l'enlever et à la donner à ce type. »

Gus en resta bouche bée. « Il a volé ta bague ? »

Dortmunder le surveillait, tel un faucon. « C'est ce qui est arrivé.

– Quoi ? Mais quel salaud ! hurla Gus si bien que les piétons s'écartèrent d'eux. Quelle ordure, faire un truc pareil !

– Tu trouves ? demanda Dortmunder.

– Non seulement il t'a fait coffrer, poursuivit Gus, et tu risques une lourde peine, mais en plus, il te roule dans la farine ! Quel enfoiré !

– Avançons, proposa Dortmunder.

– D'accord. »

Ils se remirent à marcher et Gus dit : « Je peux pas m'y faire. Je n'ai jamais entendu un truc aussi dégueulasse. C'est comme tirer sur une ambulance.

– C'est pour ça que je me suis échappé, expliqua Dortmunder. Je voulais absolument y retourner pour essayer de récupérer ma bague. Seulement le type n'était plus là. Alors pour me venger, j'ai pris tout ce butin.

– Je comprends, maintenant.

– Mais je veux toujours la bague.

– Naturellement. Moi, je poursuivrais le mec jusqu'au bout du monde s'il le fallait.

– À première vue, c'est exactement ce que j'allais devoir faire, dit Dortmunder, mais voilà que maintenant, il se trouve dans un de ses endroits, ici même à New York.

– Sans blague ?

– Et là aussi, il y a un tas de jolies choses.

– Je veux bien le croire.

– Et nous y allons ce soir même, pour essayer de récupérer ma bague, et mettre la main sur ce qui traîne dans le coin.

– Nous ?

– Andy Kelp, un serrurier (je ne sais pas encore qui) et moi. Tu veux te joindre à nous ? »

Gus considéra la proposition. « Tu veux dire, faire une croix sur le coup de Carrport et travailler sur celui-ci avec vous ?

– Exactement.

– Je suis ton homme », dit Gus.

22

Max était furax. Qu'un petit juge de rien du tout ose lui parler sur ce ton, lui sonner les cloches, voilà qui était intolérable. Max tremblait de tous ses membres en sortant de la chambre du juge Mainman à deux heures trente – une heure et demie en compagnie de ce connard ! –, il en tremblait de rage et de frustration, prêt à commettre personnellement un meurtre avec ses deux mains pour la première fois depuis tant d'années. « Ce... ce... ce...

– À votre place, Max, je n'en dirais rien », lui conseilla Walter Greenbaum qui marchait à sa droite.

Walter, l'avocat personnel de Max aux yeux lourdement pochés, pouvait proférer ce genre de phrase en lui donnant un air de vérité profonde.

« Du moins, pas avant d'avoir quitté le bâtiment », précisa John Weisman qui encadrait Max du côté gauche.

John Weisman était l'autre avocat de Max, un de plus parmi beaucoup d'autres. Max avait parfois l'impression d'avoir autant d'avocats que les restaurants chinois ont de cafards. Chaque fois qu'on tournait l'interrupteur, il y en avait davantage. Celui-ci, John Weisman, était un spécialiste, l'avocat de la faillite de Max. L'homme consacrait sa vie aux banqueroutes, ses honoraires coûtaient la peau des fesses, et il vivait fort bien grâce aux faillites, réussissant à prouver soit que l'on peut saigner un navet à blanc, soit que ces choses qui prétendent être des navets sont en fait des menteurs.

Seulement, Weisman n'avait pas la majesté de Walter, avec ses airs de législateur de la Grèce antique, et sa plaisanterie – « pas avant d'avoir quitté le bâtiment » – tomba complètement à plat. C'était un grand type mince en parfaite condition physique, qui donnait l'impression de passer tout son temps libre à courir, chasser, camper, faire de la randonnée, escalader des montagnes, enfin, tous ces trucs-là. Max estimait qu'il faisait preuve de beaucoup de retenue en s'abstenant de venir au tribunal en tenue de camouflage.

N'empêche, ce jour-là, c'est Max qui aurait eu avantage à porter une telle tenue. Le juge Mainman, un inquisiteur au visage joufflu et aux manières chichiteuses, l'avait traité avec un *dédain*, un *mépris* absolus, comme s'il y avait quelque chose de répréhensible dans le fait qu'un homme en pleine réussite veuille tirer parti des bons côtés de la législation. À quoi servirait d'acheter ceux qui font les lois, si ce n'était pour profiter des lois qu'ils font ? Mais essayez donc d'expliquer ça au juge Mainman.

« Je ne peux pas, vous savez bien », dit Max en sortant avec eux du tribunal et en descendant la volée de marches profondes et basses qui vous obligeaient, de manière fort irritante, à penser à chaque pas que vous faisiez – ce qui était tout à fait approprié pour un tribunal, à vrai dire. Puis ils traversèrent le trottoir grouillant de gens affreux qui bloquaient le chemin de Max pour monter à bord de la limousine dont le chauffeur ouvrit la portière arrière juste à la seconde requise.

Les avocats attendirent que tout le monde fût installé, et la porte refermée, et Walter demanda : « Ne pouvez pas quoi ? » tandis que Weisman déclarait : « Désolé, monsieur Fairbanks, vous n'avez pas le choix. »

Walter regarda Weisman. « Pas le choix pour quoi ?

– Pour vendre la maison.

– Je ne peux pas », répéta Max. Sans un bruit, la limousine s'éloigna en douceur de l'abominable tribunal. « C'est une humiliation personnelle. Une humiliation au sein de ma propre entreprise ! Aux yeux de mes propres employés.

– Il n'empêche, dit Weisman, nous avons l'injonction. »

L'injonction. Le juge Mainman, despote chétif, lançait des éclairs quand ils avaient pénétré dans sa chambre, fulminant à l'idée que quiconque puisse prendre ses ordres à la légère. Il n'avait pas cru Max un instant, quand celui-ci avait déclaré *sous serment* qu'il était juste allé à Carrport pour chercher d'importants documents, et il avait affiché son incrédulité avec une morgue insultante. Il était tellement offensé, ce petit juge de rien du tout, il était tellement offensé qu'il avait commencé, le plus sérieusement du monde, par évoquer la réouverture de toute la procédure du Chapitre Onze, décision qui ne pouvait qu'accroître les espoirs des créanciers de Max et lui coûter Dieu sait combien d'argent en plus. Des millions. Véritablement, des millions.

Aussi avait-il dû ramper devant ce fils de pute, présenter des excuses, promettre de prendre désormais beaucoup plus au sérieux les injonctions de cet enfoiré, puis remercier le misérable crétin quand il avait accepté de faire machine arrière, renonçant à saborder l'accord dans sa totalité pour se rabattre sur une simple injonction *de vendre la maison de Carrport.*

Exactement. Vendre la maison de Carrport, intégrer le produit de la vente à la masse des biens de la faillite et supporter qu'il soit réparti entre les coffres des créanciers. Et chaque cadre moyen ou supérieur de TUI, chacun de ceux qui avaient passé une nuit, un week-end, un après-midi de séminaire à Carrport allait comprendre que le patron avait cédé la maison à un misérable liquidateur de faillite.

« Il doit y avoir un moyen d'y couper, dit Max. Allons, l'un ou l'autre, trouvez quelque chose.

– John a raison, Max, répondit Walter. Vous devez mettre la propriété en vente. Au mieux, vous pouvez espérer qu'elle ne sera pas vendue d'ici que nous ayons terminé cette négociation.

– Il n'y a pas d'autre solution, dit Weisman. Cette maison a été inscrite sur la liste des actifs destinés au remboursement des dettes. On n'y peut absolument rien.

– Hummmmm », dit Walter. Même ses hummmmm semblaient empreints de sagesse.

Max suggéra : « Si je la mettais en vente à un prix rédhibitoire ? Personne ne l'achèterait !

– Dans ce cas, il y aurait outrage à la cour, expliqua Weisman. Vous devez proposer la maison au prix normal du marché et je dois en rendre compte au tribunal. Il n'y a pas moyen de faire autrement. »

Amer, boudeur, Max fit tourner plusieurs fois sa bague autour de son doigt. Il en était arrivé au point où il faisait ce geste inconsciemment, c'était devenu une habitude.

« J'ai perdu cette putain de maison, grommela-t-il.

– Je regrette, monsieur Fairbanks, mais c'est vrai, dit Weisman.

– Max, il faut que vous mettiez un mouchoir pardessus et que vous pensiez à autre chose », conseilla Walter.

Même dans la bouche de Walter, ce cliché ne pouvait pas passer pour autre chose qu'un cliché.

« Je peux y retourner une dernière fois ? demanda Max.

– C'est ce que prévoit l'injonction du tribunal. Vous avez le droit, à condition d'en avoir préalablement informé le juge, d'y passer une dernière nuit, de récupérer vos effets personnels et les possessions de la société, et de dresser un dernier inventaire. »

Miss Septembre. Peut-être ce foutu cambrioleur sera-t-il encore là. Cette fois, je lui tirerai dessus. « Ça fait un tout petit coin de ciel bleu derrière un putain de gros nuage noir », maugréa Max.

23

« Ne regarde pas, dit May. Andy est là-bas. »

Évidemment, Dortmunder regarda, et c'était bien Andy là-bas, de l'autre côté de la salle de restaurant, profitant de son dîner et d'une bonne bouteille en compagnie d'une séduisante personne dotée d'un joli sourire. La femme surprit le regard de Dortmunder qui s'attardait sur elle, aussi plongea-t-il illico le nez dans son assiette en admettant : « Tu as raison.

– Je t'avais dit de ne pas regarder. Maintenant, elle nous dévisage.

– Elle finira bien par s'arrêter. »

Et Dortmunder reporta toute son attention sur sa côtelette d'agneau.

« Andy ne veut pas nous connaître en ce moment, suggéra May, sinon il viendrait nous voir, ou ferait un signe, quelque chose. »

Dortmunder grommela en mastiquant : « Il y a eu des moments où j'éprouvais exactement la même chose à son égard.

– Je me demande qui c'est. »

Dortmunder ne se posant pas la question et n'ayant rien à ajouter sur le sujet, la conversation s'éteignit et ils continuèrent à savourer leur repas, qui était excellent.

Il était juste huit heures passées, et la salle du restaurant de l'hôtel N-Joy Broadway commençait à se vider, la plupart des touristes ayant dîné tôt parce que c'était leur habitude à la maison, ou parce qu'ils allaient ensuite au spectacle, ou parce qu'ils étaient épuisés et voulaient se coucher. May buvait du vin, mais pas Dortmunder, d'abord parce qu'en règle générale il ne buvait pas avant de travailler, mais aussi parce que May allait rentrer à la maison après le dîner et qu'il ne pourrait compter que sur lui-même pour rester éveillé jusqu'à minuit.

Ils avaient parlé de tout ça dans leur chambre avant de descendre dîner. Il pourrait bien y avoir des complications cette nuit, vu qu'il était impossible de savoir à l'avance ce qu'ils allaient trouver lorsque les portes du monte-charge s'ouvriraient en bas, au niveau de l'appartement. S'ils rencontraient des difficultés et que la police intervenait, et découvrait que les intrus venaient de l'hôtel, ce n'était peut-être pas une très bonne idée que May soit en train de dormir là-haut dans une chambre, sous un faux nom, et qu'elle règle ses notes avec une fausse carte de crédit. Il était donc prévu qu'elle préparerait un sac avec quelques effets personnels après le dîner, laissant à Dortmunder la grande valise pour qu'elle puisse être ultérieurement remplie d'objets ayant appartenu à Max Fairbanks, et rentrerait chez eux en taxi avec l'espoir d'avoir des nouvelles de Dortmunder en personne le lendemain matin, plutôt que par le journal télévisé.

Dortmunder ignorait qu'Andy Kelp avait l'intention de dîner à l'hôtel en début de soirée, et qu'il serait accompagné d'une dame. Serait-ce elle, le serrurier ? Il y avait quelques femmes très compétentes en matière de serrures, aux doigts fins et agiles, mais ce qu'il en avait entrevu par-dessus son épaule ne lui évoquait personne de déjà vu. D'ailleurs, si elle était le serrurier, pourquoi Andy n'était-il pas venu la leur présenter, pour qu'ils dînent tous ensemble ? Elle devait être en dehors de tout ça, mais ce n'était vraiment pas très malin de la part d'Andy de l'avoir amenée là. Seulement voilà, comment savoir pourquoi Andy faisait ce qu'il faisait ?

« C'est probablement un flic camouflé, dit Dortmunder en s'essuyant les lèvres, et Andy n'en sait rien. »

May jeta un coup d'œil dans leur direction, derrière l'épaule de Dortmunder. Elle pouvait regarder, mais pas lui. « J'en doute, affirma-t-elle. Bon, on prend un dessert ?

– Je l'ai toujours fait. »

Il fit signe au serveur d'approcher, et il s'avéra qu'il n'y avait pas de carte des desserts, pas même une de ces tables roulantes chargées de gâteaux et d'entremets parmi lesquels vous faites votre choix. Mais le serveur avait appris la liste des desserts par cœur, et il était si fier de sa performance qu'il la récitait autant de fois que le client le souhaitait. Malheureusement, il les avait retenus en bloc, si bien que lorsque vous disiez, par exemple, « Le troisième, celui qui est recouvert de caramel. C'est de la vanille ou du chocolat, dessous ? », il était incapable de répondre. Il ne savait que réciter à nouveau la liste entière, en ralentissant à l'arrivée du troisième.

Dortmunder finit lui aussi par mémoriser la liste complète, si bien qu'il put choisir le gâteau à la vanille et au pécan nappé d'une sauce à la framboise, et May prit la glace aux noisettes et pépites de chocolat, plus un café chacun. Le serveur s'éloigna et Dortmunder se demanda combien de temps il lui faudrait pour vider sa mémoire de tous ces desserts. C'était pire que la famille Anadarko de Carrport, Long Island.

Il se demanda aussi si les Anadarko avaient un lien de parenté avec Max Fairbanks. Probablement pas.

« Ne regarde surtout pas, mais ils s'en vont », annonça May. Bien sûr, Dortmunder regarda, et quand il se retourna, naturellement la femme leur faisait face, elle était debout près de sa table, et elle repéra son mouvement, et elle le fixa droit dans les yeux pour la seconde fois en un repas. Dortmunder cilla comme un poisson et la fixa de même, et May le réprimanda : « Je t'avais pourtant dit de ne pas regarder.

– Si tu ne veux pas que je regarde, il ne faut pas me dire qu'ils s'en vont. »

May regarda derrière lui. « Ils s'éloignent, maintenant. Il la tient par la taille.

– Je m'en fous. »

Il ne retrouva pas sa bonne humeur avant d'avoir terminé son dessert.

24

Dîner chez les Lumley. Lutetia adorait les Lumley parce que, bien que riches depuis plus d'une génération, ils aimaient toujours autant parler d'argent. Harry Lumley était dans l'immobilier commercial, dans un tas de grandes villes du monde entier – actuellement en train de se retirer vite fait de Hongkong *et* de Singapour –, tandis que Maura Lumley était dans les cosmétiques, spécialisée dans les rouges à lèvres de couleurs inhabituelles et les traitements d'ongles pour lycéennes. « Il y a des *millions* à prendre chez ces petites idiotes, aimait répéter Maura. Notre seul travail consiste à les leur extirper. »

Ils étaient dix invités ce soir-là, dans le penthouse en duplex donnant sur Central Park que les Lumley possédaient sur la Cinquième Avenue, juste au nord du Metropolitan Museum. Les trois autres couples étaient riches, bien sûr, ces messieurs étant des capitaines d'industrie, ou à tout le moins des capitaines d'actions en bourse, et les épouses dégageant cette séduction laquée que l'on attend des femmes ayant convolé avec une fortune récente. La conversation naviguait entre la politique, les impôts et les souvenirs de dîners un peu partout dans le monde. Tout cela était très agréable, des plus ordinaire, extrêmement rassurant et c'est seulement au moment du sorbet que Lutetia en prit conscience : Max n'avait pas ouvert la bouche.

Que se passait-il donc ? Gérer Max était un job à temps plein, et pas toujours facile. Lutetia s'en accommodait, elle savait qu'elle y excellait, mais il y avait des moments où elle aurait préféré avoir le mode d'emploi à portée de main. D'habitude, dans ce genre de soirée, Max y mettait du sien, avec sa réserve de ragots, de blagues sur les hommes politiques, de plaisanteries ethniques et raciales, d'humour visant les classes sociales et la fortune, mais ce soir, il était juste attentif, souriant aux traits d'esprit des autres, mangeant d'un air absent, ne prenant pas part aux événements, consultant sa montre de temps à autre.

Il est à des lieues de nous, pensa Lutetia, mais dans quelle direction ?

Ayant pris conscience de la situation, Lutetia tenta pendant le reste du dîner, et ensuite sur la terrasse où on leur servit cognac et porto avec Central Park qui s'étendait à leurs pieds telle une grosse bête noire assoupie, d'impliquer Max, de le stimuler, de l'aider à participer à l'humeur de la soirée. Elle poussa même le luxe jusqu'à lui rappeler deux ou trois de ses histoires favorites, et à lui suggérer de les raconter aux convives présents. Chose qu'elle ne faisait jamais. Et le pire, c'est qu'il accepta aussitôt, pour ne leur offrir qu'un récital aimable mais machinal, privé de ses expressions piquantes et de ses habituelles mimiques diaboliques, si bien que ses efforts – ou plus précisément, les efforts de Lutetia par son truchement – provoquèrent tout au plus des rires réservés, des rires de circonstance.

Il ne boudait pas, il n'avait pas l'air fâché, son attitude n'aurait pu être qualifiée de préoccupée, il ne dégageait aucune hostilité. Simplement, ce n'était pas Max, voilà tout. Lutetia sentit la peur la gagner.

C'est seulement lorsqu'ils furent à l'intérieur de leur limousine, traversant Central Park plongé dans les ténèbres pour rentrer chez eux à deux pas de là, que la lumière se fit. Lutetia avait décidé de ne pas aborder le problème, de ne poser aucune question, de ne rien faire d'autre qu'observer Max avec une extrême attention, se tenir prête à bondir au moindre bruit inhabituel, et c'est lui le premier qui aborda le sujet : « Le juge. »

Aussitôt sur le qui-vive, elle le regarda : « Oui ?

– Apparemment, il a... Il semble que je lui aie donné pouvoir au-delà de... Ce n'est certainement pas ainsi que j'avais envisagé l'issue de ce ballet juridique.

– Il t'a contrarié.

– S'il traversait la route devant nous, dit Max en désignant l'asphalte qui serpentait entre les arbres sous l'éclairage diffus du parc, je demanderais à Chalmers de lui passer dessus. »

Chalmers était le chauffeur. D'une voix suave, Lutetia s'enquit : « Tu crois que Chalmers le ferait ?

– Si je le lui ordonnais, il aurait intérêt, oui.

– Qu'a donc fait le juge, mon chéri ? »

Le parc était vraiment très mal éclairé. Il y avait des moments où le visage de Max était visible, d'autres où il restait dans l'ombre. Lutetia crut y lire de la souffrance. « Il m'a humilié », avoua-t-il.

Oh, Seigneur ! Lutetia savait parfaitement qu'on pouvait difficilement faire pire à Max, sinon le tuer. Pour sa part, elle se disputait avec lui, elle le défiait et allait même jusqu'à lui ricaner au nez, mais elle commencerait par quitter le pays si elle devait un jour choisir de l'humilier. En divorçant, par exemple, ou en ayant une liaison avec un pauvre. Débordante de sympathie, reconnaissante à Max de lui avoir fait part de son tourment, elle saisit sa main entre ses deux paumes et dit : « On donne du pouvoir à ces petites gens, Max, mais ils n'en font pas toujours bon usage. »

À la lumière d'un réverbère qu'ils croisèrent, elle vit son sourire reconnaissant et lui sourit en retour. « Raconte-moi ce qu'il t'a fait.

– D'abord, il a menacé de rouvrir tout le Chapitre Onze, ce qui nous coûterait plusieurs millions. Au bas mot, des millions. Walter et l'autre type, Weisman, se sont traînés aux pieds de ce salopard pendant que je restais tranquillement assis dans le fond...

– Parfait.

– Et il a fini par accepter un compromis. Et même ça, je ne l'ai compris que par la suite, quand les avocats me l'ont expliqué. »

Ils étaient sortis du parc et descendaient la Septième Avenue brillamment éclairée, et maintenant, Lutetia pouvait voir le visage de Max. Ce qu'il avait dissimulé, chez les Lumley, sous un vernis de bonne humeur courtoise, était une vulnérabilité hagarde, un sentiment de doute qui ne lui ressemblait pas. Sans lâcher sa main, elle ajouta : « Qu'est-ce que c'est ? Qu'a-t-il fait ?

– Il a pris la maison de Carrport. »

C'était tellement inattendu qu'elle fut à deux doigts d'éclater de rire, mais elle se ressaisit à temps, sachant que Max ne supporterait pas qu'on plaisante à ce sujet. Ravalant ses sarcasmes, elle demanda :

« Comment ça, il l'a prise ?

– Elle doit être vendue, et le produit de la vente ira engraisser la cagnotte du Chapitre Onze. »

N'y comprenant rien, Lutetia le regarda attentivement. « Je ne saisis pas... C'est ennuyeux, bien sûr, mais pourquoi est-ce que ça te touche tellement ? »

Ils s'étaient arrêtés à un feu rouge. Il secoua la tête, furieux contre lui-même, et contempla la ville animée, juste avant minuit. « Je crois que je me suis attaché à cette maison. J'aimais bien... Tu ne venais jamais.

– Tu ne m'as jamais demandé d'y aller.

– Tu n'as jamais demandé à y aller. »

C'était vrai. La maison de Carrport faisait partie des biens de la société de Max, elle n'avait rien à voir avec Lutetia. Elle était utilisée pour diverses occasions liées à la société et qui auraient ennuyé Lutetia, mais aussi, soupçonnait-elle, pour des parties de jambes en l'air dont elle ne voulait rien savoir. « Une maison de banlieue sur Long Island ne m'intéressait pas, admit-elle. Mais qu'a-t-elle de si important à tes yeux ?

– Là-bas, j'étais l'hôte. Le maître, le thane. Je prenais plaisir à recevoir les cadres, à être, je ne sais pas, quelque chose comme le baron en son manoir. C'était le seul endroit où j'étais physiquement le commandant de mes troupes rassemblées autour de moi. Un sentiment féodal, je suppose. Ça peut paraître idiot...

– Justement, ça paraît très réel. C'est une chose que tu ne m'aurais pas avouée en temps normal.

– Exactement, confirma Max en hochant la tête. Une chose que je ne m'étais même pas avouée jusqu'ici. Je n'avais pas compris à quel point Carrport comptait pour moi.

– Ainsi, non seulement ce juge t'a simplement pris un bien de société, mais il t'a aussi volé une partie du plaisir que tu trouves à être toi-même.

– Irremplaçable.

– Oh, non, mon cher, assura-t-elle. Tu t'en remettras, tu trouveras un autre symbole. Ce n'était qu'un symbole, en fait, ce n'était pas vraiment toi. Une autre maison, un avion, un bateau – as-tu envisagé un bateau ? »

Il la regarda, sourcils froncés, comme s'il craignait qu'elle se moque de lui.

« Un bateau ? Qu'est-ce que tu racontes, Lutetia ?

– Un tas d'hommes, commença-t-elle avec précaution, des géants de la finance un peu dans ton genre, ont trouvé réconfortant de commander un yacht. Tu pourrais l'amarrer ici à New York, visiter un tas d'endroits à son bord, y tenir tes comités de direction, y faire tout ce que tu faisais à Carrport. »

Il la regarda d'un air vaguement soupçonneux. « Tu n'aimes pas les bateaux. Tu n'aimes pas être sur l'eau.

– Carrport ne m'intéressait pas non plus, n'oublie pas. Ce serait ton endroit. Encore mieux que Carrport, je dirais. Maître de ton propre bateau, en haute mer. »

Franchement soupçonneux à présent, il demanda : « Lutetia, pourquoi es-tu si bonne pour moi ?

– Parce que, mon chéri, lui dit-elle avec une sincérité absolue, tu es si bon pour moi. »

La voiture venait de s'arrêter devant le théâtre. Le spectacle – *Desdemona !* – s'était terminé une heure plus tôt et l'on voyait le hall à demi éclairé derrière les grandes portes vitrées. Arthur, leur portier/liftier, sortit du hall, traversa le large trottoir encore encombré de piétons, et vint leur ouvrir la portière. En descendant la première, Lutetia entendit Max dire à Chalmers dans son dos : « Attendez-moi. »

Ils franchirent ensemble le trottoir dans le sillage d'Arthur et Lutetia s'enquit : « Tu as demandé à Chalmers de t'attendre. Tu dois ressortir ?

– Je vais à Carrport. »

Arthur tint la porte du hall. Ils entrèrent et Lutetia dévisagea Max : « Tu es fou ? Tu viens juste de me dire que le juge te l'avait prise !

– J'ai droit à une dernière visite, expliqua-t-il tandis qu'Arthur ouvrait les portes de l'ascenseur et qu'ils pénétraient dans la cabine. Pour récupérer mes affaires personnelles, dresser la liste de ce qui ne doit pas être vendu avec la propriété. Une dernière nuit là-bas.

– Maintenant ? Il est presque minuit !

– Quand le ferai-je, sinon ? »

La cabine entama son ascension et Max gratifia Lutetia du regard franc et honnête dont elle se méfiait tant. « Il faut que je parte demain de toute façon, et ensuite je suis à Washington, puis Chicago, puis Sydney, puis le Nevada, et ainsi de suite. Il faut mettre la maison en vente sans tarder. »

Les portes de l'ascenseur s'ouvrirent sur leur grand salon. « Attendez », demanda Max à Arthur pendant que Lutetia tapait dans ses mains pour faire jaillir la lumière.

Comme ils traversaient le grand salon, Lutetia dit : « Donc, tu ne reviendras pas demain. Tu iras directement de Carrport à Kennedy et tu prendras ton avion vers le sud.

– C'est le plus raisonnable. Je vais juste emporter les papiers dont j'ai besoin et mon sac de voyage. J'arriverai là-bas vers une heure du matin, je me coucherai, et j'aurai presque toute la journée de demain pour dresser mon inventaire et faire mes... adieux à la maison. »

Et m'envoyer en l'air avec une poulette, pensa Lutetia. Ses antennes fonctionnaient toujours à merveille. Le suivant dans la chambre, elle annonça : « Je t'accompagne. »

Il s'arrêta brusquement, comme s'il venait de heurter de plein fouet un mur de verre. Pivotant, il déclara : « Certainement pas.

– Mais je devrais, et j'en ai envie. Tu as raison, je n'ai jamais vu cet endroit, ce sera la dernière occasion. Sachant maintenant à quel point tu y tiens, je sens que je dois être avec toi quand tu lui feras tes adieux. » Posant une main aimante sur l'avant-bras de Max, elle ajouta : « Je veux me sentir proche de toi, Max, tu le sais. Je veux pouvoir t'aider.

– Mais tu ne veux pas... Et puis, tu as tellement de choses à faire ici !

– À dire vrai, pas tant que ça, avoua-t-elle avec un sourire radieux. Mon agenda est vide pour les deux jours à venir. Je ne conçois rien de plus agréable, de plus romantique, que d'aller avec toi dans ton château seigneurial et de partager ta dernière nuit là-bas, dans ce symbole de ton moi profond. Il doit y avoir des cheminées. Dis-moi qu'il y a des cheminées. »

S'efforçant d'afficher un sourire aimable et y parvenant presque, il répondit : « Écoute-moi, pétale d'amour, tu n'en as pas la moindre envie. Une maison inconnue, tu n'y seras pas à l'aise, loin de tout ce que tu aimes, coincée...

– Mais *tu* es tout ce que j'aime, mon chéri », affirma-t-elle. Puis, rougissante, comme effleurée par un doute, elle ajouta : « À moins... Tu n'as pas d'autre raison d'aller là-bas tout seul, n'est-ce pas, mon chéri ?

– Bien sûr que non, petite coquine. » Et d'un geste spontané, il la serra dans ses bras, puis la relâcha. « Tu me connais mieux que ça, mon petit lapin soyeux.

– Eh bien, c'est conclu, lança-t-elle, innocente et ravie. Nous partons !

– Nous partons ! » reprit-il d'un ton nettement moins exubérant. À le voir, on aurait pu penser que le repas des Lumley entrait en conflit avec son estomac. Il soupira, et afficha un sourire plein de vaillance. « Bon, je vais chercher mes affaires. »

25

L'expert en serrures n'était pas la femme du dîner au restaurant. L'expert en serrures était Wally Whistler et Andy Kelp ne fit aucune allusion à la femme du dîner, ni au dîner proprement dit, ni à aucun détail de cette scène. Ce qui convenait parfaitement à Dortmunder. Il n'allait pas en faire une histoire. Peu lui importait qu'Andy Kelp le snobe au restaurant et entretienne des petits secrets. Ça lui était complètement égal.

Gus Brock étant arrivé quelques minutes plus tôt, l'apparition de Wally Whistler et de Andy Kelp signifiait que la bande était au complet. Wally Whistler était un joyeux drille et un expert en serrures de premier plan, dont le seul défaut était une certaine étourderie. Il avait passé quelque temps dans les geôles de l'État juste pour avoir tripoté étourdiment une serrure un jour qu'il promenait ses enfants au zoo, et le lion libéré par suite de cette manipulation avait perturbé et irrité tout le monde jusqu'au moment où une flèche sédative avait permis de ramener l'animal dans sa cage. Une autre fois, dans les entrepôts de la Douane aux docks de Brooklyn, alors qu'il donnait nuitamment un coup de main à des gens qui ne voulaient pas embêter l'Administration avec un tas de paperasses et de formulaires,

Wally avait comme à son habitude joué étourdiment avec des serrures. Quand il avait fini par comprendre que sa manœuvre l'avait conduit dans les entrailles d'un cargo, le bateau était déjà en haute mer, et il n'avait réussi à en descendre qu'arrivé au Brésil, ce qui était malencontreux car le Brésil et les États-Unis n'ont pas de convention d'extradition. Wally Whistler, à l'instar d'autres amis de Dortmunder, aimait bien voyager dans le cadre d'une extradition qui leur permettait, lorsqu'ils se trouvaient à l'étranger, d'avouer un crime commis en Amérique dont ils pouvaient prouver qu'ils ne l'avaient pas commis, de se faire extrader et rapatrier au pays, d'apporter la preuve de leur innocence et de rester en liberté. Sans extradition du Brésil, Wally avait mis un certain temps pour rentrer au pays, mais il était enfin là, aussi talentueux que jamais, et toujours aussi étourdi.

« Ici, c'est notre chambre, et là, c'est celle de quelqu'un d'autre, dit Dortmunder en pointant l'index, ayant vu Wally dériver vers la porte de communication qui donnait sur la pièce voisine.

– Bon, d'accord, dit Wally.

– Sésame, ouvre-toi », lança Gus.

Ils le regardèrent. « Quoi ? s'enquit Dortmunder.

– Nous allons dans la caverne d'Ali-Baba, n'est-ce pas ? demanda Gus. Alors, autant s'y mettre. »

L'idée était excellente, tout le monde en convint, et la petite troupe s'ébranla. Wally avait quelques outils dans ses poches mais aucun des autres n'avait rien apporté de particulier. Leur objectif était de juger sur pièces une fois qu'ils seraient en bas dans l'appartement. Il est vrai que Max Fairbanks devait être abordé avec précaution, ayant la réputation de porter une arme – souvenir que Dortmunder n'était pas près d'oublier –, mais ils espéraient que l'élément de surprise associé à leur supériorité numérique suffirait à régler le problème.

Ils descendirent au dix-septième par l'ascenseur public et là, avancèrent jusqu'à la porte sans inscription de la section centrale, dont Wally se joua encore plus rapidement que ne l'avait fait Andy. Le quatuor s'engouffra à l'intérieur – le chariot de la femme de ménage s'y trouvant, l'espace était plutôt réduit – et Wally se mit à fredonner une petite chanson en s'accroupissant devant le tableau de commandes. « Vraiment chouette, apprécia-t-il. Les fabricants de serrures sont de plus en plus fortiches. Non mais, regardez-moi ça.

– Il va y avoir un problème ? » s'enquit Dortmunder.

En guise de réponse, l'ascenseur commença à descendre.

« Je ne crois pas », estima Andy.

Le voyage fut bref et ouaté. À l'arrivée, il y avait une porte en bois pareille à celle du dessus, à cette différence près, lorsque Wally testa la poignée, qu'elle n'était pas fermée à clé. « Moins de travail pour maman », dit-il en l'ouvrant avec délicatesse.

Ils observèrent le couloir, dont les murs crème étaient ornés de jolis tableaux impressionnistes et de torchères électriques dans le style romain. Wally allait pointer le nez un peu plus loin pour inspecter le couloir à droite et à gauche lorsqu'ils entendirent des voix.

« Voilà quelqu'un », siffla Dortmunder et Wally rentra la tête dans la cabine d'ascenseur, refermant presque complètement la porte en laissant juste un interstice de jour qui leur permit d'entendre les voix de deux personnes passant devant eux.

Une femme : « ... une bonne nuit de sommeil. »

Un homme (Max Fairbanks ! Dortmunder reconnut sa voix exaspérante, qui lui sembla particulièrement acide) : « Je m'en réjouis d'avance.

– Ils vont se coucher, chuchota Andy.

– Parfait », répondit Gus sur le même ton.

Dortmunder eut une vision de lui-même une demi-heure plus tard, entrant dans la chambre sur la pointe des pieds, voyant enfin la bague qui brillait de tous ses feux au doigt endormi de Max Fairbanks, et s'approchant peu à peu.

Cependant, la voix de la femme s'éloigna dans le couloir : « Et dans la matinée, je t'accompagnerai à l'aéroport, et ensuite... »

Quand elle ne fut plus audible, Wally repoussa la porte avec douceur, et le quatuor se déploya en catimini dans le couloir truffé de resplendissantes œuvres d'art, bordé à chaque extrémité de chambres resplendissantes.

Ils allaient se mettre en route quand la voix de la femme retentit de nouveau, disant distinctement : « Arthur, nous sommes prêts. » Elle faisait donc partie de ces gens qui haussent le ton pour s'adresser aux domestiques. Et ils l'entendirent ajouter : « Vous pouvez rentrer chez vous maintenant, je ne serai pas de retour avant demain après-midi. »

Dortmunder s'exclama : « Quoi ? » Il se tourna du côté de la voix et les trois autres l'empoignèrent pour l'empêcher d'avancer.

« Oh, un instant », dit encore la voix de la femme, puis il y eut un bruit sec et sonore et les lumières s'éteignirent.

Noir comme dans un four. Et le ronronnement d'un moteur d'ascenseur bourdonnant à proximité. « Ils sont partis ! s'écria Dortmunder.

– Chut ! Chuut ! » entonnèrent les autres en chœur, et Andy ajouta à mi-voix : « Il y a peut-être encore quelqu'un.

– Dans le noir ? demanda Dortmunder. Allons, ils sont partis, nom d'un chien.

– Comment on fait pour allumer ? demanda Gus.

– Ça, on s'en fout, jappa Dortmunder. Le vrai problème, c'est qu'on est arrivé trop tard. Ce fils de pute a filé, et vous savez qu'il porte ma bague à son putain de doigt. »

Le ronronnement de l'ascenseur cessa. Le fils de pute et sa bourgeoise étaient arrivés au rez-de-chaussée.

« Qu'est-ce ça signifie, ça, on s'en fout ? Tu sais comment on allume ?

– Bien sûr. Mais on ferait mieux d'attendre qu'ils se soient éloignés, des fois qu'ils regarderaient en haut, ce fils de pute avec ma bague à son doigt. »

Un petit silence accueillit cette tirade, puis Andy revint à la charge. « Moi, je ne sais pas comment on allume. Tu penses qu'il y a un mécanisme ?

– Non, c'est tout simple », dit Dortmunder en claquant une fois des mains. Et la lumière fut.

Ils se regardèrent tous en clignant des yeux. Gus s'étonna : « Tu tapes dans tes mains pour allumer ?

– Et pour éteindre. Tu n'as pas entendu un bruit sec quand ils sont partis ? C'est un tour de force électrique, j'ai vu ça deux ou trois fois. Les gens mettent ça dans leur salon, pour bluffer leurs amis. Je ne l'avais jamais vu dans tout un appartement.

– Qu'est-ce qui se passe s'ils allument la télé et qu'il y a des applaudissements ? demanda Gus.

– Ça doit leur donner la migraine, répondit Dortmunder. Il n'empêche que Max Fairbanks est parti, et ma bague avec. »

Désolé, inconsolable, il tourna les talons et avança dans le couloir, au bout duquel il tourna à droite, où se trouvait la porte du deuxième ascenseur, là-bas de l'autre côté du grand salon.

À deux minutes près. Deux minutes plus tôt, et il tenait Max Fairbanks à sa merci, et il récupérait sa bague, sans aucun doute. Aucun.

Non, même pas deux minutes. Sortir de la cabine d'ascenseur au moment où ce fils de pute passe devant, le choper, lui arracher la bague du doigt et laisser la situation évoluer comme ça lui chante. Mais non. Prudent, voilà son problème. Vachement trop prudent, de se cacher dans l'ascenseur en attendant qu'il soit trop tard.

« John. »

Dortmunder se retourna, les yeux lançant des flammes, et devant lui se tenait Gus, qui ne remarqua même pas son expression. L'expression de Gus, en revanche, était un large sourire rayonnant. Il tenait un bracelet en or dans sa main droite, et dans la gauche, un dessin impressionniste, petit mais ravissant. « John, reprit-il, au sujet de cette histoire de Carrport. Je voulais juste te dire : on est quittes.

– J'en suis ravi pour toi », dit Dortmunder.

26

Le chariot de la femme de chambre. Une fois son chargement d'origine, linge et produits d'entretien, débarqué et laissé en tas par terre dans le couloir, il avait été rempli de tableaux, de bijoux et autres bricoles exquises, rapatrié dans la cabine de l'ascenseur et remonté dans l'hôtel.

Dix-septième étage. Gus et Andy partirent pirater un ascenseur normalement réservé au public pendant que Dortmunder et Wally attendaient avec le butin. Andy garda l'ascenseur pendant que Gus retournait à l'angle du couloir pour leur signaler que la voie était libre. Dortmunder et Wally poussèrent le chariot surchargé dans le couloir, amorcèrent le tournant et rejoignirent Andy dans la cabine. Puis ils montèrent vite fait au vingt-sixième, où une fois de plus Gus monta la garde tandis que les autres propulsaient le chariot vers la chambre de Dortmunder. Il ouvrit la porte, ils s'engouffrèrent à l'intérieur, Gus les rejoignit et ils déversèrent le contenu du chariot sur le lit. Puis ils firent machine arrière, ramenèrent le chariot à l'appartement et effectuèrent un deuxième chargement.

Si quiconque les avait repérés dans les couloirs au cours d'un de leurs nombreux transbordements, les choses auraient pu se gâter, vu que ni l'un ni l'autre ne ressemblait exactement à une femme de chambre d'hôtel, en dépit du chariot qu'ils poussaient, et qu'ils n'étaient même pas en uniforme de femme de chambre d'hôtel, mais le N-Joy Broadway n'étant pas un endroit très animé à deux, trois heures du matin, ils eurent une paix royale.

Lorsque tout fut transporté dans la chambre de Dortmunder, tous se déclarèrent enchantés de leur prise de guerre. À l'exception de Dortmunder, évidemment. Mais on pouvait voir des étoiles, voire des $, dans les yeux des trois autres alors qu'ils contemplaient leur trésor. En tout cas, ils brillaient.

Maintenant, le plan était le suivant : Andy, Gus et Wally partiraient l'un après l'autre, emportant chacun un petit sac et ce que leurs poches pouvaient contenir comme petits objets. Dortmunder avait demandé qu'on le réveille à six heures, heure à laquelle il se lèverait, paierait sa note et quitterait l'hôtel avec les quatre grosses valises que voici. « Kennedy Airport », lancerait-il à voix haute au chauffeur de taxi qui le prendrait en charge au N-Joy, mais quelques rues plus loin, il changerait de destination et donnerait l'adresse de Stoon le fourgue, à une vingtaine de blocs du N-Joy côté ouest, où les trois autres le rejoindraient et où le butin de la nuit serait échangé contre de l'argent.

Ils firent leurs bagages, emballèrent leurs affaires, et Wally partit le premier, tripotant la poignée de porte en leur souriant à la ronde : « Appelez-moi quand vous voulez, les amis.

– Laisse cette porte tranquille, demanda Dortmunder.

– Pardon », dit Wally, et il disparut.

Gus fut le suivant. « C'est vrai, ce qu'on raconte, déclara-t-il. Faites du bien à votre prochain, Dieu vous le rendra.

– Humm, dit Dortmunder.

– À plus », conclut Gus, et il s'éloigna en cliquetant.

Puis ce fut le tour d'Andy. Soulevant son petit sac, il dit : « John, ne te laisse pas abattre comme ça. *Regarde* tout ce que nous avons.

– Oui, mais pas la bague. Le but de l'opération, c'était de récupérer la bague. En ce qui me concerne, ce fils de pute peut reprendre toutes ses affaires à l'instant même du moment qu'il me rend la bague.

– Les autres ne sont pas de cet avis, John.

– Les autres ne se sont pas fait voler leur bague.

– C'est vrai.

– Par conséquent, tu sais ce que ça veut dire.

– Non, reconnut Andy. Qu'est-ce que ça veut dire ?

– Washington, lâcha Dortmunder d'un air aussi sinistre qu'il est possible d'avoir dans une chambre remplie d'objets précieux. Je dois aller à Washington DC. Et que sais-je de Washington DC ? »

Andy réfléchit un instant et hocha la tête.

« Décroche ton téléphone. »

Dortmunder haussa les épaules, mais ne put s'empêcher de demander : « Communication locale ?

– Très locale. Dans l'hôtel. » Andy hocha la tête derechef. « Il est temps que tu rencontres Anne-Marie. »

27

Anne-Marie Carpinaw, née Anne-Marie Hurst, ne savait trop quoi faire de l'individu qu'elle connaissait sous le nom d'Andy Kelly. À dire vrai, elle n'était pas sûre qu'il soit quelqu'un dont on pouvait faire quelque chose. Peut-être était-il déjà fait et fixé, et inaltérable.

Différent, en tout cas. D'expérience, Anne-Marie considérait les hommes comme des créatures transpirantes, épuisées et pressées, se dépêchant tout le temps, marchant sur la pointe des pieds dans des sables mouvants, jamais à l'aise dans leur tête, dans leur peau et dans leur environnement. Son époux récemment envolé, Howard Carpinaw, le représentant en ordinateurs, était définitivement de cette espèce-là, trottant d'une vente à l'autre, annonçant toujours monts et merveilles et ramenant moins que rien. Le père d'Anne-Marie, le député du Kansas aux quatorze mandats, avait été du même acabit : il avait passé vingt-sept ans de sa vie à courir après sa réélection, n'avait jamais consacré une minute à occuper réellement le poste après lequel il courait, et avait terminé sa carrière par une crise cardiaque à l'un de ces incontournables repas de poulets en caoutchouc organisés par un club Kiwani lors d'une campagne électorale.

À sa manière, Andy Kelly n'était pas comme eux. Non qu'il fût sans passion, blasé ou ennuyé, c'est juste qu'il n'*essayait* pas trop. Par exemple, dès leur première rencontre il lui avait clairement fait comprendre qu'il aimerait bien coucher avec elle, mais il était également clair qu'il ne se suiciderait pas si elle refusait, alors que la plupart des hommes de sa connaissance juraient qu'ils allaient se suicider si elle refusait, et ensuite, ils revenaient sur leur parole.

C'était l'intuition de cette différence qui avait d'abord attiré son attention au bar de l'hôtel. Elle avait déjà repoussé trois maris – des maris *évidents*, qui portaient dans leurs yeux coupables le reflet d'épouses endormies à l'étage – et quand celui-là s'était approché à son tour, elle était disposée à le repousser également. Mais il ne s'était pas assis trop près d'elle, il ne lui avait pas souri, il ne lui avait pas demandé comment ça va, il n'avait pas fait attention à elle. Puis il avait entamé une amusante conversation-amusante pour eux, en tout cas – avec le barman, si bien qu'elle avait fait le premier pas en disant « Bonsoir », un peu comme l'on secoue un paquet pour tenter de deviner ce qu'il y a à l'intérieur. Et la suite commençait déjà à devenir de l'histoire ancienne.

Donc, elle savait que malgré ses airs laconiques, il s'intéressait à elle, mais aussi qu'elle n'était pas le bout du monde. En fait, il se comportait comme si rien n'était le bout du monde. Etre en présence d'un homme pour qui la vie n'était pas un combat perpétuel, quel repos.

D'un autre côté, elle n'arrivait pas à deviner comment il gagnait sa vie, or il est toujours important de savoir comment un homme gagne sa vie, car la situation sociale et économique de chacun dépend de son occupation, et Anne-Marie, pour large d'esprit qu'elle fût, ne l'était pas au point de passer du temps avec un homme n'ayant pas la bonne situation économique et sociale. Andy semblait avoir tout l'argent nécessaire, et ne pas s'y attarder (mais aussi, il ne s'attardait à rien, ça faisait partie de son charme). Et pourtant, ni ses vêtements ni ses manières ne suggéraient une fortune héritée. Ce n'était pas un fils de famille venu s'encanailler au N-Joy. Elle avait lancé quelques sondes, espérant voir émerger une occupation, une *catégorie*, mais jusqu'ici, bernique.

Pas un avocat, certainement pas un médecin, encore moins un comptable ou un banquier. Un pilote de ligne ? Peu probable. Et pas un homme d'affaires, ce sont ceux qui transpirent le plus. Peut-être un inventeur, était-ce possible ?

Plus elle y pensait, plus elle craignait qu'Andy Kelly soit plutôt un chauffeur de taxi qui aurait appris à se moquer des problèmes de circulation. Mais un chauffeur de taxi se montrerait-il si cool que ça, dans pareille situation ? Intriguée, et bien plus qu'elle n'aurait pensé pouvoir l'être, elle attendait ce soir qu'il revienne d'un autre « rendez-vous ».

Des rendez-vous après minuit, deux nuits de suite. Serait-ce un indice ? De quoi ? Ce n'étaient pas des rendez-vous avec une autre femme, elle en était quasiment sûre, à en juger par son comportement avec elle à son retour. Mais quel genre de rendez-vous pouvait-on bien avoir si tard, et qui dure une ou deux heures ?

C'est peut-être un espion, songea-t-elle. Mais qui reste-t-il à espionner, de nos jours ? Tous les espions sont à la retraite, désormais, occupés à écrire des livres, à lire ceux de leurs collègues et à se demander à quoi cela avait servi, durant toutes ces années, de se pourchasser mutuellement dans leurs petites autos électriques tandis que le monde réel continuait de tourner sans eux. C'était une race de désespérés avant tout, ces gens-là, luttant pour rester dans le coup, chaque jour un peu plus à la traîne. Non, pas Andy Kelly.

Bref, on était jeudi soir en train de virer au vendredi matin, et samedi, elle était censée prendre l'avion pour KC et traverser ensuite l'État en voiture jusqu'à Lancaster, et bien entendu, c'était ce qu'elle allait faire, cela faisait partie du jeu, mais soudain Andy Kelly avait surgi comme un joker dans un paquet de cartes, et elle ne pouvait s'empêcher d'y penser : comment vais-je réagir s'il me dit, *n'y va pas* ?

Elle l'ignorait. Elle y réfléchissait encore, et n'avait toujours pas de réponse, à trois heures moins dix du matin, quand le téléphone se mit à sonner.

Elle était alors assise sur son lit, adossée à la tête, en train de regarder un vieux film à la télévision, avec le son coupé comme si ça pouvait l'aider à mieux réfléchir. Elle tendit la main vers le téléphone sur la table de chevet et, sans cesser de regarder les gens qui chevauchaient sur l'écran, dit : « Allô ?

– Salut, Anne-Marie, c'est Andy.

– Tu as intérêt, dit-elle, parce que normalement, je ne réponds pas au téléphone à une heure pareille.

– Je suis un peu en retard. Mon rendez-vous a duré plus longtemps que prévu.

– Ouais.

– Mais c'est bien ainsi, parce que ça a été une réussite.

– Tant mieux, dit-elle en se demandant de quoi il pouvait bien parler.

– Mais il y a un truc, poursuivit-il. C'est au sujet d'un de mes amis. »

Oh, oh ! pensa-t-elle. « Oh, oh ! », dit-elle. Une petite partouze, c'est donc vers ça qu'on se dirige ?

« Il a un problème, expliqua Andy. Je pense que tu es la personne idéale pour lui parler. »

D'un ton glacé, Anne-Marie rétorqua : « Et tu veux me l'amener maintenant.

– Exactement. Quelques minutes de conversation et... Ouh ! Attends une minute. On a juste besoin d'un peu de renfort.

– C'est ça », dit-elle. Il la décevait bien plus qu'elle ne l'aurait cru possible. « Un sacré renfort.

– Anne-Marie, ôte-toi cette idée de la tête. Il y a des choses, dans la vie, qui relèvent de l'effort collectif, d'autres qui se font en solo. Tu vois ce que je veux dire ?

– Je ne suis pas sûre.

– Mon ami, précisa Andy, a besoin de parler de Washington DC, et puis...

– Pourquoi ?

– Il t'expliquera. Il aimerait venir te parler, pas plus de cinq minutes, puis il partira et s'il a encore besoin de précisions, il te passera un ou deux coups de fil, mais comme ça au moins, tu sauras qui c'est.

– Qui est-ce ?

– Un de mes amis. J'aimerais monter avec lui. D'accord ? »

Elle regarda la chambre. Ai-je confiance en Andy ? Puis-je faire confiance à mon propre instinct ? Le lit était en chantier, il y avait des vêtements éparpillés dans tous les coins, la télé était allumée, quoique muette. « Quand serez-vous là ?

– Dans deux minutes. »

Étonnée, elle demanda : « Où êtes-vous ? Au bar ?

– Plus près. On arrive dans deux minutes. » Et il raccrocha.

Deux minutes plus tard, le lit était fait, les vêtements rangés, la télé éteinte, et l'on frappait à la porte. Anne-Marie ignorait toujours ce qui se passait au juste, mais Harry avait filé, sa semaine à New York touchait à sa fin, l'avenir n'était qu'un grand point d'interrogation et son nouveau slogan pouvait fort bien devenir : Au diable la prudence. Aussi ouvrit-elle la porte, et sur le seuil se tenaient Andy, souriant, et son ami, pas du tout souriant.

Bon. Le nouveau venu n'était pas quelqu'un dont il fallait se méfier, même si, au premier regard, il n'avait pas une tête à être l'ami d'Andy. Il n'était pas joyeux, pas du tout joyeux. Il ressemblait plutôt aux hommes qu'elle connaissait déjà, sinon qu'il était au bout du rouleau, après s'être agité en vain, avoir dépensé toute son énergie en luttes stériles, et maintenant, la fatigue du désespoir s'était installée en lui. Il semblait avoir la quarantaine bien sonnée, et comme le parcours avait dû être dur ! Il était l'incarnation même de la tristesse, de ses cheveux clairsemés et sans vie à ses chaussures éculées en passant par ses épaules affaissées, et il la regardait comme s'il savait déjà qu'elle ne pouvait lui être d'aucun secours.

« Bonjour ! » dit-elle en pensant combien la vie pouvait devenir compliquée si l'on se contentait de dire bonjour aux gens. Elle s'écarta pour les laisser entrer et referma la porte.

« Anne-Marie, dit Andy, voici John. John, mon amie, Anne-Marie.

– Ça va ? » demanda John laconiquement, et il lui tendit la main.

Elle la serra, et découvrit qu'au moins, il avait une poigne ferme. « Je vais bien, dit-elle. Vous voulez vous... asseoir quelque part ? » Un lit, une chaise, tel était le mobilier, hormis un truc avec des tiroirs.

« Je ne reste pas, précisa John. Mais Andy me dit que vous avez grandi à Washington.

– Là et au Kansas. Nous avions des maisons aux deux endroits. Je suis allée à l'école au Kansas et à la fac dans le Maryland, et ensuite, pendant quelques années, j'ai surtout vécu à Washington. Avec mon père et sa deuxième épouse, et ensuite avec la troisième.

– Le problème, dit John, que les histoires de famille d'Anne-Marie n'avaient pas particulièrement l'air de fasciner, c'est que je dois aller à Washington la semaine prochaine, j'ai un petit quelque chose à y faire, mais je ne connais pas du tout la ville. Andy pensait que vous pourriez peut-être me rencarder un peu, me donner quelques précisions sur les lieux.

– Si je peux, répondit-elle, méfiante, ignorant ce qu'il avait en tête.

– Pas tout de suite, je sais que vous êtes occupée. Mais je pourrais préparer ma liste de questions et vous passer un coup de fil demain. Maintenant que vous savez qui je suis. »

Non, je ne sais pas, pensa-t-elle. « Et qu'est-ce que vous allez faire à Washington ? demanda-t-elle

– Juste un petit boulot. »

Ce n'était pas une bonne réponse. Elle commençait à se demander s'il y avait lieu de s'inquiéter. Avec qui s'était-elle acoquinée ? Des terroristes ? Des fanatiques ? « Ça n'a rien à voir avec un attentat, j'espère ? »

Il lui lança un regard vide. « Euh ? »

Andy intervint. « Anne-Marie, ça n'a rien de... » Puis, voyant la tête qu'elle faisait, il se tourna vers son ami et suggéra : « John, à mon avis, ce serait mieux de mettre les choses au clair. »

Manifestement, John n'était pas de cet avis. Il dévisagea Andy comme si celui-ci venait de lui demander de se convertir à une drôle de religion. « Au clair ? Tu veux dire clair-clair ? Vraiment au clair ? »

Andy prit la parole.

« Anne-Marie, supposons, pure hypothèse, que je t'annonce que nous ne sommes pas complètement honnêtes. Que dirais-tu ?

– Je dirais que personne n'est jamais complètement honnête. À quelle catégorie de gens pas honnêtes appartenez-vous ?

– Eh bien, pour l'essentiel, nous piquons des trucs.

– Exactement, confirma John. C'est ça, nous piquons des trucs. »

N'ayant pas bien compris, elle secoua la tête. Andy précisa : « Tu sais, genre, on voit des trucs qui traînent, eh bien, on les prend. »

Anne-Marie s'efforça de décrypter ces propos labyrinthiques. Elle ne savait pas comment formuler sa question suivante, mais elle finit par se lancer : « Vous voulez dire... vous voulez dire que vous êtes des voleurs ? »

Rayonnant, ravi qu'elle ait compris, Andy rectifia : « Pour ma part, je réfère le mot *escroc*. Je trouve que ça a plus d'allure.

– Vous êtes des escrocs.

– Tu vois ? Ça a plus d'allure.

– Ces rendez-vous, tard dans la nuit...

– Nous allons prendre des choses. Ou organiser l'expédition. Tout ça.

– Prendre des choses. » Anne-Marie fit un effort pour retrouver ses marques. Ce soir, pour commencer, elle avait trouvé Andy un peu mystérieux mais amusant, puis elle l'avait trouvé sexuellement original, peut-être même dangereusement original, ensuite elle l'avait pris pour un dangereux terroriste, et voilà maintenant que c'était un voleur. Escroc. Voleur. Trop de transformations spectaculaires. Ne sachant pas très bien ce qu'elle pensait de sa dernière incarnation, elle demanda : « Qu'avez-vous pris, ce soir ? »

Maussade, John répondit : « Pas ce que je cherchais.

– Mais un tas de choses épatantes, précisa Andy. Je dirais même que ce soir a été une de nos meilleures nuits, John. Et depuis longtemps.

– N'empêche. » John n'avait pas l'air satisfait.

Elle se tourna vers lui. « Que cherchiez-vous que vous n'avez pas trouvé ? »

Il se contenta de hausser les épaules, comme si c'était un souvenir trop douloureux, et Andy insista : « Raconte-lui, John. Elle comprendra. Je ne connais pas Anne-Marie depuis très longtemps mais je peux déjà t'affirmer qu'elle a bon cœur. Allez, raconte-lui.

– Je déteste répéter cette histoire. Elle se termine toujours de la même manière.

– Ça t'ennuie, si c'est moi qui raconte ?

– Elle se terminera quand même pareil, dit John, mais vas-y. »

John tourna ostensiblement les yeux vers l'écran vide de la télévision, comme s'il attendait les nouvelles, pendant qu'Andy racontait. « Ce qui est arrivé, c'est qu'il y a environ une semaine, John et un autre copain sont allés dans une maison supposée vide...

– Pour prendre des choses, compléta Anne-Marie.

– Exactement. Seulement, elle n'était pas vide, le propriétaire était là, avec une arme.

– Aïe, dit Anne-Marie.

– Tout à fait ce qu'a ressenti John. Mais nous appelons ça les risques du métier, cela fait partie du jeu. Tu comprends. Seulement, ce qui s'est passé ensuite n'était pas réglo. »

John, qui continuait à contempler l'écran vide, poussa un grognement.

« Naturellement, le propriétaire a appelé la police, poursuivit Andy. Rien à redire à ça. Mais quand les flics sont arrivés, il a prétendu que John avait volé une bague et l'avait passée à son doigt. Le problème, c'est que la bague appartenait bel et bien à John, une bague que sa meilleure amie, elle s'appelle May et elle te plairait sûrement, lui avait offerte. Et les flics l'ont obligé à la remettre au propriétaire.

– C'est dégueulasse », affirma Anne-Marie, et elle était sincère. Elle trouvait aussi que c'était plutôt amusant, elle saisissait très bien l'humour de la situation, mais à voir le dos voûté de John, elle comprenait aussi qu'il valait mieux ne pas y faire allusion.

« Vraiment dégueulasse, renchérit Andy. Aussi, après avoir échappé à la police, John...

– Vous vous êtes échappé ? s'étonna-t-elle.

– Ouais. » Même ce souvenir ne semblait pas le réjouir.

« Oh ! Je vous croyais en liberté provisoire.

– Non, expliqua Andy. Il s'en est sorti sans dommage. Mais depuis ce jour-là, il poursuit le propriétaire parce qu'il veut récupérer sa bague. Elle a une valeur sentimentale, tu comprends.

– Parce que c'est son amie qui la lui a donnée, dit Anne-Marie en hochant la tête.

– Parce qu'il m'a ridiculisé, intervint John. J'aurai des démangeaisons et me sentirai mal tant que je n'aurai pas repris cette bague.

– Ce propriétaire est un très riche propriétaire, poursuivit Andy. Je veux dire qu'il n'avait pas besoin de cette bague. Et puis, il possède un tas d'autres maisons, y compris cet immeuble.

– Alors, la nuit dernière... commença-t-elle.

– La nuit dernière, nous avons repéré les lieux.

– Bien sûr.

– Et ce soir, nous y sommes allés, expliqua Andy, et nous avons raté le type de peu, il sortait juste de chez lui. John n'a pas récupéré sa bague.

– Toujours pas, dit John.
– Mais nous avons eu un tas d'autres choses, de très jolies choses, précisa Andy. Pendant que nous y étions...
– Et cet homme va aller à Washington ? demanda Anne-Marie.
– La semaine prochaine. Il a aussi une maison là-bas. John envisage de lui rendre visite.
– Et cette fois, assura John, il sera là.
– Où se trouve sa maison, exactement ? demanda Anne-Marie.
– En fait, c'est un appartement, expliqua Andy. Dans le Watergate. »
Là, elle ne jugea pas nécessaire de cacher son amusement. « John, vous voulez organiser un cambriolage au Watergate ? Un petit cambriolage de troisième zone dans le Watergate ?
– J'ai déjà essayé de lui expliquer, dit Andy, mais ça n'a pas marché. John n'est pas très porté sur l'histoire.
– Voilà donc pourquoi vous avez quelques questions à me poser sur Washington. Vous voulez entrer dans l'immeuble, prendre votre bague, et ressortir sans rencontrer de difficultés en route.
– Précisément », dit Andy.
L'exposé de son infortune étant enfin terminé, John détourna les yeux de l'écran de télévision et dit : « Donc, si vous êtes d'accord, demain je vous appellerai ici, à l'heure que vous choisirez. J'aurai préparé quelques questions.
– Bien sûr, dit Anne-Marie. À moins que... » Elle laissa sa phrase en suspens en haussant un sourcil à l'intention d'Andy, qui lui adressa un regard animé pour toute réponse. Elle demanda donc à John : « Andy vous a-t-il parlé de ma situation personnelle, en ce moment ?
– Il ne m'a rien dit du tout, sinon que vous connaissiez Washington.

– Eh bien, il semble que mon mariage a heurté un récif sous-marin et fait naufrage. En théorie, je suis censée rentrer chez moi dimanche, mais je ne suis pas vraiment sûre de considérer encore ça comme chez moi. Je ne suis sûre de rien, à dire vrai. En fait, je suis à la croisée des chemins.

– Anne-Marie, je n'aurais jamais osé poser une telle question, dit Andy, mais je voudrais être sûr. Tu veux dire que tu pourrais rester avec nous et nous donner des conseils en route ?

– Ça fait un bout de temps que je ne suis pas allée à Washington. »

John releva la tête. Il eut quasiment un sourire. Il avait l'air presque normal. « Eh bien ? » demanda-t-il.

Manifestement enchanté, Andy s'écria : « Anne-Marie, tu viendrais avec nous ?

– Si je ne vous dérange pas.

– Nous déranger ? Comment pourrais-tu nous déranger ? » Andy regarda John et ils échangèrent un sourire. « John, est-ce qu'Anne-Marie nous dérange ?

– Pas moi, en tout cas. »

Andy regarda Anne-Marie et prit un air grave. « Mais ça ne va pas te gêner ? Tu sais, que nous prenions des choses ici et là, en cours de route ? Je veux dire, c'est ce que nous faisons. Ça peut te poser un problème. »

Anne-Marie sourit et secoua la tête. Elle ne savait pas du tout ce qu'elle était en train de faire, ni pourquoi, ni ce qui allait arriver après ça, mais il n'y avait pour l'instant aucune porte à ouvrir dans sa vie qui recèle la moindre perspective d'amusement. « Je suis une fille de politicien, Andy. Rien ne peut me choquer. »

28

Heureusement, juste avant de quitter leur appartement du N-Joy, Max avait réussi à se faufiler dans la salle de bains avec un portable pour appeler Miss Septembre et l'enjoindre de *ne pas*, je répète *ne pas* aller à Carrport ce soir, mais nous serons bientôt ensemble, mon petit muffin en fourrure, je t'appellerai dès que je serai de retour dans le nord-est, mais surtout, *ne viens pas* à Carrport. Sur ce il partit, bien malgré lui, avec Lutetia.

Mais au fond, ce n'était pas si mal. Un vieil amour dans un nouveau décor, changement de rythme revigorant. Et le souvenir de Miss Septembre si récemment étendue sur ce drap de satin noir – passé depuis à la machine, eh oui – ne pouvait qu'ajouter du piment à la circonstance.

Max était tellement content de lui, et de la vie, et du succès de sa manœuvre, et d'avoir juste décidé que TUI remplacerait la maison de Carrport par un yacht de société, que le lendemain matin, devant leurs muffins au son et leur café, il montra sa nouvelle bague, sa fierté et sa joie à Lutetia et lui raconta toute l'histoire.

Elle en fut amusée et horrifiée, exactement la réaction qu'il attendait. « Max, quel horrible individu tu fais ! s'exclama-t-elle en riant. Traiter ainsi ce pauvre garçon !

– Tu aurais dû voir sa tête. C'était impayable. Il avait l'air d'un basset artésien.

– J'espère pour toi qu'il n'aura pas l'occasion de revoir *ta* tête.

– Je ne pense pas, dit Max d'un air fat, en faisant tourner la bague à son doigt, que nous fréquentions les mêmes milieux. »

Après le petit déjeuner, Max fit un dernier tour de la maison, trouvant très peu de choses qui avaient un prix à ses yeux. Toute cette décoration mièvre, sans risque, bonne pour l'image de la société mais peu chaleureuse, rien là-dedans qui frappe l'esprit ou déclenche une furieuse convoitise. Laisse donc, laisse ça, que tout soit vendu. D'ailleurs, cet enfoiré de cambrioleur avait embarqué tous les objets de valeur.

Lutetia trouva un vase marron trapu qui lui plaisait. « Il me fait penser à toi quand tu as été vilain et que tu as peur de te faire prendre.

– Oh, ma toute douce, dit Max en faisant une moue boudeuse dans l'espoir de ressembler à Sydney Greenstreet, voilà comment tu me parles.

– J'y mettrai des fleurs séchées, dit-elle en levant le vase pour mieux le voir dans la lumière. Il sera idéal dans l'appartement. L'endroit est quasiment parfait en l'état, aménagé avec un tel équilibre qu'on n'y remarquerait pas ce genre d'objet, mais on trouve parfois quelque chose qui renforce l'effet global.

– Prends-le, dit Max, magnanime à l'excès. S'il figure sur un inventaire de la société, on dira que c'est le cambrioleur qui l'a emporté.

– Bien sûr que c'est lui. Il a un excellent coup d'œil, ton cambrioleur.

– Surtout pour les bagues », conclut Max en lançant une œillade malicieuse.

Lutetia rit, claqua la langue d'un air faussement désapprobateur et alla ranger le vase dans son sac de voyage. Pendant ce temps, Max se dirigea vers la bibliothèque pour récupérer la seule chose qui l'intéressait vraiment dans cette maison. Le Livre, son guide, la source de sa force et de son image personnelle, la demeure de *Tui*, le Joyeux. Il était intitulé *Yi king*, c'était l'âme de la sagesse orientale. Max le glissa dans son sac.

Maintenant, ils étaient prêts à partir. La nuit précédente, ils avaient renvoyé Chalmers et la limousine en ville. Bien sûr, le cambrioleur avait filé avec la Lexus, laissant dans le garage le minibus Honda réservé au transport des cadres moyens se déplaçant en groupe, et la Mazda RX-7, paradigme absolu de la petite voiture de sport rouge étrangère. (Autrefois, les petites voitures de sport rouges étaient fabriquées en France ou en Italie, mais les temps changent, les temps changent.) Le juge du Chapitre Onze pouvait avoir le Honda, et qu'il aille en enfer, mais la Mazda resterait avec Max, définitivement, et pas de discussion.

Max quitta la maison de Carrport pour la dernière fois sans jeter un regard derrière lui, au volant de la petite Mazda rouge, Lutetia à son côté, l'esprit déjà projeté vers le yacht – qui s'appellerait *Joyeux* – et commença à penser à l'endroit où ils s'arrêteraient pour déjeuner. Au bord de l'eau, de préférence.

Une belle journée, tout compte fait, pour contourner Long Island à toute vitesse dans la petite voiture rouge, chercher un restaurant de fruits de mer décent avec vue sur l'Atlantique, côté sud, bavarder et plaisanter avec Lutetia, l'un et l'autre d'excellente humeur. Dans ces moments où, se laissant dominer par sa femme, choisissant par nécessité ou conviction d'être un mari, Max appréciait énormément d'avoir trouvé une épouse telle que Lutetia pour jouer ce rôle. (Bien sûr, le *Yi king* l'avait aidé à la sélectionner au sein du troupeau soumis à son choix à l'époque.)

Et puis, enfin, ils se dirigèrent vers Kennedy Airport pour que Max prenne son avion en milieu d'après-midi. Il débarquerait à Savannah, où l'attendrait une voiture qui l'emmènerait ensuite à Hilton Head, pendant que Lutetia ramènerait la Mazda en ville et la mettrait à l'abri dans le garage en sous-sol du N-Joy.

« J'ai quelques étapes prévues en chemin, lui annonça-t-elle. Antiquaires et compagnie, tu seras probablement sur l'île avant mon retour à New York. Je t'appellerai en arrivant. »

Ce qu'elle fit, d'ailleurs.

29

Dortmunder était sous le lavabo de la salle de bains quand le téléphone sonna. Il était là, avec marteau, tournevis, tenailles et mortier, à cause de tout cet argent dont il était soudain responsable. Avant ça, l'espace derrière le tiroir supérieur de la commode de la chambre avait toujours suffi pour ce qu'il avait à cacher, mais plus maintenant.

L'argent arrivait par vagues, tout d'un coup, par vagues. D'abord les vingt-huit mille pour ce qu'il avait pris dans la maison de Carrport, puis les mille trois cent cinquante pour la Lexus provenant de la même maison, et maintenant vingt-quatre mille cinq cents, produit de la dernière visite à l'hôtel N-Joy Broadway l'avant-dernière nuit, le goût de Mme Fairbanks s'étant avéré aussi exquis qu'onéreux. Même après en avoir claqué un peu pour May et lui-même, Dortmunder possédait encore plus de cinquante mille dollars américains. Beaucoup d'argent à gérer.

Raison pour laquelle il était accroupi sous le lavabo, occupé à construire une nouvelle banque, lorsque le téléphone sonna. Ce doit être Andy, pensa-t-il, en se dégageant avec difficulté. Ouille ! Merde ! Ça fait mal. Je sais que c'est Andy.

Mais non. « Salut, John ! répondit une voix pleine d'entrain au “ Allô ” maussade de Dortmunder. Ralph à l'appareil. »

Ralph. Dortmunder connaissait deux Ralph. Lequel était-ce ? « Ah, oui ! Comment ça va ?

– Très bien », répondit Ralph, et à l'arrière-plan, des glaçons tintèrent doucement contre la paroi d'un verre.

Oh. Ainsi, c'était donc Ralph Winslow, un autre serrurier, celui auquel Andy se serait adressé si Wally Whistler n'avait pas été libre. Quand il n'était pas penché sur un coffre-fort particulièrement complexe, Ralph Winslow avait, à toute heure, un verre de whisky-soda en main, avec des glaçons qui cliquetaient.

Cela annonçait-il une autre visite quelque part ? Si c'était le cas, Dortmunder serait contraint de refuser. Max Fairbanks était une occupation à plein temps.

« Que se passe-t-il ? demanda Dortmunder.

– Rien, j'appelais juste pour te dire que je suis avec toi à cent pour cent. »

Cette phrase n'avait aucun sens. Dortmunder dit : « Merci, Ralph.

– J'ai entendu parler de cette histoire de bague », expliqua Ralph.

Les sourcils de Dortmunder se rejoignirent au milieu de son nez. « Ah, vraiment ?

– pEt je voulais te dire que ça aurait pu arriver à n'importe lequel d'entre nous.

– C'est vrai, dit Dortmunder, soudain belliqueux.

– Et quelle que soit la victime, c'est vraiment dégueulasse, ce qu'a fait ce type.

– C'est aussi vrai, admit Dortmunder, radouci.

– Et je souhaite de tout cœur que tu la récupères.

– Merci, Ralph, c'est gentil à toi.

– S'il y a quoi que ce soit que je puisse faire, un coup de main à donner, tiens-moi au courant. Quand tu veux.

– Je n'y manquerai pas.

– Il ne peut pas nous traiter comme ça, tu vois ce que je veux dire ? »

Nous. Dortmunder faillit se mettre au garde-à-vous. « Je vois ce que tu veux dire, Ralph, et je te remercie.

– C'est tout. Faut que je te quitte, maintenant. À un de ces jours.

– Sûr », dit Dortmunder, qui retourna sous son évier, trouvant la vie un peu moins moche, et acceptant mieux les petites entailles et saignements qui accompagnaient son travail de menuiserie. Cinq minutes plus tard, le téléphone sonna.

« Là, cette fois-ci, c'est Andy, marmonna-t-il en ressortant de dessous son évier. Ouille ! Pourquoi ne vient-il pas, s'il a tellement de choses à dire ? Il n'a qu'à venir et m'aider un peu. »

Mais ce n'était toujours pas Andy. « John ? Fred Lartz à l'appareil.

– Oui, salut, Fred ! Comment ça va ? »

Fred Lartz était chauffeur, ou du moins, l'avait été. L'accord tacite avec ses potes était qu'il continuait de l'être, même si en réalité il avait perdu tout son cran depuis ce malencontreux après-midi où, rentrant du mariage d'un cousin à Long Island, il avait pris un mauvais tournant sur la Van Wyck Expressway – il y avait eu pas mal d'alcool, à ce mariage – et s'était retrouvé sur la piste d'envol 17 de Kennedy Airport, avec un avion de l'Eastern Airlines en provenance de Miami qui arrivait juste au même moment en face de lui. Il n'avait plus jamais été le même après sa sortie d'hôpital, mais il était resté Fred Lartz le chauffeur, garanti le meilleur spécialiste du milieu pour ce qui est de quitter les lieux dare-dare. À ceci près que désormais, c'était sa femme Thelma qui pilotait la voiture, et Fred, assis à côté d'elle, lui donnait des conseils.

Comme ils se contentaient d'une part de butin pour deux, personne n'y voyait d'inconvénient. (Et personne n'oserait jamais l'avouer, mais Thelma était bien meilleure aujourd'hui que Fred autrefois.)

Fred affirma : « Je vais très bien, John. C'était juste pour te dire que Thelma et moi, nous avons entendu parler de tes ennuis et il faut que tu saches que c'est vraiment un truc horrible qui t'est arrivé, et que tu ne dois pas te laisser abattre.

– Oh, dit Dortmunder. Tu veux parler de, euh, de, euh, de la bague, euh...

– C'est ça. Thelma et moi, on est avec toi, John, et s'il y a quelque chose qu'on peut faire, elle ou moi, si on peut aider d'une manière ou d'une autre, t'as qu'à nous passer un coup de fil.

– Oui, eh bien, merci Fred.

– Tu le feras ?

– Tu peux compter dessus », promit Dortmunder, et ils se dirent au revoir, et cinq minutes plus tard, le téléphone sonna.

« Je crois que je reçois trop de marques de sympathie », dit Dortmunder à son marteau. Il le posa, sortit de dessous l'évier – *ouille* – et cette fois, c'était Jim O'Hara, un généraliste comme Gus Brock et Andy Kelp, et lui aussi avait entendu parler de la bague volée et offrait ses condoléances et l'expression de sa solidarité. Dortmunder le remercia, raccrocha et décida de ne plus retourner sous l'évier pendant un moment. À la place, il se servit une bière, s'installa dans le salon près du téléphone, et attendit.

Quelqu'un avait bavardé un max. Gus sans doute, ou Wally Whistler, ou les deux. Ou tout le monde, à l'heure qu'il était.

Dans la demi-heure qui suivit, il eut cinq autres types au bout du fil, tous des partenaires de sa profession, tous faisant part de leurs meilleurs vœux rapport à ses ennuis. C'était comme d'être hospitalisé, mais sans les fleurs. Il se montra aimable, dans la mesure de ses pauvres moyens, descendit deux bières de plus et décida d'arrêter pour la journée tout travail sur la banque sous l'évier. L'argent pouvait rester où il était jusqu'au lendemain, dans un sac de supermarché en papier kraft, fermé avec du gros ruban adhésif marron et niché contre le mur derrière le canapé où Dortmunder était actuellement assis.

Le téléphone sonna de nouveau. Dortmunder répondit « Allô » de sa nouvelle voix aimable.

« Salut, John, c'est Wally. »

Wally ? Wally Whistler ? Pourquoi Wally Whistler lui exprimerait-il sa sympathie alors qu'ils avaient déjà parlé de tout ça au N-Joy ?

« Salut, Wally, dit Dortmunder.

– Je voulais simplement te dire que ton ami n'est plus à Hilton Head », annonça Wally d'une voix vaguement enrhumée.

Wally. Dans l'esprit de Dortmunder, Wally Whistler le serrurier se transforma en Wally Knurr, le crack de l'informatique qui traquait Max Fairbanks pour lui. Comprenant soudain ce que ce Wally-ci venait de lui dire, Dortmunder se redressa brusquement, les yeux écarquillés. « Quoi ? Où est-il ?

– Sais pas, répondit ce Wally-ci. Un fax vient d'être envoyé à tous ses collaborateurs pour annoncer qu'il ne serait pas joignable entre maintenant, samedi, et lundi matin.

– Et où doit-il être lundi matin ?

– Oh, ça n'a pas changé. Il doit toujours être entendu par cette commission. À partir de lundi matin, son emploi du temps ne bouge plus. C'est seulement silence radio pendant le week-end.

– Merci, Wally », dit Dortmunder, qui raccrocha et contempla d'un air morose sa canette de bière vide. Ça ne changeait rien, vu qu'il n'avait jamais eu la moindre intention d'attaquer une île au large de la Caroline du Sud – la piraterie ne faisait pas partie de ses attributions –, mais l'information n'en était pas moins troublante, voire inquiétante.

Pas joignable ? Max Fairbanks, pas joignable ? Pour ses collaborateurs, Max Fairbanks était *toujours* joignable. Alors, qu'est-ce que ça veut dire ? Que s'est-il passé ?

Où est Max Fairbanks ?

30

« Je ne suis même pas censé être ici », se plaignit Max. Passant une main fébrile dans ses cheveux décoiffés, il expliqua à l'inspecteur : « Je suis censé préparer la déposition que je dois faire lundi devant le Congrès. Je dois *parler au Congrès* lundi. Je ne vois pas du tout ce que je suis en train d'accomplir ici. Je ne vois vraiment pas. Que suis-je en train d'accomplir ? Je n'accomplis rien ici, je ne suis même pas censé y être. »

Calme et indifférent, l'inspecteur attendit que Max s'arrête de lui-même. C'était un individu épais, âgé d'une trentaine d'années, avec des cheveux noirs en broussaille et un grand nez charnu, qui s'était présenté comme Bernard Klematsky, inspecteur de deuxième échelon. Il n'avait pas du tout l'air d'un inspecteur, de quelque échelon que ce soit, mais plutôt d'un prof de maths de lycée, avec son costume gris froissé et sa cravate bleu froissée. Il était pourtant chargé de l'enquête sur le cambriolage de l'appartement du N-Joy, il était horriblement laconique et n'avait que quelques questions à poser.

D'ailleurs, à ce sujet, Max aussi. Que diable était-il arrivé ici ? On aurait dit qu'une tornade était passée par là et avait tout nettoyé en chemin. Rien de très gros n'avait été emporté, ni le piano de concert ni l'armoire ancienne de la chambre à coucher, ni la table de réfectoire médiévale du salon de réception, ni rien de ce genre. En revanche tout, tout, chaque article de valeur assez petit pour tenir dans la poubelle ou sous le siège en face de vous, avait disparu. L'appartement avait été intégralement dépouillé la nuit où Lutetia était absente.

D'ailleurs, encore une chance qu'elle ait été absente, quand on y pense. Quelle horreur, si elle avait été là quand ces individus étaient entrés. À présent, Lutetia était endormie dans sa chambre – plus exactement, inconsciente – et cela depuis plusieurs heures, bourrée de sédatifs par un de ses médecins, laissant Max se débrouiller seul dans le grand salon avec cet inspecteur à l'esprit épais qui ne semblait pas comprendre à qui exactement il avait affaire.

Max ne pouvait se résoudre à prononcer la phrase-clef, *Savez-vous qui je suis?*, mais il n'en était pas loin. En fait, s'il s'était retenu de proférer cette question, c'est qu'il soupçonnait cet inspecteur aux gestes lents et à l'esprit obtus d'avoir déjà dans sa manche une réponse toute prête qui lui clouerait le bec.

Il n'empêche que c'était ridicule de rester assis là, plusieurs heures d'affilée, à dépendre du caprice d'un simple inspecteur. Certes, lorsque, la nuit dernière, la voix stridente de Lutetia avait réussi enfin à lui faire comprendre en partie l'énormité de ce qui venait d'arriver, il était revenu sur ses pas dès que possible dans la matinée – voiture jusqu'à Savannah, avion privé pour JFK, limousine jusqu'au N-Joy – afin d'être à ses côtés dans cette circonstance traumatisante. Et il avait certainement été heureux de voir cet inspecteur, Bernard Klematsky, et heureux de répondre à ses questions, heureux d'aider du mieux qu'il pouvait, heureux de voir que l'homme prenait tellement sa tâche au sérieux. Certes, mais assez, c'est assez.

Normalement, on aurait dû arriver au point où Max allait serrer la main du policier, lui souhaiter bonne chance, lui communiquer un numéro de téléphone où l'on pouvait le joindre en cas de besoin, et partir. Retourner à Hilton Head, auprès de la secrétaire extrêmement séduisante qui l'attendait là-bas pour l'aider à préparer son témoignage pour la comparution de lundi devant le Congrès, reprendre sa vie normale.

Au lieu de quoi, cet individu, Klematsky, ce Colombo pour tournées provinciales, le retenait ici. Avec courtoisie, certes ; pas ouvertement, non ; mais c'était pourtant le cas.

« Si vous pouviez juste m'accorder quelques minutes de votre temps, monsieur Fairbanks. J'attends quelques coups de fil, et ensuite, vous pourriez m'aider au sujet d'un ou deux détails.

– Et pourquoi ne vous aiderais-je pas tout de suite, avec ces détails ? Comme ça, je pourrais partir.

– J'aimerais pouvoir procéder ainsi, monsieur Fairbanks, répondit Klematsky sans feindre la moindre compassion, mais je dois attendre ces coups de téléphone pour savoir ce que j'aurai précisément à vous demander. »

Il attendait donc, et les heures s'égrenaient, et le samedi passait, et samedi soir approchait, avec Lutetia inconsciente dans la pièce voisine, l'appartement violé, et l'inspecteur Klematsky aussi doucereux qu'un régime pour ulcère de l'estomac – régime dont Max allait finir par avoir besoin, si les choses continuaient ainsi.

Mais qu'y pouvait-il ? Il avait appelé son bureau de New York, demandé qu'on garde tous les messages au chaud pendant le week-end – rien d'important n'allait se produire dans sa vie professionnelle d'ici lundi – et avait attendu là, prostré, et chaque fois que le téléphone sonnait, ce qui se produisait de temps à autre, c'était pour Klematsky. Qui habite ici, après tout ?

Et enfin, Klematsky, revenant d'une de ces conversations téléphoniques, sembla disposé à lui parler. Il avait pris toutes les communications dans une pièce voisine, afin que Max n'entende que des chuchotements inintelligibles, si bien que Max ignorait le sens de toute cette agitation mais se réjouit à la perspective d'en finir. Qu'il pose ses putains de questions et me laisse partir. C'est mon avion, c'est mon pilote, et il m'emmènera où je voudrai quand je pourrai le rejoindre, alors laissez-moi le rejoindre.

La première question jaillit. « Votre épouse, Lutetia, vit dans cet appartement ?

– Eh bien, nous y vivons tous les deux, bien que ce ne soit pas ma résidence légale, et je suppose qu'elle y passe plus de temps que moi. Je voyage énormément pour mes affaires.

– Elle y passe plus de temps que vous.

– Oui, bien sûr.

– Elle y est presque tout le temps, n'est-ce pas, monsieur Fairbanks ? » Klematsky avait une espèce de carnet qu'il feuilletait constamment, se reportant à des notes qu'il y avait gribouillées. « C'est une sorte d'hôtesse, à New York, n'est-ce pas ?

– Ma femme reçoit beaucoup. Où voulez-vous en venir ?

– Mais elle n'était pas là jeudi soir.

– Non. Dieu soit loué.

– Vous êtes partis ensemble ?

– Oui.

– Juste pour une nuit ?

– C'est tout le temps dont je disposais. Comme je vous l'ai dit, je devrais être à Washington en ce moment.

– Et où êtes-vous allés ?

– Ma société possède – enfin, possédait, nous l'abandonnons, nous la mettons en vente – une maison sur Long Island que nous utilisions pour des séances de travail avec les dirigeants, ce genre de chose. Nous sommes allés faire nos adieux. Une réaction sentimentale, vous connaissez ce genre de choses.

– Vous avez eu une réaction sentimentale à l'idée de céder votre maison sur Long Island.

– Oui, nous la possédions depuis plusieurs années.

– Et votre femme a eu une réaction sentimentale à l'idée de la céder.

– Eh bien, je suppose que oui, dit Max qui cherchait quelque lumière dans les ténèbres de ces questions, ne voulant pas se compromettre avec un mensonge patent. Je suppose qu'elle réagissait comme moi aux circonstances.

– Donc, vous faisiez vos adieux à la maison.

– Oui.

– Et votre épouse faisait sa connaissance par la même occasion, c'est ça ?

– Quoi ? demanda Max, interloqué.

– N'était-ce pas la première fois que votre femme allait dans cette maison ? La première fois qu'elle la *voyait* ? »

Comment diable cet individu avait-il appris ça, et qu'est-ce que ça avait à foutre avec le cambriolage ?

« En fait, elle avait toujours souhaité y aller, expliqua Max. Mais son propre emploi du temps, vous savez ce que c'est... bref, c'était la dernière occasion.

– Avant que vous vendiez la maison.

– Précisément.

– Pourquoi vendez-vous cette maison, monsieur Fairbanks ? »

Fais gaffe, se dit Max. Cet homme sait des choses particulièrement inattendues et qui n'ont rien à voir avec la situation. Mais pourquoi y attache-t-il tellement d'importance ?

« C'est dans le cadre d'une décision de justice, un accord avec le juge.

– Une faillite », dit Klematsky.

Ah, ah ! Donc, il savait ça.

« Nous sommes, commença Max, enfin, une partie de mes actifs sont dans un Chapitre Onze...

– Une faillite.

– Eh bien, c'est une procédure technique qui...

– Une faillite. Il ne s'agit pas d'une faillite, monsieur Fairbanks ?

– Euh... si.

– Vous êtes failli. »

– Techniquement, mes...

– Failli. »

Max concéda le point en soupirant. « Si vous tenez à l'appeler ainsi. »

Klematsky tourna une page. « Quand avez-vous décidé, avec votre femme, de faire ce voyage sentimental à Carrport, monsieur Fairbanks ?

– Eh bien, je ne sais pas exactement. » Max commençait à se demander s'il n'aurait pas dû avoir un avocat à ses côtés, n'importe lequel, peut-être même deux avocats. En même temps, qu'avait-il d'essentiel à cacher à cet individu ? Rien. Il est là pour enquêter sur un cambriolage, c'est tout. « La vente de cette maison a été décidée récemment. Par conséquent, notre décision d'y aller doit être récente.

– Très récente, confirma Klematsky. Rien n'est inscrit à ce sujet dans l'agenda de votre femme.

– Eh bien, c'est qu'elle n'inscrit pas tout dans son agenda, vous...

– Ah bon ? s'étonna Klematsky. Vous voulez dire qu'elle fait des choses en plus de ce qui est marqué là-dedans ?

– Je n'en ai pas la moindre idée », dit Max que le type commençait à gaver sérieusement et qui se demandait s'il n'allait pas tout bonnement se lever et le planter là, tout en étant curieux de savoir ce que tout ceci cachait. « Je n'ai pas pour habitude d'examiner l'agenda de ma femme.

– Je l'ai entre les mains. Vous voulez regarder ?

– Non, merci. Et pour répondre à votre question, je crois que la décision d'aller là-bas a été prise sur un coup de tête.

– Je veux bien le croire. Jeudi soir, vous avez dîné chez des gens nommés Lumley, avec d'autres invités, dans l'appartement des Lumley à Manhattan.

– Vous êtes vraiment consciencieux », dit Max, pas content du tout.

Klematsky eut l'ombre d'un sourire.

« Vous alliez dire, suggéra Max, que Lutetia n'a mentionné à personne, lors de ce dîner, notre intention de nous rendre à Carrport ce soir-là.

– En fait, non, objecta Klematsky. J'allais dire que votre femme a confié à Mme Lumley qu'elle était épuisée, qu'elle avait le sentiment d'en faire trop et qu'elle se réjouissait d'avance à la perspective d'une bonne nuit chez elle, ici même. »

Max ouvrit la bouche. La ferma. La rouvrit et dit : « Nous avons pris cette décision dans la voiture, en rentrant chez nous.

– Je vois. C'est alors que vous lui en avez parlé.

– Nous en avons parlé.

– Qui a abordé le sujet ?

– Ce doit être moi », dit Max.

Klematsky opina de la tête. Il tourna une autre page de son putain de carnet. Il lut, opina derechef, fronça les sourcils en regardant Max et demanda : « Il n'y a pas eu autre chose, récemment, concernant la maison de Carrport ?

– Autre chose ? Que voulez-vous dire ?

– Il n'y a pas eu un cambriolage, là-bas ?

– Oh ! Mais si, bien sûr, avec tout ça, je l'avais oublié !

– La mémoire joue de drôles de tours, parfois. Mais vous étiez là-bas au moment du cambriolage, si je ne m'abuse ?

– Eh bien, non. J'y étais juste avant. Il s'est introduit une deuxième fois dans la maison après mon départ. La police l'a arrêté quand j'étais là, mais il leur a échappé et il y est retourné, après mon départ.

– Vous voulez dire que vous étiez tous les deux dans la maison... »

Bonté divine, il sait aussi pour Miss Septembre.

« Oui, oui, c'est vrai, nous étions là tous les deux pour des raisons parfaitement innocentes... »

Klematsky le dévisagea d'un air ahuri. « Le voleur et vous étiez là pour des raisons parfaitement innocentes ?

Max lui rendit son regard, n'y comprenant plus rien. « Quoi ? »

Klematsky écarta les mains comme si tout était évident. « Vous y étiez tous les deux, nous sommes d'accord sur ce point.

– Pas moi et le... Pas moi et le *cambrioleur* ! Je croyais que vous parliez de... Enfin, je croyais que vous parliez de quelqu'un d'autre.

– Et la police est arrivée, poursuivit Klematsky comme si Max n'avait rien dit, parce que la maison était censée être vide et qu'ils ont vu qu'elle était occupée et...

– Non, non, pas du tout ! J'ai *appelé* la police. J'ai capturé le cambrioleur, j'ai braqué mon revolver sur lui et j'ai appelé la police. Vérifiez leurs rapports.

– C'est ce que j'ai fait, dit Klematsky, et il sont extrêmement confus. Ces flics de province, vous savez. D'abord, il y a un rapport selon lequel la police a trouvé là-bas un cambrioleur, et personne d'autre. Puis il y a un rapport modifié, selon lequel la police a trouvé le cambrioleur et deux autres personnes, vous et quelqu'un d'autre. Et après ça, il y a un troisième rapport, corrigé, selon lequel ils ont trouvé le cambrioleur et une seule personne, à savoir vous. Et il y a aussi mention d'un appel au 911, dont il a d'abord été dit qu'il venait de vous, et ensuite, de quelqu'un d'autre. »

Là, Max en avait franchement marre. Ceci était en grande partie gênant, en moindre partie assez peu agréable, et n'avait en tout cas rien à voir avec ce qui s'était produit dans cet appartement le jeudi soir. « Inspecteur, commença-t-il en prenant son air sérieux, l'air qui annonçait généralement que quelqu'un allait se faire virer, j'applaudis aux efforts que vous produisez pour exhumer toutes ces informations sans intérêt, mais il ne s'agit que de cela. Des informations sans intérêt. Quelqu'un s'est introduit ici jeudi soir. Plus d'un million de dollars de biens ont été emportés. Je ne sais pas encore combien au juste. Pourquoi ne vous intéressez-vous pas plutôt à cet aspect des choses ? Pourquoi persistez-vous à fouiner du côté de Carrport ?

– Les deux sont des cambriolages, non ?

– Il y a tout le temps des cambriolages ! Voudriez-vous suggérer qu'il y a un lien entre les deux ? C'est absurde !

– L'est-ce vraiment ? »

Un soupçon s'infiltra soudain dans l'esprit de Max. Le cambrioleur. La bague. S'agirait-il du même homme, revenu chercher sa bague, poursuivant Max partout ? Était-ce cela, que ce clown d'inspecteur, avec ses gros sabots, essayait d'établir ?

« Vous croyez qu'il s'agit des mêmes gens ?

– Je ne crois rien pour l'instant, répondit Klematsky. J'envisage tous les scénarios possibles. »

Il n'est pas au courant pour la bague, pensa Max. Il ne peut pas savoir ça. Donc, il ne peut pas savoir pour le cambrioleur, mais celui-là, est-ce qu'il pourrait être à mes trousses, lancé à la reconquête de sa bague ? Ça paraissait impensable, ridicule. L'esprit ailleurs, il répéta : « Des scénarios. De quels scénarios parlez-vous ?

– Bon, en voici un, expliqua Klematsky. Vous avez fait faillite. »

Encore ? « Techniquement, je suis...

– Failli. »

Max soupira. « Très bien.

– Voici une maison pleine d'objets de valeur, dans laquelle vous n'étiez pas censé vous trouver mais où vous étiez néanmoins, tandis qu'un cambriolage avait lieu. »

Se pourrait-il que le voleur soit dans les parages en ce moment même ? Poursuivant trop de lièvres à la fois, Max rectifia : « Avant, j'étais là avant.

– Avant, pendant, après. » Klematsky haussa les épaules. « Vous êtes partout. Et pour ce qui est d'ici, au dernier moment, vous persuadez votre femme de quitter l'appartement alors qu'elle n'en avait pas envie, et tout d'un coup, la voie est libre.

– La voie ? Quelle voie ? Libre ? Attendez une minute ! »

L'absurdité des soupçons de Klematsky, maintenant que Max en comprenait la nature, était tellement démesurée qu'il n'y avait pas lieu de s'étonner : comment aurait-il pu imaginer que cet homme avait le cerveau dérangé à ce point ? Sa propre fortune, et dans le cas présent sa relative innocence, combinées à ses spéculations concernant le voleur, l'avaient jusque-là empêché de saisir ce qu'impliquait Klematsky. Abasourdi, horrifié, amusé, se désignant du doigt, Max dit alors : « Vous pensez que j'ai commis ces vols ? Que j'ai loué les services d'un cambrioleur ? Pour toucher l'assurance ?

– Je ne pense rien pour l'instant, dit Klematsky. Je considère simplement les scénarios possibles.

– Vous feriez mieux de considérer une cellule capitonnée. Vous croyez que parce que j'ai comparu devant un juge des faillites... ? Vous croyez vraiment que je suis pauvre ? Vous... vous... Je pourrais acheter et revendre un millier de gens comme vous !

– Vous pourriez peut-être en acheter et en revendre un millier, déclara Klematsky imperturbablement, mais ce ne serait pas moi.

– Dorénavant, annonça Max en se levant, vous pourrez me parler par le truchement de mon avocat, Walter Greenbaum. Je vais vous donner son numéro de téléphone ainsi qu'un numéro où vous pourrez me joindre si vous avez quelque chose de sensé à me dire. »

Sans se départir de son calme, Klematsky tourna une autre page et dit : « Allez-y. »

Max lui donna les numéros et ajouta : « Vous m'avez fait perdre beaucoup trop de temps, au lieu de rechercher les vrais responsables. Maintenant, si vous n'avez pas de raison de m'en empêcher, je vais retourner à Hilton Head.

– Oh, mais je n'ai aucune raison de vous retenir, monsieur Fairbanks, affirma l'irréductible Klematsky. Pas pour l'instant. Est-ce que votre truc devant le Congrès va passer à la télévision ?

– Les représentants au Congrès étaient peut-être mes complices dans cette affaire, ricana Max. Ce sont peut-être eux qui se sont introduits ici.

– Ça ne m'étonnerait pas tellement », rétorqua Klematsky.

31

Le premier point sur lequel ils n'arrivaient pas à se mettre d'accord était la façon de se rendre à Washington. Dortmunder voulait prendre le train, Andy préférait la voiture, May et Anne-Marie étaient en faveur de l'avion. Comme Andy l'avait précédemment suggéré, May et Anne-Marie s'étaient entendues comme larrons en foire dès la première minute, elles s'aimaient beaucoup et réclamaient à l'unisson de prendre l'avion pour Washington DC. « C'est juste un saut de puce, expliqua Anne-Marie, et May renchérit :

– Vous voyez ? On s'est à peine rendu compte qu'on était parti, et l'on est déjà arrivé.

– Arrivé où ? demanda Dortmunder. Dans un champ de ferme à cinquante miles de la ville, dans un aéroport, avec des taxis, et encore une heure avant d'être où que ce soit. Je ne veux pas arriver à Washington en taxi. Le train est porte à porte. »

Cette conversation avait lieu le samedi soir dans l'appartement de May et Dortmunder. Andy se leva et se dirigea vers l'arcade du living-room pour regarder l'entrée de l'appartement : « Porte à porte ? John, il y a un train qui passe dans le couloir, ici ?

– Du centre-ville au centre-ville, corrigea Dortmunder. Tu sais très bien ce que je veux dire. Il n'y a même pas un saut de puce entre ici et Penn Station, et après tu prends le train et tu te retrouves en plein Washington, exactement là où tu veux te trouver.

– Mais non, dit Anne-Marie. Tu te retrouves à Union Station, sur le Capitole. Le Watergate est de l'autre côté de la ville près de Foggy Bottom, c'est à l'autre bout de tout. Tous les monuments, tous les bâtiments officiels, tous les touristes, absolument tout se trouve entre Union Station et le Watergate. »

Ce qui était leur destination, bien entendu. Puisque le Watergate représentait tout pour tout le monde – un hôtel *et* un immeuble aménagé en appartements *et* une galerie marchande *et* un immeuble de bureaux et aussi une guitare d'accompagnement dans un orchestre d'amateurs le week-end –, il avait été décidé qu'ils feraient aussi bien de tous s'installer dans la partie hôtel pendant que Dortmunder et Kelp rendaient visite à Max Fairbanks dans la partie aménagée en appartements. La carte de crédit des William que Dortmunder avait utilisée au N-Joy étant certainement grillée à présent, il en avait acheté une autre à Stoon le fourgue, ce qui l'avait obligé à faire une réservation d'hôtel par téléphone – 1-800-424-2736 – au nom de Rathbone, M. et Mme Henry Rathbone. Andy et Anne-Marie, pendant leur séjour à Washington, seraient les Skomorowski.

N'empêche, « Je préfère quand même le train », grommela Dortmunder, même si l'avis de l'expert local sur les inconvénients de la gare de Washington pour leur plan spécifique devait être pris au sérieux, et modérait quelque peu son enthousiasme.

Qu'Andy entreprit aussitôt de modérer davantage en ajoutant : « John, tu ne peux pas voyager en train. C'est un Amtrak, si je ne m'abuse ?

– Et alors ?

– Amtrak appartient au gouvernement, non ?

– Et puis ?

– Et le gouvernement est républicain, à l'heure actuelle ?

– Ouais ?

– Et les républicains se foutent de l'entretien parce que ça coûte de l'argent.

– D'accord, dit Dortmunder, mais je n'ai pas le temps d'attendre le retour des démocrates.

– Ça ne servirait à rien, expliqua Andy. Les démocrates sont incapables de gérer une entreprise. Oublie Amtrak. Je vais nous trouver une chouette bagnole, confortable, agréable à conduire, et nous voyagerons à notre rythme, en nous arrêtant pour manger un morceau ou tout ce qu'on veut, et nous serons là-bas en un rien de temps. »

L'expert local mit de nouveau son grain de sel. « Andy, tu ne peux pas conduire dans Washington. La circulation est infernale et il n'y a pas d'endroits pour se garer...

– Qui parle de se garer ? En arrivant, on laissera la voiture quelque part et pour rentrer, on en prendra une autre. »

Anne-Marie le regarda en fronçant les sourcils. « Tu veux dire, une voiture de location ?

– Pas exactement.

– Oh, fit Anne-Marie.

– Donc, on part demain matin, déclara Andy. Je vais nous trouver une bagnole vraiment chouette, je vais aller la chercher dans First Avenue, là où il y a les hôpitaux.

– Les hôpitaux ? s'étonna Anne-Marie.

– Il se trouve, expliqua Andy, que lorsque j'ai besoin d'une bonne voiture, d'un moyen de transport vraiment spécial, je cible les plaques minéralogiques MD. C'est un domaine dans lequel tu peux faire confiance aux médecins. Ils savent ce que c'est que l'inconfort, et ce qu'est le confort, et ils ont assez d'argent pour soutenir leur point de vue. Croyez-moi, quand je vous livrerai la voiture, ce sera exactement ce que le médecin a prescrit, et ce n'est pas une parole en l'air. »

L'air un peu largué, Anne-Marie dit : « Il va me falloir un peu de temps pour m'habituer à vous, les gars.

– Moi, lui expliqua May dans un élan de sympathie, je fais comme si je descendais une colline dans un car dont la direction est pétée, et les freins aussi. Comme ça, il n'y a plus rien d'autre à faire que regarder le paysage et profiter de la promenade. »

Anne-Marie réfléchit et demanda : « Que se passe-t-il quand tu arrives au pied de la colline ?

– Je ne sais pas. On ne l'a pas encore atteint.

– Bon, alors, c'est d'accord, dit Andy. Dix heures demain matin, dans une voiture de tout premier choix, un modèle conçu pour rouler sur l'autoroute, nous passerons vous prendre avec Anne-Marie et en route pour le Sud.

– Et je récupérerai ma bague, dit Dortmunder.

– Et d'autres serviettes », ajouta May. Souriant à Anne-Marie, elle précisa : « L'un des aspects sympas de tout ça, avec John qui poursuit ce dénommé Fairbanks, c'est que nous ramassons un tas de belles serviettes de bain dans les hôtels. »

32

Non seulement la Saab avait des plaques MD, mais c'étaient des plaques MD du Connecticut, ce qu'on fait de mieux en la matière. Voyez, disaient ces plaques, nous avons ici un médecin avec un cours d'eau sur sa propriété, de l'eau courante. Un tennis ? Certainement. Des penderies gigantesques. De la musique dans toutes les chambres. Quand vous rouliez dans cette Saab vert émeraude, avec son toit ouvrant et le cadran sur le tableau de bord qui vous indiquait la température extérieure, vous ne voyagiez pas en voiture, vous voyagiez en style de vie, et sacrément agréable avec ça.

Andy Kelp expliqua toutes ces choses à Anne-Marie le dimanche matin pendant qu'ils traversaient New York pour aller prendre Dortmunder et May. Anne-Marie hochait la tête, écoutait et apprenait tout en suivant le conseil de May : elle passa la plus grande partie du trajet à admirer le paysage par la fenêtre.

Elle était dedans jusqu'au cou, maintenant, et pas seulement dans la Saab. Dans le Rubicon, peut-être. Elle n'avait pas réellement franchi le Rubicon, mais en revanche, elle avait plongé tout habillée dans ce turbulent courant. Son séjour au N-Joy, animé vers la fin par une enquête de police extrêmement indiscrète mais fort amusante, était derrière elle désormais, un autre migrateur occupait sa chambre. Son billet de retour pour Kansas City était périmé. Comme c'était un tarif préférentiel, il n'était pas modifiable et avait cessé d'exister dans la minute où elle avait manqué l'avion du dimanche. Personne, parmi les gens qui la connaissaient, n'avait la moindre idée de l'endroit où elle se trouvait. Ni ses amis ni sa famille du Kansas, ni même Howard, des fois qu'Howard aurait changé d'avis au sujet de leur mariage, personne ne pouvait plus la trouver. D'un autre côté, et cette prise de conscience n'allait pas sans trouble, elle ne voyait pas du tout qui aurait pu avoir envie de se lancer frénétiquement à sa recherche.

Aussi n'était-ce pas une si grosse bêtise que ça, après tout, d'être assise là, dans cette Saab nickel et fraîchement volée. Le moment était peut-être venu de tenter un nouveau départ, de redémarrer de zéro. Ces gens n'étaient sans doute pas le choix le plus raisonnable pour commencer une nouvelle vie, mais on ne peut pas tout avoir. Et pour l'instant, du moins, c'était plutôt distrayant de traîner en compagnie de ces inconnus.

Depuis la nuit dernière, elle habitait l'appartement d'Andy dans les West Thirties, mais pour combien de temps, nul ne le savait. Elle n'était certes pas la première femme à y vivre, plusieurs signes en témoignaient. Lorsqu'elle lui avait parlé de ces occupantes antérieures, il avait répondu d'un air vague : « Oh, certaines d'entre elles étaient des épouses », ce qui n'était pas une réponse de nature à prolonger la conversation.

Prends les choses comme elles viennent, pensa-t-elle. Ne te fais pas de souci. Observe le décor.

« Je reviens tout de suite, annonça Andy en se garant en double file devant l'immeuble où vivaient May et Dortmunder.

– D'accord », dit Anne-Marie.

Le décor ne bougeait plus, mais elle continua à le regarder : il s'agissait pour l'essentiel de gens mal fagotés qui avançaient d'un air pressé, d'un tas de voitures sales et déglinguées garées le long du trottoir et d'immeubles de brique ou de pierre crasseuse datant d'une centaine d'années.

Vais-je aimer New York ? se demanda-t-elle. Vais-je même rester à New York ? Suis-je en ce moment en train de me laisser impliquer dans un crime, destinée à me faire prendre et à terminer sur Court TV ? Que vais-je mettre pour apparaître sur Court TV ? Rien de ce que j'ai emporté.

C'était une curieuse pensée. La plupart de ses vêtements et de ses possessions étaient restés chez elle, au 127 Sycamore Street, Lancaster, Kansas, une petite maison modeste de deux étages, construite après guerre, recouverte de bardeaux, dressée sur son petit lopin modeste, avec un garage séparé pouvant accueillir une voiture et des pelouses envahies de mauvaises herbes à l'avant et à l'arrière et pas grand-chose en matière de plantations. Anne-Marie et Howard l'avaient achetée quatre ans plus tôt – une tentative vaine parmi tant d'autres pour rafistoler leur mariage – avec un premier versement mini et une hypothèque maxi, ce qui signifiait qu'en l'état actuel des choses, elle appartenait pour quatre-vingt-dix-sept pour cent à la banque, et en ce qui concernait Anne-Marie, tant mieux pour la banque. Tout ce qui se trouvait à l'intérieur également, en particulier le magnétoscope qui n'avait jamais fonctionné correctement. Tout sauf la robe bleu marine à col blanc. Ce serait sympa si la banque pouvait la lui envoyer. Elle conviendrait parfaitement pour Court TV.

Deux cent cinquante miles entre New York et Washington, à un ou deux virages près. Sortie par le Holland Tunnel, et ensuite New Jersey New Jersey New Jersey New Jersey Del Maryland Maryland Baltimore Baltimore Baltimore Baltimore, déjeuner Maryland, banlieue Washington banlieue Washington banlieue Washington, et maintenant, c'était le tour d'Anne-Marie de jouer le pilote du port qui allait les accompagner jusqu'au quai.

Ils avaient roulé sur deux sortes d'autoroutes. L'autoroute de campagne, avec de vertes collines ondulantes et des arbres feuillus et un terre-plein d'herbe pour séparer les trois voies allant vers le nord des trois voies allant vers le sud, tout ça extrêmement joli à regarder, mais toujours extrêmement joli de la même manière, et ces putains de collines vertes qui étaient absolument identiques chaque fois qu'on les regardait. Et l'autoroute citadine, avec des voies plus étroites, pas de terre-plein médian, beaucoup de camionnettes de livraison et de pick-up, beaucoup de bretelles de sortie et beaucoup de panneaux de signalisation et une route dessinée comme une montagne russe, qui dominait taudis et usines, serpentait à l'intérieur de murs de ciment, et dépassait de grands immeubles de brique couverts de suie avec des horloges encastrées en haut des façades qui n'indiquaient jamais l'heure exacte.

« Suitland ? » Sur le siège arrière, John et May avaient regardé des cartes routières, juste pour s'amuser, mais soudain May leva les yeux et les posa sur le paysage, et demanda : « Il y a un endroit qui s'appelle Suitland, à côté de Washington ?

– Bien sûr, confirma Anne-Marie. C'est tout près, pas loin de District Heights.

– Tout devrait s'appeler Suitland, dit John.

– On va dans cette direction-là ? s'enquit May.

– Non, répondit Anne-Marie, on va prendre la Beltway dans l'autre sens et traverser Bethesda. »

Andy, qui conduisait avec la désinvolture de qui se moque complètement de ramasser une éraflure ou deux, demanda : « Je suis sur la Beltway ou à l'intérieur ou quoi ?

– Tu es sur la Beltway. Tu vas bientôt traverser la rivière et ensuite, tu tourneras à ...

– Quelle rivière ? » demanda Andy.

Étonnée, Anne-Marie précisa : « Le Potomac.

– Ah oui, le Potomac.

– J'en ai entendu parler, intervint John, depuis l'arrière.

– Je vais vous faire entrer dans la ville par le sud, expliqua Anne-Marie. C'est la manière la plus rapide d'accéder au quartier du Watergate. Nous allons traverser deux fois le Potomac.

– Andy, il faudra que tu présentes cette jeune dame à Stan Murch, dit Dortmunder.

– J'y pensais justement. » Voyant Anne-Marie hausser les sourcils, Andy lui précisa : « C'est un de nos amis qui s'intéresse tout spécialement à la façon d'aller du point A au point B.

– Ce n'est pas le cas de tout le monde ?

– Disons que Stan pousse ce souci à l'extrême, dit Andy. Bon, c'est ça, ta rivière ?

– Oui. Tu dois prendre la sortie du George Washington Memorial Parkway.

– Le George Washington Memorial Parkway ? Dis-moi, ils n'y vont pas de main morte, dans le coin.

– Tu n'y feras plus attention au bout d'un moment. Mais je reconnais que c'est un peu comme si on vivait sur un char dans un défilé du 4 Juillet. Tiens, voilà notre sortie. »

Il y avait beaucoup de circulation. Comme c'était un samedi, des touristes essentiellement, avec des plaques minéralogiques de tous les États, fixées à des voitures qui ne savaient absolument pas où elles allaient. Andy esquiva et contourna tout ça, faisant sursauter les conducteurs qui essayaient de lire leur carte sans changer de file, et Anne-Marie lui dit : « Maintenant, tu prends le pont Francis Scott Key.

– Tu me fais marcher !

– Non, pas du tout. Voici le panneau. Tu vois ? »

Andy fonça, et ils retraversèrent le Potomac, direction nord cette fois, la ville de Washington s'étendant sous leurs yeux comme une maquette presque grandeur nature d'elle-même, comme si on en était encore au stade du projet d'urbanisme et qu'ils pouvaient encore décider de ne pas poursuivre les travaux.

À partir de là, ce fut l'imprévu. « Route 29, l'autoroute Whitehurst.

– Qui était Whitehurst ? demanda Andy en tournant.

– Le président qui a succédé à Grover. Reste sur la 29 ! Ne prends aucune des autres ! Et surtout pas la 66 !

– Ça pourrait être amusant, la route 66.

– Pas cette fois. La 66 passe *en dessous* du Watergate. Ne prends pas non plus la 25e Rue, elle n'est pas dans le bon sens, il te faut la prochaine, ici, la 24e Rue.

– Je pensais que ça se suivait, dit Andy.

– Pas toujours. » Elle surveilla Andy pendant qu'il tournait et ajouta : « La rue qui fait un angle, là, New Hampshire, c'est la bonne.

– Si tu le dis. »

Ils durent s'arrêter à un feu et Andy lut les noms des rues sur les plaques. « Ça, c'est la rue Un ?

– Non, la rue I. C'est une lettre. Toutes les rues orientées nord-sud portent des numéros, et les rues est-ouest, des lettres.

– On est dans New Hampshire, maintenant. Qu'est-ce que c'est ?

– Un bâton dans les roues. »

Andy opina de la tête. « Je suppose que ça a un sens, d'une certaine façon. » Le feu passa au vert et la voiture croisa I, puis H. « Je m'attendais à J, dit Andy.

– Tourne à droite dans Virginia.

– Un autre bâton dans les roues ?

– Pas les mêmes roues.

– Un de ces jours, suggéra Andy en s'arrêtant à un autre feu, il faudra que tu m'expliques.

– Tu peux tourner à droite quand c'est rouge, à Washington, dit-elle alors que le feu passait au vert. Au vert aussi, d'ailleurs. »

Andy tourna et marmonna : « Tout de même, j'ai un peu l'impression de tourner en rond.

– Ce n'est pas faux. Tiens, voilà le Watergate, là, juste en face. Tu crois que tu peux y aller ?

– Ben, ça dépend si tous ces gens tiennent beaucoup à leur voiture. »

Heureusement, ils y tenaient tous.

Un quart d'heure plus tard, on frappa à la porte d'Anne-Marie. C'était une très belle chambre, la plus belle chambre d'hôtel qu'elle eût jamais vue, au cinquième étage de l'hôtel Watergate, avec des plantes en pot de part et d'autre de la porte vitrée qui donnait sur le balcon et un magnifique panorama sur le Potomac, jusqu'à la Virginie sur l'autre rive. Elle s'arracha à la contemplation de la vue pour aller ouvrir et fit entrer Andy. Il les avait laissés devant l'hôtel et était parti « s'occuper de la voiture », et voilà qu'il était de retour. « Tout est en ordre », annonça-t-il en entrant.

Elle referma la porte. « Qu'as-tu fait de cette voiture ?

– Eh bien, j'ai continué à rouler, dit-il en allant vers le lit où le garçon d'étage avait posé son vieux sac de toile, puis je suis arrivé devant un stop, et je me suis arrêté.

– Et après ?

– Après, je suis revenu ici », conclut-il en ouvrant la fermeture à glissière du sac.

Elle contourna le lit pour lui faire face. « Tu as laissé la voiture à un stop ? Tu es simplement descendu et tu l'as plantée là ?

– Oui, mais d'abord, j'ai essuyé le volant. » Les autres, avant de quitter le bord, avaient également frotté partout où ils auraient pu laisser des empreintes.

Anne-Marie le dévisagea, éberluée. « Mais... pourquoi ? Pourquoi provoquer un encombrement ?

– Tu sais, je me sens un peu responsable vis-à-vis de ce médecin.

– Là, je ne te suis plus », admit Anne-Marie.

Andy lui donna des explications tout en se changeant.

« Bon, disons que j'ai trouvé une place où la garer et que je l'ai abandonnée.

– Il n'y a pas de places où se garer à Washington.

– C'est un autre point de vue. Mais disons que si j'en avais trouvé une, les flics auraient pu mettre plusieurs semaines avant de repérer la voiture, et le médecin ne l'aurait pas récupérée. Tandis que comme ça, les flics ont déjà pris connaissance de la situation, ils doivent être à l'instant même en train d'appeler le toubib, et il retrouvera son joli véhicule avant le coucher du soleil. Tu me trouves comment ? »

Andy portait maintenant une chemise blanche à manches courtes, ouverte au col, avec une demi-douzaine de stylos à bille dans un étui blanc dans la poche de poitrine, ainsi qu'un pantalon kaki, des chaussures montantes marron, des lunettes à monture foncée munies de verres fumés amovibles orientés vers son front, et un casque jaune. Il tenait à la main une planchette à pince. De gros gants de protection sortaient à moitié de sa poche droite.

« Différent, déclara Anne-Marie.

– Bon.

– Et maintenant, que va-t-il se passer ?

– Eh bien, May et toi pouvez aller vous promener, faire les boutiques ou ce que vous voulez, trouver un endroit pour dîner, ce genre de chose. Pendant ce temps, John et moi allons inspecter les lieux, expliqua Andy en agitant la planchette et en se dirigeant vers le téléphone. C'est quoi, le numéro de cette chambre ? »

33

Le Watergate est un complexe, pas un mais six immeubles, tous de forme bizarre et disséminés au hasard sur un morceau de terrain triangulaire proche du Kennedy Center, flanqué par le Potomac à l'ouest, Virginia Avenue au nord-est et New Hampshire Avenue (en face de l'ambassade d'Arabie Saoudite, gigantesque boîte à outils grise) au sud-est. Le bâtiment en forme de béret à l'apex du triangle est Watergate Est, un immeuble en copropriété répondant à deux adresses, Watergate Est, Nord et Watergate Est, Sud ; qu'il ne faudrait pas confondre avec Watergate Sud, bâtiment en forme de boomerang, également une copropriété, qui se trouve derrière Watergate Est, Sud. Le dernier immeuble en copropriété est un trapézoïde évoquant un bateau, à l'angle que forment Virginia Avenue et la rivière, baptisé Watergate Ouest dans un appréciable élan de créativité.

Ce n'est pas tout. Désolé, mais ce n'est pas tout. Il y a également deux immeubles de bureaux, célèbres sous l'administration Nixon. (Le siège du comité national du Parti démocrate a déménagé depuis lors.) Ces deux bâtiments s'appellent Watergate 600 et Watergate 2600, et derrière le second se trouve le Watergate Hotel, 235 chambres. Et avant d'oublier, il y a aussi le Watergate Mall, niché derrière Watergate Est, paradis du shopping. Et pour finir, il y a un bassin d'ornement au milieu du complexe (probablement baptisé Bassin Watergate), entouré du genre de paysage artificiel qui sévit habituellement sur les maquettes de chemins de fer, du coton imprégné d'encre verte pour faire les arbres, des trucs comme ça.

Le complexe est à la fois ouvert et fermé, la galerie marchande étant accessible aux piétons (tous des acheteurs en puissance), les immeubles de bureaux et l'hôtel bénéficiant de la sécurité minimale habituelle, et les immeubles d'appartements étant protégés par des gardiens, hommes et femmes, en blazer bleu, assis derrière un comptoir dans le hall, qui appuient sur un bouton pour laisser entrer les visiteurs acceptables, et selon toute probabilité, refouler les non présentables.

C'est dans Watergate Est, Nord, que TUI entretenait au quatrième étage un appartement comprenant deux chambres et deux salles de bains, où Max Fairbanks devait passer les nuits de dimanche et lundi, étant appelé à comparaître devant une commission du Congrès le lundi après-midi. Et c'était là, dans cet appartement, que John Dortmunder avait fermement l'intention de le débusquer et de lui reprendre certaine bague.

— —

Dimanche après-midi. Dortmunder et Kelp, invisibles sous leurs combinaisons d'ingénieurs, rodaient dans le complexe, prenant des notes sur leur planche à pince et saluant les agents de sécurité qu'ils croisaient en portant leur stylo à leur tempe. (La première fois qu'il procéda ainsi, Dortmunder mit le stylo dans le mauvais sens, mais ensuite, cela s'arrangea.)

À force de marauder et de patrouiller, ils découvrirent le garage sur deux niveaux qui se trouvait sous les appartements et constatèrent que, là aussi, l'accès aux ascenseurs était contrôlé par le personnel de l'immeuble, mais d'une façon très relâchée. Puis ils découvrirent la rampe d'accès des camions qui descendait au sous-sol et ressortait par l'arrière du bâtiment, permettant d'assurer les livraisons des boutiques de la galerie marchande. N'importe qui pouvait circuler entre la rampe des camions et le niveau supérieur du garage en empruntant une porte défendue par une serrure ridicule.

Ils traversèrent la galerie marchande sans être vus par quiconque, et prirent la sortie desservant les promenades qui reliaient tous les bâtiments entre eux. L'hôtel était sur leur droite, et le Bassin Watergate plus loin devant eux. Tout autour, les immeubles étaient lourdement festonnés de balcons permettant de profiter pleinement de la vue sur la rivière, dont les rambardes étaient formées de rangées de barres d'étai verticales en béton blanc, qui à distance ressemblaient à des dents assez conséquentes, si bien que vus d'en bas, les immeubles étaient comme des empilages de mâchoires de requins aux dents pointées vers le haut.

Kelp leva les yeux vers les balcons de Watergate Est, Nord, et dit : « Ça alors. »

Dortmunder en fit autant et dit : « Quoi ?

– Elle n'est plus là.

– Qui ?

– Il y avait une femme, là-haut, penchée au balcon, tout près de l'endroit où nous allons ce soir. Elle ressemblait à Anne-Marie.

– Ce n'est pas possible, objecta Dortmunder. L'hôtel est de l'autre côté.

– Je sais. C'était juste une ressemblance. Enfin, à cette distance...

– Et puis, tu ne la connais pas assez pour être sûr, fit remarquer Dortmunder. C'est une chic fille, non ?

– Je trouve aussi. Bon, si on retournait voir ce garage de plus près ? »

Un peu après trois heures, ils regagnèrent la chambre de Dortmunder. May n'était pas là. « Elles sont peut-être dans ma chambre », suggéra Kelp. Il téléphona et n'obtint pas de réponse. Ils s'assirent donc à la table ronde, à proximité du balcon et de la vue – d'en haut, plus près, les dents ressemblaient au rail de sécurité d'une autoroute – et relurent leurs notes, les différents types de serrures qu'ils avaient rencontrés, les circuits de télévision internes qu'ils avaient repérés, les postes et les rondes du personnel de sécurité. Ils n'avaient évidemment pas de renseignements concernant l'appartement cible et la disposition des lieux, mais c'était pour plus tard, quand ils y entreraient.

Environ quinze minutes après leur arrivée, May et Anne-Marie apparurent, affichant un large sourire, et Kelp demanda : « Alors ? Vous vous êtes bien amusées ?

– Plutôt », répondit Anne-Marie et May posa sur la table ronde, devant eux, un paquet de photos Polaroid.

Kelp en prit une et l'examina. Un couloir incurvé avec des spots ronds au plafond. Papier peint gris à motif sur les murs, portes en bois rutilantes, une espèce de tapis mauve orné environ tous les dix pas d'un gros médaillon compliqué. Un panneau en lettres rouges indiquait la sortie, un peu plus loin, près de la courbe du couloir. « Qu'est-ce que c'est ? demanda Kelp.

– Le couloir qui dessert l'appartement où vous devez aller, expliqua May en pointant l'index. Ici, c'est la porte d'entrée. »

Anne-Marie montra deux autres photos. « Cet appartement est exactement le même que celui où vous allez, mais deux étages plus bas. Le plan est exactement pareil. »

Dortmunder et Kelp regardèrent les photos. Intérieurs, extérieurs, photos de balcons, photos d'ascenseurs. « Mais qu'est-ce que c'est que ça ? demanda Kelp.

– On pensait que ça pourrait aider, risqua May.

– On n'avait rien d'autre à faire, renchérit Anne-Marie, alors autant s'y mettre.

– Alors, c'était bien toi, sur le balcon ?

– Oh, tu m'as vue ? demanda Anne-Marie en souriant. Tu aurais dû me faire un signe. »

Abasourdi, Dortmunder demanda : « May ? Comment as-tu fait ?

– Eh bien, expliqua May, il se trouve que seuls certains agents immobiliers triés sur le volet ont accès à ces appartements, parce que c'est une copropriété. Alors, tous les dimanches après-midi, ils font une visite porte ouverte entre midi et trois heures.

– Maintenant, c'est terminé, précisa Anne-Marie.

– Il suffit d'aller au bureau, en bas, et de s'inscrire...

– J'ai donné mon vrai nom et montré ma carte d'identité, dit Anne-Marie.

– Apparemment, il n'y avait aucun mal à faire ça, dit May. Enfin, au bout de quelques minutes, un agent immobilier se pointe et vous accompagne dans l'ascenseur, et vous raconte ce qui est libre, et vous demande ce que vous recherchez au juste.

– Il y a un monde fou pour cette visite porte ouverte, renchérit Anne-Marie. J'ai dans l'idée que beaucoup d'entre eux habitent déjà l'immeuble, ils veulent juste fouiner chez le voisin.

– Ensuite, quand on en a visité quelques-uns, poursuivit May, on salue l'agent immobilier, merci beaucoup je retrouverai l'ascenseur toute seule, et on se casse. C'est sans problème parce qu'il y a au moins une demi-douzaine de gens à qui elle fait visiter l'endroit en même temps que vous.

– Après quoi, on prend l'escalier, continua Anne-Marie, et on va où l'on veut. Si nous avions su forcer une serrure, nous serions allées dans l'appartement qui vous intéresse, et on aurait tout photographié. »

Dortmunder et Kelp se dévisagèrent, bouche bée. « Si j'avais su, dit Dortmunder, j'y serais allé aussi, j'aurais fait comme elles et je serai entré dans l'appartement, où j'aurais tranquillement attendu que l'autre salopard se pointe.

– Ç'aurait été super, reconnut Kelp.

– C'est trop tard, maintenant, expliqua May. Il est trois heures passé.

– Mais ils font ça tous les dimanches, dit Anne-Marie.

– Dimanche prochain, expliqua Dortmunder, Fairbanks ne sera pas là, et nous non plus. » Il soupira et redressa vaguement les épaules. « Bon, déclara-t-il, ce qui est fait est fait. On peut encore entrer, pas de problème.

– Quand ? demanda Kelp.

– Tôt. S'il n'est pas encore arrivé, on l'attendra. On va dîner de bonne heure tous les quatre, et puis on ira, toi et moi. Neuf heures. On entrera à neuf heures. »

34

Dimanche, vingt et une heures. Max aurait dû être parti depuis longtemps pour Washington, mais il ne tenait pas en place, il avait l'esprit troublé. Tant de choses avaient mal tourné ces derniers temps. Deux cambriolages. La perte de la maison de Carrport. Le surcroît de complications à cause de la faillite, les difficultés qu'il n'avait pas envisagées. Cet inspecteur débile, à New York, qui semblait persuadé que Max avait organisé le cambriolage de ses deux maisons, et qui semblait parfaitement capable de fouiner dans les affaires de Max jusqu'à ce qu'il trouve un truc illégal. Il avait le sentiment qu'un nuage noir planait au-dessus de sa tête, lui brouillant les idées, le déstabilisant.

Vingt et une heures. L'appartement de Hilton Head était sombre et vide, à l'exception de lui-même dans son grand salon, assis sur le canapé profond en toile, juste éclairé par les lampes posées sur deux petites tables, à chaque extrémité. La secrétaire qui était venue l'aider, entre autres choses, à préparer sa déposition pour la commission du Congrès prévue le lendemain était repartie, le laissant seul dans la maison. Dans un bungalow d'invités à un kilomètre de là, un chauffeur anonyme attendait un appel de sa part qui aurait dû intervenir depuis longtemps. Dans l'appartement, la climatisation ronronnait, et derrière l'immense baie vitrée sans rideaux se succédaient la grande véranda, l'alignement régulier des barreaux étroits de la balustrade, et l'Atlantique qui se prolongeait loin vers l'est sous un clair de lune blafard et un ciel noir, avec des scintillements de-ci de-là, sur la surface noire de la mer, comme si de minuscules créatures revêtues d'armures noires se rapprochaient en rampant.

Devant lui, sur la table basse en verre, Le Livre, le *Yi king* était ouvert. Il l'avait lu, piochant au hasard, espérant y trouver une ligne de conduite générale, peu enclin à pousser des portes ouvrant sur sa situation personnelle. Mais pourquoi ? Jusqu'alors, jamais il n'avait eu peur de connaître son destin. Ce destin, à considérer qu'il en eût encore un, n'était plus qu'un bonus de toute manière, un petit cadeau du maître de maison, un supplément de dessert, de longues et délicieuses heures supplémentaires succédant au bref et rude parcours qu'il était censé avoir connu jusqu'à ce jour. Aussi, pourquoi avait-il peur, à présent ?

Je n'ai pas peur, décida-t-il en prenant les trois pièces d'un *cent* qui rutilaient sur la table basse, et six lancés sonores plus tard – quel tintamarre, les pièces de cuivre sur le verre ! – il obtint sa solution présente, ce moment de sa vie, et Tui apparut ! Son trigramme Joyeux, dans la moitié supérieure de l'hexagramme, avec l'unique ligne mobile à la base, le neuf en maison quatre. Le trigramme inférieur était Chên, le Réveil, Tonnerre, et le nombre de l'hexagramme était 17, et son nom, Suivant.

Suivant ? Max ne s'était jamais vu en position de suivre, ni considéré comme un suiveur. Cela pouvait-il désigner ceux qui suivaient Max ? Et si tel était le cas, était-ce un bien ou un mal ? Le suiveur pouvait-il être l'inspecteur de New York, Klematsky ? Ou ce cambrioleur minable ? Ou encore cet enfoiré de juge de faillite, flairant ses traces ?

Max se pencha sur Le Livre et étudia les mots. Suivre, le Jugement : « Suivre connaît le succès total. La persévérance fait avancer. Pas de blâme. »

Oui, oui, il connaissait suffisamment Le Livre désormais pour compléter les mots qu'il avait l'habitude d'éluder. Ce que le jugement voulait dire, c'est que Max n'encourrait aucun blâme s'il persévérait, mais dans cette situation (peu importait laquelle), la persévérance était liée au concept de suivre, et il ne pourrait réussir qu'en comprenant le lien unissant les deux.

Peut-être l'Image allait-elle clarifier les choses :

L'Image

Tonnerre au milieu du lac :
L'image de SUIVRE.
Alors l'homme supérieur, à la tombée de la nuit,
Rentre à l'intérieur pour se reposer et récupérer.

Hum, hum. Le Livre parlait souvent de l'homme supérieur et Max en déduisait naturellement que c'était toujours de lui qu'il parlait. Quand il disait que l'homme supérieur est attentif, Max était attentif. Quand il disait que l'homme supérieur avance hardiment, Max avançait hardiment. Mais maintenant, voilà que l'homme supérieur rentre ? À la tombée de la nuit ? C'était la tombée de la nuit, et il était à l'intérieur.

Max poursuivit sa lecture. Les indications données par les éditeurs du livre, parfois fort utiles, lui semblaient à présent réductrices. Suivre et son image signifiaient simplement que dans la vie, une période succède à une autre, voilà ce qu'ils suggéraient, et quand arrivait le moment d'arrêter de travailler et de prendre un peu de repos, l'homme supérieur arrêtait de travailler et prenait un peu de repos. Mais Max se trouvait à Hilton Head, où il s'était ébattu de belle manière avec une secrétaire consentante. Avait-il besoin qu'on lui conseille maintenant d'arrêter de travailler et de prendre un peu de repos ?

Ou est-ce que Le Livre désignait simplement sa situation présente, comme une carte affichée dans un lieu public avec une flèche flanquée d'une bulle VOUS ÊTES ICI ? Si c'était le cas, la ligne mobile prenait alors tout le sens. Neuf en quatrième position :

> Suivre crée la réussite.
> Persévérance est mère d'infortune.
> Poursuivre son chemin avec sincérité apporte la lumière.
> Comment peut-il y avoir là un blâme ?

Oh, allons ! Franchement, qu'est-ce que tout ça voulait dire ?

Il y a encore une minute, la persévérance faisait avancer. Et maintenant, à en croire les éditeurs, il faut comprendre que Max devrait suivre les flatteurs, ce qui n'était vraiment pas son problème.

Dans une autre partie du Livre, on développait un peu plus le sens de ces vers en les citant partiellement et en les interprétant :

> « Suivre crée la réussite » : ceci annonce l'infortune
> « Persévérer avec sincérité » : ceci produit des actes clairvoyants.

Et comment les éditeurs s'accommodent-ils de ceci : la réussite égale l'infortune ? Max lut et réfléchit, et commença à entrevoir ce qu'ils signifiaient, et ça ne lui plut pas du tout.

Ce que Le Livre lui disait, c'est qu'il avait réussi à se faire suivre par quelqu'un et qu'il ne voulait pas que cette personne le suive. Le vers est mal placé. Il y a du danger à être suivi de cette façon, un tas d'ennuis en perspective, et la seule manière de les éviter est d'être clairvoyant. De voir clairement le suiveur.

Qui ? L'inspecteur Klematsky sautait aux yeux. Max allait-il devoir exercer quelques pressions auprès de la police de New York, faire remplacer Klematsky par une créature moins démente ? Ou cela allait-il provoquer encore plus d'ennuis ? Et si le suiveur n'était pas Klematsky, après tout, mais plutôt le juge de faillite, Mainman, par exemple ?

Comment pouvait-il voir clairement le suiveur s'il ne le connaissait pas ? Max s'était senti harcelé, et maintenant, il savait pourquoi. Quelqu'un le suivait à la trace, il le sentait. Mais qui ?

Je manque d'informations, décida-t-il, et il lança les pièces une nouvelle fois. On pouvait approcher Le Livre deux ou trois fois de suite de cette manière, avant que les informations deviennent du charabia. Et cette fois il obtint, attendez une minute, encore Tui, son propre trigramme, mais là, il se trouvait en bas de l'hexagramme. Et là encore, l'autre trigramme était Chên, le Réveil, Tonnerre, mais placé en haut. La figure précédente était revenue inversée, avec de nouveau une seule ligne mobile, et le neuf en deuxième position.

Le nombre de l'hexagramme était 54, et son nom était la Jeune Épousée. Max sentit un frisson lui parcourir l'échine et envisagea d'éteindre la climatisation.

La Jeune Épousée. Jusqu'alors, il n'avait jamais obtenu cet hexagramme, bien qu'il l'ait rencontré plusieurs fois en parcourant Le Livre, ait constaté qu'il était fort déplaisant, et se soit toujours réjoui de n'être pas tombé sur le 54.

Mais voilà que cela arrivait. Hexagramme 54, qu'êtes-vous ?

Le Jugement

LA JEUNE ÉPOUSÉE
Les entreprises apportent l'infortune.
Rien qui permette de progresser.

Bonté Divine. C'était une de ses entreprises, quelque chose qu'il avait fait, qui avait provoqué ce gâchis. Mais quoi ? Qu'avait-il fait ? La visite à Carrport ? Était-ce ce maudit juge, finalement ?

Les doigts légèrement tremblants, Max tourna la page pour lire l'image correspondant à l'hexagramme :

L'Image

Tonnerre au-dessus du lac :
L'image de la Jeune Épousée.
Ainsi l'homme supérieur
Comprend ce qui est transitoire
À la lumière de l'éternité finale.

L'éternité finale ! Attends, attends une minute, là. Pourquoi faire intervenir la mort dans tout ça ? Oui, certes, Max s'était toujours moqué de la mort, il avait toujours dit, et cru, puisque bien entendu c'était la vérité, que sa propre vie était un accident, une plaisanterie, une erreur cosmique, qu'il était censé avoir été éliminé il y a fort longtemps, avoir perdu la vie à l'orée de sa jeunesse, mais ça ne signifiait pas, cela ne signifie pas qu'il veut mourir. Qu'est-ce que c'est que cette histoire, soudain ?

Quel avertissement est-on en train de lui lancer, au juste ? Est-il réellement poursuivi par un assassin ? Est-ce qu'un ennemi – et ça, des ennemis, il y en a, mon Dieu, il y en a – aurait engagé un tueur pour l'éliminer ? Mais nous sommes entre hommes d'affaires, n'est-ce pas ? Nous sommes tous des gens rationnels. Nos armes de prédilection sont des avocats et des experts-comptables, pas des assassins. N'empêche, serait-il possible que quelqu'un ait pété les plombs, que quelqu'un ait perdu la tête, *y a-t-il un meurtrier à mes trousses* ?

Cette fenêtre devant lui, vue noire sur l'océan noir, est terriblement exposée. Il est lui-même terriblement exposé, ici même, sous le double halo des lampes qui flanquent le canapé tels deux canons de fusil faisant feu en même temps.

Quelle image ! Max rentra la tête dans les épaules, cligna des yeux en essayant de se concentrer sur la page du Livre, essaya de lire les commentaires des éditeurs, essaya de trouver le point faible.

Vraiment difficile de se concentrer, de lire. Et qu'est-ce que c'est que ce charabia ? On dirait vraiment du chinois. Ce qu'ils disent, ces éditeurs qui parlent d'or, ils disent que la terrifiante image de l'homme supérieur comprenant ce qui est transitoire à la lumière de l'éternité finale, ils disent que cela signifie simplement une chose : les amis devraient éviter les malentendus qui risquent de compromettre leurs bonnes relations.

Oh, par pitié. Comment peuvent-ils dire une chose pareille ? Max lut et relut, le temps passa, il tourna les pages dans un sens, puis dans l'autre, et finit par retrouver son calme, assez pour comprendre que l'hexagramme de la Jeune Épousée désignait littéralement et simplement comment une jeune mariée peut s'adapter à son nouveau foyer, les difficultés et inconvénients d'être une femme de rang inférieur dans la hiérarchie d'une famille chinoise.

Cependant, même si tel était le sens littéral de ce qu'il venait de lire, toute l'astuce, avec le *Yi king*, consistait à adapter l'imagerie de ses hexagrammes aux particularités de la vie de chacun. Max Fairbanks n'était pas une jeune épousée effarouchée sous la coupe de sa belle-mère. Par conséquent, quel pouvait être le sens ? D'une certaine manière, il avait entamé une relation avec quelqu'un de la même manière qu'une jeune mariée entame une relation avec sa nouvelle belle-famille, situation porteuse de danger. Une fois qu'elle a accepté la bague...

Oh, non. Ce n'est pas possible.

Les yeux écarquillés, Max regarda Le Livre, regarda les pièces, regarda la fenêtre, qui s'était opacifiée à cause de l'humidité croissante, dehors, due au brouillard, et ce qu'il vit était sa propre personne abasourdie, tassée sur le canapé.

Le cambriolage du N-Joy.

Il est retourné à la maison de Carrport.

Il sait où je suis. Évidemment, bien sûr qu'il le sait, tout le monde le sait, même les journaux savent où je suis. Et il me suit partout parce qu'il veut sa bague.

Il ne l'aura pas. Max contempla la bague qui lui clignait de l'œil, étincelante à son doigt. Elle était si confortable, si chaude, tellement à sa place. Ceci est *mon* trigramme !

L'appartement du Watergate. C'est là qu'il m'attend, prochaine étape.

Bon, je peux encore me tromper, se dit-il pour s'apaiser. Ce pourrait aussi être autre chose, n'importe quoi. La réponse n'est pas complète, je n'ai pas encore consulté la ligne mobile, et le neuf en deuxième position. Ça pourrait tout changer.

Max tourna la page. Il se pencha sur Le Livre. Il lut et relut les deux phrases puis il regarda son reflet dans la vitre.

Ça le concerne. Le Livre a recommencé, et je ne peux pas discuter. D'abord il m'a décrit, tel que je suis en ce moment. Puis il a décrit la situation qui se rapprochait de moi. Puis il a désigné la personne responsable de cette situation. Et maintenant, il dit ce que cette personne est en train de faire :

> Neuf en deuxième position signifie :
> Un borgne capable de voir.
> La persévérance d'un solitaire permet de progresser.

Il est après moi.

35

« John ! Pssst ! John, réveille-toi ! Pssst ! John !

– Je suis réveillé, ça va, je suis réveillé », grommela John, et il ouvrit les yeux sur une chambre sans couleur et à peine éclairée.

Penché sur lui, Andy le secouait par l'épaule. « Tu t'étais endormi, John.

– Qu'est-ce qui te permet de le croire ? » Dortmunder s'assit et posa les pieds par terre en regardant autour de lui. C'était un grand lit avec un grand couvre-lit très doux. Ses chaussures étaient sur la moquette mordorée. Cette chambre aurait pu se trouver dans la maison de Carrport. « Quelle heure est-il ?

– Cinq heures moins le quart. Il ne viendra pas, John.

– Bien sûr qu'il va venir. Il doit parler devant le Congrès demain. Aujourd'hui. On ne pose pas de lapin au Congrès.

– Il ne va pas venir ici à cinq heures moins le quart du matin, John. Tu veux une tasse de café ?

– Oui.

– Tu veux un petit déjeuner ?

– Oui. »

Andy s'éloigna enfin. Dortmunder se leva en émettant force craquements et se dirigea vers la salle de bains où il y avait une brosse à dents neuve dans l'armoire à pharmacie, à côté d'un tas d'autres bricoles utiles et agréables.

Ça, c'était un appart. Deux vastes chambres, assortie chacune d'une vraie salle de bains, plus un immense salon, une chouette cuisine équipée, une salle à manger assez petite, et un cabinet de toilette donnant sur le couloir, entre le salon et les chambres. Le salon ouvrait sur un des balcons pleins de dents de béton avec vue sur les collines de Virginie, de l'autre côté de la rivière. Dans l'ensemble, la décoration ressemblait à la décoration inoffensive de Carrport, à cette différence que celle-ci était beaucoup plus pratique et minimaliste, sans les antiquités et jolis bibelots qui pourraient tenir si facilement dans la poche d'un passant. Il n'y avait rien de bon à piquer ici, à dire vrai. À moins de se sentir d'humeur à arpenter les couloirs avec un téléviseur dans les bras, ce qui ne leur disait rien du tout, on risquait de quitter ce lieu en restant quelque peu sur sa faim.

En entrant, ils avaient trouvé toutes les lampes allumées, rhéostat en position basse, aussi les avaient-ils laissées telles quelles. Cela facilitait les déplacements dans la pièce et Fairbanks n'aurait pas de surprise en arrivant. Sinon que ce fils de pute n'arrivait pas.

Dans la salle à manger, également éclairée en sourdine, Andy avait disposé une appétissante sélection au bout de la table : toasts, confiture, beurre, jus d'orange, lait et café. « Ça a l'air bon, reconnut Dortmunder en s'asseyant.

– Il y avait des Cheerios, mais ils étaient pleins de petites bestioles.

– Pas question.

– Je me suis dit, s'il y a une chose dont on n'a pas envie, c'est de manger des aliments qui marchent. »

La bouche pleine de toast, beurre et confiture, Dortmunder lâcha : « Je me demande où peut bien être Fairbanks. »

Andy le dévisagea. « Quoi ? »

Dortmunder continua à mastiquer, assez longuement, et fit passer toast et compagnie avec du café. « Fairbanks.

– Je me demande où il peut bien être, dit Andy.

– Moi aussi.

– Ce type, il était pourtant supposé avoir des heures aussi régulières qu'un mec bourré de céréales au son.

– Ça a commencé à mal tourner quand il a brusquement disparu de notre radar pour le week-end.

– Il sait peut-être que tu es à ses trousses », suggéra Andy en souriant pour montrer qu'il plaisantait.

Pourtant, Dortmunder réfléchit sérieusement à la chose avant de secouer la tête. « Non, pas possible. Il ne peut pas savoir qu'il y a quelqu'un après lui, pas encore. Et même s'il le savait, la dernière fois que nous nous sommes croisés, je n'avais pas une tête à poursuivre quelqu'un.

– Ça, je veux bien te croire », dit Andy. Peut-être eut-il alors un sourire inadmissible, mais Dortmunder ne pouvait en être sûr, l'autre ayant aussitôt dissimulé sa bouche derrière sa tasse de café.

Dortmunder continua à mastiquer son toast, beurre, confiture en réfléchissant à la situation. Il avala un peu de café. « Il y a peut-être quelque chose à la télé », suggéra-t-il.

Andy le regarda avec étonnement. « Tu veux dire, un film ? Tu veux regarder un film ?

– Mais non, quelque chose au sujet de Fairbanks. »

Andy n'avait pas compris. « Pourquoi y aurait-il quelque chose sur Fairbanks à la télévision ?

– Parce que, expliqua Dortmunder, ce type est riche et célèbre, et le Congrès a aussi une certaine notoriété, aussi se peut-il que lorsque l'un va voir l'autre, on en parle à la télévision.

– Ah, j'aurais jamais pensé à ça. Tu as peut-être raison.

– Merci, Andy », proféra Dortmunder d'un air digne.

– Après le petit déjeuner – ils laissèrent leurs assiettes sales sur la table à l'intention de la femme de chambre – ils passèrent au salon où trônait un téléviseur que personne n'envisagerait de transporter dans des couloirs. L'écran gigantesque qui montait presque jusqu'au plafond était aussi grand que dans un cinéma *drive-in*, et tout, à l'image, paraissait gris et granuleux. Pas flou à proprement parler, mais comme s'il s'agissait de la copie d'une copie d'une copie.

À cinq heures trente du matin, on diffusait sur cet écran géant des choses qui avaient probablement l'air moins terrifiantes en dimension normale. Dortmunder et Kelp regardèrent un tas d'émissions avec stupeur, jusqu'au moment où ils découvrirent une chaîne d'informations – pas CNN, une autre – qui annonçait la diffusion dans la matinée des dernières nouvelles concernant les « activités du Congrès », ce qui évoquait irrésistiblement des images de représentants et de sénateurs jouant au volley-ball et au ping-pong. Ainsi s'installèrent-ils pour regarder les créatures géantes qui continuaient à annoncer, sur cet écran géant, les dernières nouvelles des activités du Congrès tout en montrant d'innombrables publicités d'adultes mangeant des confiseries, en alternance avec des images non publicitaires d'adultes se tirant dessus. Il fallut attendre près de quarante minutes avant que la dame blonde aux dents bioniques annonce : « Et maintenant, les dernières nouvelles du Congrès », puis il y eut neuf autres minutes de poses et de bla-bla sans intérêt de la part de membres actifs du Congrès, avant d'arriver enfin au fait :

Max Fairbanks, nabab des médias et président-directeur général du conglomérat de loisirs et d'immobilier Trans-Global Universal Industries, mieux connu sous l'acronyme de TUI, s'exprimera ce matin devant la sous-commission chargée de la réforme de la taxe sur les loisirs. La comparution de M. Fairbanks est prévue à onze heures. On s'attend qu'il explique à une commission bienveillante que l'industrie américaine du film, de la télévision et des multimédias ne sera compétitive sur les marchés internationaux de demain que si l'on supprime une taxe sur les loisirs de luxe datant de la Deuxième Guerre mondiale, et que cette compétitivité s'exercera en produisant des loisirs et des réalisations artistiques de première qualité, production que l'industrie en question serait capable d'assurer, avec une base financière solide, si cette taxe hors de prix était supprimée.

« Tu paries combien que cette chaîne de télé fait partie des trucs qu'il possède ? demanda Andy.
– Pas un sou. »

Bon, et maintenant ? Fairbanks serait-il là cette nuit, oui ou non ? C'est ce qui était prévu, mais d'un autre côté, il était aussi censé être là la nuit dernière. Imaginons qu'il comparaisse à onze heures devant ces membres du Congrès pleins de bienveillance et leur demande de le laisser empocher un peu plus d'argent. Après cela, ne va-t-il pas inviter certains d'entre eux à déjeuner, ou quelque chose comme ça ? À moins qu'ils ne l'invitent à déjeuner, aux frais du contribuable, juste pour aider le pauvre garçon. Ensuite, il n'a rien d'inscrit à son programme jusqu'au lendemain, quand l'un de ses jets privés l'emportera vers Chicago.

Eh bien, ne devrait-il pas passer par l'appartement entre-temps, changer de vêtements, faire une petite sieste, s'éclater un peu, relâcher la pression ; que font donc les présidents-directeurs généraux ?

D'un autre côté, il pourrait aussi rappliquer avec plein de gens que deux visiteurs new-yorkais non armés pourraient fort bien ne pas savoir gérer. Ce serait encore une possibilité.

« En bref, déclara Dortmunder, je refuse de perdre encore une fois ce type.

– Tout à fait d'accord, renchérit Andy.

– Washington est déjà abominable, je ne veux pas avoir à me taper Chicago en plus.

– Absolument.

– Donc nous allons nous planquer et l'attendre, et c'est nous qui allons l'attraper, pas l'inverse.

– Précisément. »

Ce qui signifiait, en fin de compte, qu'ils allaient devoir faire la vaisselle du petit déjeuner. Il fallait remettre l'endroit en état exactement comme ils l'avaient trouvé en arrivant, ce qui impliquait de ne même pas prendre le moindre objet de valeur parmi ceux qu'ils avaient repérés en chemin, car le nouveau plan consistait à s'éloigner tout en gardant un œil sur les lieux. Tôt ou tard, à moins qu'il n'ait radicalement modifié ses projets, Fairbanks allait se pointer, et alors ils rappliqueraient, et l'on verrait comment les choses se présentaient.

Le ménage leur prit une vingtaine de minutes, et quand ce fut terminé, ils ramassèrent une serpillière sous l'évier de la cuisine et allèrent la draper autour d'une des dents du balcon. D'en bas, de l'espace paysagé au rez-de-chaussée, ils pourraient ainsi repérer les fenêtres de Fairbanks. Ils laissèrent également la porte vitrée du balcon entrouverte ce qui allait foutre la climatisation en l'air, suffisamment en tout cas pour que ça se sente. Ainsi, lorsque Fairbanks arriverait, ils seraient en mesure de voir, d'en bas, le moment où l'éclairage allait changer et où la porte du balcon serait refermée. Ils pensaient, en agissant ainsi, que Fairbanks allait mettre la porte ouverte et la serpillière du balcon sur le compte d'un service négligent.

Il était un peu plus de sept heures et, ayant fini le ménage et installé leur petit signal perso, ils s'apprêtaient à décamper quand, au même moment, le téléphone sonna. Ne voulant pas ouvrir la porte du palier pendant que ça sonnait, au cas où quelqu'un passerait par là et risquerait d'être alerté, ils attendirent nerveusement devant la porte, et le téléphone sonna une deuxième, puis, après une pause, une troisième fois, et finalement une voix masculine sans intonation, une de ces voix synthétiques que produisent les ordinateurs, s'éleva : « Vous pouvez laisser votre message maintenant. »

Ce qui arriva. C'était une voix humaine, masculine, appartenant à un jeune assistant appliqué, soucieux de bien faire avec discrétion. « Monsieur Fairbanks, ici Saunders, de la Liaison. Je dois passer ce matin prendre livraison des paquets *pack*, mais on me dit que vous êtes dans l'appartement en ce moment en raison de votre comparution devant le Congrès. Je ne voudrais pas vous déranger, aussi, euh... »

Un silence, pendant que Saunders se demandait quoi faire. Puis il se décida : « Dans ce cas, je passerai vers onze heures, pendant que vous serez au Capitole. Je prendrai livraison des paquets *pack* à cette heure-là, ce sera assez tôt. »

Andy était perplexe. « Paquets *pack* ?

– Ça a peut-être à voir avec Federal Express », suggéra Dortmunder.

Andy leva un sourcil. « Explique-toi.

– Le jour où j'ai eu la bague, elle est arrivée par Federal Express, et elle était dans un *pack*, mais ça s'écrivait autrement, genre PAK. Alors, je me dis qu'il s'agit peut-être d'un paquet Pak pour Federal Express.

– Un paquet Pak de quoi ?

– Comment veux-tu que je sache ?

– On ferait peut-être mieux de jeter un œil. »

Dortmunder considéra la question. « On a le temps », reconnut-il.

Ils ne mirent pas longtemps à trouver ce qu'ils cherchaient. Au bout du salon, à l'opposé du balcon et de sa vue, il y avait une petite alcôve meublée d'un beau bureau ancien en acajou sur lequel trônaient des accessoires sophistiqués, dont deux lampes à globe vert. Il y avait aussi un fauteuil pivotant en cuir noir gentiment rembourré, une corbeille à papiers carrée, en métal doré. À droite, dans le tiroir du bas qui n'était même pas fermé à clé, ils trouvèrent une épaisse enveloppe en papier kraft sur laquelle on avait inscrit, en grosses lettres à l'encre rouge :

PAC

« Eh bien, voilà », dit Andy.

Dortmunder s'approcha pour regarder. « Encore une façon d'écrire pack, remarqua-t-il. Tous ces gens devaient avoir zéro en dictée à l'école.

– Mais non, rétorqua Andy. Tu ne sais pas ce que c'est qu'un Pac ?

– Tu l'écris comment ?

– Comme ceci, expliqua Andy en montrant l'enveloppe. C'est un pot-de-vin légal.

– Un quoi ?

– C'est la façon que les types du Congrès ont imaginée pour toucher des pots-de-vin sans avoir d'ennuis. Bon, supposons que tu veuilles refiler un paquet de fric à un membre du Congrès...

– Pas question.

– D'accord, mais supposons. C'est une hypothèse. Disons que tu as, je ne sais pas, moi, des arbres pour faire du bois de coupe, et que tu as envie d'en abattre quelques-uns mais que ce n'est pas vraiment autorisé, eh bien, si tu refiles un peu d'argent à un mec du Congrès, il va te trouver une combine pour contourner la législation. Seulement, si tu files l'argent comme ça, boum, voilà le fric, il y a de fortes chances qu'il se retrouve en taule et toi, bien embêté. Alors, ils ont inventé ces trucs, les Pacs, les lettres représentent quelque chose...

– On ne peut pas en dire autant des mecs du Congrès...

– Attends une minute, j'essaie de me souvenir...

– Bon, dit Dortmunder, le P doit correspondre à Politique...

– C'est ça ! Political Action Committee, Comité d'action politique, voilà ! Tu donnes l'argent au comité qui le refile au mec du Congrès, et hop, c'est légal.

– Ils le blanchissent, suggéra Dortmunder.

– Exact. Je crois qu'ils ont appris le truc chez les Colombiens.

– Le paquet Pac dont parlait le type sur le répondeur, c'était donc ça.

– Probablement.

– Andy, cela signifierait donc que cette enveloppe est bourrée de fric... ? »

Côte à côte, ils fixèrent l'enveloppe, puis se regardèrent. Et fixèrent de nouveau l'enveloppe. Andy la sortit respectueusement du tiroir et la posa sur le bureau. Dortmunder referma le tiroir. Andy retourna l'enveloppe, écarta les languettes de métal pour dégager le rabat, le souleva et porta l'enveloppe à hauteur de ses yeux pour voir ce qu'il y avait à l'intérieur. « C'est plein d'enveloppes blanches, annonça-t-il.

– Et de quoi sont-elles pleines ? » demanda Dortmunder.

Andy le fixa. Il avait les yeux brillants. « John, dit-il dans un souffle, personne ne m'a jamais donné de pot-de-vin jusqu'à aujourd'hui.

– Les enveloppes, s'il te plaît. »

Andy fit tomber les enveloppes blanches sur le bureau. Elles étaient ventrues, vraiment pleines à ras bord. Chacune portait un acronyme écrit avec la même encre rouge. PACAR, IMPAC, BACPAC, et sept autres. Dix enveloppes en tout.

« Je pense qu'il faut en ouvrir une », proposa Andy.

Dortmunder en palpa une du bout du doigt, tel un pâtissier vérifiant si la pâte a suffisamment levé. « Cinq mille dollars chacune ? Essaies-en une. »

PACAR : cinq mille dollars.

« John, nous avons là cinquante mille dollars. En liquide.

– Bon Dieu ! s'exclama Dortmunder. Quel dommage.

– Quel dommage ? Qu'est-ce qui est dommage ?

– Je viens juste d'y penser, expliqua Dortmunder. Saunders va venir les chercher à onze heures. On est obligés de les laisser là.

– John, il s'agit de cinquante mille !

– Si Saunders arrive et qu'il n'y a plus rien, expliqua Dortmunder, il va appeler les flics. Ou Fairbanks, en tout cas. Et on peut toujours courir, pour ce qui est de revenir ici quand Fairbanks rappliquera.

– John, insista Andy, est-ce qu'on va laisser cinquante mille dollars nous échapper à cause d'une malheureuse bague ?

– Oui.
– Non.
– Andy, tu ne vas pas me faire d'histoires...
– Attends une minute, l'interrompit Andy. Laisse-moi réfléchir.
– C'est ça, réfléchis.
– Nous en avons déjà ouvert deux, d'accord ?
– Il y a d'autres enveloppes neuves, et juste à côté, le stylo rouge qu'ils utilisent. On peut tout remettre comme c'était avant.
– Ce serait une honte, et une pitié, et un gâchis absolu, protesta Andy. Va faire un tour, John, va te distraire pendant que je réfléchis.
– Je ne veux pas risquer de laisser la bague m'échapper.
– Je sais, John. Je n'ai jamais vu quelqu'un d'aussi obsessionnel de ma vie. Tu veux bien me laisser réfléchir un moment ?
– Je voulais juste que tu saches », dit Dortmunder qui se dirigea enfin vers l'autre côté du salon et passa sur le balcon par la porte entrouverte. Il y resta un moment, contemplant la serpillière drapée sur une dent et au-delà, la vue dans le petit matin. C'est-à-dire, à cette heure-là, beaucoup de gens qui couraient dans le paysage verdoyant de ce côté de la rivière. Des gens qui couraient mais pas pour arriver à l'heure quelque part, qui n'allaient nulle part en particulier, et dont la course s'appelait en fait jogging. En ce qui concernait Dortmunder, c'était la plus grande perte d'énergie et de temps qu'on puisse imaginer. Pensez à toutes les autres manières de passer agréablement le temps. Rester assis, pour commencer.
« Ça y est, John. »
Dortmunder regarda du côté d'Andy, qui était assis derrière le bureau, où il y avait maintenant autre chose.

« Ça y est ? Comment, ça y est ?
– Viens voir par ici. »

Dortmunder alla donc voir. Andy avait pris dans un tiroir une feuille de papier à en-tête de TUI, et écrit avec le fameux stylo rouge :

Saunders,
Ma secrétaire s'est occupée du paquet PAC.
Fairbanks

P.S. Emportez cette note.

« Emportez cette note ? s'étonna Dortmunder.
– Ben, il ne peut pas la laisser ici.
– Il ne va pas trouver ça bizarre ?
– Bizarre ? » Andy n'avait pas l'air de comprendre. « Pourquoi un type comme Saunders irait trouver que quelque chose est bizarre ? C'est un jeune assistant, il n'est pas payé pour trouver les choses bizarres mais pour faire ce qu'on lui dit. D'accord, si je lui demandais de brûler cette note, ce serait trop. Mais je lui dis, " Emportez cette note ", ce qui implique juste d'emporter un bout de papier. John, c'est le genre de chose que Saunders est payé pour faire. »

Dortmunder examina le mot. Le sourcil froncé, il regarda la grosse enveloppe beige qui contenait de nouveau ses dix petites enveloppes pleines de liquide. « Ça pourrait marcher, reconnut-il.
– Bien sûr, que ça pourrait marcher, John. Qu'est-ce qu'on risque, au pire ? On reste dans les parages en attendant que les flics rappliquent et repartent. Et puis, il faut le prendre, ce risque, tu le sais très bien. On ne peut pas laisser cet argent ici. »

Dortmunder réfléchit à la question, haussa les épaules et dit : « Tu as raison. Il faut courir un risque, de temps en temps.
– Ça, c'est parler », affirma Andy, qui se leva, l'enveloppe en papier kraft sous le bras.

Les deux femmes étaient dans la chambre de May, aussi est-ce là que Dortmunder et Andy dirigèrent leurs pas. Quand ils entrèrent, elles étaient habillées et regardaient *Today* à la télévision. Les visages qu'elles tournèrent vers Andy et Dortmunder affichaient un mélange d'expectative et de soulagement. Regardant la main de Dortmunder, May constata : « Tu ne l'as pas eue.

– Il n'est pas venu.

– Mais nous avons un plan », précisa Andy. Puis, laissant tomber l'enveloppe sur le lit, il ajouta : « Et nous avons fait un peu de bénéfice. Il y a cinquante mille dollars là-dedans.

– Ça signifie bien ce que je pense ? demanda Anne-Marie.

– C'est de l'argent du Pac », expliqua Andy.

Apparemment, Anne-Marie savait de quoi il retournait, car elle fut prise d'une rafale de fou rire. « Enfin, dit-elle une fois calmée, la théorie de l'arroseur arrosé commence à fonctionner.

– Raconte-nous tout, John », demanda May.

Ce qu'il fit, interrompu par les extrapolations d'Andy et les questions d'Anne-Marie. Ayant fini, il annonça : « Donc, nous restons ici encore une nuit, et *ce soir*, je rencontre enfin Max Fairbanks et je récupère ma bague. Mais pour mettre toutes les chances de notre côté, je crois que je vais appeler Wally.

– Qui, Wally Knurr ? demanda Andy, qui précisa à l'intention d'Anne-Marie : c'est notre informaticien, il a accès à tout. » Se tournant vers Dortmunder, il ajouta : « Pourquoi donc ?

– Fairbanks aurait dû être dans l'appartement hier soir, et il n'y était pas. Je suppose qu'il va parler devant le Congrès ce matin, mais que va-t-il faire d'autre, je n'en suis plus si sûr. Et puis, il y a eu ce trou soudain dans son programme de week-end. Je me demande ce qu'il a en tête. Que se passe-t-il ? Je sens que quelques précisions de la part de Wally ne feraient pas de mal. » Il jeta un coup d'œil au réveil sur la table de chevet. « Il est 8 h 7, c'est trop tôt pour appeler ?

– Ils se lèvent tôt, là-bas, à Dudson Center », lui assura Andy.

Dortmunder appela donc, et pour commencer, il dut échanger quelques propos civils avec Myrtle Street, la compagne de Wally, ce dont il se sortit plutôt bien, puis Wally prit l'appareil et s'écria : « John ! Justement, je cherchais à te joindre ! » Il semblait tout essoufflé, ou plus essoufflé que d'habitude.

« Merde, dit Dortmunder. Je le savais. Qu'est-ce qui a foiré, Wally ?

– Je ne sais pas quoi, mais il s'est certainement passé quelque chose. Fairbanks a fait passer un message comme quoi il n'y aurait désormais plus d'informations concernant ses déplacements. Si les gens veulent le joindre, ils doivent le contacter par le truchement du siège social de sa société à Wilmington, dans le Delaware, un endroit où il n'a jamais mis les pieds, pas même le jour où l'on a posé la première pierre.

– Nom d'un chien ! s'exclama Dortmunder. Pourquoi fait-il ça ?

– Je n'en sais vraiment rien, John, je regrette. Je sais qu'il envisage toujours d'assister à ses deux réunions de travail à Chicago, mais je n'arrive à savoir ni où il va descendre, ni quand il arrivera ni quand il repartira. Ensuite, il sera certainement en Australie aux dates prévues...

– Ça me fait une belle jambe.

– Je sais, John. La seule date sur laquelle il ait accepté de se prononcer est lundi prochain, dans une semaine, où il sera à Las Vegas.

– Donc, pas de changement pour Las Vegas ?

– Pour le moment en tout cas, dit Wally. Il passera deux nuits, lundi et mardi de la semaine prochaine, au Gaiety Hotel, Battle-Lake et Casino, en rentrant d'Australie.

– Sauf s'il change encore d'avis.

– Je suis désolé, John. Je sais que je t'avais garanti de pouvoir le suivre à la trace. C'est très inhabituel de la part de Max Fairbanks. Il a peut-être le fisc au cul, quelque chose comme ça.

– Il a quelqu'un au cul, ne t'inquiète pas pour ça, dit Dortmunder. Bon, merci Wally. Et s'il y a des changements...

– Oh, je vous préviendrai tout de suite, toi ou Andy. Probablement Andy, il a un répondeur.

– D'accord.

– Dis-lui qu'il y a au moins quatre messages de moi qui l'attendent sur son appareil.

– Au sujet de la conversation que nous avons en ce moment ?

– Exactement.

– Je vais lui dire, promit Dortmunder qui oublia aussitôt. À bientôt, Wally. »

Quand il eut raccroché, les autres voulurent connaître la teneur de l'autre moitié de la conversation, celle qu'ils n'avaient pas entendue, et Dortmunder leur répéta les mauvaises nouvelles de Wally, et Andy déclara : « Donc, ce n'est pas cette fois que nous mettrons la main sur cette bague. Je suis désolé, John. Pas ce coup-ci.

– Et merde ! s'exclama Dortmunder. On se tape tout ce chemin et qu'est-ce qu'on récolte ? Cinquante malheureux milliers de dollars ! »

36

Allez savoir pourquoi, cette fois, quand Max raconta l'histoire, elle lui parut moins drôle. C'était peut-être la faute de son auditoire.

En tout cas, on pouvait le penser. Le public de Max pour le récit du vol de la bague du voleur se réduisait à une personne : Earl Radburn, chef de la sécurité de TUI, l'homme dont la mission consistait à s'assurer que personne ne vole quoi que ce soit dans le domaine souverain de TUI, sur le fief de Max Fairbanks. En racontant pour la énième fois son anecdote, Max ne put s'empêcher de sentir que d'une certaine manière, cet homme le désapprouvait.

Eh bien, c'était comme ça. Qui était le patron, après tout ? Si Earl Radburn n'est pas capable de saisir l'humour de la chose, tant pis pour lui.

D'ailleurs, Earl n'était pas réputé pour son sens de l'humour. Ancien Marine d'une cinquantaine d'années, compact et tout en muscles, il bombait la poitrine et marchait – ou plutôt se pavanait – comme un pigeon ramier, avait une moustache beigeasse en brosse à dents et des cheveux raides d'une couleur orangée, taillés tellement ras sur son crâne bronzé qu'on aurait dit un paillasson. Ses vêtements, généralement dans les teintes marron, étaient toujours propres, repassés, amidonnés et portés comme une combinaison d'aluminium. S'il avait une vie de famille, personne ne le savait, et s'il avait un regret dans l'existence, c'était probablement que son emploi ne soit pas assorti du droit de tuer.

Ayant quitté Washington immédiatement après une comparution plutôt positive devant le Congrès – non mais, quel culot, ce gouvernement, aller taxer d'honnêtes citoyens ! –, Max s'était fait conduire sur les autoroutes construites jadis par un autre gouvernement jusqu'au siège de sa société à Wilmington, Delaware, ayant sélectionné l'endroit parce que chacun savait qu'il n'y mettait jamais les pieds, n'y avait jamais mis les pieds. En fait, ce fut plutôt une agréable surprise d'avoir pour la première fois sous les yeux le parc industriel qui cernait le bâtiment principal trapu, la façade couverte de vitres, le tout d'une architecture franchement moderne. En chemin, il avait appelé Earl Radburn à son bureau de New York, et Earl était venu à sa rencontre.

Ils étaient maintenant seuls dans la salle de conférences lumineuse et bien aérée, donnant par de grandes fenêtres sur une pelouse aussi nette qu'un parcours de golf, installés dans des canapés moelleux, à boire de l'eau minérale gazeuse, avec la perspective pour Max d'avoir en Earl un auditeur aussi stimulant qu'une tête sculptée de l'île de Pâques. Il n'empêche, c'était à lui, maintenant, qu'il fallait raconter la blague du vol de la bague du voleur.

Ayant terminé, et Earl n'ayant eu absolument aucune réaction, Max ajouta : « Et voilà. C'est ce qui s'est passé.

– Bien, monsieur », répondit Earl, sa manière de reconnaître qu'il avait stocké l'information qu'on venait de lui transmettre, et se tenait prêt à en recevoir davantage. En d'autres termes, et ensuite ?

Aussi Max poursuivit-il. « Avant que la police locale ait pu ramener l'individu au commissariat, il s'est échappé. »

La lèvre supérieure d'Earl s'ourla imperceptiblement.

« Il est retourné à la maison. Heureusement, nous, enfin j'étais déjà parti. Il a mis les lieux à sac.

– J'ai lu le rapport.

– Je croyais que tout était terminé.

– Mais aujourd'hui, suggéra Earl, vous pensez que c'est lui qui a cambriolé votre appartement de New York.

– Je le *sais*. »

Earl resta imperturbable, mais son scepticisme était palpable. « Monsieur, objecta-t-il, vous ne pouvez pas le *savoir*. Vous pouvez le soupçonner, mais... »

Max leva la main, paume à l'intérieur, pour lui montrer la bague. « Il veut cette bague. Il veut la récupérer. Il va continuer à me poursuivre. J'en suis sûr. »

Earl regarda la main. « Vous la portez, monsieur ?

– Évidemment, elle m'appartient ! Je l'ai volée loyalement et j'entends la garder. Vous ne voyez pas le symbole de ma société, là ?

– C'est une coïncidence, affirma Earl.

– Bien sûr, que c'est une coïncidence ! Une merveilleuse coïncidence ! C'est pourquoi j'ai l'intention de la garder.

– Il peut y avoir plus d'une coïncidence sur cette terre, monsieur, fit remarquer Earl. Le cambriolage de New York peut être l'œuvre de n'importe qui.

– Je vous dis que c'est lui », insista Max, tout en répugnant à expliquer à Earl que s'il parlait avec une telle assurance, c'est qu'il la tenait du *Yi king*, par l'intermédiaire de l'hexagramme de la Jeune Épousée. « Je sens sa présence partout, je sais qu'il est là. C'est pourquoi j'ai exigé que l'on tienne secrets tous mes déplacements à partir de maintenant.

– Ce qui nous complique à tous la tâche, monsieur.

– C'est temporaire, et nécessaire. J'ai un plan, Earl. »

Earl attendit, ébauche de statue à qui il ne manquait qu'un piédestal.

« Le seul endroit où je doive me rendre que je n'ai pas gardé secret, expliqua Max, le seul endroit dans ce pays est Las Vegas, parce que c'est organisé et annoncé depuis longtemps. J'y serai dans une semaine, lundi et mardi prochains, et je ne changerai pas de programme. C'est par conséquent le seul endroit où il pourrait essayer de me coincer. Avec votre aide, Earl, nous allons tendre un petit piège à ce voleur.

– Vous allez servir d'appât, c'est ça ?

– Mettez autant de gens que vous voudrez sur le coup. Considérez que je suis sous vos ordres. »

Le sourcil d'Earl s'anima d'une imperceptible palpitation.

« Dans ce contexte précis, j'entends, précisa Max.

– Bien, monsieur.

– Il saura que je dois être à Las Vegas. Il saura quand, et où. C'est le seul moment, et le seul endroit, où il sera sûr de me localiser. Il ne pourra pas résister à la tentation.

– S'il est vraiment à vos trousses, monsieur, dit Earl au moment où le téléphone se mettait à sonner sur la table de conférence, vous avez certainement raison. »

Le téléphone sonnait toujours. « Répondez, Earl, commanda Max. Je ne suis pas là.

– Bien, monsieur. »

Earl se leva, alla à la table, décrocha et parla : « Radburn, à l'appareil. » Écouta ; parla : « À quelle heure avez-vous laissé le message ? » Écouta ; parla : « À quelle heure êtes-vous arrivé là-bas ? » Écouta ; parla : « Avez-vous mentionné votre nom dans le message ? » Écouta ; parla : « M. Fairbanks fera le nécessaire pour un deuxième paquet. » Écouta ; parla : « Bon, il est trop tard, alors. » Écouta ; parla : « Quelqu'un vous appellera. » Raccrocha ; pivota et s'adressa à Fairbanks : « Monsieur, vous avez raison. »

Allons bon, pensa Max. « Il s'est produit quelque chose ? demanda-t-il.

– Il était dans l'appartement du Watergate. Votre voleur. Il n'y est plus.

– Je le savais ! C'est pour ça que je n'y suis pas allé ! Qu'est-ce qu'il a volé ? Des cendriers ?

– Un peu plus, monsieur. Il y avait quelques contributions au Pac...

– Non ! Ça faisait cinquante mille dollars !

– Oui, monsieur. Votre employé, Saunders, a téléphoné à l'appartement ce matin. Ne souhaitant pas vous déranger mais voulant prendre livraison des contributions, il a laissé un message sur le répondeur. Quand il est passé, un peu plus tard, le paquet n'était plus là mais il y avait une note à son nom, signée de votre main, disant que votre secrétaire s'était occupée de la question.

– Saunders ne se laisserait pas prendre à ce genre de chose.

– Pourtant, si, monsieur. Et puis, il y a quelques minutes, une dame d'IMPAC lui a téléphoné pour lui réclamer le don. Il a vérifié auprès de votre secrétaire et d'autres bénéficiaires, découvert la vérité et téléphoné à mon bureau. Ils ont transféré la communication ici.

– Quel salaud ! s'écria Max. Cinquante mille dollars !

– L'un des comités, poursuivit Earl, a refusé d'accepter l'explication et les excuses de Saunders, affirmant que ce retard était une manifestation supplémentaire de l'arrogance des entreprises et un étalage de pouvoir. Il s'agissait de BCPAC, je crois bien l'avoir entendu dire. Saunders m'a chargé de vous répéter qu'il n'était plus question de compter sur leur sénateur. »

Enfer. Enfer et damnation. Justement, Max comptait sur ce putain de sénateur. Il y avait deux ou trois traites.... L'affaire pouvait très mal tourner.

Et tout ça à cause d'un minable petit cambrioleur de rien du tout.

« Las Vegas », gronda Max. Il n'avait pas souvenir d'avoir été à ce point en colère, même pas du temps de son premier mariage. « On aura la peau de ce fils de pute à Las Vegas, glapit-il. Et c'est moi qui le mettrai personnellement en morceaux.

– Bien, monsieur. Mes gens et moi-même nous ferons un plaisir de vous le livrer en mains propres. »

37

L'inspecteur de deuxième échelon Bernard Klematsky, présentement affecté au cambriolage Fairbanks de l'hôtel N-Joy, connaissait tout un tas de gens. C'était utile pour son travail de maintenir des liens avec une grande diversité d'individus parce qu'on ne savait jamais quand quelqu'un pouvait détenir l'information dont on avait justement besoin pour accomplir rapidement et efficacement sa besogne. Or, Klematsky aimait se montrer aussi rapide qu'efficace.

Parmi les diverses connaissances de Bernard Klematsky, il y avait même des gens qui se situaient de l'autre côté de la barrière légale par rapport à lui, au nombre desquels un individu aux doigts de fée répondant au nom d'Andrew Octavian Kelp. Le dénommé Kelp fournissait à l'occasion un petit bout d'information par-ci, un grain de connaissance par-là, utile à la société en général et à Klematsky en particulier, aussi était-ce une relation qui méritait d'être cultivée.

Kelp n'était pas pour autant un donneur. Malheureusement, l'individu refusait de livrer ou dénoncer ses amis. Mais il possédait une certaine expérience du milieu à laquelle Klematsky faisait parfois appel, et si la chose était possible, c'est que de son côté Kelp, de temps en temps, avait également besoin d'informations dans le cadre de ses activités répréhensibles, et le seul endroit où il pouvait les obtenir était auprès de son vieux pote de la police, Bernard Klematsky. Leur marge de manœuvre commune et utile n'était pas bien grande, dans la mesure où Klematsky ne pouvait délibérément soutenir une entreprise criminelle, pas plus que Kelp ne pouvait trahir les siens, mais il leur arrivait parfois de se rendre mutuellement service. De surcroît, chacun appréciait la compagnie de l'autre.

Autant de raisons expliquant pourquoi, le dimanche 14 mai, décidé à suivre une piste qui lui paraissait prometteuse, Bernard Klematsky appela Andy Kelp, et ne le trouvant pas chez lui (Andy était en route pour Washington DC), laissa un message sur son répondeur. Il laissa un autre message le lundi matin, puis s'en fut vaquer à diverses tâches, et quand il revint au commissariat, Kelp avait laissé un message pour lui. Il le rappela donc, tomba de nouveau sur le répondeur et laissa un message. Puis il rentra chez lui. En arrivant au bureau le mardi matin, il trouva un message de Kelp. Il rappela donc, tomba sur le répondeur et laissa un message. Un peu plus tard, comme il s'apprêtait à aller déjeuner, et de fait se trouvait déjà au milieu de l'escalier, un autre flic sortit sur le palier et cria : « Y a quelqu'un au téléphone, il paraît que tu veux lui parler. »

Klematsky avait faim, ce qui lui arrivait souvent. Son esprit était entièrement centré sur la perspective du déjeuner. Il se retourna néanmoins et dit à l'autre : « Demande-lui s'il s'appelle Kelp. »

Le flic s'éloigna et Klematsky écouta son estomac émettre des borborygmes jusqu'à ce que l'autre revienne et lance dans l'escalier : « Il demande qui pose cette question.

– C'est bien Andy, en conclut Klematsky avec un sourire. Dis-lui que j'arrive. »

__ __

Ils déjeunèrent ensemble dans un lieu choisi par Andy, vu que cette fois, c'était Bernard le demandeur. Andy sélectionnait le restaurant, Bernard payait la note. Le choix d'Andy se porta sur Sazerac, un bistrot de quartier influencé par La Nouvelle-Orléans (mais raisonnablement), situé à l'angle des rues Hudson et Perry dans le West Village, pas loin du commissariat. Ils devaient se retrouver à une heure, mais Bernard fut retenu par deux bricoles de dernière minute, et il était une heure vingt quand il descendit Hudson Street et entra dans l'établissement, ce qui était dans sa moyenne.

Une étroite véranda de verre enveloppait les deux murs extérieurs de Sazerac, et c'est là qu'Andy s'était assis, occupé à regarder derrière la vitre les allées et venues des flics entre le commissariat et le restaurant. Bernard accrocha son chapeau à une patère – il s'était mis à porter un chapeau tyrolien assez crâne ces derniers temps, orné d'une plume, s'imaginant que ça lui donnait un air plus décontracté – et s'assit en face d'Andy, tournant le dos au commissariat. « Salut, Andy ! Tu as l'air en forme.

– J'aime bien ton chapeau, répondit Andy.

– Merci.

– Quand je t'ai vu descendre la rue, j'ai cru que c'était Peter O'Toole, quelqu'un comme ça.

– Je crois qu'il est plus grand que moi.

– Bon, son frère, alors. »

La serveuse vint poser les questions habituelles et Andy déclara : « Je crois que je vais prendre une Amstel et des gâteaux au crabe. »

Sachant qu'il allait payer la note, Bernard demanda : « De la bière ? Tu bois à déjeuner, Andy ?

– Oui, je me sens en sécurité, avec le commissariat juste à côté. »

Bernard étudia le menu et opta pour le jambalaya, un plat qui cale mais ne coûte pas cher ; puis il se dit, au diable l'avarice, moi aussi je vais prendre une Amstel. La serveuse s'éloigna et Andy demanda : « Tu vois le dépôt de taxis, au coin ? »

Derrière lui, en d'autres termes. Bernard tordit le cou et regarda. Juste en face, de l'autre côté de la chaussée, il y avait un bâtiment de brique rouge avec des taxis jaunes qui entraient et sortaient. Le commissariat était à un demi-pâté de maisons de là. Se retournant vers Andy, il demanda : « Ouais, et alors ?

– Ça ne te rappelle rien ?

– Si, pourquoi ? Je le vois quand je descends la rue pour aller au commissariat.

– Tu l'as vu à la télévision.

– Ah bon ?

– Ils l'ont utilisé pour la façade du garage dans l'émission *Taxi*.

– Sans blague, dit Bernard en se retournant pour mieux regarder. Ça avait l'air plus propre à la télé.

– Oh, tu sais, la télé...

– Oui, c'est vrai. »

La serveuse apporta les bières qu'ils attaquèrent en bonne amitié, puis Bernard commença. « Ça fait un bout de temps que je n'avais plus de nouvelles de toi.

– Tant mieux.

– Ça me chagrinerait de penser que tu t'es acheté une conduite ou mis à la retraite, dit Bernard.

– L'un et l'autre, avoua Andy en clignant des yeux comme un possédé. J'ai abandonné mon existence criminelle parce que le crime ne paie pas. Donc, maintenant, je vis dans la légalité et suis très heureux...

– Mais tu clignes des yeux. » Or, ils savaient tous les deux qu'Andy se mettait à cligner des yeux frénétiquement dès qu'il mentait, ce qui était malencontreux pour un homme de sa profession.

Andy inspira à fond et cessa de cligner des yeux. « Bon, et toi, Bernard, comment ça roule ?

– Très bien. Nous avons épinglé des méchants à droite et à gauche.

– Ah bon ?

– Absolument. On remplit les prisons à une telle cadence qu'ils se sont mis à en construire de nouvelles, et nous remplissons celles-là aussi.

– La chute de la criminalité ne m'a pas échappé, dit Andy. Sécurité dans les rues, les compagnies d'assurances qui ne remboursent presque plus rien. Alors, c'est pour ça, hein ? À cause du bon boulot que tu fais avec les gars ?

– Nous y contribuons », dit Bernard, et ils se sourirent et leurs plats arrivèrent.

Prenant l'un et l'autre la nourriture très au sérieux, ils n'échangèrent quasiment pas un mot jusqu'à ce que leurs assiettes, dûment terminées, soient emportées. Puis, la glace de Bernard et la deuxième Amstel d'Andy étant arrivées, Bernard déclara : « Enfin, il y a encore des crimes, par-ci par-là.

– En dépit de tous tes efforts. Je suis désolé de l'apprendre.

– C'est drôle que tu aies fait allusion aux compagnies d'assurances.

– Moi ? Ah oui, je me souviens.

– Parce que je vais te dire, c'est vraiment le genre de crime qui me crispe. De crime non violent, je veux dire. Le crime violent, c'est autre chose.

– Absolument.

– Tu n'as jamais été violent, avant de prendre ta retraite et de t'acheter une conduite, c'était un de tes côtés sympas.

– Merci, Bernard.

– Ton côté sympa.

– D'accord.

– Mais parmi les crimes non violents, celui qui me crispe vraiment, c'est l'escroquerie à l'assurance.

– Ça te tient tant à cœur que ça, les compagnies d'assurances ?

– Je me fous complètement des compagnies d'assurances, elles rouleraient leur propre mère si elles en avaient une. Non, ce qui me fout en boule, dans l'escroquerie à l'assurance, c'est que l'escroc se sert de moi.

– Ah !

– Oh, monsieur le détective, dit Bernard en imitant la voix flûtée d'un propriétaire de sexe indéterminé, quelqu'un s'est introduit chez moi par effraction et a volé toutes mes jolies choses, voici la liste de ce qu'on m'a pris, s'il vous plaît, donnez-moi le numéro du rapport pour que je le communique à ma compagnie d'assurances, et après ça, tu peux filer et tourner en rond pour essayer de résoudre un crime qui n'a jamais eu lieu.

– Tu parles de citoyens normaux, suggéra Andy.

– De citoyens censément normaux, précisa Bernard. Mais quelquefois, ils s'offrent une assistance professionnelle, tu sais ?

– Tu veux dire qu'il y a des citoyens normaux qui payent des gars du genre de ceux que je fréquentais avant de...

– Prendre ta retraite et t'acheter une conduite.

– Et tout et tout. Ils les embauchent pour faire ce qu'ils font de toute manière, et les types rapportent le butin une fois que l'assurance a raqué ?

– Je crois qu'ils touchent un pourcentage, ou bien c'est au forfait, je ne sais pas comment ça marche. Et toi, tu sais ?

– Moi ? Non ! répondit Andy en battant furieusement des cils.

– Je suppose que tu as oublié tout ça.

– Si je l'ai jamais su. Bon, dis-moi, Bernard, tu cherches quelqu'un qui aurait aidé un honnête citoyen à voler ses propres affaires ? C'est ça que tu veux ?

– Certainement pas, Andy. Je sais que tu ne donnerais jamais un de tes amis.

– Nous nous estimons mutuellement, Bernard, dit Andy en hochant la tête. C'est pourquoi j'étais étonné.

– Celui que je veux, celui que je veux pour de bon et réellement, expliqua Bernard, ce n'est pas le type qui s'est éclipsé avec la marchandise, mais le propriétaire qui a monté le coup.

– Parce qu'il te fait participer à l'escroquerie.

– Exactement. Et je me chargerai de lui personnellement. » Bernard racla six ou sept fois le fond de sa coupelle dans l'espoir d'y trouver un peu de glace, et ajouta : « Mais je veux être juste.

– Je n'en attendais pas moins de toi.

– Après tout, le proprio n'y est peut-être pour rien. Je reconnais que j'ai un préjugé contre lui.

– C'est sympa de ta part, Bernard.

– Il me casse les pieds, c'est tout. Mais s'il n'est pas dans le coup, je ne vais pas perdre mon temps avec lui et pédaler dans le vide pendant que les vrais coupables s'en tirent.

– Tu ne veux pas gaspiller ton énergie, traduisit Andy.

– C'est exactement ça. Alors, je ne te demande ni noms, ni rien de ce genre, mais j'aimerais savoir, de manière purement théorique, si l'un de tes anciens associés de ta vilaine époque révolue, si l'un d'eux a récemment parlé d'un cambriolage bidon en ville.

– En ville ? répéta Andy en fronçant imperceptiblement les sourcils.

– Ce nouveau complexe à Broadway, avec un théâtre, un hôtel et tout le toutim. Ça s'appelle le N-Joy.

– Il y a eu récemment un cambriolage là-bas ? demanda Andy. Et tu trouves que ça sent le roussi ?

– Je peux me tromper, soyons d'accord. Cela dit, je me demandais si l'arrogant salopard qui possède l'endroit, avec sa faillite de mes fesses, n'a pas tout organisé lui-même.

– Et tu aimerais savoir si j'ai entendu quelqu'un dire qu'il y a eu récemment un coup fourré de ce genre.

– Précisément. »

Andy regarda Bernard bien en face. Ses yeux clignaient avec la régularité d'un métronome. « Je n'ai absolument rien entendu de ce genre, Bernard. Pas un seul mot. »

Bernard fixa les cils qui battaient la mesure. « Merci, Andy, j'apprécie. » Et il leva le bras pour demander l'addition.

38

Quand Dortmunder entra au O.J. Bar & Grill d'Amsterdam Avenue à dix heures moins trois le mardi soir, Rollo le barman, un grand mec costaud à calvitie naissante et menton mal rasé, vêtu d'une chemise blanche à manches longues sale et d'un tablier blanc sale, était agenouillé devant l'étagère de la fenêtre de façade de gauche, occupé à fixer une nouvelle réclame au néon vantant une marque de bière. « Je suis à toi tout de suite », fit-il avec un signe de tête, les mains pleines de tubes de néon, de fil électrique et de chaînes pour accrocher l'objet.

« D'accord », dit Dortmunder en se dirigeant vers le bar où les habitués parlaient avec animation de ces lignes noires qu'on trouve maintenant sur tous les trucs qu'on achète et qui provoquent le bip de la caisse enregistreuse.

« C'est un code, disait le premier habitué. C'est un code et seule ma caisse peut le lire.

– Pourquoi ils se servent d'un code ? lui demanda le deuxième habitué. La guerre du Code est finie. »

Un troisième habitué vint s'immiscer dans la discussion. « Quoi ? La guerre du Code ? Mais c'est pas la guerre du Code ! D'où tu débarques ? C'est la guerre froide [1] ! »

Le deuxième habitué n'en démordait pas. « Code, je te dis. C'était la guerre du Code parce qu'ils utilisaient tous ces codes pour empêcher l'autre de connaître leurs secrets. » Et il ajouta avec un petit gloussement plein de compassion : « La guerre froide ! Pourquoi veux-tu qu'on appelle une guerre la guerre *froide* ?

– Tous les gens qui sont restés *éveillés* ces cent dernières années le savent, ça s'appelait la guerre froide parce que c'est l'hiver toute l'année en Russie. »

Le deuxième habitué gloussa de plus belle, un son exaspérant. « Alors, comment tu expliques qu'ils mangent de la salade ? »

Largué, le troisième habitué regarda le deuxième en fronçant les sourcils : « De la salade ?

– Oui, la salade russe. »

Dortmunder s'appuya au bar, à droite de la polémique, et regarda Rollo dans le miroir qui couvrait le mur derrière le comptoir. Le barman avait aussi plusieurs tournevis, un marteau, des tenailles et un tire-bouchon, qu'il utilisait tous d'une seule main, l'autre servant à maintenir en place la réclame de bière.

Pendant ce temps, la conversation battait son plein, le premier habitué repartant à l'attaque : « Code. C'est de ça que je parle, les lignes noires. C'est une sorte de conspiration, voilà ce que je sais. »

Un quatrième habitué, qui jusqu'alors se livrait à une sorte de test optique avec les bouteilles du bar, s'approcha du groupe, se redressa et déclara : « Absolument. Une conspiration. » Fermant un œil

1. Jeu de mots sur *cold* (froid) et *code*. *(N.d.T.)*

pour mieux voir les autres habitués, il ajouta : « De quelle conspiration vous parlez ?

– Les petites lignes noires sur tout ce qu'on achète », répondit le premier habitué, le mettant au parfum.

Le quatrième habitué se concentra sur l'information, fermant un œil puis l'autre. « C'est une conspiration ?

– Évidemment. C'est un code.

– Comme la guerre », précisa le deuxième habitué avec un petit sourire satisfait à l'adresse du troisième habitué.

Le quatrième habitué opina, ferma les deux yeux, empoigna le bord du comptoir, rouvrit les yeux, en ferma un et répéta : « Quelle conspiration ? »

La question prit le premier habitué au dépourvu. « Comment je peux le savoir ? C'est en code, non ? C'est pour ça que c'est secret. Si c'était pas en code, on saurait ce que c'est. »

Le troisième habitué frappa le comptoir du plat de la main. « Mais oui, voilà ce que c'est ! Maintenant, je me rappelle. »

Les trois autres pivotèrent en bloc sur leur tabouret pour faire face à Monsieur Mémoire. Le premier habitué demanda précautionneusement : « C'est quoi, ce que c'est ?

– La guerre du Code, dit le troisième habitué. C'est comme ça qu'ils appellent les petites lignes noires, vu qu'elles sont là pour ça. C'est pour faire la guerre des prix.

– La guerre du Code, pérora le deuxième habitué, vexé qu'on lui ait piqué sa définition, était la guerre entre *nous* et les *Russes*, mais c'est *fini*, maintenant.

– Faux, affirma le troisième, d'un calme olympien.

– Je crois que tout le monde a tort, déclara le premier habitué, et il cria : Rollo ! C'est quoi le nom de ce code, avec les petites lignes noires sur tout ce qu'on achète ?

– Barre, répondit Rollo en laissant tomber tenailles et tournevis.

– C'est une obsession, chez toi », railla le premier habitué et tous les autres se mirent à glousser, même le cinquième habitué qui dormait la tête appuyée sur un numéro du magazine *Soldat de fortune*.

« Ici, c'est un bar, Rollo », répondit le troisième, et les autres de glousser de plus belle.

À ce moment-là, Andy Kelp entra, salua Rollo et rejoignit Dortmunder.

Le premier habitué insistait. « N'empêche, il y a un nom pour ces lignes noires, j'en suis sûr.

– On est les premiers ? demanda Andy.

– Morse ? demanda le deuxième habitué, un léger doute dans la voix.

– Oui », répondit Dortmunder.

Le troisième habitué, rayonnant du mépris de celui qui connaît les techniques modernes, s'exclama : « Morse ! Tu perds la boule, mon vieux ! Le morse, c'est ce qu'ils mettent sur les petites étiquettes qu'on colle en bas des meubles que tu n'es pas censé emporter. C'est une loi fédérale, elle porte le nom du sénateur Morse.

– Civil », proféra le quatrième habitué, les deux yeux ouverts.

Le troisième habitué se retourna pour contrer cette nouvelle attaque. « Nous sommes tous civils, proclama-t-il. Tous à part quelqu'un que je préfère ne pas mentionner.

– Code civil, précisa le quatrième d'un ton fort civil. Ça s'appelle comme ça, les lignes noires. »

On entendit *bzztt* du côté de chez Rollo, puis un juron suivi de la chute de plusieurs outils.

« Non, ce n'est pas le code civil, qui a quelque chose à voir avec les métros, affirma le premier habitué. Ça s'appelle autrement. Je le reconnaîtrais si je l'entendais. »

Rollo s'écarta à genoux de la fenêtre, puis se releva.

« Téléphonique ? suggéra le quatrième habitué.

– Non, non, non, s'insurgea le premier habitué. Code téléphonique, c'est un autre mot pour zone. »

Rollo ramassa ses outils et la réclame en néon et se dirigea vers le bar.

« Zip [1] ? » proposa le quatrième habitué.

Les autres baissèrent les yeux vers la fermeture Éclair de leur pantalon.

Rollo se fraya un chemin jusqu'au bout du bar où il posa ses outils sur une étagère.

« Un zip est un pistolet », affirma le premier habitué.

Rollo s'approcha de Kelp et de Dortmunder, laissant tomber en chemin la pub en néon dans une grande poubelle. « De toute façon, plus personne n'aime les bières étrangères, expliqua-t-il. Elles sont fabriquées avec de l'eau étrangère.

– Si tu vois les choses sous cet angle... » dit Andy.

Rollo hocha la tête. « Vous voulez la salle du fond ?

– Ouais, confirma Dortmunder. On sera cinq. » Pour lui, c'était depuis longtemps une règle de base, si on ne peut pas faire un coup avec cinq hommes, ce n'est pas la peine d'essayer. Il avait connu des exceptions, évidemment, de même que toute règle a ses exceptions, mais en général, il s'y tenait.

« Je vous les enverrai, dit Rollo. Qui vient ? »

Connaissant la petite manie de Rollo, à savoir qu'il identifiait ses clients par ce qu'ils buvaient, ce qu'il pensait être un avantage sur le plan marketing,

1. *Zip code* est l'équivalent américain du Code postal. (*N.d.T.*)

Dortmunder répondit : « Il y aura vodka et vin rouge.

– Le costaud, commenta Rollo qui n'était pas une lavette non plus.

– C'est ça. Et aussi whisky à l'eau. »

Rollo réfléchit. « Beaucoup de glaçons qui font du bruit ?

– Bien vu. Enfin, bière et sel.

– Celui-là ! dit Rollo en faisant la moue. Une vraie aubaine pour les affaires !

– Stan conduit, tu comprends, expliqua Kelp. Il s'est discipliné pour ne pas trop boire.

– Je te parie mon chapeau qu'il est ceinture noire en abstinence, dit Rollo.

– Le sel sert à ça, poursuivit Kelp. Il prend une bière, il la sirote tout doucement, et quand il n'y a plus de mousse, il ajoute un peu de sel, ça fait remonter la mousse.

– Ce que j'aime faire mousser, moi, c'est ma recette. Enfin, il faut de tout pour faire un monde. Bon, je vais chercher vos consommations. »

Rollo tourna les talons et prit un plateau pendant qu'à l'autre bout du comptoir, les habitués poursuivaient la conversation sur sa pente naturelle, comment se soigner quand on a pris froid. Présentement, ils en étaient à se demander s'il fallait s'étaler le miel sur le corps où l'injecter en intraveineuses. Avant qu'ils soient parvenus à une solution, Rollo avait mis des glaçons dans deux verres, posé les verres sur le plateau et descendu d'une étagère une bouteille neuve renfermant un liquide sombre et boueux et encollée d'une étiquette disant AMSTERDAM LIQUOR STORE BOURBON – « notre marque à nous ». Ayant posé la bouteille sur le plateau, Rollo fit glisser le tout vers Dortmunder en disant : « Amusez-vous bien.

– Ça fait tousser, affirma le premier habitué.

– Merci, Rollo. »

Dortmunder s'empara du plateau et dans le sillage de Kelp, passa devant les habitués embarqués dans une démonstration de toux variées, puis derrière le comptoir, et ensuite le long du couloir, après les deux portes ornées de silhouettes de chiens marquées POINTERS et SETTERS, et après la cabine de téléphone, où la ficelle pendant de la fente réservée aux pièces était devenue si crade qu'on la voyait à peine, et enfin derrière une porte verte, tout au fond, qui ouvrait sur une petite pièce carrée au sol cimenté. Les murs disparaissaient entièrement, du sol au plafond, derrière des caisses de bière et d'alcools, laissant juste ce qu'il fallait de place au centre pour loger une vieille table ronde déglinguée, couverte d'un feutre plein de taches provenant d'une table de billard, plus une demi-douzaine de chaises. Ils trouvèrent la pièce plongée dans l'obscurité, mais dès que Kelp appuya sur le commutateur près de la porte, le décor fut illuminé par une ampoule nue protégée par un réflecteur rond en métal accroché au bout d'un long fil noir qui descendait très bas audessus de la table.

Kelp tint la porte pendant que Dortmunder contournait la table pour aller poser le plateau. Les chaises faisant face à la porte étaient les plus appréciées, et les premiers arrivés avaient tendance à les occuper en priorité.

Dortmunder prit celle directement en face de la porte tandis que sur sa droite, Andy, debout, saisissait la bouteille, étudiait le goulot et s'exclamait avec admiration : « Eh bien, ils ont fait un sacré boulot. On dirait un sceau officiel, c'est à jurer que la capsule n'a jamais été enlevée.

– Mes glaçons commencent à fondre », commenta Dortmunder.

Kelp regarda les deux verres. « Tu sais, John, c'est leur destin.

– Oui, mais pas seuls. Mes glaçons n'aiment pas fondre seuls.

– Compris. » Kelp ouvrit la bouteille, versa du liquide boueux par-dessus les glaçons dans chacun des verres, qu'il posa ensuite sur des taches rondes déjà incrustées dans le feutre et posa le plateau et les bouteilles par terre entre leurs chaises. Puis il s'assit au moment où la porte s'ouvrait et un individu trapu au visage franc et aux cheveux carotte entra à son tour, un verre de bière à la main et une salière dans la poche de poitrine de sa veste. Il regarda Kelp et Dortmunder d'un air fâché et déclara : « Vous êtes arrivés avant moi.

– On avait dit dix heures, il est dix heures, fit Dortmunder.

– Bonjour, Stan, fit Kelp.

– Oui, salut, Andy », répondit le nouveau venu qui avait toujours l'air mécontent. Il s'appelait Stan Murch et quand il fallait transporter des choses en voiture, c'est lui qui conduisait. S'asseyant à côté de Kelp afin d'avoir, au pire, le profil face à la porte, il annonça : « Ils ont recommencé à éventrer la Sixième Avenue. Non, mais tu te rends compte ?

– Oui », dit Dortmunder.

Stan habitait le fin fond de Brooklyn, à Canarsie, avec sa mère qui faisait le taxi, aussi planifier les différentes ramifications et combinaisons du trajet de chez lui à Manhattan était son problème permanent, mais aussi sa passion. Tout en buvant sa bière avec agitation et en sortant la salière de sa poche pour la poser sur la table, il dit : « Bon, alors j'ai pris le Brooklyn Battery Tunnel, d'accord ? À cette heure de la nuit, qu'est-ce que tu veux faire d'autre ?

– Tout à fait d'accord, renchérit Kelp.

– De là, c'est tout droit, expliqua Stan. Tu remontes la Sixième Avenue, tu prends par le parc, tu ressors à la 72e Rue, tu vas jusqu'à Amsterdam, pam, bam, et je suis là.

– Exactement, reconnut Dortmunder. Tu es là.

– Mais pas cette fois », dit Stan d'un air sombre.

Dortmunder regarda derechef, mais si, il avait raison. Stan était définitivement là. Il préféra ne pas insister.

« Cette fois, poursuivit Stan, je remonte jusqu'à la 20e et compagnie, et les revoilà, ces gros bouts de bois peints en rouge et blanc, la *moitié* de la Sixième Avenue complètement éventrée, pelleteuses et bulldozers et Dieu sait quoi à l'intérieur de la chaussée et on se retrouve sans voies. Et tu sais quoi encore ?

– Non, dit Dortmunder.

– C'est toujours du côté gauche ! Ils creusent pendant un an, deux ans, le côté gauche de la Sixième Avenue sens dessus dessous, puis ils repavent, ils enlèvent toutes les barrières, et alors tu te dis, chouette, maintenant ils vont refaire l'autre côté. Eh bien, non. Y se passe rien. Quatre mois, six mois, et puis, bam, les voilà qui recommencent à éventrer le côté gauche. S'ils ne sont pas foutus de faire le boulot correctement, pourquoi ils persistent ?

– C'est peut-être un choix politique », suggéra Kelp, et au même moment la porte s'ouvrit et un type costaud à l'expression joviale fit son entrée, vêtu d'une veste à carreaux marron et d'une chemise à col ouvert. Il avait une grande bouche sympathique et un gros nez rond sympathique, et il tenait un verre plein de glaçons qui cliquetèrent de sympathique façon quand il avança. C'était Ralph Winslow, l'expert en serrures, qui allait remplacer Wally Whistler sur ce coup-ci parce que Wally, depuis l'opération N-Joy, avait eu un petit contretemps. Alors qu'il attendait l'autobus, n'ayant pas remarqué la voiture blindée garée là, devant l'arrêt qui se trouvait également devant la banque, la sirène de la voiture blindée s'était déclenchée, et il n'avait pas saisi immédiatement que ça le concernait, aussi attendait-il toujours son bus quand les vigiles étaient sortis de la banque au pas de course, concours de circonstances qu'à cette heure, il essayait encore d'expliquer à divers officiers de police dans les locaux du commissariat. Raison pour laquelle on avait appelé Ralph Winslow, qui, lui, était disponible.

« Alors, Ralph, qu'est-ce que tu racontes ? » demanda Kelp. Ralph resta un moment debout, verre à la main, glaçons cliquetants, comme s'il se trouvait dans un cocktail. « Je raconte, bonsoir, messieurs, dit-il enfin, et il referma la porte.

– Bon, dit Dortmunder, il ne manque plus que Tiny.

– Oh, il est dehors, dit Ralph en allant s'asseoir à la gauche de Dortmunder, d'où il pouvait lui aussi surveiller la porte.

– Eh bien ? Il prend un verre ?

– Tiny ? Il en a déjà un. Quand je suis arrivé, il expliquait à des types qu'on peut instantanément soigner quelqu'un qui a pris froid en expulsant tout l'air qu'il a dans le corps.

– Oh, oh ! commenta Dortmunder.

– L'air vicié sort, le bon air entre, voilà ce qu'il racontait.

– Je vais le chercher, dit Kelp en se levant.

– Bon », dit Dortmunder.

Kelp sortit de la pièce et Ralph demanda : « Si j'ai bien compris, ce n'est pas en ville, cette fois ?

– Las Vegas, précisa Dortmunder.

– Ce n'est pas un mauvais endroit, Las Vegas, apprécia Ralph en hochant la tête. C'est moins bien qu'au bon vieux temps, quand il y avait plein de flambeurs. À l'époque, on pouvait avoir un casier judiciaire et être un millionnaire du pétrole et ouvrir sans problème la moitié des coffres-forts de la ville. Aujourd'hui, il n'y en a que pour la famille, on pense maman, papa, enfants et camping-car. Ce que tu peux faire de mieux, là-bas, c'est être un nain et t'habiller comme un écolier.

– Je ne crois pas que ce soit devenu totalement Disneyland, objecta Dortmunder.

– Non, non, admit Ralph, ils ont encore les vieux trucs, mais aménagés. Les dames sur la petite promenade sont toutes des personnages de dessins animés, maintenant. Polly Pross, Howdy Hooker.

– Et les jumelles, dit Stan. Bim et Bo.

– Elles aussi », admit Ralph, et la porte s'ouvrit et Kelp entra, l'air un rien éberlué. « Ils sont tous allongés par terre dans le bar, annonça-t-il. Comme après une bombe à neutrons.

– Oh, oh ! » dit Dortmunder.

Kelp garda la porte ouverte, laissant entrer un missile balistique intercontinental de portée moyenne, avec des jambes. Et aussi des bras, plus ou moins de la forme d'une borne d'incendie mais en plus long, et une tête de la forme d'une borne d'incendie. D'une voix qui semblait avoir démarré du centre de la terre plusieurs siècles plus tôt pour arriver seulement maintenant, la créature dit : « Salut, Dortmunder.

– Salut, Tiny, répondit Dortmunder. Qu'as-tu fait aux clients de Rollo ?

– Ça va aller, fit Tiny en contournant la table pour aller prendre la place de Kelp. Dès qu'ils auront retrouvé leur souffle.

– Où l'as-tu jeté ? » demanda Dortmunder.

Tiny, qui s'appelait en fait Tiny Bulcher et était fort comme dix Turcs avec un cœur tout sauf pur, s'installa sur la chaise réservée à Kelp et rit en tapant gaillardement sur l'épaule de Dortmunder. S'y attendant, Dortmunder avait pris appui sur la table et ça ne lui fit pas trop mal.

« Dortmunder, dit Tiny, tu me fais rire.

– J'en suis ravi », fit Dortmunder.

Impassible, Kelp prit son verre et alla du mauvais côté de la table, d'où l'on ne pouvait pas voir la porte sans tourner la tête.

« Tu as raison de l'être. Bon, alors, tu as quelque chose en vue ?

– Je crois.

– Écoute, Dortmunder, tu me connais. J'aime bien être sûr.

– Rien n'est sûr en ce bas monde, Tiny.

– Oh, ça, je ne sais pas », dit Tiny et il fléchit les bras et but, si bien que l'on put voir le grand verre jusqu'alors dissimulé dans sa main. Il contenait un liquide rouge vif qui aurait pu être un soda à la fraise, mais ce n'était pas le cas. Posant le verre, maintenant à moitié vide, sur la table, il déclara : « Affranchis-nous, Dortmunder. »

Dortmunder inspira à fond et marqua un temps d'arrêt. Le début était le passage difficile, l'histoire de cette foutue bague.

« Est-ce que tout le monde est au courant, au sujet de la bague ? La bague que j'avais ?

– Bien sûr », fit Stan, et Ralph dit : « Je t'ai téléphoné, tu te rappelles ? » et Stan renchérit : « Moi aussi, je t'ai appelé », et Tiny, qui n'avait pas téléphoné, *rit*. Ça, c'était un rire, un rire total, sans retenue, un immense rugissement de rire qui fit trembler tous les cartons de la pièce, si bien qu'il rit avec un accompagnement évoquant des cloches d'église dans le lointain. Puis il se ressaisit et dit : « Oui, Dortmunder, j'en ai entendu parler, et j'aurais bien aimé voir ta tête.

– Moi aussi, Tiny, j'aurais bien aimé », répondit Dortmunder, et le fou rire de Tiny repartit de plus belle.

Il n'y avait rien à faire avec Tiny. Soit on ne l'invitait pas à la fête, soit on le prenait comme il était.

Aussi Dortmunder attendit-il pour parler que le colosse se calme – retrouve son souffle, justement. « J'ai essayé de récupérer cette bague. J'ai essayé à Long Island, j'ai essayé ici en ville, et aussi à Washington DC. Chaque fois, j'ai raté le type et la bague par la même occasion, mais chaque fois, j'ai réalisé un profit.

– Je peux en témoigner, dit Kelp en jetant pardessus son épaule un coup d'œil vers la porte.

– Le problème maintenant, poursuivit Dortmunder, est que j'ai piqué tellement de trucs à ce type qu'il sait que je suis après lui.

– Tu crois vraiment, John ? demanda Kelp.

– Les cinquante mille qu'on a pris dans l'immeuble du Watergate, je crois que c'est ça qui l'a alerté.

– Tu as pris cinquante mille dollars dans l'immeuble du Watergate, Dortmunder ? s'étonna Tiny. Eh bien, ça au moins, ce n'est pas du boulot d'amateur. »

Dortmunder ignora une fois de plus l'allusion, bien qu'elle lui fût de plus en plus familière, comme la comète de Halley.

« Je crois que le type avait déjà commencé à nourrir des soupçons avant ça, expliqua-t-il. Quand on lui a nettoyé son appartement de New York...

– Dortmunder, tu n'as pas chômé, apprécia Tiny.

– C'est vrai, reconnut Dortmunder. Enfin, toujours est-il qu'ensuite, le type a changé ses plans. Avant, il était assez facile à pister, c'est le genre de mec friqué qui annonce à ses différentes sociétés où il va se trouver d'une seconde à l'autre, et Wally... Tu te souviens de Wally Knurr ?

– Le haricot beurre, dit Tiny en souriant affectueusement à cette évocation. Lui aussi, il était amusant, ce Wally. Ça pourrait être amusant de jouer au basket avec lui. »

N'étant pas sûr de vouloir savoir exactement ce que Tiny entendait par là, Dortmunder continua : « Bon, toujours est-il que Wally et son ordinateur suivaient ce mec à la trace, jusqu'au moment où tout à coup – l'individu s'appelle Max Fairbanks, il est monstrueusement riche, c'est un vrai chieur – il a disparu. Personne n'est censé savoir où il se trouve, personne n'a son programme, il a brouillé toutes les pistes, et malgré tous ses efforts Wally n'a pas réussi à le retrouver.

– Tu lui as fait peur, Dortmunder », dit Tiny avec un grand sourire, et il lui assena une bourrade affectueuse qui le propulsa contre Ralph, à sa gauche.

Reprenant son équilibre, Dortmunder dit : « Le seul endroit où il soit attendu de manière certaine, tout le monde est au courant, c'est Las Vegas la semaine prochaine.

– C'est la seule exception ? demanda Stan.

– Oui. »

Ralph fit tinter ses glaçons. « Comment ça ?

– J'ai dans l'idée que c'est un piège, déclara Dortmunder.

– John, il ne faut pas être paranoïaque, tu sais, fit Kelp. Le rendez-vous de Las Vegas avait été fixé bien avant qu'il disparaisse, c'est tout.

– Il l'aurait changé. Il aurait modifié le programme, comme il l'a fait pour Washington et comme il est en train de le faire pour Chicago. Tandis que pour Las Vegas, il colle au programme, il est là, à l'heure, gras et content de lui et bien en vue. Donc, c'est un guet-apens.

– Et tu veux te jeter dedans ? demanda Tiny.

– Qu'est-ce que je peux faire d'autre ? demanda Dortmunder. C'est ma seule occasion de le choper, il le sait et je le sais. Si je ne récupère pas ma bague à ce moment-là, je ne l'aurai jamais. Par conséquent, je dois y aller en me disant, d'accord, c'est un piège, comment vais-je le contourner, et je conclus que la façon de le contourner, c'est avec les quatre types qui sont dans cette pièce.

– Et que tu veux entraîner dans ce piège avec toi, précisa Tiny.

– Ça ne sera pas un petit piège pour attraper les écureuils vivants, John, précisa Ralph.

– Qu'est-ce que je conduirai ? demanda Stan.

– On va y venir bientôt », promit Dortmunder, puis, se tournant vers Tiny, il expliqua : « On fonce dans le piège mais en sachant que c'en est un, donc nous avons déjà réfléchi au moyen d'en sortir. Et quand on en sort, j'ai repris ma bague et vous, vous touchez chacun un cinquième du butin du Gaiety Hotel. »

Ce qui plongea Tiny dans un abîme de réflexion. « C'est un des endroits du Strip, hein ? Avec le grand casino ?

– Ils font des bénéfices, confirma Dortmunder.

– Nous en ferons aussi », promit Kelp en regardant par-dessus son épaule.

Tiny considéra la proposition, puis il considéra Dortmunder. « Tu montes toujours des opérations marrantes, Dortmunder. C'est amusant de faire partie de ton entourage.

– Merci, Tiny.

– Bon, vas-y, alors. Raconte-moi la suite. »

39

Le réveil digital gainé de bois se mit à ronronner doucement sur la table de chevet, un baryton atténué, une suggestion plutôt qu'un appel, une alerte mais certainement pas une alarme. Dans le lit, Brandon Camberbridge bougea, roula sur le dos, s'étira, bâilla, ouvrit les yeux et sourit. Encore une journée parfaite en perspective.

Au fil des années qui s'étaient succédé depuis son arrivée en ce lieu, Brandon Camberbridge avait essayé différentes manières de se réveiller au moment requis, mais c'est seulement depuis que sa chère épouse Nell avait rapporté cette pendule suave mais insistante d'une expédition shopping à San Francisco que ses réveils étaient à la hauteur du reste, dans son univers personnel : parfaits.

D'abord, il y a longtemps de cela, il avait essayé de se faire réveiller par une des standardistes de l'hôtel chaque jour à midi pétant, mais ça ne lui avait pas plu ; la perspective de commencer sa journée en parlant à une employée, avant même de s'être brossé les dents, avait quelque chose de déplaisant. Par la suite, il avait essayé divers réveils traditionnels, mais leurs grelottements, couinements et glapissements lui avaient donné l'impression de s'éveiller dans une basse-cour plutôt qu'au paradis, aussi les avait-il jetés ou donnés à des employés éprouvant des difficultés à commencer leur travail à l'heure ; une aimable suggestion avant que le couperet ne tombe. Puis il avait essayé les radios-réveils, mais aucune station n'avait trouvé grâce à ses oreilles ; rock et country music émettaient des bruits nettement trop discordants, et les stations religieuses étaient trop chamailleuses, alors que E-Z Lisnen et Radio Classique ne parvenaient pas à le réveiller.

Faire confiance à Nell. L'épouse parfaite dans le décor parfait s'était élancée sur les routes sauvages d'Amérique pour revenir avec le réveil parfait, qui ce matin encore venait de le sortir en douceur du pays des rêves.

Répondant à sa sollicitation sans agressivité, Brandon Camberbridge se leva, quarante-sept ans, bronzé et en pleine forme, et se dirigea vers la salle de bains au petit trot, et de là vers le Stairmaster, et ensuite vers sa penderie où il s'équipa d'un pantalon (ocre), d'une chemise polo (verte, avec le logo de l'hôtel), et de mocassins (beiges) et de là, enfin, vers le coin petit déjeuner où l'attendait, en même temps que son premier repas du jour, sa parfaite secrétaire Sharon Thistle, et la vue qu'il avait, de son bungalow, sur son paradis parfait, le Gaiety Hotel, Battle-Lake et Casino, en ce lieu ensoleillé, *ensoleillé*, Las Vegas.

« Bonjour ! » lança-t-il en prenant place devant un demi-pamplemousse, deux toasts croustillants, un verre de jus de légumes V8 et un délicieux pot de café.

« Bonjour ! » répondit Sharon en lui rendant son sourire. Agréablement enrobée, Sharon alliait qualités maternelles et vivacité d'esprit d'une manière que Brandon jugeait parfaite. Il y avait une tasse de café en face d'elle, sur la table ovale dressée devant la vue, mais elle avait pris son petit déjeuner depuis longtemps, car elle vivait selon un horaire conventionnel que Brandon avait abandonné sept ans plus tôt, lorsqu'il avait accepté ce poste de directeur du Gaiety. La vie de l'hôtel était essentiellement concentrée sur les heures de soirée, grignotant en arrière sur l'après-midi et en avant sur tard dans la nuit, et il semblait à Brandon que l'homme responsable de l'ensemble se devait d'être disponible quand l'activité battait son plein dans son royaume. Aussi s'était-il entraîné à ne jamais se retirer avant quatre heures du matin, et à se lever d'un bond à midi. Un régime qu'il avait fini par adorer, un autre ingrédient de la perfection de son paradis.

La vue qui s'étendait sous ses yeux pendant qu'il prenait son petit déjeuner était celle de sa vie, de son mode de vie. De là, il pouvait voir des pelouses manucurées, des plantations, des sentiers asphaltés qui menaient à la piscine déjà remplie d'enfants qui hurlaient sans aucun doute de joie. (Dans ce bungalow équipé de la climatisation, avec un double vitrage à chaque fenêtre, l'on n'entendait pas vraiment les hurlements, mais l'on voyait toutes ces bouches grandes ouvertes, comme celles d'oisillons au nid, et l'on pouvait en tirer la conclusion.)

Au-delà de la piscine et d'autres plantations s'élevaient les seize étages de l'hôtel, de couleur sable et de forme irrégulière, de manière à donner à chaque chambre de l'établissement une vue sur une autre partie de l'établissement, dans la mesure où il n'y avait pas vraiment grand-chose, en dehors de l'hôtel, qu'on puisse qualifier de vue.

Sur la gauche, il pouvait entrevoir les courts de tennis, et sur la droite, un morceau des gradins entourant le Battle-Lake. Le soleil bleu et sec de Las Vegas brillait au-dessus, un bleu pâle, anémié, comme les déodorants pour aisselles. Si les fenêtres avaient été ouvertes et les enfants moins bruyants dans la piscine, on aurait entendu les trilles préenregistrés d'un chant d'oiseau. Quel être humain pouvait raisonnablement espérer plus ?

Pas Brandon, en tout cas. Souriant, épanoui, il mangea un morceau de pamplemousse – le pamplemousse du patron était toujours préparé à la perfection, bien entendu –, et lança : « Eh bien ! Qu'avons-nous au programme, aujourd'hui ?

– Pas grand-chose, répondit Sharon en feuilletant son incontournable bloc sténo. À part Earl Radburn.

– Ah ! »

Earl Radburn était le chef de la sécurité pour l'ensemble de TUI, ce qui signifiait qu'il était techniquement le chef du personnel de sécurité de l'hôtel. Mais leur propre chef de la sécurité, Wylie Branch, était un homme tout à fait capable, si bien qu'Earl, l'ayant très bien compris, lui laissait les coudées franches pour le boulot et se contentait de passer de temps en temps. Aussi Brandon demanda-t-il : « Ah ! Il vient juste dire bonjour, c'est ça ?

– Je ne crois pas, dit Sharon, contre toute attente. Il veut vous rencontrer.

– Vraiment ? Et à votre avis, c'est à quel sujet ? » Au moment même où il posait la question, Brandon tenait la réponse. Aussi rectifia-t-il : « Mais oui, bien sûr ! L'huile suprême.

– Eh oui, je suppose », confirma Sharon avec un sourire entendu. Brandon avait parfois l'impression que sa relation avec Sharon était presque aussi parfaite que celle qui l'unissait à sa chère épouse Nell, qui à cette heure était partie en expédition de shopping dans les profondeurs sauvages de l'Amérique, plus précisément à Dallas.

Brandon prit le toast dans l'assiette et demanda : « Est-il arrivé ?

– Il a atterri ce matin, en provenance de la côte Est, précisa Sharon. Nous avons fait ouvrir un cottage.

– Bien », conclut Brandon, et mordant dans son toast, il se mit à réfléchir à la situation de *son* monde.

Par exemple. Bien sûr qu'ils avaient un cottage disponible. Au bon vieux temps, les six cottages autour du Battle-Lake étaient réservés pour ainsi dire en permanence à l'intention d'une clientèle qui comptait des émirs pétroliers et des vedettes de rock, mais depuis que toute la ville avait décidé de consacrer ses efforts au marché familial, et que les flambeurs du temps jadis avaient émigré vers d'autres oasis de détente qui se trouvaient en majorité hors du territoire américain, les cottages – deux ou trois chambres, sauna, Jacuzzi, télévision câblée, atrium privé, cuisine entièrement équipée, domestiques à usage personnel sur simple demande, tout cela très, très au-dessus du budget d'une famille moyenne – étaient plus souvent vides qu'occupés et servaient désormais, la plupart du temps, aux directeurs des sociétés TUI et autres hommes d'affaires ayant des relations avec TUI. De fait, lorsque l'huile suprême en personne, Max Fairbanks, arriverait lundi, on l'installerait également dans un des cottages, le meilleur.

Mais voici qu'Earl Radburn se pointait dès le mercredi, soit cinq jours pleins avant l'huile suprême, ce qui paraissait tout de même un peu charrié. Savourant une exquise gorgée de café, Brandon demanda : « Lui avez-vous fixé un rendez-vous ?

– À quinze heures, répondit l'irremplaçable Sharon, ayant consulté son bloc sténo. Avec Wylie Branch, dans le cottage numéro un. »

Celui qu'occuperait l'huile suprême.

« Eh bien, soupira Brandon, chaque existence doit avoir sa part d'entrevues ennuyeuses. Nous avons survécu à pire que cela. »

Dehors, les enfants continuaient à hurler sans qu'on puisse les entendre.

Jamais, depuis l'époque glorieuse de Versailles, avec son grand canal cruciforme complètement artificiel sur lequel des gondoles emmenaient les invités en excursion, de fausses batailles navales étaient interprétées par de vrais bateaux, et des fantaisies musicales étaient données à la lueur de torches sur de grandes barges flottantes, jamais le monde n'avait connu de splendeur comparable au Battle-Lake du Gaiety Hotel, Battle-Lake et Casino, sur le Strip, à Las Vegas. Les eaux du lac, recyclées en permanence, abritaient des milliers de poissons importés des cinq continents qui se faufilaient en bancs sinueux entre les nénuphars de plastique, et ondoyaient le long des parois de ciment surplombées de fougères et de saules pleureurs miniatures en plastique.

À l'extrémité du lac où se trouvait l'hôtel, bayait l'entrée d'une vaste grotte fermée en permanence par des grilles, sauf quand les bateaux sortaient. Il s'agissait de grands voiliers, frégates et bâtiments de guerre, répliques parfaites au demi-format de vaisseaux aussi fameux que le *Bon Homme Richard* de John Paul Jones, l'*Adventure* du capitaine Kidd et le *Golden Hind* de Sir Francis Drake. Ces navires téléguidés par radio fendaient l'eau quel que fût le vent, leurs voiles claquant en tous sens tandis qu'ils lâchaient force bordées sonores et enfumées, se visant parfois mutuellement, pour la plus grande joie des foules qui hurlaient dans les gradins sur la rive. Certains vaisseaux étaient même équipés de mâts qui s'effondraient soudainement, ayant été prétendument touchés par les projectiles de quelque mousquet.

Ces batailles navales avaient lieu deux fois par jour, à seize heures puis une demi-heure après le coucher du soleil, la première étant essentiellement consacrée à des manœuvres et à des courses, tandis que la seconde mettait en scène des abordages fracassants, où deux navires au minimum prenaient feu de façon spectaculaire.

L'accompagnement sonore de ces batailles sortait de haut-parleurs installés dans les arbres bordant le lac, ces mêmes haut-parleurs qui produisaient les chants d'oiseaux aux autres heures du jour, si bien que le résultat était parfaitement stéréophonique, c'est- à-dire qu'on n'aurait su dire précisément d'où provenaient les différents sons, mais une puissante déflagration se produisant au moment où un bateau dégageait un important nuage de fumée blanche sur le lac incitait la plupart des observateurs à établir une vague relation entre le bruit et la fumée.

Le lac faisait entre quatre et neuf pieds de profondeur et les touristes n'étaient pas encouragés à y jeter des pièces de monnaie, ce que nombre d'entre eux faisaient néanmoins, d'où un gros problème avec les sans-abri, trois d'entre eux s'étant à ce jour noyés en tentant de récolter le butin qui gisait par le fond. Il n'en demeurait pas moins vrai que le Battle-Lake était une attraction touristique considérable, aussi la perte, à l'occasion, d'une personne sans-abri (qui par définition n'était pas un client, après tout) ne semblait pas être un prix excessif à payer.

Et quelle mort, ici au Paradis, les mains pleines de pièces, les poumons saturés d'eau recyclée !

Lorsque Brandon pénétra dans le vaste living-room du cottage numéro un à trois heures cet après-midi-là, Earl Radburn, vêtu de son pantalon ocre au pli coupant comme un couteau, se tenait devant la baie vitrée panoramique donnant sur le Battle-Lake, paisible à cette heure, derrière lequel se dressait la grande silhouette style Moebius de l'hôtel. Entendant Brandon entrer, Earl se retourna et dit : « Je n'aime pas ce lac.

– La plupart des gens en disent du bien.

– La plupart des gens n'ont pas à protéger un type qui vaut dix milliards de dollars. »

Que répondre à pareille déclaration ? Brandon regarda autour de lui et vit Wylie Branch vautré dans l'angle que formaient deux canapés du coin salon, un bras posé sur chaque dossier, un pied chaussé d'une botte de cow-boy posé sur la table basse en verre. Son uniforme ocre de chef de la sécurité était aussi net qu'à l'habitude, mais à côté de la présentation nickel d'Earl Radburn, même Wylie paraissait négligé. Et quand il était assis de cette manière, l'air parfaitement décontracté, tel le propriétaire de ranch qu'il aurait pu être si son papa avait passé moins de temps à claquer trop d'argent aux tables de jeu de Las Vegas – dans les établissements des autres, inutile de le préciser –, quand il avait l'air aussi totalement aimable et détendu que ça, cela signifiait presque toujours que quelque chose l'agaçait fortement. Il semblait qu'Earl lui avait déjà chauffé les oreilles.

Et voilà que ce maudit individu essayait d'en faire autant avec Brandon, qui refusait de mordre à l'hameçon. Hochant la tête en direction du lac, il lança : « Allons, Earl, si vous craignez que des sous-marins viennent enlever M. Fairbanks pour l'emmener en Russie ou je ne sais où, soyez rassuré. Le lac n'a aucune issue, et aucun propriétaire de sousmarin n'est inscrit sur les registres de l'hôtel. »

Sans tenir compte de sa remarque, Earl s'écarta de la fenêtre pour se rapprocher du coin salon. « Nous affrontons aujourd'hui un problème très particulier.

– Que nous sommes incapables de gérer par nous-mêmes », expliqua Wylie avec un large sourire.

Earl, qui pouvait réellement se montrer obtus, prit cette déclaration pour argent comptant : « Nous ferons venir autant d'hommes qu'il sera nécessaire, dit-il. Vos hommes seront évidemment au cœur de notre structure défensive, Wylie, vu qu'ils connaissent déjà le terrain. »

Le sourire de Wylie se fit aussi large que l'entrée de la grotte, au bout du lac. « Nous, les chiens, saurons apprécier cet os, Earl. »

Repartie qui capta pendant une ou deux secondes l'attention d'Earl – Brandon prit note d'un léger fléchissement dans la détermination de l'homme –, mais la concentration farouche d'Earl pouvait sauter des obstacles autrement gros que l'irritation de Wylie Branch. Earl se remit en selle presque immédiatement et s'installa en face de Wylie dans l'autre angle (mais, remarqua Brandon, de manière que leurs bras ne puissent se toucher), disant : « Asseyez-vous, Brandon, et laissez-moi vous expliquer. »

Pas la peine de s'énerver après Earl. Il fallait le prendre comme il était. Par conséquent Brandon s'assit, à l'écart des deux autres, et Earl dit : « M. Fairbanks a fait, il y a quelque temps, une petite plaisanterie qu'il commence à regretter. »

Ah, ah ! Bien que pour sa part Brandon n'ait jamais vu cet aspect du caractère de l'huile suprême, un tas de rumeurs avaient circulé au sein de TUI concernant certaine composante fantaisiste chez Max Fairbanks qui s'exprimait parfois soudainement, provoquant complications et embarras. Il avait hâte de savoir ce que l'individu avait fait cette fois. Earl poursuivit : « Il existe une maison appartenant à la société à Long Island, près de New York...

– J'y suis déjà allé plusieurs fois, coupa Brandon. Pour des retraites et des séminaires.

– Bien. Donc, M. Fairbanks s'y trouvait, il y a quelques semaines de cela, et il a capturé un cambrioleur. »

Wylie laissa échapper un rire surpris. « Eh bien, grand bien lui fasse.

– S'il s'était arrêté là, effectivement, poursuivit Earl, mais il n'a pas pu se retenir. Il a volé une bague au voleur.

– Il a... Il a volé une bague au voleur ? » s'exclama Brandon.

Wylie gloussa : « Eh oui, ces choses-là arrivent. » Ce qui donna à Brandon un aperçu inattendu des procédés de l'équipe de sécurité du Gaiety.

Earl continua. « Le voleur a échappé à la police, des flics de province, et depuis lors, il poursuit M. Fairbanks, soit qu'il essaie de reprendre sa bague, soit qu'il cherche à se venger, Dieu seul sait.

– Il a dû se sentir un brin humilié, dit Brandon.

– Ça l'a blessé, reconnut Earl, ça, au moins, nous en sommes sûrs.

– Mais qu'est-ce que vous entendez par “ poursuit ” ? Un homme comme M. Fairbanks, personne ne peut le poursuivre.

– Cet homme-là, si, dit Earl. Aussitôt libre, il est retourné à la maison de Long Island, mais heureusement, M. Fairbanks était déjà parti. Alors il a constitué une équipe, et ils ont fait le casse dans l'appartement de M. Fairbanks à New York. Là encore, ils l'ont manqué, mais dans les deux endroits ils ont volé une quantité d'objets de valeur, des antiquités et tout. Ensuite, M. Fairbanks est allé à Washington, seulement il n'a pas dormi dans son appartement habituel, et voilà que le voleur s'est pointé chez lui et a encore volé plein de choses. Seul, cette fois, ou avec d'autres.

– Il a de la suite dans les idées, commenta Wylie.

– Il commence à être vraiment gênant, dit Earl. C'est pour ça que M. Fairbanks a demandé que ses déplacements soient tenus secrets.

– Je m'en suis rendu compte, dit Brandon. Et j'ai remarqué, ce qui m'a intrigué, que la seule exception, c'est sa venue ici.

– Précisément », confirma Earl.

Wylie se mit à rire. « Vous allez installer un piège à ours, hein ? »

Brandon ouvrit des yeux ronds. « Quoi ? Dans mon hôtel ? Earl, je proteste ! Nous avons des enfants ici ! Des familles ! »

Earl resta de marbre. « Ce type va rappliquer ici. On n'y peut rien, Brandon, nous savons qu'il est en route. Notre travail est de protéger monsieur Fairbanks et de neutraliser l'autre individu une bonne fois pour toutes.

– Ici, souffla Brandon d'une voix creuse, la poitrine soudain traversée d'un vol de papillons noirs. Ici même, au Gaiety.

– Brandon, je sais ce que vous éprouvez, dit Wylie, et vous savez que j'éprouve la même chose. Notre premier travail, c'est de protéger l'hôtel et ses clients.

– Évidemment !

– Mais en même temps, insista Wylie, M. Max Fairbanks est le propriétaire de cet endroit, et notre patron à tous. S'il est en difficulté et que nous seuls pouvons l'aider, c'est notre devoir.

– Je savais que je pouvais compter sur vous, Wylie », dit Earl.

Wylie *aime* ça, pensa Brandon, horrifié. Il a beau nous servir tout les discours vertueux qu'il veut sur la protection de l'hôtel et de ses clients, il n'en est pas moins vrai qu'il sent l'imminence de la guerre et que ça lui plaît. Grenades à main au milieu des machines à sous. Mortiers dans le pédiluve.

Sous-marins dans le Battle-Lake.

Earl poursuivit : « Wylie, à partir de maintenant, nous allons vérifier l'identité de tous les clients qui débarquent ici, afin d'être sûrs qu'ils sont bien qui ils prétendent être.

– Et, ajouta Wylie, je vais infiltrer des hommes à moi en tenue de touriste parmi la clientèle, et demander à certains de se balader à l'extérieur pour voir s'il n'y a pas des gens louches qui traînent dans le coin. »

La mauvaise humeur de Wylie était passée, Brandon le voyait bien. Earl avait offert une guerre à Wylie, et Wylie lui avait tout pardonné.

Le regard de Brandon se porta sur la grande fenêtre et la vue sur son Paradis, au-delà du Battle-Lake. Près de lui, sur les canapés, les têtes des deux mercenaires se rapprochèrent alors qu'ils poursuivaient leur discussion. Armes. Surveillances. Lignes de tir. Lignes de défense. Patrouilles de terrain.

Mon Dieu !

40

Le téléphone se mit à sonner un peu avant treize heures le mercredi. Au moins, cette fois, Dortmunder n'était pas sous son évier. Cette fois, il essayait de faire ses bagages.

La réunion de la veille au soir au bar O.J. avait été plus brève que d'habitude parce qu'il n'avait pas encore de plan détaillé, mais d'un autre côté, elle avait duré plus qu'il n'était nécessaire parce que les quatre autres, refusant d'admettre qu'il n'avait pas de plan détaillé, voulaient continuer à en parler.

Ainsi, Andy Kelp avait dit à un moment « Tu dois bien avoir une idée », mais justement, c'était là le problème. Bien sûr qu'il avait une idée. Il avait tout un tas d'idées, mais tout un tas d'idées, ce n'est pas un plan. Un plan est un ensemble de détails qui s'articulent, si bien que l'on va d'un point à un autre, comme si l'on traversait une rivière en marchant sur un tas de petits rochers qui affleurent, sans jamais tomber à l'eau. Des idées sans plan, cela vous donne en général assez de petits rochers pour arriver au milieu de la rivière, mais sans moyen de revenir en arrière.

Aussi continuait-il à réfléchir à ses idées pendant qu'il faisait ses bagages. Ou essayait de. Par exemple, le coup où Andy faisait un accident cardiaque à la table de dés et où Stan et Ralph étaient les infirmiers d'urgence et où Tiny était un vigile, et pendant qu'ils s'occupaient de la cage du caissier, Dortmunder attendait devant le cottage que l'équipe de sécurité présente se précipite pour couvrir le vol. Il manquait beaucoup de rochers dans cette rivière-là.

L'autre scénario, c'était de couper l'électricité générale, non sans avoir préalablement tracé des pistes à la peinture phosphorescente vers les endroits qu'ils visaient ; ça ressemblait plutôt au milieu de la rivière.

Ou l'alerte à la bombe.

Ou bien, ils volaient un tigre au zoo – en fait, Wally Whistler serait meilleur que Ralph Winslow dans ce rôle – et ils le lâchaient dans le casino.

Ou encore...

Bon. La vérité, c'est que les détails allaient devoir attendre que Dortmunder arrive à Las Vegas, c'est-à-dire ce soir, par le dernier vol partant de Newark, à condition qu'il réussisse à boucler ses bagages. Un point c'est tout.

Eh bien, non. Le téléphone ne pouvait pas s'arrêter de sonner. La première fois, il envisagea une seconde de ne pas répondre, mais c'était peut-être May qui appelait du supermarché ; vu qu'elle ne participait pas à cette expédition, elle risquait d'avoir quelque chose à lui dire à la dernière minute. Ou bien, c'était un des quatre de la bande, avec un problème. Quelquefois, les gens ont des problèmes. Aussi répondit-il chaque fois que le téléphone sonna, et chaque fois c'était la même chose, à savoir que tout le monde voulait être de la partie.

Le premier fut Gus Brock. « John, je croyais qu'on était redevenus copains.

– Je n'ai rien à te reprocher, Gus.

– Ben alors, comment ça se fait que je sois exclu ?

– Oh, tu veux dire...
– Je veux dire la petite visite à Las Vegas. Andy Kelp vient de la mentionner.
– Mention devrait être le deuxième prénom d'Andy Kelp.
– Sa femme et la mienne et lui et moi, on s'est envoyé une petite omelette à déjeuner et le sujet est venu sur le tapis, alors voilà ma question, où je me situe dans ce coup-là ?
– Gus, tu sais très bien que nous sommes toujours copains, là n'est pas la question, mais pour ce dont j'ai besoin...
– Tu parles d'un truc avec une supersécurité, un endroit comme ça...
– Je sais, Gus, mais je le répète depuis toujours, si on ne peut pas faire un coup avec cinq types, on...
– Je veux en être, John, insista Gus. Et cette fois, ce n'est pas pour ma part de butin, tu comprends ?
– Non, dit Dortmunder.
– Je veux être présent quand tu reprendras ta bague. D'accord ? Je veux t'aider. Juste pour la solidarité, tu vois ce que je veux dire ?
– Eh bien, Gus, en fait, c'est que, c'est un peu, euh...
– T'inquiète pas pour ça, dit Gus. Je ferai le trajet avec Andy.
– D'accord, Gus », dit Dortmunder. Il ne s'attendait pas à se sentir aussi content, joyeux et remonté, et en même temps il pensait qu'il pourrait toujours modifier légèrement le plan, régler différemment les détails quand viendrait le moment de régler les détails, et Gus serait probablement un atout supplémentaire pour l'équipe, et la règle des cinq n'était pas inscrite sur les tablettes de la loi, et puis zut ! « Bon, je te vois là-bas », conclut-il. Ayant raccroché, il retourna faire ses bagages et à peine avait-il ouvert un tiroir que le téléphone sonnait.

Cette fois, c'était Fred Lartz, l'ancien chauffeur dont la femme, Thelma, tenait le volant, ces derniers temps. « John, commença-t-il, j'ai bavardé avec Ralph Winslow ce matin. Il paraît que tu vas récupérer ta bague.

– Je l'espère.

– Si j'en juge par ce que raconte Ralph, il va te falloir plus d'un chauffeur. Je veux dire, tu as déjà Stan, c'est ça ?

– Plus d'un chauffeur ? Mais pourquoi devrais-je...

– Tu vas avoir des véhicules qui entrent en ville, et d'autres qui en sortent. Réfléchis-y, John.

– Tu veux dire que tu voudrais en être ?

– Thelma et moi, expliqua Fred, nous n'avons pas mis les pieds à l'Ouest depuis un bout de temps. C'est une chouette route, jusque là-bas. On aimerait bosser avec toi, John. Thelma et moi. On en a parlé sérieusement, et c'est ce qu'on pense. »

Donc, Dortmunder accepta que Thelma et Fred participent à l'opération, et cette fois, le téléphone sonna avant qu'il ait pu regagner la chambre, et c'était un autre acolyte de la première heure qui appelait, avec le même discours, et pas moyen de lui dire non.

Et cela se poursuivit ainsi, un appel succédant à l'autre. Puis ce fut le tour d'Alias, qui dit : « John, j'ai entendu dire que tu partais en voyage.

– Et toi, tu as envie de venir aussi.

– John, je le ferais si c'était possible. Mais tu me connais, j'ai tous ces petits fers qui chauffent en même temps, plein de fers sur le feu que je dois surveiller pour que ça ne brûle pas.

– Oui, je me souviens, dit Dortmunder. Fred Mullins de Carrport m'a parlé de ça.

– Si ce n'était pas malheureux, John ! Je me souviens de cette histoire comme si c'était hier.

– Moi aussi, dit Dortmunder. Quoique certains des noms commencent à m'échapper.

– J'ai le sentiment de te devoir quelque chose pour toutes les choses qui n'ont pas marché ici et là, une fois par-ci, une fois par-là, dit Alias.

– C'est gentil à toi d'y penser.

– Tu te souviens d'un dénommé Lester Vogel ? demanda Alias. Il était dans la bagagerie, il fabriquait des sacs de voyage, tu sais.

– Je ne crois pas.

– Il a fait un peu de taule, il y a quelque temps.

– Pour avoir fabriqué des bagages ?

– C'est-à-dire, tu sais, Lester aimait bien mettre ses initiales sur ses bagages, c'était sa fierté, et voilà-t-il pas qu'avec ses initiales et le design et tout, ses sacs ressemblaient furieusement à d'autres trucs qui étaient soi-disant arrivés les premiers sur le marché. On a crié à la contrefaçon, ce genre de chose, et les autres étaient en cheville avec la loi, tu vois, et ils ont bouclé Lester, qui a emporté ses affaires dans une taie d'oreiller, sans initiales dessus.

– Le même truc est arrivé à un type que je connais, dit Dortmunder. Lui, il fabriquait des montres. Il les appelait Rolez.

– Ce sont des choses qui arrivent, commenta Alias. On pourrait s'attendre à un peu de compréhension de la part de la concurrence, ça arrive à tout le monde de faire des erreurs. Eh bien, on en est là.

– On en est où ? demanda Dortmunder.

– Lester est sorti, répondit Alias. Ils l'ont relâché il y a environ un an.

– Je suis content pour lui.

– Il s'est retiré à l'Ouest, à cause de sa santé. Il est installé dans un patelin du Nevada, Henderson. C'est près de Las Vegas. »

On va peut-être finir par y arriver, pensa Dortmunder, ajoutant à voix haute : « Ah oui ?

– Il a une petite fabrique là-bas.

– Il s'est remis à la bagagerie ?

– Non, non, il est dans les produits d'entretien pour la maison, maintenant. Un truc pour rendre la maison toute belle et étincelante.

– Monsieur Propre, suggéra Dortmunder.

– Justement, je crois que le sien s'appelle Madame Propre, dit Alias. L'emballage a la même couleur, en tout cas. Mais sa meilleure vente, c'est Clorex.

– Ah, fit Dortmunder.

– Ça se vend super bien ici, dans le sud-ouest, expliqua Alias. Jusque au-delà de la frontière, au Mexique et dans les Caraïbes. À sa façon, tu sais, il court-circuite drôlement bien la concurrence.

– Je lui fais confiance.

– Je pourrais l'appeler, lui dire que tu vas dans le coin.

– Ah oui ?

– Parce que tu comprends, poursuivit Alias, Lester a des employés, il a des bâtiments et des camions, ça pourrait t'être utile. Tu vois ce que je veux dire ? Et bien plus encore que si je pouvais venir. Après tout, qu'est-ce que je connais de l'Ouest ? »

Un gros rocher au milieu de la rivière, tout à coup. Et un autre. Et encore un autre. Voilà une idée neuve, et qui permettra d'employer tous ces gens qui n'arrêtent pas de lui téléphoner. Se rappelant un fait intéressant concernant Las Vegas, Dortmunder demanda : « Son affaire, à ton copain, elle a quelque chose à voir avec la chimie, hein ?

– Des produits d'entretien, insista Alias. On ne parle pas de drogues, John, de substances illicites, rien de ce genre.

– Non, j'ai bien compris. Mais je contacterai peut-être ton ami. Tu peux me donner son numéro ? »

Ce que fit Alias, ajoutant : « Je vais l'appeler maintenant pour lui dire que tu es en route.

– Un type comme lui, avec son secteur d'activité, il a probablement des gaz industriels, tu ne penses pas ?

– Il faut que tu lui demandes, mais je pense que oui. Avec toutes ces saletés tex-mex qu'ils bouffent là-bas, oui, je veux bien croire qu'ils ont tous des gaz industriels. »

41

Ce fut une complication inattendue pour Andy Kelp de découvrir qu'Anne-Marie voulait venir. « Ne me dis pas que tu connais aussi Las Vegas.

– Je n'y ai jamais mis les pieds de ma vie, lui assura-t-elle. La politique est le seul jeu que l'on pratiquait dans ma famille. »

Cette conversation avait lieu dans un taxi se dirigeant vers le centre-ville, en fin d'après-midi le mercredi. Ils avaient déjeuné avec Gus et son amie Tillie, puis ils étaient allés voir un film dans le Village, et maintenant, ils remontaient vers le centre pour retourner dans ce qui avait jusqu'alors été l'appartement de Kelp mais était en train de devenir « leur » appartement, et voilà qu'Anne-Marie voulait les accompagner pour l'opération Las Vegas. C'était suffisant pour provoquer dans l'esprit de Kelp une réévaluation majeure de leur relation, ici même dans le taxi, avec les yeux brillants d'Anne-Marie fixés en permanence sur son profil.

Au fil des ans, Kelp avait eu un certain nombre de liaisons avec des personnes du sexe opposé, certaines officialisées par les autorités à la faveur de divers rites et rituels, d'autres pas. Il ne classait cependant pas ces liaisons en fonction de leur officialité mais de leur durée, et dans son expérience, il existait deux catégories de relations interpersonnelles entre sexes opposés : 1) brèves et douces et 2) longues et amères.

Kelp savait que ce n'était pas le cas pour tout le monde. Il pensait à John et May, par exemple, et à quelques autres. Mais pour sa part, jusqu'à ce jour, il s'était toujours avéré que chaque nouvelle association démarrait sur des nuages et s'estompait progressivement, un peu comme le reflux d'une marée. Les liaisons brèves, par conséquent, tendaient à laisser un résidu de nostalgie, une lueur de demi-bonheur où les mauvais passages étaient recouverts d'un voile pudique et les moments idylliques idéalisés, tandis que les liaisons de longue durée avaient tendance à se terminer dans l'aigreur et les récriminations, les ego traumatisés et les disputes insolubles, au point qu'on se rappelait seulement les kystes et les verrues.

Par conséquent, songeait Kelp dans le taxi, au côté d'une Anne-Marie pleine d'espoir, la question se posait en ces termes : quel souvenir voulait-il garder d'elle ? Voulait-il un souvenir chaleureux et doux, ou un souvenir froid et amer ? Si elle comptait assez à ses yeux pour qu'il ait envie d'un souvenir doré – et elle comptait beaucoup, définitivement –, dans ce cas, n'était-il pas temps de laisser sa mémoire commencer à œuvrer utilement, en disant au revoir, Anne-Marie, au revoir ?

D'un autre côté, il devait l'admettre, il avait un certain mal à envisager l'existence après avoir dit au revoir à Anne-Marie. Il était bien avec elle, et savait qu'elle était bien avec lui. Et d'une manière très révélatrice, elle était extrêmement différente de toutes les femmes qu'il avait rencontrées, et c'était une différence agréablement révélatrice. En substance, elle semblait se foutre complètement de l'avenir.

Et ça, dans l'expérience de Kelp, c'était unique. Toutes les autres femmes qu'il avait rencontrées, quand elle ne se préoccupaient pas de leur apparence, se préoccupaient de ce qui allait suivre. Elles étaient toutes braquées sur l'avenir, elle voulaient toutes des promesses et des garanties, et des choses par écrit, et un plan. Pour Kelp, dont la philosophie de la vie se résumait à considérer chaque nouvelle journée comme une chance de triompher de l'imprévu – ou du moins, de ne pas se laisser balayer par l'imprévu –, vouloir assurer le lendemain était un truc inexplicable. Il réagissait plutôt ainsi : vous savez, c'est déjà assez difficile comme ça d'assurer aujourd'hui.

(Bien entendu, il ne lui était jamais venu à l'esprit que cette philosophie puisse être la cause de certaine nervosité, chez ses jeunes amies, qui les sensibilisait plus que de raison aux événements à venir. Cependant, puisque toutes ses journées étaient neuves dans la mesure où il n'était soumis à aucun plan prédéterminé, c'était une idée qui pouvait encore l'effleurer. Rien n'est exclu.)

N'empêche, Anne-Marie était différente. Elle prenait l'imprévu en marche et semblait ne se préoccuper de rien, et en particulier pas de ce que l'avenir réservait. Ce qui faisait d'elle une femme très facile à vivre pour un homme tel qu'Andy Kelp, et peut-être était-ce aussi pour cela qu'elle trouvait Andy facile à vivre. À chaque jour suffit sa peine et qui se soucie de demain, d'accord ? D'accord.

Le taxi s'approchait de *leur* appartement. Anne-Marie attendait, un léger sourire aux lèvres, les yeux brillants. Elle ne se soucie pas de ce qui va arriver, pensa Kelp, et puisque c'est ainsi, moi non plus. Je ne veux pas rompre avec elle aujourd'hui. Ça, au moins, je le sais.

« Si tu nous accompagnais », dit-il tout en sachant que le fait même de commencer sa phrase par *si*, c'était admettre qu'elle allait arriver à ses fins, « si tu venais, comment occuperais-tu ton temps ?

– Je vais y réfléchir, répondit-elle, radieuse. Nous allons y réfléchir ensemble. »

42

Wylie Branch se tenait toujours une hanche en avant, les bras ballants, la tête rejetée en arrière et les paupières légèrement baissées, comme s'il s'apprêtait à dégainer en un clin d'œil. À ceci près que le holster de sa hanche droite abritait un walkie-talkie et non un pistolet. Il prenait la pose en ce moment même, l'air impec dans son costume ocre de chef de la sécurité, regardant par la baie vitrée du cottage numéro un de Battle-Lake, autour duquel les touristes restaient bouche bée, à l'instar des poissons, se regardant mutuellement lancer des pièces de monnaie parfaitement valides dans l'eau peu profonde du lac. « Eh bien, fit-il, Earl Radburn a peut-être la cervelle dans le cul, mais il a raison au sujet de ce foutu lac. »

Dans son dos, Brandon Camberbridge n'avait cessé de rôder nerveusement dans le cottage, tatillon et jamais satisfait, non seulement un gars timoré, mais nerveux de surcroît, dont le reflet dansait sur la vitre devant Wylie comme le fantôme de Franklin Pangborn. Et voici maintenant que, s'avançant à son tour pour regarder le lac, il présentait son profil agité à Wylie. « Oh, Wylie, dit-il, nous ne pouvons pas toucher au lac.

– C'est un putain de cauchemar, en termes de sécurité, lui répondit l'autre.

– Mais il est si beau, insista Brandon. Un parfait morceau de paradis.

– De toute manière, tôt ou tard, on va être obligé de le fermer pendant un bon moment, pour le vider, le nettoyer et lui refaire une beauté. Alors, pourquoi pas tout de suite ? Si quelqu'un pose des questions, c'est de l'entretien normal.

– Jeudi, commença Brandon en comptant sur ses doigts à partir du jour même, vendredi, samedi, dimanche, lundi. L'huile suprême ne viendra pas avant quatre jours, Wylie. Et tu veux qu'on transforme ce magnifique lac en bourbier asséché pendant une semaine ?

– Les bourbiers ne sont jamais asséchés.

– Tu sais ce que je veux dire.

– Tu veux dire que tout doit être nickel, lui reprocha Wylie. Tu veux dire que ça t'est égal que la grande huile, enfin, je ne sais pas comment tu l'appelles...

– L'huile suprême, Wylie, je t'en prie.

– Ça t'est égal que le grand patron se fasse voler, blesser ou pire encore, du moment que ton petit royaume reste nickel.

– Wylie, ce n'est pas juste, geignit Brandon, quasiment prêt à fondre en larmes. Tu sais que je fais tout mon possible pour que l'huile suprême soit protégée, mais je ne vois pas en quoi le fait de vider notre magnifique lac pourrait nous aider à mieux remplir notre mission. »

Wylie soupira et changea de position, avançant la hanche gauche. Earl Redburn, chef de la sécurité pour l'ensemble des sociétés de TUI, et le pire emmerdeur de la terre, était venu et reparti, laissant entre les mains de Wylie la responsabilité de la sécurité pour l'imminente visite de Max Fairbanks. Il avait également laissé de la sécurité musclée derrière lui, en la personne d'un groupe de gardes musclés, du renfort détaché d'autres parties de l'empire TUI, désormais et momentanément sous les ordres de Wylie, si bien qu'il était bel et bien persuadé que si quoi que ce soit de fâcheux se produisait pendant le séjour de Max Fairbanks, ce serait sa propre tête à lui, Wylie, qui tomberait, et pas celle d'Earl Redburn, et encore moins celle de ce maudit pédé à côté de lui.

Wylie n'avait pas spécialement envie de voir sa tête tomber. Il aimait bien cet endroit. Il aimait son job, il aimait l'autorité qu'il exerçait sur les autres employés, il aimait le salaire généreux qu'il touchait, et il aimait sauter la femme du patron. La fameuse Nell, lorsqu'elle n'était pas embarquée dans une de ses éternelles expéditions baise et shopping quelque part sur le territoire des États-Unis d'Amérique, était une véritable tigresse dans le tableau de chasse de Wylie, vu qu'elle n'obtenait pas grande satisfaction de la tapette qu'elle avait épousée dans un moment d'inattention – et il ne tenait pas à perdre tout ça juste pour que ladite tapette puisse continuer à admirer son putain de faux lac.

Mais ce n'était pas un argument acceptable. Wylie allait l'emporter, il le voyait déjà, alors que diable, ils n'auraient qu'à poster des gros balaises tout autour pendant que Fairbanks serait là, que cela plaise ou non à Brandon Camberbridge, et à s'en remettre à leur bonne fortune. En attendant, il était inutile d'insister davantage. Wylie ferma son clapet et continua de lorgner les touristes, imaginant qu'un desperado armé jusqu'aux dents se cachait derrière chacun d'eux. Hummm. Certains sont drôlement bien déguisés.

Attendez une seconde. Wylie lorgna avec plus d'attention, pour de bon cette fois. Ce type, là-bas...

Il tenait enfin son occasion de dégainer en un clin d'œil. Il sortit donc son walkie-talkie, appuya sur Envoi et lança : « Un à Base, Un à Base. »

Aussi fébrile qu'une lycéenne à un pique-nique des Hell's Angels, Brandon s'écria : « Wylie ? Qu'est-ce qui se passe ?

– *Base. Qu'y a-t-il, Wylie ?*

– Thayer, dit Wylie en reconnaissant la voix malgré les crachotements de l'appareil, nous avons un individu suspect sur la promenade est, au sud du lac, avant les cottages. »

Les yeux écarquillés, Brandon chevrota : « Wylie ? C'est *lui* ? Lequel est-ce ? »

Plus affirmée, la voix de Thayer retentit dans le walkie-talkie : « J'ai deux gars à proximité. Que doivent-ils chercher ?

– Milieu de la quarantaine, précisa Wylie en observant le rôdeur. Un mètre quatre-vingts, race blanche, chemise bleu clair, pantalon gris froissé. Les mains dans les poches. Un air de chien battu.

– Je le tiens.

– Terminé », dit Wylie, et il rengaina le wakie-talkie d'un geste fluide.

Pendant ce temps, Brandon, qui avait repéré la cible de Wylie en écoutant sa description, s'était mis à suivre des yeux le rôdeur qui continuait à rôder.

« Ce type-là, Wylie ? Vous ne vous imaginez tout de même pas que c'est *celui* que vous recherchez, hein ?

– Certes pas. Non. À mon avis, ce type-là fait dans le vol à la tire.

– Oh, allons, Wylie ! s'exclama Brandon. Tu vois des criminels partout. Celui-ci n'est qu'un spécimen traditionnel du mec qui en a marre de sa famille.

– Dans ce cas, elle est où, sa famille ?

– Dans la piscine, peut-être bien.

– Il traîne dans le même secteur depuis vingt minutes, je n'ai pas cessé de l'observer. Il n'est accompagné de personne. Ce n'est pas un vacancier. Et ce n'est pas un sans-abri non plus, car il ne guigne pas l'argent au fond du lac.

– Tout ça ne fait pas de lui un pickpocket, objecta Brandon.

– Eh bien, dit Wylie, c'est un indésirable, si tu préfères. » Et il hocha la tête d'un air satisfait quand deux gros bras de la sécurité vinrent encadrer le rôdeur, mine de rien. « Par conséquent, nous allons le faire dégager », ajouta-t-il.

Brandon regarda d'un air soucieux l'individu, là, en bas, qui avançait le long de la pente incurvée, entouré de toutes ces familles bouche bée et endimanchées, et finit par soupirer, hochant la tête en signe de reddition. « Je dois reconnaître qu'il n'a pas exactement l'air d'un visiteur. »

43

Lorsqu'il repéra les deux vigiles en uniforme ocre qui lui filaient le train, Dortmunder sut que c'était le moment d'aller ailleurs. Cela dit, ils l'avaient détecté drôlement vite. Lui qui pensait ressembler aux autres gugusses qui traînassaient dans le coin en se demandant où, au juste, on était censé s'amuser. Eh bien, non.

D'ailleurs, il en avait assez vu pour l'instant. Le casino, le lac, les cottages qu'occuperait Fairbanks, la disposition générale des lieux. Alors, il bâilla et s'étira, regarda autour de lui comme un brave type qui n'a aucun souci au monde, et s'éloigna mollement du lac et des cottages, en direction du bâtiment principal et du casino, et au-delà, du Strip de Las Vegas. Et chaque fois que son regard s'attardait dans les parages, ces deux types de la sécurité étaient à proximité.

Bon, on l'avait prévenu. On l'avait prévenu trois fois, en fait, et chacun des avertissements avait été amical, émis avec les meilleures intentions.

La première, c'était la nuit précédente, quand il avait atterri avec l'avion de Newark et traversé le terminal de l'aéroport international McCarran, insensible à la barrière de machines à sous qui paraissait happer un touriste sur dix avant même la sortie du bâtiment. Dehors, dans la chaleur sèche de la nuit, il engouffra sa valise puis sa propre personne à l'intérieur du premier taxi de la file, et dit au chauffeur, un petit mec ratatiné en T-shirt violet et casquette noire des Los Angeles Raiders : « Je cherche un motel pas trop loin du Strip. Un endroit qui ne coûte pas une fortune. »

Le taxi le gratifia dans le rétroviseur d'un regard de merlan frit, lança « Euh, euh » en guise de réponse et les conduisit loin de là.

Le désert, la nuit. Étoiles perchées haut dans le ciel, étendue de terre plate et sombre, et devant eux, la ville d'un blanc éclatant. Ils roulèrent en silence un moment, puis le chauffeur fit : « Mon vieux, je vais vous donner un conseil. »

Dortmunder ignorait qu'il avait besoin d'un conseil. Il croisa le regard imperturbable du chauffeur dans le rétroviseur, son petit visage maussade verdi par la lumière du tableau de bord, et répondit : « Bien sûr.

– Je ne sais rien de votre plan, mais renoncez-y. »

Dortmunder se pencha en posant l'avant-bras sur le dossier du siège droit de manière à voir le profil du chauffeur.

« Répétez-moi ça ?

– Cette ville vous connaît, mec. Elle en a déjà vu des milliers comme vous. Les gens sont rapides et malins dans le coin, et vachement méchants. Vous croyez que je me suis tapé tout le chemin jusqu'ici pour faire le taxi ?

– Aucune idée.

– Vous n'êtes pas un touriste, dit le chauffeur du taxi. Moi non plus, au départ. Je me suis dit en arrivant, il y a onze ans, l'argent coule à flots dans cette ville, je vais m'en prendre un peu. Je me suis retrouvé sur le trottoir avec un flingue au creux des reins avant même d'avoir pu dire *s'il vous plaît*.

– Vous devez me confondre avec quelqu'un d'autre, dit Dortmunder.

– Euh, euh », fit le taxi, et il la boucla jusqu'à ce qu'ils s'arrêtent devant la réception du Randy Unicorn Motel & Pool. Alors, Dortmunder lui ayant réglé la course et laissé un pourboire plus généreux que la moyenne, le chauffeur lui lança, pince-sans-rire : « Profitez bien de vos vacances.

– Merci. »

Le Randy Unicorn était un bâtiment en brique de forme allongée, de plain-pied et essentiellement éclairé au néon rouge. Quand Dortmunder poussa la porte d'entrée, une sonnerie retentit quelque part dans les profondeurs et la minute suivante, une momie en bigoudis roses surgissait de la porte derrière le comptoir. Elle le toisa de pied en cap et proféra : « Euh, euh.

– Je voudrais une chambre, dit Dortmunder.

– J'avais deviné, répondit la femme, puis, lui désignant des formulaires d'inscription, elle ajouta : « Remplissez-moi ça.

– Certainement. »

Dortmunder écrivit un conte de fées sur le formulaire pendant que la femme scrutait la fenêtre derrière lui. « Pas de voiture ? demanda-t-elle.

– J'arrive de l'aéroport, expliqua Dortmunder. Un taxi m'a déposé.

– Euh, euh », répéta la momie.

Dortmunder détestait cette manie qu'avaient les gens, dans le coin, de répéter *euh, euh*, à tout propos, comme s'ils voulaient dire *on connaît votre numéro, et il n'est pas bon.* « Tenez », dit-il, ayant terminé son conte de fées.

La momie lut le texte avec un sourire sceptique et demanda : « Vous avez l'intention de rester longtemps ?

– Une semaine. Je vous réglerai en espèces.

– Je sais. On fait cinq pour cent de réduction aux

gens qui payent en liquide, et encore deux pour cent s'ils règlent la semaine d'avance. Tout de suite.

– Ça me va », mentit Dortmunder en sortant son portefeuille rembourré. Il payait en espèces, et avec son argent à lui, en plus, parce que le genre de carte de crédit que son ami Stoon lui fournissait d'habitude risquait de se ratatiner comme la dernière feuille de l'automne avant la fin de cette promenade à Las Vegas. Et s'il s'agissait effectivement de son agent personnel, il provenait à l'origine de Max Fairbanks, d'une manière ou d'une autre, et il lui paraissait juste de dépenser l'argent de Max Fairbanks pour traquer celui-ci.

Son autre raison de descendre dans un motel un peu à l'écart du Strip, et pas au Gaiety, c'est que Fairbanks s'attendait à ce qu'il vienne, ce qui signifiait que le moindre péquin débarquant seul au Gaiety dans les jours à venir allait avoir droit à une surveillance drôlement stricte. En fait, qu'ils arrivent par couple ou en groupe, peu importe la combinaison, tous les types auraient droit à une inspection rigoureuse, pellicules comprises, ce qui expliquait qu'aucun des garçons venus aider Dortmunder dans ce moment difficile ne descende au Gaiety, mais ici et là, un peu partout.

La momie regarda les mains et le portefeuille de Dortmunder, et les billets qu'il étala sur le comptoir. Il rangea le portefeuille dans sa poche, elle rafla les billets et les compta, puis elle ajouta : « Ça ne me regarde pas. »

Surpris, Dortmunder leva les yeux.

« À votre place, je laisserais tomber », ajouta-t-elle.

Dortmunder était déconcerté. « Laisser tomber quoi ?

– Le truc que vous avez en tête. Vous m'avez l'air sympa, pas ramenard ni rien, alors je vais vous donner un conseil, si ça ne vous ennuie pas.

– Tout le monde me donne des conseils, se plaignit Dortmunder.

– C'est que vous en avez besoin, tout le monde peut voir ça. Mon conseil est : profitez de votre séjour dans notre belle ville. Nagez dans notre piscine, c'est une très jolie piscine, je vous assure. Allez faire un tour au casino, prenez du bon temps. Dégustez la cuisine locale, admirez le paysage. Et au bout d'une semaine, rentrez chez vous. Parce que sinon, je vous préviens, dit-elle en agitant une liasse de billets, vous ne serez pas remboursé.

– Il n'y aura pas lieu, assura Dortmunder.

– Euh, euh », commenta-t-elle en hochant la tête, tout en glissant l'argent dans une poche de son cardigan.

Donc, ça, c'était le deuxième avertissement, et le troisième était intervenu le matin même à une rue du motel, dans un café où il prenait son petit déjeuner et où la serveuse, en lui apportant la note à la fin, lui avait demandé : « Vous venez d'arriver en ville ?

– Oui.

– Eh bien, laissez-moi vous donner un conseil. » Et se penchant vers lui, elle ajouta à voix basse : « Partez. »

Et il est depuis une heure à peine au Gaiety Hotel, Battle-Lake et Casino, que déjà les gardes de sécurité lui collent aux baskets. Qu'est-ce qui se passe ici ?

Le trajet à pied entre le Strip et le Randy Unicorn prit vingt minutes, par une route plate traversant une terre ocre où il y avait plus d'espaces vides que de constructions, et aucune des constructions ne dépassant trois étages.

Dans son dos se dressaient ces élucubrations architecturales, jaillissant dans le ciel tels des champignons psychédéliques, des millions de lumières étincelantes rivalisant avec le soleil, une seule ligne de bâtisses improbables se détachant sur cette platitude en plein milieu du désert martien, comme sorties de graines plantées par le dieu Pan dans le sol aride, alors qu'en réalité c'est Bugsy Siegel qui les avait plantées et arrosées de son propre sang.

Traversant sous le soleil cette version inférieure de Las Vegas faite de parkings poussiéreux, de teintureries et de magasins de spiritueux aux vitrines rincées à grande eau, Dortmunder se dit qu'après tout, il était peut-être moins invisible que d'habitude lorsqu'il se trouvait en dehors de New York. Il allait devoir se déplacer dans cette ville avec d'infinies précautions.

Lorsqu'il aborda d'un pas traînant le bloc desséché par le soleil qui abritait le Randy Unicorn, il dut passer d'abord devant le bureau de réception qui commandait l'accès aux bungalows, et à ce moment précis, la porte s'ouvrit et la momie passa la tête en disant : « Venez voir par ici. »

Dortmunder la regarda, puis il regarda la rangée de portes de bungalows qui donnait sur la surface goudronnée du parking séparant les bâtiments de la rue. Une Buick Regal gris métallisé était garée là au milieu d'autres véhicules, capot orienté vers les chambres, probablement devant celle de Dortmunder. Elle détonnait parmi les pick-up poussiéreux et les breaks à l'arrière affaissé qui se trouvaient devant les autres bungalows. Dortmunder ne pouvait pas voir la plaque minéralogique de la Regal, mais il pouvait deviner. Et il devinait également ce que la momie voulait lui dire.

Ce qu'elle lui dit effectivement. « Il y a un individu qui s'est introduit dans votre chambre tout à l'heure. Il y est toujours.

– Pas de problème, dit Dortmunder. C'est un de mes amis.

– Euh, euh », fit-elle.

44

« Ah, une route dégagée », dit Andy Kelp qui conduisait la Regal. (Immatriculée au Nouveau-Mexique, à en croire la plaque minéralogique affichant, comme Dortmunder s'y attendait, le MD réservé aux médecins.)

L'Interstate 93/95 entre Las Vegas et Henderson était une route large, certes, mais avec cette circulation infernale de camions, Dortmunder ne l'aurait pas qualifiée de dégagée. Cependant, ils avançaient à bonne allure et la climatisation était aussi douce qu'une couche de bébé, si bien que Dortmunder se détendit un peu, tout ce confort aidant. « Je vais te raconter ce qui s'est passé par ici », annonça-t-il.

Kelp cessa de regarder les semi-remorques, camionnettes et poids lourds, le temps de s'étonner : « Ce qui s'est passé ? Tu viens à peine d'arriver !

– Eh bien, lui dit Dortmunder, tout le monde me prend pour ce que je ne suis pas. Comme *ça* ! Comme *ça* ! » La deuxième fois qu'il essaya de claquer des doigts, il se bousilla quelque chose dans l'articulation. « Dans la seconde », expliqua-t-il.

Andy Kelp lui fit signe qu'il avait pigé et reporta son regard vers la route juste à temps pour éviter la collision avec un gros camion à claires-voies rempli de vaches vivantes. Donnant un coup de volant pour éviter les bovidés qui les regardèrent passer avec un air de reproche, Kelp déclara : « Je vois ce que tu as comme problème, John. Tu n'as aucun sens de ce qu'on appelle la technique du caméléon. »

Dortmunder fronça les sourcils et se massa les jointures.

« C'est quoi, ça ?

– Tu verras, promit Kelp d'un ton qui n'augurait rien de bon. En rentrant de notre visite chez le dénommé Vogel. Mais commençons par régler cette partie-là de l'affaire. J'espère qu'il a ce qu'on cherche, ajouta-t-il en secouant la tête et en se faufilant comme une anguille dans la circulation.

– Ça aiderait vachement », reconnut Dortmunder.

Dortmunder avait téléphoné de Las Vegas à Lester Vogel pour se présenter et lui demander le chemin, aussi trouvèrent-ils du premier coup le quartier ocre, inachevé, d'entrepôts et de petites usines au milieu du désert rabougri, juste derrière la limite d'Henderson. Une haute palissade en bois naturel entourait un bloc entier, avec l'inscription GENERAL MANUFACTURING en grandes lettres noires sur chaque côté. Ça ne donnait pas beaucoup d'indications sur ce qui se trafiquait là-dedans. Toutefois, lorsque Dortmunder et Kelp sortirent de la Regal climatisée pour affronter l'air chaud du Nevada, l'odeur qui flottait au-dessus de cette palissade suggérait que non loin de là, des gens remuaient d'une main quelque chose dans des cuves tout en se bouchant le nez de l'autre.

Suivant les instructions, Kelp s'était garé près de l'entrée des camions de General Manufacturing, une énorme double porte en planches larges qui ressemblait au reste de la façade, soigneusement fermée. Ils se dirigèrent donc vers la porte, tapèrent vigoureusement dessus pendant un moment, et de l'autre côté, une voix finit par crier quelque chose en espagnol, si bien que Dortmunder répondit pareillement, en anglais : « Dortmunder ! Je viens voir Vogel ! »

S'ensuivit un silence prolongé pendant lequel Dortmunder tenta vainement d'entrevoir quelque chose dans l'interstice des planches, puis, au moment où Kelp disait « Peut-être qu'on devrait cogner encore un coup », un des battants s'ouvrit de quelques centimètres vers l'intérieur, juste pour laisser passer une tête osseuse, aux cheveux noirs et à la peau basanée, qui les examina brièvement avant de dire : « Okay. »

La tête disparut, mais l'ouverture subsista, si bien que Dortmunder et Kelp se faufilèrent de l'autre côté, pour découvrir que l'intérieur de General Manufacturing consistait en un tas d'endroits différents, sorte de village d'artisans affairés dans divers hangars, cabanes et remises, et au moins un car de ramassage scolaire dépouillé de ses roues. Diverses fumées de couleurs variées s'élevaient de plusieurs endroits. Des véhicules de toutes sortes étaient garés au petit bonheur entre les petites structures. Des ouvriers martelaient, vissaient, peignaient et démantelaient diverses choses. On chargeait et déchargeait des camions qui portaient presque tous des plaques mexicaines vert pâle. À droite, dans un appentis ouvert sur le côté, des gens touillaient d'une main des choses dans des cuves en se bouchant le nez de l'autre.

La tête osseuse qui les avait invités à entrer appartenait à un corps décharné enveloppé dans quelques morceaux de vêtements déchirés. À en juger par sa taille, sa maigreur et l'état de sa denture, l'individu pouvait avoir n'importe quel âge entre onze et quatre-vingt-seize ans. Ayant refermé la porte derrière eux et l'ayant bloquée avec une grosse barre horizontale en bois, il se retourna vers Dortmunder et Kelp, hocha vigoureusement la tête et agita une main en direction du car en annonçant : « Bourreau.

– Vu », dit Dortmunder, qui entreprit avec Kelp de traverser le paysage poussiéreux et affairé qui leur aurait certainement rappelé la forge de Vulcain s'ils avaient l'un ou l'autre écouté un peu plus attentivement ce qu'on leur disait à l'école, et au moment où ils atteignaient le car jaune orangé, la porte s'ouvrit mollement et un individu filiforme et souriant en émergea, vêtu d'un costume trois-pièces noir, d'une chemise blanche, d'une cravate noire, et chaussé de richelieus noirs à bout ailé. Il avait l'air d'un type prêt à se rendre à des obsèques qui le réjouissent.

L'individu se posta devant Dortmunder et Kelp, jambes écartées, mains sur les hanches, menton projeté en avant, regard brillant et joyeux quoique légèrement agressif en même temps, et demanda : « Lequel est Dortmunder ?

– Moi, répondit Dortmunder.

– Bien », fit l'autre. Puis, plissant les yeux en regardant Kelp : « Et vous, alors, z'êtes qui ?

– Son ami. »

Le type digéra l'information et fronça gravement les sourcils. « Vous êtes de New York ? »

Kelp lui rendit son regard méfiant. « Pourquoi ?

– J'en étais sûr ! hurla le type, s'illuminant comme Times Square. Lester Vogel, annonça-t-il en tendant la main à Kelp. Moi aussi, j'ai habité New York.

– Andy Kelp, annonça Kelp, indécis, en serrant la main de Lester Vogel.

– Vous avez habité New York ? » demanda Dortmunder.

Vogel sacrifia également avec lui au rite de la poignée de main.

« Vous savez, les gars, au bout d'un moment, on finit par perdre ses réflexes. Je suis obligé de vivre ici, vous comprenez, c'est plus près de la clientèle, plus près du réservoir de main-d'œuvre, plus près de la qualité d'air qu'est censée empêcher vos poumons de se dégonfler comme des pneus, alors me voici. Mais New York me manque drôlement. Écoutez, Dortmunder, faites-moi... Ça vous ennuie que je vous appelle comme ça ?

– Non.

– Merci. Écoutez, Dortmunder, faites-moi plaisir, dites-moi un truc new-yorkais, vous voulez bien ? On ne parle que mexicain par ici, c'est comme si je vivais dans le métro, j'entends ces gens qui jacassent, je lève les yeux, où est ma station ? 33e Rue Est. Le problème, mec, c'est que je suis là, c'est ici, l'arrêt ! Allons, Dortmunder, dites-moi un truc new-yorkais ! »

Dortmunder baissa les yeux vers ce drôle de pistolet. « Pour quoi faire ?

– Oh, merci ! s'exclama Vogel avec un sourire ravi. Les gens d'ici, si on leur pose une question, vous savez ce qu'ils font ? Ils y répondent ! Ça me sort par les oreilles, leur *por favor*. Vous savez ce que je fais, de temps en temps ? Je décroche le téléphone, je compose l'indicatif 718 et j'appelle un numéro au hasard, rien que pour le plaisir d'entendre quelqu'un gueuler parce que j'ai fait un faux numéro !

– Alors, comme ça, c'était vous, espèce d'enfoiré ! » dit Kelp en lui souriant.

Vogel lui rendit son sourire. « Kelp, je crois qu'on va bien... Oh, pardon. Je peux vous appeler Kelp ?

– Bien sûr. Et vous, c'est Vogel, hein ?

– Les *serveuses*, par ici, elles s'appellent toutes

Debby et elles insistent pour m'appeler Lester. J'ai l'impression d'être un déodorant. Bon, en tout cas, poursuivit-il en restant jovial malgré ses récriminations, Alias me dit que je pourrais peut-être vous aider, les gars, et qu'en vous aidant, je vais me rendre service par la même occasion, et ça me plaît. Bon, qu'est-ce que je peux faire pour vous ? »

Dortmunder pointa le doigt. « Ces grandes bonbonnes en métal, là-bas, elles sont vertes.

– Vous avez parfaitement raison, apprécia Vogel. Vous êtes un type observateur, Dortmunder, ça me botte. Moi aussi, je suis un type observateur, pas comme les lavettes ramollies qu'on trouve dans cette partie du monde, et je vous vois vous comporter en type observateur, et j'en déduis que nous allons bien nous entendre.

– Le vert, poursuivit Dortmunder, c'est de l'oxygène.

– Exact, encore une fois ! s'écria Vogel. Le vert est toujours de l'oxygène, et l'oxygène est toujours vert ! C'est une consigne de sécurité. Comme ça, on ne met pas le mauvais gaz au mauvais endroit, même avec toutes ces installations différentes qu'il y a. Nous utilisons l'oxygène pour un tas de choses. Nous avons un fournisseur à Las Vegas, le Silver State Industrial & Medical Gas Supply, ils nous procurent tous les trucs différents qu'on a ici.

– C'est ça. Et vous utilisez aussi d'autres gaz.

– Celui qui s'échappe d'une grosse boîte en forme de torpille, dit Vogel, on en a. Je crois comprendre que c'est le secteur qui vous intéresse.

– Effectivement, confirma Dortmunder.

– Eh bien, suivez-moi, Dortmunder. Et vous aussi, Kelp, lança Vogel en avançant sans se soucier que ses belles chaussures brillantes prennent la poussière. Je vais vous montrer ce que nous avons, et vous me direz ce que vous voulez, après quoi vous m'expliquerez comment j'y trouve mon compte. »

45

Sachant que les femmes ont la réputation de radiner sur les pourboires et ne voulant pas se faire remarquer, Anne-Marie radina sur le pourboire du garçon d'étage. Lequel, constatant qu'elle lui donnait moins que ce qu'il attendait, la classa parmi les garces qui mégotent et l'oublia dès qu'il sortit de la chambre.

Une fois seule, Anne-Marie alla tirer vers le mur les rideaux de la baie vitrée qui occupait toute la façade, et voilà. Le Gaiety Hotel, le Battle-Lake et le Casino. Enfin, non, pas le casino, ce secteur-là se trouvait quelque part sous ses pieds.

Douze étages plus bas. Ils lui avaient donné une chambre à l'étage qu'ils qualifiaient de quatorzième, car il n'existe pour ainsi dire pas de treizième étage aux États-Unis, et sûrement pas un seul à Las Vegas. Mais rien ne les empêchait de l'appeler quatorzième ; or c'était bien le treizième, et personne ne pouvait contrarier le Destin.

Ainsi, de son treizième étage, Anne-Marie contempla le spectacle. Ça, c'était le Battle-Lake qui ressemblait plus à un étang qu'à un lac, flanqué de ses gradins, avec les cottages alignés à l'arrière comme une maquette du Q.G., paré pour le combat. Il y avait également une piscine et un petit bain pour les enfants, un golf miniature et des plantations miniatures, ainsi qu'une grande quantité de touristes dont la plupart n'avaient rien de miniature. D'en haut, vêtus de couleurs vives spécial vacances, ils ressemblaient à des boules de pâte à modeler.

Et de là-haut également, les innombrables agents de sécurité vêtus d'uniformes ocre se détachaient comme des arachides dans un bol de M&M's. En les regardant et en observant leur progression régulière au sein de la foule qui lambinait, elle fut plus que jamais persuadée que le plan était voué à l'échec.

D'un autre côté, la virée à Washington avait été franchement marrante. Déjà avant le départ, ça s'annonçait bien, mais sur le moment, ç'avait été une vraie partie de plaisir, et May, la copine de John, s'était révélée la compagne idéale pour tous ces moments où John et Andy vaquaient à leurs petites affaires. Mais là, quand Andy lui avait expliqué qu'ils étaient tous en route pour aller faire un casse dans un casino de Las Vegas, et que c'était en réalité pour détourner l'attention du véritable objectif, à savoir récupérer la bague de John, Anne-Marie avait enfin et définitivement compris que ces gens étaient complètement givrés. Ravagés. Frappadingues. Organiser un hold-up dans un casino de Las Vegas, endroit mieux gardé que Fort Knox, juste pour faire *diversion*.

Bon, là, je ne joue plus, décida Anne-Marie. Je lâche définitivement ces allumés. Enfin, pas tout de suite.

Car en fait, elle adorait la compagnie d'Andy, même s'il était totalement gelé. Donc, elle continuerait à jouer avec Andy et assisterait au déroulement du spectacle jusqu'à ce que tout le monde soit arrivé à Las Vegas, que la diversion ait échoué et que toute la bande, sauf elle, se retrouve en taule. Et en même temps, elle ferait le nécessaire pour se protéger.

La raison, c'est qu'elle avait changé d'avis pour Court TV. Non qu'elle vît un inconvénient à apparaître sur Court TV (ça pouvait même être amusant, d'une certaine manière), mais c'était plutôt la période – entre huit ans un tiers et vingt-cinq ans – qui suivrait sa prestation dont elle n'avait plus très envie. Si le destin lui réservait un sort pire que d'être mariée à Howard Carpinaw, c'était bien de passer environ un quart de sa vie dans une prison pour femmes. Non, vraiment, ça ne valait pas le coup.

Aussi avait-elle pris des mesures. Elle avait tout prévu : quand viendrait le moment de se séparer d'Andy Kelp et de sa bande de copains cinglés, elle pourrait rompre, poursuivre son chemin, et s'en sortir blanche comme neige.

Pour commencer, elle voyageait seule. Ensuite, absolument personne au monde en dehors des potes d'Andy ne savait qu'elle connaissait Andy Kelp. Et enfin, avant de quitter New York, elle avait écrit à deux amies de Lancaster, leur annonçant que Howard l'avait plaquée, qu'elle était restée un moment à New York pour essayer de réfléchir à ce qu'elle allait faire de sa vie, et qu'elle avait fini par décider de rentrer chez elle, mais en prévoyant un détour d'une semaine par Las Vegas. (Non que Las Vegas fût précisément sur la route de Lancaster, Kansas, quand on vient de New York, New York. Ça faisait un crochet de plus de mille cinq cents bornes, mais qui se préoccupe de ce genre de choses ?)

C'était donc ce qui allait arriver. Elle était allée à Las Vegas comme prévu, elle allait y passer une semaine, et ensuite, elle rentrerait à la maison. Et si un super hold-up échouait au casino (diversion !) pendant son séjour à l'hôtel, ce ne serait jamais qu'une coïncidence, un petit supplément de frisson pour ses vacances en compensation de la perte de son mari. Après tout, des centaines de clients résideraient à l'hôtel en même temps qu'elle.

Elle défit ses bagages, rapide et efficace. Sa vie était faite d'une succession de chambres d'hôtel, ces derniers temps – cette boîte dans le ciel n'arrivait certes pas à la cheville de la chambre sensationnelle du Watergate –, et elle s'était très bien habituée à de tels changements. Ensuite, en contemplant une fois de plus par la fenêtre le terrain de l'hôtel au premier plan, l'étendue plate et ocre un peu floue à l'arrière-plan, et dans le lointain, la ligne basse de montagnes grises qui se détachaient sur l'horizon, elle se demanda comment occuper la période de tranquillité qui s'offrait à elle avant le retour d'Andy.

La piscine d'en bas la tentait assez. En temps normal, elle aurait hésité, estimant avoir sept kilos de trop pour être présentable en maillot de bain, mais l'aperçu qu'elle avait eu jusqu'ici de la clientèle du Gaiety laissait supposer qu'on la surnommerait Maigrichonne, alors, va pour la piscine.

Elle passa son maillot, remplit un petit sac, et le téléphone sonna au moment où elle s'apprêtait à sortir. C'était – qui d'autre ? – Andy. « Anne-Marie, salut ! J'ai appris que tu étais en ville. C'est Andy.

– Andy ! s'exclama-t-elle, jouant la surprise à merveille. Mais qu'est-ce que tu fais ici ?

– Oh, un petit séminaire, comme d'habitude. Je suis venu avec John.

– Tu veux monter ? demanda-t-elle. Juste pour dire bonjour. Et profiter de la vue, bien sûr, pendant que tu y es.

– Peut-être un peu plus tard », répondit-il contre toute attente. Elle croyait qu'ils voudraient reconnaître les lieux sans tarder. « Demain matin, par exemple. D'abord, il faut habiller John, et deux ou trois autres trucs. En milieu de matinée, ça te va ?

– Je serai sans doute à la piscine, dit-elle en fronçant les sourcils.

– À demain, alors. »

Anne-Marie raccrocha et sortit avec l'intention de jeter un coup d'œil à la piscine. Mais pendant toute la descente en ascenseur, elle ne cessa de se demander : *habiller John* ?

46

« Honnêtement, je sens mal le truc, dit Dortmunder. C'est surtout les genoux, que je sens mal.

– Tu es venu avec ces genoux, John, lui rappela Kelp. Concentre-toi plutôt sur les vêtements. »

C'était très difficile de se concentrer sur les vêtements, avec ces genoux qui le fixaient dans le miroir du magasin de soldes, pareils à deux clodos jumeaux qui râleraient de s'être fait coffrer sur une fausse accusation. D'un autre côté, habillé comme ça, c'était vraiment dur de regarder les vêtements.

On en était là parce que Dortmunder, alors qu'ils roulaient vers Henderson, avait confié à Kelp que tout le monde dans cette ville semblait le regarder d'un air soupçonneux. S'il avait pu deviner où cet aveu allait le mener, il aurait gardé ses réflexions pour lui, il se serait résigné à être un personnage douteux, ce qu'après tout il était réellement.

Mais non. Malgré le succès absolu de la rencontre avec Lester Vogel – ce plan allait fonctionner à merveille, lui-même en était presque convaincu –, il se trouvait bien là, humilié, dans cette galerie marchande de la périphérie où tout était vendu au rabais, devant un miroir, face à ses genoux qui le regardaient d'un air courroucé, avec *ces vêtements* sur le dos.

Le pantalon, pour commencer, n'était pas un pantalon mais un short. Un short. Qui porte des shorts, au-delà de six ans ? Quel individu, enfin, d'une dignité comparable à celle de Dortmunder, quel individu âgé de plus de six ans va porter un short ? Un grand short bien large, beige foncé, avec des *plis* ? Un short avec des plis, si bien qu'il avait l'air de porter un sac en papier kraft du supermarché au-dessus des genoux, avec ses bonnes vieilles chaussettes noires en dessous des genoux, à ce détail près que lesdites chaussettes et les pieds qui les accompagnent étaient recouverts de *sandales*. Des sandales ? Des sandales marron foncé ? De grosses sandales pataudes, avec ses chaussettes noires, plus ces genoux, plus ce short ? Est-ce là une façon de s'habiller ?

Sans oublier la chemise. Cela dit, on voit mal comment quiconque pourrait l'oublier, cette chemise, qui semblait avoir été assemblée à minuit pendant une coupure d'électricité. Il n'y avait pas deux morceaux de la même couleur. La manche, courte, gauche était prune, et la droite, citron vert. Le dos était bleu foncé. Devant, le côté gauche était vert chartreuse, le droit cerise, et la poche de poitrine, sur son cœur, *blanche*. Et la chemise elle-même, énorme et flottante, tombant sur son corps comme un sac, était portée *sur* l'abominable short.

Dortmunder s'arracha à la contemplation de ses genoux chargés de reproche pour se plonger dans celle, peu amène, des vêtements imposés par Kelp. « Qui s'habille comme ça ? demanda-t-il.

– Les Américains, répondit Kelp.

– Ils n'ont pas de miroirs, en Amérique ?

– Ils trouvent ça épatant, expliqua Kelp. Ils pensent que ça prouve qu'ils sont en vacances, que ça leur donne un air je-m'en-foutiste.

– Eh bien, ça leur plaît peut-être, mais moi, ce dont je me fous, c'est de ces horreurs.

– Si tu les portes, lui conseilla Kelp, personne ne te regardera deux fois.

– Et je saurai pourquoi. »

Dortmunder regarda d'un air courroucé son pote Kelp, à côté de lui dans le miroir, classique et raisonnable en pantalon de toile gris, chemise polo bleue et mocassins noirs, et lui demanda : « Alors, comment se fait-il que toi, tu ne t'habilles pas comme ça, que tu aies droit à des couleurs si discrètes ?

– Ça ne correspond pas à mon image. »

Le visage de Dortmunder s'assombrit.

« Parce que ça, c'est *mon* image ? Je ressemble à un store !

– Écoute, John, commença Kelp, essayant d'être gentil, ce qui ne fit qu'aggraver les choses, mon image est celle d'un technicien en vacances, peut-être un employé quelque part, un vendeur dans un magasin de matériel électrique, par exemple, alors, quand je suis en congé, je porte le même pantalon que d'habitude, mais pas la chemise blanche avec la pochette de stylos dans la poche de poitrine, plutôt une chemise qui me permet de prétendre que je sais jouer au golf. Tu comprends ?

– C'est ton histoire.

– Exactement, approuva Kelp. Et toi, John, ton histoire, c'est que tu es un ouvrier en vacances. Tu es un type qui porte tous les jours un blue-jean constellé de taches de peinture, de grosses chaussures de chantier à bout ferré – probablement jaunes, tu vois le modèle – et un T-shirt avec un tas d'inscriptions dessus, des personnages de dessins animés, et une pellicule de poussière blanche par-dessus l'ensemble, comme un glaçage de gâteau. Aussi, toi, quand tu es en vacances, tu ne portes aucun de tes vêtements de travail, tu ne veux pas entendre parler de ton travail.

– Certainement pas tel que tu le décris.

– Exactement. Donc, tu te pointes à la galerie marchande, comme celle-ci, et tu te balades avec bobonne, et vous êtes censés acheter une *garde-robe* pour votre semaine de vacances, et tu n'as pas la moindre idée de ce qu'est un vêtement en dehors de ceux que tu portes tous les jours, et ta femme ramasse cette chemise dans le panier des soldes et dit « C'est joli, ça », et tu la portes, et voilà. Et quand on sortira d'ici, John, j'aimerais que tu regardes autour de toi, pour voir combien de types portent exactement la même chemise, ou une autre à peu près semblable.

– Et je suis supposé me réjouir que les gens me prennent pour ce genre de type ? demanda Dortmunder.

– Écoute, John, à mon avis c'est ça ou bien, quand les gens te regardent, ils pensent immédiatement 911. Tu me suis ?

– Et ça, dit Dortmunder en fixant ses genoux dans le miroir, c'est encore un truc que je revaudrai à M. Fairbanks. »

47

Lorsqu'il avait momentanément besoin d'une bagnole, Stan Murch endossait volontiers une veste rouge et allait se poster devant l'entrée d'un des grands hôtels de la ville, si possible desservi par une allée privée. Il n'avait en général pas à attendre plus de dix ou quinze minutes pour qu'un provincial à bout de forces, vibrant comme une antenne après sa première expérience de circulation dans Manhattan, descende de voiture et lui tende ses clés. Le côté sympa de cet arrangement, c'est que techniquement, on ne pouvait pas qualifier ça de vol de voiture dans la mesure où le type avait *donné* ses clés à Stan. L'autre côté sympa, c'est que ce genre d'individus avaient le plus souvent des voitures neuves, propres, très jolies et confortables. Et puis, encore un truc sympa, l'ancien propriétaire du véhicule lui glissait en prime un dollar dans la main.

Jeudi après-midi, le 18 mai, tandis qu'à plusieurs milliers de kilomètres à l'ouest, Kelp était en train de saper John Dortmunder comme un clown, Stan Murch, au volant d'une fort belle Cadillac Seville couleur cerise, s'éloignait du Kartel International Hotel, établissement situé du côté de la 50e Rue à Broadway, et descendait vers le carrefour Neuvième Avenue, 39e Rue, près du dépôt de bus du port, où il devait retrouver Tiny Bulcher, la créature bâtie comme une montagne. Ils prirent un léger retard à cet endroit, Tiny ayant entrepris d'expliquer à un mendiant qu'il s'était montré extrêmement grossier en lui demandant de l'argent.

« Ce fric, tu ne l'as pas gagné, lui expliquait Tiny. Tu comprends ce que je te dis ? »

Le mendiant, vu la façon dont Tiny le coinçait, était bien en peine de répondre à ses questions, mais ça n'avait pas d'importance. De toute manière, les questions de Tiny étaient purement rhétoriques. « Par exemple, répétait Tiny, par exemple, l'argent qui se trouve actuellement dans mon jean, où tu crois que je l'ai eu ? Hein ? Eh bien, je vais te le dire, où je l'ai eu. Je l'ai volé à quelqu'un dans le centre-ville. Ça n'a pas été du boulot facile, et ça comportait un risque, donc je l'ai gagné. Et toi, le tien, tu l'as gagné ? Tu as pris un risque ? Tu as travaillé dur ? »

De fait, le mendiant courait présentement un vrai risque et travaillait vraiment dur à ne pas étouffer, ce dont Tony ne tenait aucun compte. Et voici que des taxis se mirent à klaxonner à l'adresse de Stan, ce qui incita Tony à interrompre sa leçon de bonnes manières. Il vit Stan, qui attendait patiemment au volant de la Cadillac rouge cerise, dédaignant le concert d'avertisseurs. « J'arrive tout de suite », lui cria Tony, et Stan agita indolemment la main, genre *prends ton temps*.

Tiny serra le mendiant d'encore plus près pour lui donner son conseil d'adieu. « Trouve un travail, ou alors, trouve un flingue, mais ne mendie pas. C'est grossier. »

Autorisant le pauvre hère à retomber, enfin, sur le trottoir, Tiny l'enjamba – une preuve de courtoisie – et rejoignit la Cadillac cerise où il s'inséra dans le siège du passager. « Elle est silencieuse, ta caisse.

– Ce sont ces taxis qui sont bruyants », répondit Stan, qui démarra, se dirigea vers le Holland Tunnel, l'emprunta pour entrer dans le New Jersey, où il s'enfonça pour arriver dans une avenue bordée de revendeurs de voitures et autres entreprises assimilées, parmi lesquelles se trouvait Big Wheel Motor Home Sales. Stan roula un bloc plus loin et se rangea le long du trottoir. « À tout à l'heure, dit-il.

– Stan, je voudrais te remercier, dit Tiny. Ça, c'est une bagnole spacieuse. Je ne suis pas habitué à avoir autant de place dans une voiture. Je me souviens qu'une fois, j'ai dû trimbaler des gens sur le toit, tellement la mienne est petite.

– Comment ont-ils apprécié ?

– Je ne leur ai pas demandé. Moi, en tout cas, j'apprécie que tu aies choisi celle-ci, tant pis pour la couleur. Elle est tellement spacieuse.

– Bientôt, on aura encore plus de place », lui promit Stan. Puis il descendit de voiture et marcha jusqu'au Big Wheel, où il entra en conversation avec un vendeur qui lui dit quelques petits mensonges, tandis que Stan lui en racontait de très gros, comme quoi il était marié et travaillait dans le bâtiment, qu'il n'arrêtait pas de bosser dans des endroits différents à travers le pays, qu'il en avait sa claque de louer un peu partout des petites bicoques en meublé, et qu'il avait décidé d'acheter un camping-car pour lui, Earlene et les gosses. Alors, qu'est-ce qu'il y a, comme choix ?

– Vous allez adorer l'Interloper », affirma le vendeur.

Encore un mensonge. L'Interloper était grand, ce que Stan avait effectivement demandé, mais c'était de la camelote, chacune des chambres individuelles était minuscule, et il n'y avait qu'un W.-C. Stan et le vendeur – qui affirmait s'appeler Jerry, et c'était probablement vrai – allèrent rouler un peu avec l'Interloper, qui définitivement ne faisait pas l'affaire.

Ensuite, ils essayèrent le Wide Open Spaces XJ. Celui-là aussi était assez grand, avec un living de dimensions acceptables et deux cabinets de toilette. Stan alla faire un tour avec, Jerry toujours assis à côté de lui, et cette fois encore, il vit dans le rétroviseur une Cadillac couleur cerise qui roulait dans son sillage.

Mais la conduite du Wide Open ne sut satisfaire Stan – trop lourd, trop raide, on avait le sentiment qu'il risquait de tomber en morceaux d'une seconde à l'autre – aussi retournèrent-ils au dépôt. Là, il écarta l'Indian Brave parce qu'il manquait d'autonomie ; il n'y avait qu'une heure d'électricité de réserve, après quoi il fallait trouver un garage pour recharger les batteries.

Enfin, ils en vinrent à l'Invidia. Contrairement à la plupart des camping-cars qui sont chromés ou marron clair, celui-ci était vert pâle, comme l'herbe fraîche du printemps. Il avait trois chambres, deux cabinets de toilette, un living-room de bonnes dimensions, un mobilier intégré que l'on pouvait rabattre pour agrandir l'espace, tout ce qu'il faut en matière de chiottes, et tout ce qu'on voulait en termes de réserves d'eau et de groupe électrogène.

Ils repartirent faire un tour, et cette fois, Stan fut vraiment satisfait. L'Invidia se comportait tellement bien dans la circulation urbaine qu'il devait pouvoir battre des records sur l'autoroute, en cas de besoin, malgré son volume.

Ils roulèrent de-ci de-là, aller et retour, jusqu'au moment où Stan s'inquiéta. « C'est quoi, ce bruit ?

– Ce bruit ? sursauta Jerry. Quel bruit ?

– Un truc à l'arrière. Je l'ai entendu quand on s'est arrêté au feu rouge. Laissez-moi me garer là. »

Stan se glissa le long du trottoir et au même moment, une Cadillac rouge cerise les dépassa au ralenti et vint stationner juste devant eux. Jerry sortit côté trottoir pendant que Stan laissait tomber la clé de contact par sa fenêtre. Ensuite, il descendit à son tour et rejoignit Jerry à l'arrière du véhicule, où il secoua la plaque minéralogique – comme c'était une plaque trafiquée, elle ne tenait pas très solidement, mais sans cliqueter pour autant – tira sur la niche en plastique qui abritait la roue de secours, puis sur l'échelle métallique qui permettait d'accéder au toit, et finit par dire : « Eh bien, je me demande ce que ça pouvait être.

– Une autre voiture, suggéra Jerry. Il y en a une qui s'est arrêtée au feu rouge.

– C'est possible. Je suis désolé. »

Ils remontèrent à bord de l'Invidia et Stan trouva la clé de contact sur son siège. Elle était tiède et cireuse au toucher. Il fit tourner le moteur et dit : « Tiens, je ne l'entends plus.

– Tant mieux. »

Stan retourna au garage et annonça à Jerry qu'il n'avait plus besoin de voir d'autres camping-cars, l'Invidia lui semblait convenir parfaitement pour lui et sa famille, « seulement il faut que j'en parle à Earlene, vous savez comment c'est. Je passerai lundi avec elle. »

Ils se serrèrent la main avant de se séparer. « Bon, alors, à lundi », dit Jerry.

Eh bien, non.

48

Apparemment, ça marchait. Dortmunder se balada un peu partout dans Las Vegas, avec les abominables vêtements qu'Andy Kelp lui avait fourgués, et personne ne lui prêta la moindre attention. Les flics qui patrouillaient dans les rues ne ralentirent même pas. Le regard des gens chargés de la sécurité de l'hôtel le dépassa pour se poser avec sévérité sur des gamins turbulents. Les promeneurs poursuivirent leur chemin sans ricaner ni le désigner comme un évadé de Toontown, et l'explication de ce phénomène, il le voyait maintenant, est qu'ils portaient quasiment tous des vêtements aussi grotesques que les siens. Voire plus.

De fait, le seul commentaire qu'il entendit, ni pour ni contre, fut le vendredi matin, quand il sortit de sa chambre au Randy Unicorn. La momie était dehors, à la porte de son bureau, plissant les yeux comme si elle venait juste de vaguement se rappeler que le soleil était mauvais pour elle, et voyant Dortmunder dans ses nouveaux atours, elle le dévisagea des pieds à la tête, dit « Euh, euh », et retourna dans son bureau.

L'épreuve du feu eut lieu quand Dortmunder et Kelp se rendirent au Gaiety. Ils se promenèrent autour du Battle-Lake, observèrent les cottages que

Max Fairbanks allait occuper dès le lundi, et pendant qu'ils agissaient ainsi, les mêmes vigiles qu'avant, *exactement les mêmes*, n'accordèrent pas un seul regard à Dortmunder, ne le reconnurent absolument pas. C'était sidérant, cette technique du caméléon, tout simplement sidérant.

« Et si je portais ces saloperies à New York ?

– N'en fais rien », lui conseilla Kelp.

Ils avaient appelé Anne-Marie depuis le hall, mais elle n'était pas dans sa chambre. Ils continuèrent donc à déambuler, jetèrent un coup d'œil au casino dont la forme évoquait essentiellement une tache d'encre dans un test de Rorschach. En entrant dans l'hôtel par la porte principale et en tournant tout de suite à droite, on trouvait les portes accédant à la piscine, au Battle-Lake et aux autres merveilles en plein air ; en avançant tout droit, on tombait bientôt sur le large comptoir de la réception où une demi-douzaine d'employés s'affairaient, mais si l'on tournait à gauche, on pénétrait dans une sorte de cave interminable à plafond bas, de nature indécise, généreusement illuminée en certains endroits précis mais qui dégageait cependant une impression générale d'obscurité.

La première partie de la cave consistait en une armée de machines à sous, une succession de brigades au garde-à-vous, dont plusieurs étaient alimentées par des acolytes vêtus comme Dortmunder, mais tenant un gobelet rempli de pièces de monnaie dans leur main gauche. Ils avaient l'air de pécheurs subissant quelque châtiment dans le premier cercle de l'Enfer, et Dortmunder passa son chemin en détournant les yeux.

Derrière les machines à sous, la salle se déployait vers la droite et vers la gauche, les tables de crap se trouvant à gauche et couvrant un espace impressionnant, et les tables de black-jack sur la droite. Il suffisait de suivre les tables de crap à gauche pour se retrouver dans le salon, une pièce sombre meublée de tables basses et de fauteuils où des vacanciers lessivés somnolaient devant une chanteuse qui braillait vos airs favoris, accompagnée par un quatuor sous Prozac. Si vous dirigiez vos pas de l'autre côté, au-delà des tables de black-jack, vous débouchiez sur les techniques d'essorage exotiques : roulette, keno, et dans un espace délimité par un cordon où le personnel portait smokings et robes du soir, baccarat. La section keno se trouvait en fait au fond de la salle, de sorte qu'en continuant à avancer, vous rejoigniez les tables de crap.

C'était une immense salle ininterrompue, sans une seule fenêtre. Le plafond était uniformément bas, l'éclairage uniformément ciblé et apaisant, l'air uniformément frais et vif, l'acoustique contrôlée avec une telle précision que les gens criant aux tables de crap pouvaient entendre les cris de leurs voisins et se stimuler mutuellement, sans pour autant déranger les cerveaux à forte mémorisation des tables de black-jack.

Ce lieu ne connaissait ni jour, ni nuit, mais un temps immuable. Dortmunder le parcourut tel un astronaute propulsé très loin dans le système solaire, déambulant dans les sphères inaccessibles de l'espace, et souhaita regagner sa propre planète. Même la combinaison de cosmonaute qu'il portait, avec ses couleurs variées et sa poche blanche, ne lui semblait plus assez protectrice.

Ils finirent tout de même par se retrouver dehors, où tous les buissons verts plantés le long des sentiers asphaltés offraient au moins l'avantage de rappeler la Terre. Ils traînèrent encore un peu, humant l'air qui sentait l'air, et Kelp dit « la voilà », désignant Anne-Marie qui nageait dans la piscine.

Ils allèrent se planter au bord du bassin envahi par des enfants de tous les âges et enfin, elle les repéra. Elle agita alors le bras, nagea jusqu'à eux et sortit de l'eau, bien nette dans son une-pièce bleu foncé. « Salut, les garçons ! s'exclama-t-elle. Venez par ici. »

Ils la suivirent jusqu'à l'endroit où sa serviette gisait sur une chaise longue en plastique blanc. Elle s'essuya, accorda un baiser mouillé à Kelp et un regard perplexe à Dortmunder et demanda : « Qui t'a habillé ?

– Lui, répondit Dortmunder en désignant Kelp.

– Il faut savoir choisir ses amis, conseilla-t-elle.

– C'est la technique du caméléon, expliqua Kelp. Avant, les gens voulaient le faire coffrer.

– Ça a l'air de marcher, reconnut Dortmunder.

– Bon, dit-elle, je suppose que vous voulez voir la vue.

– Oui, s'il te plaît. »

Ils prirent l'ascenseur ensemble et Anne-Marie leur ouvrit la porte. Dortmunder se dirigea immédiatement vers la fenêtre, et il était là. Le terrain de jeux, conçu pour lui tel un diagramme.

« J'ai pris quelques photos, annonça Anne-Marie. D'ici, et en bas aussi.

– Anne-Marie, j'adore ton appareil photo », dit Kelp, allant rejoindre Dortmunder devant la fenêtre. Ils contemplèrent ensemble le paysage qui s'offrait à leurs yeux et au bout d'une minute, Kelp demanda : « Alors ? Qu'est-ce que t'en penses ? »

Dortmunder leva simultanément la tête, les sourcils, les mains et les épaules. « On devrait pouvoir y arriver. »

49

Vendredi soir dans le New Jersey. L'expédition criminelle menée par le duo Stan Murch/Tiny Bulcher dans le New Jersey battait son plein. Ayant emprunté un autre véhicule – une camionnette Chrysler pour que Tiny puisse avoir ses aises –, ils avaient traversé le pont George Washington pour aller perpétrer leurs atrocités dans la partie nord de l'État.

Entre vingt et une heures et minuit, roulant régulièrement vers le sud pour se rapprocher de Big Wheel Motor Homes, effectuant chacune de leurs incursions dans un comté différent – des fois qu'il viendrait à l'esprit des autorités d'établir un lien entre elles –, ils s'introduisirent chez un plombier pour piquer un coupe-tube, pénétrèrent dans le chantier de construction d'un grand immeuble pour récupérer les plaques avant et arrière, immatriculées dans le Kentucky, d'un camion remorque, entrèrent par effraction dans une pharmacie pour faire main basse sur un lot de somnifères hyper puissants. Leur hamburger, ils l'achetèrent.

Un peu plus tard dans la nuit, dans l'obscurité propice d'un parking à moitié vide, derrière un cinéma, à moins d'un kilomètre de Big Wheel Motor Homes, s'abandonnant avec délices au confort spacieux de la camionnette en attendant que les dobermans s'endorment, tout en surveillant les rares voitures de police d'une circulation clairsemée, Tiny déclara : « Je suis allé dans l'Ouest, une fois.

– Ah bon ? »

Tiny opina. « Un type me devait de l'argent, en taule, après un poker. Avait promis de me payer quand il serait sorti. Au lieu de quoi, à ce qu'on m'a dit, il est allé dans l'Ouest pour travailler dans un de ces endroits, comment ça s'appelle, euh, rodéo.

– Rodéo, répéta Stan. Avec les chevaux et tout ?

– Un tas de bêtes. Ce qu'ils font, en gros, ils lancent des cordes sur les bêtes. Les gens vont là-bas, paient un paquet de fric, s'installent dans les gradins et tu croirais qu'ils vont voir quelque chose, ben non. Il y a juste quelques gars avec des chapeaux à la con qui lancent des cordes sur des bêtes, et les autres, dans les gradins, qui se lèvent tout d'un coup et se mettent à hurler. C'est un peu comme un match de football, les joueurs se pointent, seulement eux, au lieu de courir et de se doubler, de faire des tacles et des passes et tout le toutim, ils restent plantés là et lancent des cordes.

– Ça n'a pas l'air bien excitant.

– Même les bêtes s'emmerdaient, confirma Tiny en hochant la tête. Sauf les taureaux. Ils étaient furax. Ils ne demandaient rien à personne et voilà qu'ils devaient se colleter un imbécile muni d'une corde. De temps à autre, l'un des taureaux en avait ras le bol, plantait une corne dans un des gars et l'envoyait valser. C'est là que moi, je me levais et je criais bravo.

– Et ton copain ?

– Ce n'était pas exactement mon copain », précisa Tiny en faisant bouger ses épaules pour accompagner le souvenir. Quand il remuait ainsi, les articulations à l'intérieur produisaient un craquement qui paraissait le réjouir. « Ils ont un tas de personnel là-bas, pour ouvrir les grilles et les refermer, courir après les bêtes. Il faisait partie de ces gens-là. J'y suis allé, j'ai dit je voudrais mon fric maintenant, tu sais, bien poliment, tu sais comme je suis toujours poli...

– C'est vrai, admit Stan.

– Bon, poursuivit Tiny, alors il me répond que les dettes de jeu en prison, c'est de l'histoire ancienne, périmée, et en plus, il avait tous ses potes autour avec leurs armes sur la hanche. J'ai vite compris qu'il n'avait aucune intention d'honorer ses dettes. »

Stan jeta un coup d'œil au visage de Tiny, à peine visible dans la pénombre de l'habitacle, et n'y lut aucune expression particulière. « Alors, qu'est-ce qui s'est passé ? »

Tiny gloussa dans les profondeurs de sa poitrine, un bruit évoquant le tonnerre dans le Pacifique, dans une île au loin. « Eh ben, j'ai lancé une corde autour de lui, j'ai attaché l'extrémité à un cheval, j'ai piqué le cul du cheval avec le couteau de chasse que j'avais chourré au mec – je t'ai dit que je lui avais pris son couteau de chasse, ou pas ?

– Non, tu ne me l'avais pas dit.

– Bon, je l'ai fait, et j'ai piqué le cheval avec. » Tiny réitéra son gloussement tonnerre lointain. « À cette heure, ils doivent toujours courir. Enfin, le cheval en tout cas. » Puis il fit bouger de nouveau ses épaules, et le craquement retentit. « Bon, allons voir comment se portent les chiens. »

Les chiens allaient bien. Ils rêvaient de lapins. Tiny et le coupe-tube d'emprunt ouvrirent la grille principale. Stan entra muni de sa nouvelle clé et monta à bord de l'Invidia, qui lui plut autant de nuit qu'il lui avait plu de jour. Il manœuvra le gros engin de manière à éviter les chiens, les laissant reposer en paix, et attendit dans la rue que Tiny referme la grille, histoire de ne pas alerter prématurément la police.

Tiny monta à bord, regarda autour de lui et dit : « Pas mal, Murch, pas mal.

– C'est notre maison », dit Stan, et il démarra.

Il leur restait un dernier méfait à commettre avant de quitter le New Jersey l'âme en paix. Dans un garage spécialiste de la peinture de carrosserie, un comté plus loin, après s'être joués de serrures impuissantes, ils prirent deux gallons de peinture ultra brillante gris métallisé, un pistolet pulvérisateur électrique et deux rouleaux de bande adhésive.

Il n'y avait plus qu'à ramasser les passagers. Stan ayant émis le souhait de ne pas conduire le monstre dans Manhattan si on pouvait l'éviter, les autres rejoindraient chacun de son côté des lieux de rendez-vous fixés à l'avance. Pour commencer, il prit en charge les quatre qui s'étaient rendus à Hoboken par le train PATH, sauvant ainsi des braqueurs qui s'apprêtaient à y faire une bêtise. Puis il gagna Union City pour récupérer les trois qui étaient venus en car de Port Authority en passant par le Lincoln Tunnel. Et pour finir, il roula jusqu'à Fort Lee où il rencontra les trois qui avaient traversé le pont George Washington à bord d'une voiture trouvée quelque part.

À partir de Fort Lee, ce serait un jeu d'enfant pour le gros Invidia, présentement vert mais destiné à devenir argenté dans la journée du lendemain, équipé de ses nouvelles plaques du Kentucky solidement attachées, d'accéder à l'Interstate 80 et de tracer vers l'Ouest, grosse machine lancée à vive allure parmi tant de ses semblables, fonçant tous dans l'obscurité, éclairés par les reflets rouges, blancs et jaunes de leurs phares et feux arrière.

« La maison loin de la maison, dit quelqu'un.

– Ferme ta gueule et distribue », rétorqua un autre.

50

Dimanche matin, au cœur de l'Amérique. L'Invidia gris métallisé, avec à son bord Stan, Tiny et une dizaine d'autres types, traversait le plateau du Kansas, roulant précisément sur l'Interstate 70. Stan dormait dans la chambre du fond pendant que Jim O'Hara tenait le volant et que Ralph Winslow, à côté de lui, faisait cliqueter des glaçons dans son verre. Tiny gagnait à la table de poker. En général, c'est lui qui gagnait, mais les autres hésitaient à lui refuser une partie, sachant que ça le rendait irritable. Et ainsi la petite bande de l'Invidia, conduisant à tour de rôle et roulant nuit et jour, espérait atteindre Las Vegas le lendemain avant le crépuscule.

Au même moment, dimanche matin, dans le ciel au-dessus du Kansas et de l'Invidia, un avion de ligne se dirigeait aussi vers l'Ouest. Parmi ses passagers se trouvaient Fred et Thelma Lartz, Gus Brock, Wally Whistler et un autre serrurier, jadis surnommé Herman X, du temps qu'il était activiste. Ensuite, pendant la brève période où il avait été vice-président d'un pays africain appelé Talabwo, son nom était devenu Herman Makanene Stulu'mbnick, mais il était rentré aux États-Unis quand le nouveau gouvernement avait fait pendre les membres du sien et il s'appelait désormais Herman Jones. Il était en route pour Los Angeles avec les quatre autres, où il leur choisirait une chouette auto dans un parking longue durée et où le lendemain, Fred (à savoir, Thelma) prendrait le volant pour les conduire à Las Vegas.

En comptant Dortmunder, Kelp et Anne-Marie qui se trouvaient déjà sur place, cela faisait un équipage de vingt personnes, soit quatre fois le maximum habituel de Dortmunder. En conséquence, celui-ci ne cessait de changer le plan, un détail par-ci, un détail par-là. Son problème était qu'il n'avait pas assez d'ouvrage pour chacun d'eux, tout en sachant qu'ils voulaient tous participer à l'action. Et que bien entendu, ils voudraient tous participer à la distribution de butin, aussi.

De même que Lester Vogel. Car non loin de là, en ce dimanche matin à Henderson, chez General Manufacturing, certains employés de Lester Vogel travaillaient sur une commande spéciale et inhabituelle, préparant une expédition de marchandises et chargeant un camion pour fournir à John, le copain d'Alias, exactement ce qu'il avait demandé. « Moi, je sais pas, mon vieux » se disaient-ils entre eux en secouant la tête. Mais aussi ignoraient-ils quel usage serait fait de cette commande très spéciale.

Dimanche à Las Vegas. Les chapelles de mariage et les machines à sous s'activaient. Le soleil brillait. Le calme régnait partout.

51

Max dormit dans sa cabine privée à l'arrière de l'avion et se réveilla quand le steward frappa et ouvrit la porte en disant : « Excusez-moi, monsieur, nous allons atterrir dans dix minutes. »

Max cligna des yeux, ne sachant plus où il était. « Atterrir où ?

– À Las Vegas, monsieur. Je vous apporte votre petit déjeuner tout de suite. » Il s'inclina avant de refermer la porte.

Las Vegas. Ça lui revenait, maintenant. Max se redressa et sourit. Las Vegas. Il y aurait pendant les deux jours à venir des réunions pour l'achat d'une participation dans deux petites chaînes câblées du sud-ouest ; et d'autres au sujet de terrains lui appartenant au Nouveau-Mexique, le long de la frontière mexicaine ; et des réunions en relation avec quelques politiciens de l'Ouest qui avaient l'usage de ses conseils, de ses avocats et de son argent. Et là, là enfin, il se débarrasserait une bonne fois pour toutes de ce putain de cambrioleur !

En rentrant de Sydney, faisant juste une halte à San Francisco pour un repas et une discussion d'affaires, Max avait traversé douze fuseaux horaires et reculé brièvement dans le temps de dimanche à samedi, avant de revenir au dimanche en plein milieu du Pacifique. Rendu à ce point, son horloge biologique n'avait plus la moindre idée de l'heure qu'il était, mais il s'en moquait. Ici, à Las Vegas, on était dimanche, en pleine journée – un soleil éclatant perçait les petits hublots de sa cabine – et à la suggestion d'Earl Radburn, il arrivait en avance par rapport au programme initial, pour être sûr que l'appât soit solidement fixé à l'intérieur du piège installé au Gaiety avant que la souris vienne renifler le fromage.

Max fit sa toilette et s'habilla avant de passer dans la cabine principale où le steward le conduisit, souriant avec déférence, jusqu'à la table dressée pour une personne : une nappe immaculée, de la porcelaine frappée à son chiffre – dans ce ton rouge foncé que l'on appelle grenat –, une rose rouge solitaire dans un vase de cristal taillé, un verre étincelant rempli de jus d'orange, l'odeur du pain grillé, le jaune pâle d'un mince rectangle de beurre sur une soucoupe blanche, les reflets rouges de la confiture de fraise dans une coupelle, une serviette blanche à liseré grenat joliment pliée. Exquis.

Max s'installa dans un fauteuil confortable, le steward versa sa première tasse de café et murmura : « Votre omelette sera prête dans un instant, monsieur.

– Merci. »

Un deuxième steward apparut, qui apportait les journaux : le *New York Times*, le *Washington Post*, le *London Daily Telegraph*. Il les posa sur une table à portée de la main droite de Max et se retira.

Derrière le hublot, le paysage plat cramait. Routes grises et terre ocre aride, bâtiments d'aéroport, bas et incolores. Souriant à ce spectacle parce qu'il en était totalement protégé, Max s'adressa au premier steward qui rôdait à proximité. « Quelle heure est-il ici ?

– Trois heures vingt, monsieur. Votre voiture sera là à quatre heures. Je vais chercher votre omelette, monsieur. »

Les choses se présentent bien, pensa Max en buvant son jus d'orange. Je le sens. Las Vegas est l'endroit où tout le mauvais karma va être éliminé de mon organisme et je me sens de nouveau l'homme le plus puissant du monde. C'est ici que ça va se passer. Fin du jeu.

Il étala de la confiture sur son toast, sentant le contact frais du couteau dans sa main droite, au médius de laquelle la bague porte-bonheur rutilait et étincelait.

— —
———
———

Ce ne fut pas une voiture mais une flottille qui vint accueillir Max quarante minutes plus tard, toutes gigantesques et toutes, à l'exception de sa limousine personnelle, remplies d'une cargaison de gros costauds. Il n'aurait pas eu d'escorte plus imposante s'il avait été le président des États-Unis allant rendre un livre à la bibliothèque de prêt.

À bord de sa limousine personnelle, quand elle s'arrêta au pied de la passerelle de l'avion de TUI, il n'y avait qu'Earl Radburn et le chauffeur. Earl en sortit et attendit à côté de la voiture tandis qu'une demi-douzaine de gros bras allaient encadrer la descente de Max, de sorte qu'il rectifia l'image précédente : non, pas comme un président, plutôt comme un tueur en série se rendant au tribunal.

L'image présidentielle était mieux.

Mais en fait, se dit Max en descendant les marches, les deux images étaient fausses. Tout était faux. Il s'arrêta brusquement. Deux de ses gardes du corps le heurtèrent, et tombèrent l'un sur l'autre en s'excusant. Les ignorant, Max plia l'index et fit signe à Earl, tourna les talons et se fraya un chemin à contre-courant de son escorte – un peu comme s'il essayait de passer au milieu d'un troupeau de vaches laitières – et retourna dans l'avion où son premier steward se leva précipitamment, l'air penaud, de la table devant laquelle il s'était vautré pour terminer le petit déjeuner et lire les journaux de Max.

Max ignora également cela, ce qu'il n'aurait probablement pas fait en d'autres circonstances. Tournant le dos au steward rougissant qui bégayait en tremblant comme une feuille, Max fit face à l'entrée de l'avion et attendit Earl, qui entra en demandant : « Monsieur Fairbanks ? Vous avez vu quelque chose qui n'allait pas dehors ?

– Je vois que rien ne va dehors, lui dit Max. Nous n'essayons pas de flanquer la trouille à ce type pour qu'il s'enfuie, nous n'essayons pas de le convaincre qu'il est absolument impossible de s'approcher de moi, nous essayons de *l'attirer dans nos filets.* »

Earl se raidit, plus encore qu'à son habitude. « Monsieur Fairbanks, votre sécurité...

– Est avant tout *mon* problème. Et je ne me sentirai pas en sécurité tant que nous n'aurons pas mis la main sur ce voleur. Et nous ne mettrons pas la main sur ce voleur s'il n'a pas l'illusion de pouvoir au moins faire une tentative contre moi. »

Manifestement, ça ne plaisait pas à Earl. Homme de discipline jusqu'au bout des ongles, il avait tenu à appliquer la sécurité selon les règles, sans tenir compte des particularités de la situation. Mais il était néanmoins capable de reconnaître qui était le patron, aussi hocha-t-il la tête avec une mauvaise grâce évidente. « Très bien, monsieur. Que suggérez-vous ?

– Trois voitures, répondit Max. Deux hommes par voiture dans la première et la dernière. Vous, moi et le chauffeur dans celle du milieu. Pas de voitures en avant-garde, ni en arrière-garde. Pas de tireurs d'élite sur les toits. Pas d'hélicoptères. Personne aux carrefours avec des walkies-talkies. Earl, je veux arriver au Gaiety le plus normalement possible, comme si je n'avais aucune inquiétude.

– Bien, monsieur. » Il opina derechef, laissa un soupir franchir ses lèvres pincées et ressortit pour démanteler le dispositif de sécurité qu'il avait si soigneusement élaboré.

L'arrivée de Max ne fut pas pour autant anonyme. Ils le conduisirent dans sa limousine à l'arrière de l'hôtel, par le parking des employés, et au-delà du grand mur d'arbustes qui mettait les alentours de l'hôtel à l'abri de toute vue plongeante sur les voitures sales qui pourraient être garées là. Max émergea de son véhicule pour se retrouver face à un autre troupeau laitier de gros costauds en costume qui insistèrent pour l'encadrer le temps de franchir la grille, traverser la barrière d'arbustes et remonter les sentiers paysagés jusqu'aux cottages, et de là contourner les cottages secondaires pour atteindre enfin le cottage numéro un, où ils le laissèrent seul, et dans lequel il entra.

Tous les rideaux du cottage numéro un étaient soigneusement tirés et toutes les lumières allumées, comme s'il se retrouvait brutalement projeté en arrière dans la nuit à travers les fuseaux horaires. Deux hommes l'attendaient debout, l'un qu'il reconnut, l'autre pas. Celui qu'il reconnut était son directeur sur place, Brandon Camberbridge, rouage solide et fiable, quoique dépourvu d'imagination, de la machine géante de TUI. L'autre, en uniforme ocre, affichant une expression d'imperturbable autosatisfaction, devait être le chef de la sécurité, l'Earl local.

Alors que l'Earl original entrait dans le cottage dans le sillage de Max, refermant la porte au nez du troupeau laitier, Brandon Camberbridge avança d'un pas, l'air préoccupé, content, attentif, nerveux et larmoyant. Un tel déploiement d'émotions ne semblait pas justifié – même Max ne s'inquiétait pas à se point pour sa personne –, mais tout devint clair lorsque Camberbridge se mit à gémir : « Oh, monsieur Fairbanks, nous espérons tant qu'il ne vous arrivera rien ici, dans notre magnifique hôtel !

– Puisse Dieu vous entendre », dit Max, comprenant soudain que Camberbridge se souciait davantage de l'établissement que de son employeur. Nom d'un chien, il croit que l'hôtel est à *lui* !

Max sourit à l'individu tout en décidant dans la seconde de le faire transférer au plus vite dans un autre territoire de l'empire TUI. Il y avait, par exemple, ce vieil hôtel de la basse ville, à Boston ; ça pourrait convenir. Il n'est pas acceptable que les employés puissent considérer les propriétés de Max comme les leurs, cela encourage une mauvaise forme de loyauté. « Je suis content de vous revoir, Brandon », lui assura Max, et le sort de l'homme étant scellé, il lui serra chaleureusement la main.

« Je voudrais vous présenter Wylie Branch, dit Camberbridge. Notre chef de la sécurité au Gaiety. Je me dis parfois qu'il se fait autant de souci pour l'endroit que moi.

– Je ne pense pas que ce soit possible, dit Wylie Branch avec l'accent traînant de l'Ouest. Je ne suis même pas sûr que ce serait de mise. »

Branch et Max échangèrent un regard, se comprirent instantanément et se sourirent tandis que Max serrait la main de cet homme grand et élancé en disant : « Ainsi, vous allez me surveiller.

– Ce que je vais surtout faire, monsieur Fairbanks, dit Branch avec un large sourire, c'est essayer de ne pas vous gêner.

– Nous allons bien nous entendre », lui promit Max, qui se retourna pour bâiller sans réserve au nez de Camberbridge. « Pardon, ajouta-t-il, le vol a été long.

– Évidemment. Nous devrions vous laisser décompresser. À quelle heure faut-il envoyer le chef pour préparer votre dîner ?

– Disons neuf heures. Le chef est une femme, je crois ? »

Camberbridge cilla. « Oui, tout à fait, affirma-t-il avec un sourire courageux.

– Dites-lui de me téléphoner à sept heures pour parler du menu. »

Camberbridge allait ajouter quelque chose mais Max lui bâilla une deuxième fois au nez, lui offrant une vue plongeante sur l'amygdalectomie de son enfance. Camberbridge saisit enfin l'allusion et fit sa sortie, suivi des responsables de la sécurité, Earl et Wylie.

Ce n'était pas pour dormir que Max voulait être seul – après tout, il venait juste de s'éveiller d'un long somme paisible à bord de son avion – mais pour Le Livre. Depuis qu'il avait décidé de servir personnellement d'appât pour piéger cet exaspérant voleur, il avait évité le *Yi king*, redoutant presque de savoir ce que Le Livre pensait de son idée. Pendant les deux semaines et demie qui s'étaient écoulées depuis sa décision impulsive dans la maison aujourd'hui perdue de Carrport, Max avait senti le doute s'insinuer dans son esprit, un sentiment d'insécurité s'installer, même s'il le combattait de toute sa force ; il avait eu des appréhensions, l'impression qu'en prenant la bague de ce maudit voleur, il n'avait pas réussi un joli coup mais plutôt commis une erreur.

Non qu'il ait mal agi, ou plus précisément, non qu'il eût des remords s'il avait mal agi. Au cours de sa vie, Max avait mal agi, très mal agi, à plusieurs reprises, et cela ne l'avait jamais empêché de dormir. Non. Il avait plutôt le sentiment d'avoir commis une erreur, de s'être exposé à quelque chose d'inattendu, d'avoir sauté avant de regarder où il mettait les pieds.

Ça ne lui ressemblait pas. Il était connu pour son esprit malicieux, pour ses réactions imprévisibles, mais elles reposaient toujours sur la certitude qu'il n'y avait pas de risque, pas de risque pour lui. Il ne prenait plus jamais de risque, car ce n'était plus nécessaire.

Honnêtement, en piquant la bague de ce voleur, il n'avait pas eu conscience de risquer quoi que ce soit.

De toute manière, le moment était venu. Il était là, en place, à attendre le type. Les dés étaient jetés, il était trop tard pour changer d'avis. Maintenant, il pouvait consulter Le Livre.

Ses bagages avaient été apportés dans le cottage juste après l'atterrissage, pendant qu'il finissait son petit déjeuner, si bien que ses vêtements étaient soigneusement rangés dans les penderies et les commodes, et la mallette renfermant Le Livre l'attendait sur le comptoir qui séparait le salon de la cuisine. Max en sortit Le Livre et le petit écrin en cuir de chez Hermès où il gardait les trois pièces d'un *cent*.

Il les emporta dans le coin conversation du living, où il s'assit sur le canapé, disposa le stylo et le bloc-notes de l'hôtel sur la table basse, et lança les pièces six fois sur un exemplaire de la brochure destinée aux clients de l'hôtel, pour assourdir le bruit.

Les lignes d'un hexagramme s'inscrivent de bas en haut, et cette fois, Max tira 8, 7, 8, 9, 7 et 8. Et cette fois encore, son trigramme personnel, TUI, apparaissait au sommet. Avec quoi, en dessous ?

Il consulta Le Livre. Le trigramme du dessous était K'un, Catastrophique, ou Eau, et l'hexagramme s'appelait Oppression (Épuisement). Le cœur de Max se serra quand il le découvrit. Ainsi, Le Livre n'approuvait pas.

Bon, autant aller jusqu'au bout, et lire ce que Le Livre avait à dire. Il comprenait bien, au-delà de la croyance, que l'essentiel de la communication entre le *Yi king* et lui dépendait de la façon dont il interprétait des déclarations souvent ambiguës. Eh bien, qu'allait-il réussir à faire dire au Livre, dans la situation présente ?

K'UN OPPRESSION (ÉPUISEMENT)

Le Jugement

Oppression. Réussite. Persévérance.
Le grand homme favorise la chance.
Pas de blâme.
Lorsqu'on a quelque chose à dire,
On n'est pas cru.

Bon, ce n'est pas si mal, n'est-ce pas ? La réussite et la persévérance et le grand homme qui favorise la chance. Cela signifie assurément que Le Livre approuve son plan. Il précise même que Max n'encourt aucun blâme pour la petite bêtise qui l'a mis dans cette situation.

D'un autre côté, qu'est-ce donc que cette histoire d'avoir quelque chose à dire et de ne pas être cru ? Que pourrait-il avoir à dire à qui que ce soit concernant cette affaire ? Et qui est celui qui refuse de croire ?

Et qu'est-ce que Max en a à battre, qu'on le croie ou non ?

Bien, passons à l'Image et voyons si les choses sont plus claires.

L'IMAGE

Il n'y a pas d'eau dans le lac :
L'image de l'ÉPUISEMENT
Aussi l'homme supérieur risque-t-il sa vie
Pour accomplir sa volonté.

Bien sûr ! Aucune ambiguïté ici. Max a toujours risqué sa vie pour accomplir sa volonté. Et lors de cette nuit particulière, il y a presque trois semaines à Carrport, Long Island, la volonté de Max avait été de posséder cette bague. Oui ! Le Livre approuve.

Y aurait-il autre chose ? La deuxième partie du *Yi king* comporte des commentaires et explications supplémentaires. Max s'y reporta et lut :

Notes diverses

OPPRESSION signifie une rencontre.

Ainsi donc. Cette fois, nous allons enfin nous rencontrer, le voleur et moi. Et là...

Jugements annexes

OPPRESSION est un test de caractère.
OPPRESSION entraîne la perplexité et par conséquent la réussite. À travers l'OPPRESSION, on apprend à diminuer sa rancœur.

Même cela faisait sens. *Rancœur* était assurément le mot juste – quoique étrange – pour décrire les sentiments que Max éprouvait à l'encontre du voleur qui avait dévalisé la maison de Carrport, laissé l'appartement new-yorkais de Lutetia dans son plus simple appareil et quitté l'appartement du Watergate avec cinquante mille dollars. Et il était également vrai que lorsque Max tiendrait ce salaud dans ses griffes, une fois que le voleur serait bel et bien en route vers la prison pour y passer le restant de sa perverse existence, sa rancœur diminuerait. Sa rancœur disparaîtrait, voilà ce qui arriverait. Sa rancœur serait remplacée par le soleil et la joie. Le dernier son qu'entendrait ce maudit voleur, lorsqu'on l'éjecterait du Gaiety pour l'enfermer à vie, serait l'éclat tonitruant, vengeur et libéré du rire de Max.

Et qu'avait encore à dire Le Livre ? De nouveau, comme en chaque occasion où il avait lancé les pièces pour cette question précise, il n'y avait que l'unique ligne changeante, cette fois le neuf en quatrième position, qui donnait :

> Il arrive silencieusement, oppressé dans un carrosse doré.
> Humiliation, mais le but est atteint.

Attendez un instant. *Qui* arrive silencieusement dans un carrosse doré ? L'avion qui avait amené Max jusqu'ici, voilà qui pouvait être considéré comme un carrosse doré. Mais était-il oppressé ?

Eh bien oui, il l'avait été dans la mesure où il était encore oppressé par l'idée du voleur en liberté, rôdant sur ses traces. C'était certainement le sens.

Il ne pouvait pas s'agir du voleur, dans un carrosse doré, n'est-ce pas ? Que ferait un voleur dans un carrosse doré ?

Max se reporta une fois de plus aux commentaires supplémentaires de la deuxième partie du Livre et lut :

« Il approche silencieusement » : sa volonté est orientée vers le bas. Bien que le lieu ne soit pas approprié, il n'en a pas moins des compagnons.

J'ai des compagnons. J'ai Earl Radburn et Wylie Branch et tous ces gros bras de la sécurité. J'ai le personnel de l'hôtel. J'ai des milliers et des milliers d'employés qui m'obéissent au doigt et à l'œil. L'endroit n'est pas approprié parce qu'une personne de ma condition n'est pas censée s'abaisser à traiter personnellement avec ce cloporte, voilà. Mais le but est atteint, c'est tout ce qui compte.

Allons, monsieur le voleur. Mes compagnons et moi vous attendons, dans votre carrosse doré. Le but est sur le point d'être atteint. Et vous, qui avez-vous, en guise de compagnie ?

52

À la base aérienne militaire de Nellis, à quelques miles au nord de Las Vegas, dans la soirée du lundi 22 mai, quelqu'un s'introduisit par effraction dans une réserve rarement utilisée et emporta douze cartons tous semblables. Les objets contenus dans ces cartons n'avaient jamais servi et il était peu probable que quiconque, parmi le personnel de l'armée de l'air, les utilise jamais, aussi n'y eut-il personne pour remarquer le vol immédiatement, et de fait, il n'aurait probablement jamais été remarqué sans l'inventaire que l'armée de l'air était censée pratiquer sur cette base chaque année à la fin du mois de septembre. Quand on en fut là, bien entendu, les objets en question avaient depuis longtemps été utilisés et jetés aux ordures.

Il y eut d'autres vols dans la soirée de ce lundi de mai, un peu partout autour de Las Vegas, qui furent tous découverts et signalés aux autorités bien avant la fin septembre, mais pas suffisamment tôt pour modifier le cours des événements. Le Finest Fancy Linen Service, par exemple, qui fournit du linge à plusieurs hôtels du Strip, comme les serviettes de table pour le service à l'étage et les pantalons à poches sans fond des croupiers, fut dépouillé de huit uniformes fraîchement nettoyés, de couleur ocre et munis d'épaulettes et autres signes permettant de les identifier comme équipant le personnel de sécurité du Gaiety Hotel, Battle-Lake et Casino. Il y eut également une grosse benne à ordures à système de compression hydraulique qui disparut du Southern Nevada Disposal Service, société qui avait passé un contrat privé d'évacuation des ordures avec plusieurs hôtels du Strip. De surcroît, cinq voitures neuves, à peine sorties d'usine, furent subtilisées chez un concessionnaire Honda de la ville et équipées de plaques minéralogiques prélevées dans le parking longue durée de l'aéroport McCarran.

L'une de ces Honda récemment acquises fut conduite plus tard dans la soirée par Fred Lartz (Thelma tenant le volant), avec à son bord Stan Murch et Tiny Bulcher vêtus de combinaisons de mécanicien bleu marine, jusqu'à Henderson, où les Lartz déposèrent leurs passagers près de General Manufacturing. Là, ils trouvèrent le camion préalablement chargé selon leurs indications par les employés de Lester Vogel, sur les deux portes duquel un mensonge peint depuis peu disait :

R & M
Fourniture de gaz industriels et médicaux

Cette contre-information était rédigée dans le style du véritable R & M, un établissement de Las Vegas ayant pignon sur rue qui fournissait une clientèle régulière allant des hôpitaux et dentistes du coin aux entreprises telles que General Manufacturing, ainsi que les hôtels du Strip. Ce camion fut reconduit vers le nord, retour à Las Vegas, par Stan, avec Tiny à son côté.

L'arrière du Gaiety, comme les autres hôtels longeant le Strip, possède un entrepôt où sont livrés les vivres, boissons et autres fournitures, et l'accès à cet entrepôt est contrôlé par un gardien dans sa guérite, qui commande une barrière rouge et blanc, censée rester baissée en permanence pour bloquer l'accès, mais qui est presque toujours levée parce qu'il n'y a jamais eu de bonne raison de la baisser, et que c'est agaçant d'avoir à manœuvrer cette putain de barrière dans les deux sens chaque fois que le boucher se pointe, que le boulanger se pointe, que l'entreprise de blanchisserie se pointe, que le caviste se pointe, que le fournisseur d'oxygène se pointe, et ainsi de suite.

Oui, le fournisseur d'oxygène. La section casino de chaque hôtel du Strip est très étendue, mais elle est également basse de plafond et privée de fenêtres, si bien que l'air qui y circule, à l'exception de la lisière des machines à sous près du comptoir de réception et de l'entrée principale, est complètement artificiel. C'est de l'air conditionné, bien sûr, dont la température et la qualité sont contrôlées dans une salle spéciale, à l'arrière de l'hôtel, à côté des cuisines et tout près de la plate-forme de livraison. Mais la climatisation n'est pas tout. Chaque nuit, entre minuit et huit heures du matin, l'air contrôlé que l'on envoie depuis cette salle dans le vaste espace du casino est adouci avec un petit supplément d'oxygène pour le rendre plus riche que l'air respiré par le commun des mortels. En conséquence, ils n'ont pas envie d'aller se coucher, pas tout de suite. Ils ont envie de rester encore un peu près des tables, de jouer encore quelques minutes, et plus gros jeu. Qui sait ? La chance pourrait tourner.

Les casinos de Las Vegas sont des aspirateurs conçus dans un seul et unique but : pomper l'argent caché dans les poches, les sacs à main, les comptes d'épargne, les polices d'assurance et les tirelires de la clientèle. Dans cette perspective, faire cracher quelques dollars de plus aux braves gens, ils adoucissent l'air entre minuit et huit heures.

Au Gaiety Hotel, Battle-Lake et Casino, la société R & M qui fournit l'oxygène dans des bonbonnes vertes pareilles aux torpilles de la Deuxième Guerre mondiale livre une fois par semaine, en général le mardi. Les bonbonnes neuves sont alignées à une extrémité de la plate-forme de chargement, et les employés de l'hôtel vont les chercher avec des diables et les rapportent dans la salle de contrôle d'aération. Les conteneurs vides sont sortis de la même manière et placés debout à côté des pleins, prêts à être remportés par les employés de R & M à leur passage suivant. Quand le camion R & M arrive chaque semaine devant la guérite du gardien, le chauffeur agite un bon de commande jaune sous le nez de celui-ci, qui ne prend jamais la peine de le contrôler, se contentant d'agiter la main en réponse, et le camion R & M franchit la barrière pour effectuer sa livraison et charger les bonbonnes vides.

C'est ainsi que les choses se passèrent cette nuit-là. Lundi au lieu de mardi. Pas de quoi en faire une histoire. Stan ralentit en approchant de la guérite, brandit une feuille jaune qui ressemblait énormément au bon de commande à condition de ne pas s'en saisir et le lire, auquel cas il se révélerait n'être qu'un prospectus publicitaire pour un drugstore local. Si le gardien se comportait comme à son habitude, à savoir leur faire signe de passer, pas de problème. Si jamais il décidait, parce qu'il était nouveau à ce poste ou qu'après tout, lundi n'était pas mardi, de regarder le bon de commande de près, Stan lui montrerait l'autre chose qu'il possédait, une mitraillette Glock. Stan actionnerait deux fois les phares du camion tout en discutant des mérites du Glock avec le gardien, et Jim O'Hara, vêtu d'un uniforme tout propre de la sécurité du Gaiety identique à celui du gardien, surgirait du parking voisin pour assurer les fonctions de ce dernier pendant le reste de la nuit, lequel gardien prendrait un repos bien mérité aux pieds de Tiny, du côté passager de l'habitacle, avant d'être attaché et déposé en un lieu où des gens bien intentionnés le découvriraient certainement avant qu'il ne lui arrive quelque chose de fâcheux.

Heureusement pour le rythme cardiaque du gardien, rien de tel ne fut nécessaire. Le nom familier sur le flanc de la forme familière du camion, les bonbonnes vertes familières, attachées verticalement à l'arrière, la feuille jaune familière familièrement brandie, suffirent. Le gardien leur fit signe de passer.

Au bout de l'entrepôt, il y avait un petit bureau muni d'une fenêtre donnant sur la plate-forme de ciment où l'on déchargeait les marchandises des camions. Le gardien de la sécurité assis derrière la petite table de ce bureau, plus vieux et plus costaud, était là pour recevoir les livraisons, appeler les employés de l'hôtel concernés afin qu'ils viennent signer le bon et enlever la marchandise, et plus généralement, pour dissuader quiconque de chaparder. Le gardien vit le camion R & M habituel faire demi-tour pour aborder la plate-forme par l'arrière. Il vit le chauffeur et son assistant fort baraqué descendre du véhicule, grimper sur la plate-forme et agiter le bras dans sa direction. Il répondit de même et appela la salle de contrôle d'aération. « Le type de l'oxygène est là.

– Quoi ? Ce soir ? Mais on est lundi !

– Ils sont là, répéta le gardien. Ils sont en train de décharger.

– Merde, fit l'autre. On ne me dit jamais rien. Bon, j'arrive. »

Entre-temps, Tiny et Stan déchargeaient les bonbonnes d'oxygène pleines à l'aide de leur diable et de celui de la plate-forme, et chargeaient les vides de la semaine précédente dans le camion. Mais ils allèrent plus loin. Ils chargèrent aussi les bonbonnes inutilisées de la semaine précédente.

Vers la fin de l'opération, un type en manches de chemise, la mine tatillonne, sortit de l'hôtel, traversa la plate-forme et s'approcha du camion R & M : « Comment se fait-il que vous veniez ce soir ?

– Nous, on suit les instructions, répondit Stan.

– Bon. Montrez-moi le bon de commande.

– D'accord, mais laissez-nous d'abord finir ça », dit Stan en continuant à charger, avec Tiny, les bonbonnes pleines de la veille.

Le type à la mine tatillonne fronça les sourcils. « Mais celles-ci sont pleines, non ?

– On suit les instructions, répéta Stan.

– Mais pourquoi vous emporteriez des bonbonnes pleines ? insista le type tandis que deux agents de la sécurité en uniforme, nommément Jim O'Hara et Gus Brock, les rejoignaient sur la plate-forme.

– Venez voir, dit Tiny, je vais vous montrer quelque chose. »

Il fit signe au type de monter dans le camion. L'autre obtempéra, regarda les bonbonnes d'un air sourcilleux et lança : « On ne me dit jamais rien.

– Eh bien, moi je vais vous dire une chose, annonça Tiny. On est en train de faire un hold-up ici. »

Le type garda les sourcils froncés deux secondes de plus, puis il dévisagea Tiny, la lumière jaillissant enfin dans son esprit horrifié. Il se tourna vers les deux agents de sécurité comme pour solliciter leur aide, mais à voir leurs visages, il fut encore plus horrifié.

« Allons, venez, c'est entre *nous*, la petite conversation », dit Tiny.

Le type se retourna vers lui. Mort de trouille, il chuchota sur le ton de la confidence, comme s'il voulait convaincre Tiny, et seulement Tiny, d'un fait important : « Je n'ai pas accès à la chambre forte, je vous le jure.

– Ne vous inquiétez pas pour ça, le rassura Tiny. Je suis là pour aider, vous comprenez ? Mon pote va repartir au volant de ce camion et moi, je vais rouler une de ces bonbonnes à l'intérieur, avec vous et ces deux messieurs en uniforme, et nous irons tous ensemble dans la salle de contrôle d'aération. Vous me suivez jusque-là ?

– Je ne sais pas ce que vous...

– Vous me suivez ? »

Le type déglutit et hocha la tête. « Oui, monsieur, murmura-t-il.

– On va aller dans la salle de contrôle d'aération, nous quatre et la bonbonne, et personne ne sera blessé, ni inquiété ni rien. Ou alors, option numéro deux, je vous flanque un coup de marteau sur la tête et vous restez couché dans le camion, et mon partenaire repart avec vous, et pendant ce temps, les deux agents de sécurité et moi allons sans vous dans la salle de contrôle d'aération. À vous de choisir. »

Le type posa sur Tiny un regard de poisson crevé. Il n'avait pas l'air de savoir ce qu'il était supposé dire.

Tiny lui donna un coup de main. « Ça s'appelle une alternative, expliqua-t-il. Option numéro un, vous coopérez. Option numéro deux, vous prenez un coup de marteau sur la tête. À vous de choisir.

– Coopérer.

– Option numéro un. Très bien. »

C'était même excellent, et le choix qu'ils espéraient, dans la mesure où les recherches de Dortmunder n'avaient pas permis jusqu'alors de localiser la salle de contrôle d'aération. Certes, ils auraient fini par la trouver, sachant qu'elle ne pouvait être bien loin des cuisines et de la plate-forme de chargement, mais l'existence leur serait grandement facilitée par la coopération de cet individu pointilleux qui précédait maintenant Tiny, lequel poussait la bonbonne sur le diable, Jim et Gus à l'intérieur du bâtiment et le long d'un labyrinthe de couloirs souterrains.

La salle de contrôle d'aération ressemblait beaucoup à la cabine d'un studio d'enregistrement de télévision : un espace étroit, tout en longueur, avec un tas d'appareils le long d'un mur, et quelques chaises et tables devant. Les quatre personnes qui se trouvaient dans la pièce levèrent à peine les yeux quand leur collègue, les deux agents de sécurité et le gros mec en bleu de travail qui poussait une bonbonne sur un diable les rejoignirent, mais Jim O'Hara éleva la voix : « Messieurs, puis-je avoir votre attention un instant ? »

Tous lâchèrent leurs cadrans et compteurs, sourcils levés, l'air poli.

« Merci, messieurs. Bon, ce que j'avais à vous dire, c'est que l'hôtel fait l'objet d'un hold-up. »

Tous réagirent en même temps. L'un d'eux se leva même d'un bond. Un autre cria : « Un hold-up ? Où ? Par qui ? »

Jim leur montra son arme. « Par nous. »

Gus leur montra son arme et dit avec calme : « Nous sommes de dangereux criminels et n'avons plus rien à perdre, la moindre chose peut déclencher en nous une frénésie meurtrière, aussi, les garçons, à votre place, je serrerais les fesses. »

Un à un, les techniciens – car il s'agissait de ça, des techniciens, ni des flics, ni des mercenaires, ni des pilotes kamikazes – levèrent les mains. Un à un, ils les baissèrent pour que Tiny puisse les leur attacher dans le dos. Puis il les aida à s'asseoir le long du mur du fond et leur dit, les dominant de sa haute taille : « Je ne vois pas de raison pour vous attacher les chevilles, vous bâillonner, vous abattre d'un coup de feu ou vous flanquer une commotion, rien de ce genre, et vous ? »

Ils secouèrent la tête à l'unisson et Tiny leur adressa un sourire approbateur, ce qui n'eut pas du tout l'air de les rassurer.

Une bonbonne d'oxygène était fixée au matériel à l'autre bout de la pièce, mais comme il était à peine onze heures trente, l'appareil n'était pas encore branché. S'étant assuré que la valve de la bonbonne était bien fermée, Jim dévissa l'embout du tuyau et dégagea la bonbonne avec l'aide de Gus, de façon que Tiny puisse mettre la nouvelle en place.

Manifestement affolé, l'un des techniciens s'écria : « Qu'est-ce que c'est ? C'est de l'oxygène ? Qu'est-ce que c'est ? »

Gus lui jeta un bref coup d'œil. « Qu'est-ce que ça peut vous faire ? »

Le technicien tardant à répondre, Gus retourna à ses affaires, en l'occurrence hisser la vieille bonbonne sur le diable.

« Je reviens », annonça Tiny, et il sortit en poussant le diable, avec l'intention de rapporter une des nouvelles bonbonnes.

Gus consulta l'horloge murale au-dessus de la batterie de cadrans et de compteurs. Pas encore onze heures trente.

« Et puis zut ! dit-il. Offrons-leur un petit supplément avant l'heure. » Sur ce, ayant acquis sa science du chauffage et de la climatisation grâce à un cours suivi en prison, il ouvrit la vanne d'oxygène, l'ajoutant au mélange. « Un petit supplément spécial », apprécia-t-il en poussant le régulateur à fond.

Le nouveau mélange entama son parcours dans l'installation. Franchissant les tuyaux et conduites, et traversant l'épaisseur des murs, il s'échappa silencieusement par les bouches d'aération quasi invisibles et repartit de même par les bouches d'évacuation, circulant dans toutes les sections du casino, dans la cage du caissier et derrière celle-ci, la pièce où l'on décomptait l'argent, et derrière celle-ci, la chambre forte. Il ne traversa ni les bureaux de la direction, ni ceux de la sécurité, ni les cuisines, ni le hall, ni le sous-sol, mais il circula certainement dans les toilettes du casino et dans le bar, et remonta jusqu'à la pièce obscure où des observateurs, assis derrière une glace sans tain installée dans le plafond de la salle de jeux, étaient payés pour repérer les tricheurs, les employés indélicats et les marqueurs de cartes, autant d'individus malavisés qui n'avaient pas saisi ce concept essentiel : le casino est censé tout rafler.

Le nouvel air enrichi circula dans tous ces espaces, silencieux et persistant. Désormais enrichi, non par l'oxygène qui entrait normalement dans la composition du mélange, mais par quelque chose de pas tellement différent en termes de chimie, la combinaison d'oxygène et de nitrogène que l'on appelle oxyde azoteux. Ou, pour lui donner son nom commun, gaz hilarant.

53

Au moment où le mélange d'air frais et de gaz hilarant commençait à se propager dans les parties ouvertes au public du complexe Gaiety Hotel, Battle-Lake et Casino, le dernier avion du jour en provenance de l'Est entamait son approche pour atterrir à l'aéroport international McCarran. Deux policiers en tenue de Las Vegas s'étaient spécialement déplacés pour l'accueillir et ils attendirent jusqu'à ce qu'ils repèrent leur homme. Ils ne l'avaient jamais vu auparavant, il n'avait pas agité le bras ou fait quelque autre signe permettant de l'identifier, il portait des vêtements civils des plus ordinaires, et il avançait au milieu d'une foule de deux cents passagers, mais il n'y avait pas le moindre doute dans leur esprit. C'était leur homme, pas de problème. Un flic reconnaît toujours un autre flic.

Ils l'abordèrent comme il avançait de ce pas raide et las qu'ont les gens après un long parcours en avion, portant une vieille valise en cuir souple. « Inspecteur Klematsky ? demanda l'un d'eux.

– Bernard Klematsky, répondit-il. C'est gentil à vous d'être venus me chercher.

– C'est avec plaisir, fit l'autre flic. Je suis Pete Rogers, et voici Fred Bannerman. »

Il y eut échange de poignées de mains, puis Bannerman demanda : « Alors, c'est comment à New York ?

– Pas pire que d'habitude, répondit Klematsky et ils gloussèrent à l'unisson.

– Vous voulez aller le chercher ? demanda Rogers.

– Non, dit Klematsky. Il n'ira nulle part. Mon vol de retour est seulement à 9 h 30 demain matin. Laissons-lui une bonne nuit de sommeil, et laissez-moi une bonne nuit aussi. Nous pourrons y aller vers, disons, sept heures du matin.

– Vous aurez une autre escorte, alors, dit Rogers. Demain matin à sept heures, Bannerman et moi serons profondément endormis dans les bras l'un de l'autre. »

Klematsky cilla mais se contenta de hocher la tête en disant : « Euh, euh.

– Nous allons vous conduire à votre hôtel, proposa Bannerman.

– Merci. »

54

Max rôdait dans sa prison. C'était une prison, gardiens compris, et ça ne lui plaisait pas du tout bien qu'il se fût lui-même condamné à cette luxueuse incarcération et même si cela ne devait pas durer très longtemps. Demain soir, il serait sorti de là, d'une manière ou d'une autre.

Pas de l'autre, par pitié. D'une manière, et d'une seule : avec le voleur en état d'arrestation, incarcéré, ou à la morgue. Il fallait que l'individu passe à l'acte pendant que Max était à Las Vegas, il le fallait absolument.

En attendant, Max rôdait, passant du vaste living-room en forme de L à la grande chambre à coucher carrée avec son immense lit double, et de là, à la deuxième chambre, légèrement plus petite avec sa petite salle de bains attenante, où, en cet instant, Earl Radburn faisait la sieste sur le couvre-lit, immobile comme un cadavre ; et de là, à la cuisine équipée, rutilante en blanc et chrome, avec son évier actuellement rempli de tasses et de verres sales, puis à la grande salle de bains délicieusement rose, avec tous ses miroirs, petits flacons et boîtes d'articles divers : shampooings, lotions pour le visage et pour le corps, gel de bain, soin pour les cheveux, lustrant pour les chaussures, bonnet de douche, pâte dentifrice...

Irrité, Max reposa sèchement le flacon de gel pour le bain sur le plan du lavabo et se considéra d'un œil noir dans le miroir qui occupait tout un pan de mur. Dans son désœuvrement, il se prenait à relire les étiquettes de toutes les fioles. Encore !

Les réunions qu'il avait organisées ici s'étaient déroulées de manière satisfaisante, mieux qu'il aurait pu s'y attendre dans de telles circonstances, mais c'était terminé, et il était toujours là, et il n'avait rien à faire, rien à faire. Fulminant, impatient, blême d'ennui, Max repartit vers le salon où les quatre gardes du corps en uniforme étaient toujours assis dans un coin à bavarder à voix basse, et où les rideaux restaient résolument clos au monde extérieur.

C'était une chose qu'il détestait, les rideaux tirés. Il s'y était opposé, avançant que le but de l'opération était de faire savoir au voleur qu'il se trouvait dans ce cottage. Alors, pourquoi ne pas le laisser constater *de visu* la présence de Max ? Mais Earl Radburn avait objecté : « C'est un problème auquel j'ai pensé, monsieur Fairbanks, et je me suis dit, qu'est-ce que je ferais, si j'étais l'individu que nous cherchons ? C'est toujours une bonne idée, de se mettre à la place de l'autre. Et il m'est apparu que, si ce que je voulais était la bague qui est à votre doigt en ce moment, et que je pouvais vous voir derrière une baie vitrée, je déciderais peut-être de tirer un coup de feu à travers la vitre avec un fusil puissant, et de vous loger une balle dans la tête et de compter sur la confusion générale pour arracher la bague de votre doigt. » Alors que Max blêmissait à cette perspective – la balle dans la tête était une image très graphique – Earl avait continué : « Remarquez, je ne dis pas que ce type est du genre à faire une chose pareille, ou pas. Je dis juste que si j'étais à sa place, c'est une des solutions que je pourrais envisager. »

Ainsi, les rideaux resteraient fermés. De temps en temps, une bataille navale se déroulerait sur le Battle-Lake, impossible à voir à travers les rideaux, et pendant tout le temps où il y aurait des explosions, et les rugissements de la foule, Max et ses gardes du corps, de plus en plus fébriles, continueraient à faire les cent pas à l'intérieur de sa prison, les gardes affichant un air hagard, la main en suspens au-dessus de leur arme pendant que les canons donnaient à plein tout autour d'eux. Mais dans les intervalles entre les batailles navales, il n'y avait aucun moyen de savoir avec certitude s'il se passait réellement quelque chose à l'extérieur. Ils auraient aussi bien pu se trouver sur un astéroïde tournant dans son orbite d'astéroïde, et être les derniers survivants de l'espèce humaine.

Un coup à la porte. Max se retira aussitôt dans l'embrasure de la cuisine, honteux de se montrer si prudent tout en sachant que la prudence était son unique alliée en cet instant. L'un des gardes du corps traversa la pièce pour aller prudemment – la prudence était l'alliée de tout le monde dans ce cottage – ouvrir la porte.

Murmures. Le garde recula d'un pas et un sémillant noir en smoking fit son entrée, planchette à pince en main, badge doré au nom de JONES à son revers gauche. « Bonsoir, monsieur », dit-il avec un large sourire et un petit signe de tête à l'adresse de Max.

Max lui fit une grimace en retour. Le soir ? Il était plus de minuit et rien ne s'était encore passé. Il en était presque à souhaiter que ce type soit le voleur en personne, ou du moins l'un de ses amis.

« Intendance, expliqua le garde à Max, ce qui était superflu.

– Juste pour vérifier que tout va bien, précisa le type de l'intendance sans se départir de son sourire.

– Tout marche au poil, répondit Max d'un air féroce.

– Bon, je vais jeter un coup d'œil, poursuivit le type de l'intendance. Si vous permettez, monsieur.

– Allez-y », dit Max en s'écartant du seuil de la cuisine pour le laisser passer.

Le garde était déjà retourné bavarder avec ses collègues dans le coin salon. Max les rejoignit et demanda : « Vous connaissiez ce type ? »

Le garde, qui venait juste de se laisser tomber dans un des canapés, se releva brusquement. « Pardon, monsieur ?

– Le type de l'intendance, vous l'avez reconnu ?

– Non, monsieur. Pourquoi devrais-je le reconnaître ? »

Max regarda alors l'insigne sur l'épaule du garde et constata qu'il ne disait pas Gaiety Hotel, Battle-Lake et Casino, mais Markus Plaza, c'est-à-dire une galerie marchande que possédait TUI à la sortie de Phoenix, Arizona. Il faisait donc partie des troupes de sécurité importées pour l'occasion.

Max examina plus attentivement les uniformes et insignes des autres gardes du corps. « Aucun de vous ne travaille ici, au Gaiety ? demanda-t-il.

– Non, monsieur, répondirent-ils en chœur.

– Vous n'êtes donc pas en mesure de reconnaître les véritables employés du Gaiety ?

– Ben, dit le premier garde du corps, il faut qu'ils nous montrent leurs papiers.

– Est-ce que cet individu vous a montré ses papiers ?

– Le badge à son nom, monsieur. » Le garde, qui était également noir, toussota. « L'homme que vous attendez, monsieur, il est blanc, n'est-ce pas ?

– Eh bien, oui.

– Vous voyez, dit le garde en haussant les épaules.

– Mais alors, s'étonna Max, pourquoi n'y a-t-il pas ici d'employés du Gaiety qui sauraient reconnaître leurs collègues ? »

Les gardes échangèrent un regard. L'un d'eux prit la parole. « Monsieur Fairbanks, nous ne pourrions pas prendre leur place. On ne saurait pas faire leur boulot. Nous sommes des agents de sécurité supplémentaires, nous sommes affectés à votre garde.

– Les autres, dehors, également ? Tous ceux des alentours ?

– Oui, monsieur », répondirent-ils en chœur.

Max fronça les sourcils, ruminant ce qu'il venait d'entendre. Il avait envie de blâmer Brandon Camberbridge, de l'accuser de garder les agents de sécurité les plus compétents pour *son* hôtel au lieu de les affecter à la protection du patron, mais il comprenait aussi que les ordres devaient émaner d'Earl, et il était logique de maintenir les membres du personnel de l'hôtel à leur poste habituel. « Si un individu blanc essaie de s'introduire ici, vérifiez son identité, ordonna-t-il.

– Oui, monsieur », répondirent-ils en chœur.

Max retourna vers la cuisine et jeta un coup d'œil à l'intérieur. Le type de l'intendance lavait la vaisselle dans l'évier. Levant les yeux vers Max, son sourire indélébile exprimant une vague contrition, il dit : « J'en ai juste pour une minute, monsieur. Ceci aurait dû être fait plus tôt.

– Très bien, dit Max, satisfait de voir quelqu'un s'intéresser à son travail.

– Je reviendrai un peu plus tard apporter les fournitures qui vous manquent, poursuivit l'individu. Pour l'instant, je finis juste ça, je vérifie les chambres et les salles de bains et je vous laisse tranquille.

– Il y a quelqu'un qui dort dans la deuxième chambre.

– Je ferai moins de bruit qu'une souris, promit le type, affichant son sourire éclatant en se penchant sur l'évier rempli d'eau savonneuse. Le temps que j'entre et que je ressorte, il ne saura jamais que je suis passé par là. »

55

C'était terriblement tentant de filer avec le pistolet du garde endormi, mais Herman sut résister. Il était là en reconnaissance seulement, et il aurait à revenir plus tard, aussi n'était-ce pas une bonne idée de chaparder des armes à feu.

Herman Jones, anciennement Herman Makanene Stulu'mbnick, anciennement Herman X, conclut la phase un de sa reconnaissance, remercia Max Fairbanks de sa patience, et fut reconduit à la porte par le frère qui l'avait introduit. Deux autres gardes, l'un étant un frère, l'autre pas, l'escortèrent alors jusqu'au chemin, où il les remercia de leur courtoisie, leur annonça qu'il reviendrait, et s'éloigna d'un pas désinvolte en direction du bâtiment principal de l'hôtel.

Pour Herman Jones, ce niveau de subterfuge était un jeu d'enfant, il se forçait à peine. Du temps qu'il était un terroriste en activité, quand il s'appelait X et que la plupart de ses jobs étaient des hold-up désintéressés dont le produit était destiné au Mouvement, il avait à peine le temps de voler pour maintenir son corps et son âme en état de marche, il s'était fabriqué une seconde vie de couverture, complètement bidon, pleine de gentils amis issus de milieux bourgeois et de toutes les races, qui croyaient qu'il était quelqu'un d'important et de bien rémunéré dans la « communication », terme qui, dans sa bouche, évoquait parfois l'édition, ou encore le cinéma et la télévision, et parfois, pourquoi pas, une collaboration avec le gouvernement.

Par la suite, quand il avait fait de la politique en Afrique centrale comme vice-président du Talabwo, un pays où votre compte en banque suisse était presque aussi important que votre Mercedes-Benz et où la seule personne pas complètement illettrée dans un rayon de cinq cents miles qui n'essayait pas de renverser le président était le président lui-même, et où, si le président tombait, le vice-président pouvait s'attendre à partager sa tombe anonyme à fleur de sol, Herman avait atteint un niveau de rouerie et de tromperie que les Américains, s'ils avaient eu l'occasion de l'observer, n'auraient pu qu'envier.

Aussi, maintenant qu'il était rentré au pays et ne se sentait plus obligé de verser le produit de ses meilleurs casses au Mouvement (principalement parce que le Mouvement semblait s'être évaporé en son absence), et n'ayant plus besoin de fréquenter jour et nuit politiciens et militaires (pour la plupart des cinglés patentés), Herman était disposé à mettre son expérience durement acquise au service du crime qui profite.

Raison de sa présence en ce lieu. Il n'avait travaillé avec John Dortmunder qu'à deux reprises jusqu'alors, mais chaque fois, il s'était bien amusé. La première, il avait été mis sur le coup par Andy Kelp, rencontré lors de diverses opérations sans lien avec le Mouvement. Le projet était intéressant, qui les avait conduits à dévaliser une banque entière, et lui avait laissé plein de temps pour travailler dans la salle des coffres. Ça ne s'était pas soldé par une réussite absolue, mais l'équipe était agréablement professionnelle et l'expérience s'était révélée globalement positive. Sa deuxième participation à une opération menée par Dortmunder avait été une escroquerie, une petite faveur comme celle d'aujourd'hui, mais avec moins de bénéfices potentiels.

Les pilotes disent que tout atterrissage dont on sort sur pied est un atterrissage réussi, et la variante de Herman sur le thème était que tout crime dont on sort les mains libres est un crime réussi. Si l'on applique ces critères, les expériences qu'Herman avait partagées avec John Dortmunder étaient de bonnes expériences.

Maintenant qu'il était de retour au pays, il voulait que les gens du milieu sachent qu'il était là, et disponible, raison pour laquelle il avait téléphoné à Andy Kelp. Aussi, lorsque Andy lui avait raconté ce qui se tramait ici, et pourquoi, il avait tout de suite su que c'était une petite virée qu'il ne pouvait pas rater. Quels qu'en soient les bénéfices, cela lui ferait de la publicité dans les milieux bien informés. « Herman est de retour, diraient les gens après le coup de ce soir. Et plus en forme que jamais. »

Non, non, non. Ils diraient : « Herman est de retour, et meilleur que jamais. »

— —

La nuit, il faisait sombre autour des cottages, et il y avait très peu de monde. Les enfants des clients de l'hôtel étaient logiquement bordés dans leur lit à cette heure, ou plantés devant la télévision, tandis que leurs parents et les autres adultes descendus au Gaiety écumaient les salles de jeu ou encore, assis en groupe au café, se confiaient mutuellement quel bon temps ils prenaient. Dehors, l'air sec du désert était plus frais, presque agréable, et les seuls êtres humains que l'on pouvait apercevoir de-ci de-là, étaient les employés de l'hôtel et les agents de sécurité appelés en renfort. Et, bien entendu, quelques voleurs.

S'éloignant à grands pas du cottage numéro un dans l'obscurité, dégageant l'assurance d'un employé officiellement chargé d'une mission de supervision, la planchette à pince mise en évidence, Herman se dirigea vers le cottage trois, situé en retrait sur la droite et en diagonale par rapport au cottage un, et présentement inoccupé – de fait, inoccupé en permanence depuis que le temps des grands flambeurs était révolu. (Les cottages cinq, six et sept, encore plus éloignés du Battle-Lake, abritaient les agents de sécurité venus de l'extérieur en renfort.)

Quantité d'hôtels et autres établissements de ce genre n'ont plus de vraies clés pour ouvrir leurs nombreuses portes. Ils ont mis des serrures électroniques qui ne répondent qu'à une impulsion magnétique spécifique. Tous le savoir-faire traditionnel du serrurier, à base de crochets, d'empreintes, de burins et de rossignols, était bon à jeter. Mais il y a une nouvelle technologie à maîtriser, et maîtrisée elle sera. La carte que Herman insérait à l'instant dans la fente de la porte d'entrée du cottage trois n'avait pas été fournie par le concierge de l'hôtel, elle provenait des ateliers criminels de New York. Cette carte était un extraterrestre, un séducteur roublard, un coucou squattant le nid d'un autre oiseau, et dans la seconde où Herman l'inséra, la petite lumière verte s'alluma et le battant s'ouvrit devant lui.

Le cottage trois était un peu moins spacieux que le cottage un, et dégageait cette légère odeur chimique des endroits à moquette lorsqu'ils ont été fermés trop longtemps. Herman se déplaça vivement dans la pièce, allumant les lampes, prenant des notes sur sa planchette, rectifiant quelques détails çà et là. À la fin, il laissa une petite lumière allumée dans la cuisine, celle qui était fixée à la base du placard supérieur et qui illuminait juste un rectangle blanc du plan de travail en Formica à côté de l'évier.

Arrivé à la porte, vu qu'il n'avait l'intention de céder sa carte magique à personne, Herman s'arrêta pour sortir un rouleau de plastique adhésif de l'intérieur de sa veste de smoking, en déchira une longueur et l'ajusta sur le bord de la porte en recouvrant le pêne pour l'empêcher de s'enclencher. Espions, hommes de main des politiciens et autres amateurs placent généralement cette bande adhésive à l'horizontale, de manière visible, si bien que le premier agent de sécurité de passage peut la repérer. Herman la plaça verticalement, ce qui était tout aussi efficace, et de surcroît invisible lorsqu'on repoussait le battant.

Ayant préparé le cottage trois, Herman s'éloigna et contourna le Battle-Lake par le sentier éclairé à hauteur des genoux par des lanternes en forme de fleurs et de faible intensité. Au-delà du lac, il s'approcha d'un garde posté près du sentier, les mains dans le dos, qui contemplait l'immobilité nocturne avec l'air satisfait d'un homme qui apprécie pleinement la paix et la tranquillité. Ce garde n'en était évidemment pas un, c'était un autre associé de John Dortmunder, nommé Ralph Demrovsky. Il portait également un uniforme subtilisé en début de soirée au Finest Fancy Linen Service.

Voyant Herman approcher, Ralph sourit et tendit la main droite. Herman ne lui accorda pas un regard, mais quand il le dépassa, sa main laissa glisser la planchette à pince qui se retrouva par enchantement dans celle de Ralph. Puis, alors qu'Herman s'éloignait en profitant de l'ombre des arbres qui ponctuaient les zones éclairées jusqu'au bâtiment principal, sa main droite effleura le devant de sa veste de smoking, et quand il se retrouva en pleine lumière, le badge au nom de Jones avait disparu. Restait un bel homme, noir, en tenue de soirée, certainement un des clients de l'hôtel mais plus élégant que la moyenne. Remarquez, il y a encore quelques clients élégants dans les hôtels de Las Vegas, même ces derniers temps, des gens qui perpétuent le niveau de vie et la bonne humeur de la belle époque, celle des patrons de la Mafia et des cheiks arabes.

L'attitude d'Herman, lorsqu'il pénétra dans l'hôtel, n'était pas celle du propriétaire mais de qui envisage de le devenir. Il passa d'un pas décidé devant le café, ouvert, et les boutiques, fermées, et contourna la réception, où la situation était fort calme, avec un seul employé en faction. Pour atteindre les ascenseurs, il dut longer la lisière de la section machines à sous, où il renifla furtivement, histoire de voir si l'air paraissait bizarre, mais non, bien sûr. À en juger par les quelques personnes qu'il vit devant les machines, le mélange n'avait pas encore commencé à produire son effet.

D'ailleurs, on avait tout le temps.

Herman monta au quatorzième étage et longea un couloir rempli du gazouillis émanant de nombreux téléviseurs allumés derrière de nombreuses portes fermées. Il était en route pour la chambre d'Anne-Marie. Un charmante dame, selon lui, et il était fin connaisseur dans ce domaine. Si Andy Kelp avait besoin d'une dame, elle était probablement celle qu'il lui fallait. Toutefois, Herman garderait ses commentaires pour lui. Il ne se mêlait pas de la vie sentimentale d'autrui, sauf s'il avait l'intention de participer à la chose, mais ni Anne-Marie

Carpinaw ni Andy Kelp ne l'intéressaient de cette manière, ce qui était probablement aussi bien.

Toc-toc-toc, toc, toc. Le signal convenu. La porte s'ouvrit et Anne-Marie apparut, le considérant d'un œil critique. « Service d'étage, risqua-t-il.

– Entrez », dit-elle, ce qu'il fit, et elle referma la porte derrière lui en ajoutant : « Vous avez mis longtemps.

– Oh, vous savez comment c'est, madame, répondit-il en jouant le jeu. Les cuisines sont débordées.

– C'est bien joli, tout ça, mais vous imaginez dans quel état je devrais être, si j'avais réellement commandé quelque chose ?

– Merci, madame, j'en ferai part au directeur », répondit Herman en lui souriant. Puis, se retournant, il découvrit Kelp et Dortmunder assis devant la fenêtre, qui contemplaient la nuit. Dortmunder portait un uniforme de garde, Kelp était habillé en contrôleur de gestion, costume noir et lunettes à monture noire, nœud papillon bleu marine à petits pois blancs. Herman les voyait de dos, mais leurs visages se reflétaient dans la baie vitrée. « Il n'y a rien dehors », leur dit-il.

Ils se retournèrent enfin et le regardèrent avec des yeux vitreux, comme des gens qui sont restés trop longtemps devant un aquarium. « C'est bien ce que j'espère, répondit Dortmunder.

– Il n'y a rien, expliqua Kelp.

– Une nuit calme », confirma Herman, les rejoignant pour regarder à son tour par la fenêtre.

Fascinant. La nuit, le terrain entourant l'hôtel devenait une esquisse à gros traits, les lanternes-fleurs se détachant comme des taches d'ambre sur fond noir, soulignant les sentiers, dessinant un pourtour pointilliste de Battle-Lake, délimitant les cottages. La seule zone véritablement illuminée était la piscine. Les lampes restaient allumées sous l'eau toute la nuit, produisant un étrange bouillon bleu-vert avec des ombres en surface et une transparence fraîche et cristalline en profondeur. Étant le seul endroit éclairé, la piscine paraissait beaucoup plus proche qu'elle ne l'était en réalité, donnant l'impression qu'il suffisait d'ouvrir la fenêtre pour sauter à l'eau.

Herman contempla le spectacle un instant, puis, constatant qu'il risquait de se laisser hypnotiser comme Dortmunder et Kelp, il s'éloigna, secoua la tête, leur sourit et dit : « Qu'est-ce que vous espérez voir, de toute manière ?

– Les ennuis, répondit Dortmunder.

– Si quelque chose foire dans le projet, expliqua Kelp, nous le saurons ici.

– Et, précisa Anne-Marie, ils pourront filer.

– Exactement, confirma Kelp.

– Des lumières rouges par là-bas », dit Dortmunder en agitant le bras en direction du parking du personnel et de Paradise Road, la rue parallèle au Strip.

Kelp montra son walkie-talkie. « Au moindre problème, je préviens les gars et John va chercher sa bague.

– Et moi, dit Anne-Marie, j'éteins la lumière et j'ai dormi dans ce lit, là, toute seule, depuis le début.

– Pauvre petite », dit Herman avec un sourire en coin.

Elle lui lança un regard genre *oh, ça va*.

« Plan deux, expliqua Dortmunder.

– Plan six ou sept, en fait, rectifia Kelp. Et pour toi, Herman, comment ça se passe ?

– Impeccable, assura Herman. John, tu inquiètes *considérablement* ce nabab. Il est comme un chat sur des braises.

– Tu es entré sans problème ? » demanda John, particulièrement intéressé.

Herman lui adressa son brave grand sourire étincelant : « Comme su' des 'oulettes. » Puis, redevenant lui-même, il ajouta : « J'ai arrangé une fenêtre de la cuisine et une autre dans la salle de bains de manière qu'elles aient l'air fermé, mais il suffit de pousser un peu. J'ai pigé comment fonctionnait le coupe-circuit dans la cuisine. La ligne arrive directement. Comme il n'y a pas de sous-sol dans ces constructions, juste des dalles de ciment, la ligne doit passer dans une gaine à l'intérieur de la dalle. Donne-moi une feuille et un stylo, je vais te faire un plan de l'intérieur.

– Chouette », dit Dortmunder.

La chambre d'Anne-Marie était meublée d'une table ronde en similibois au-dessus de laquelle se balançait une lampe de bateau – certains modèles sont tellement réussis qu'ils ne se démodent jamais. Dortmunder et Kelp avaient déplacé la table pour mieux voir ce qui se passait dehors, et se cogner la tête à coup sûr. Pendant que Kelp tournait son fauteuil pour le rapprocher de la table, Anne-Marie apporta du papier à lettres et un stylo de l'hôtel. Herman s'assit devant la table, se cogna la tête à la lampe, se releva, déplaça son siège, s'assit de nouveau et établit un très bon plan du cottage, utilisant les symboles retenus en architecture pour désigner portes, fenêtres, placards et mobilier incorporé tel que toilettes et four.

Tout en dessinant, il expliqua à quoi ressemblait l'endroit, et ayant terminé, ajouta : « Il y a quatre gardes du corps en uniforme à l'intérieur, quatre dehors, mais ils ne font pas partie du personnel de l'hôtel, ils ont été importés.

– Renfort de sécurité, dit Dortmunder.

– Exactement, et ils ne connaissent pas le terrain, précisa Herman en posant son stylo. J'ai préparé le cottage trois. La porte est ouverte, et j'ai laissé une petite lumière dans la cuisine, pour que tu puisses trouver ton chemin.

– Il faut que j'y aille maintenant, annonça Dortmunder. Toi, vas-y d'abord en éclaireur, dit-il à Herman qui, en raison de son aspect irréprochable, pouvait s'assurer que la voie était libre.

– D'accord, fit Herman en se levant sans se cogner la tête.

– Moi, je fais le guet ici, proposa Kelp. Avec Anne-Marie. »

Dortmunder jeta un dernier coup d'œil par la fenêtre. « Ça va être excitant, dehors. »

Herman regarda les ténèbres en souriant. « J'aimerais bien rester ici pour voir ça, risqua-t-il.

– Hors de question », rétorqua Anne-Marie.

56

Il n'y a jamais de période creuse à Las Vegas, pas même en août lorsque le climat dans le désert et alentour est comparable à celui de la planète Mercure, mais là où la ville et les salles de jeu connaissent ce qui se rapproche le plus d'une période creuse, c'est très tard dans la nuit entre le lundi et le mardi matin. Les visiteurs du week-end sont remontés à bord de leur pick-up, de leur caravane, de leur camping-car ou de leur camionnette, et rentrés chez eux. Les gens venus passer une semaine ou deux ont quitté l'hôtel le dimanche soir. Ceux qui commencent juste leur séjour d'une ou deux semaines au paradis des loisirs ne sont arrivés qu'en fin d'après-midi et ils sont épuisés. Même un supplément d'oxygène dans l'air ne saurait les tenir éveillés en ce premier soir. Les séminaires et conférences, qui durent trois ou quatre jours, commencent en milieu de semaine et prennent fin le dimanche.

Donc le lundi soir, et surtout les premières heures du mardi, est le moment où les salles de jeu sont le plus vides, et où il y a le moins de tables ouvertes, le moins de donneurs, de croupiers, et d'agents de sécurité présents, et le moins de joueurs. En cette nuit-là, précisément le mardi à trois heures du matin, il y avait à peine une centaine de personnes dans la section casino du Gaiety Hotel, Battle-Lake et Casino, et toutes étaient en train de glousser.

Aucun membre de l'équipe Dortmunder n'avait rejoint les glousseurs, enfin, pas encore. Tiny Bulcher, Jim O'Hara et Gus Brock, responsables des gloussements, étaient postés près de la salle de contrôle d'aération. Pas à l'intérieur : la salle était également traversée par le circuit d'air enrichi. Tiny, Jim et Gus traînaient dans les couloirs du sous-sol en se tenant à l'écart des autres gens – non qu'il y eût grand monde pour s'aventurer en bas à pareille heure – et vérifiaient de temps en temps l'équipement de la salle de contrôle, où les techniciens dormaient maintenant à poings fermés, un sourire aux lèvres.

Au cottage trois, Dortmunder, assis dans l'obscurité du salon, surveillait les lumières derrière les rideaux du cottage un. Max Fairbanks n'était pas encore allé se coucher. Dans leur nid-de-pie du quatorzième étage, Kelp et Anne-Marie regardaient la nuit par la fenêtre en discutant de l'avenir. Herman Jones, maintenant coiffé d'une casquette de chauffeur de maître, attendait près de l'entrée principale du Gaiety au volant d'une limousine d'emprunt à six portes, prêt à participer à l'exode général s'il y avait du grabuge.

De l'autre côté de la ville, dans une rue ouvrière obscure proche de la voie ferrée, Stan Murch faisait un petit somme dans la cabine d'une grosse benne à ordures empruntée au Southern Nevada Disposal Service. En dehors de la ville, à l'écart d'un chemin de terre qui montait dans le désert montagneux, Fred et Thelma Lartz avaient garé l'Invidia dans une étendue sauvage. Pour l'instant, Thelma dormait dans la grande chambre, le serrurier Wally Whistler dans une autre, tandis que Fred, l'autre serrurier, Ralph Winslow, et les quatre autres hommes à bord jouaient au poker dans le salon, à la marque : ils feraient les comptes après leur petite virée.

Qui encore ? En tenue de gardien, Ralph Demrovsky patrouillait les sentiers obscurs qui circulaient entre les cottages. Et trois autres types, vêtus de noir et tenant un pistolet, se planquaient dans les buissons derrière le bâtiment principal, près d'une porte anonyme qui ouvrait sur une petite aire de parking. Étaient garés là une ambulance, un petit camion de pompiers, et deux breaks Ford blancs marqués du logo du personnel de sécurité du Gaiety. La porte anonyme menait aux bureaux de la sécurité où, en ce moment même, cinq gardiens en uniforme bâillaient et gloussaient, s'efforçant de garder les yeux ouverts. « Vingt dieux ! s'exclama l'un d'eux. Je ne sais pas ce que j'ai, ce soir.

– C'est tous les soirs la même chose », rétorqua un autre, se mettant à pouffer.

Celui qui était censé surveiller les écrans de contrôle – alimentés par les caméras dirigées sur l'entrée principale, l'entrée latérale et divers endroits à l'intérieur et à l'extérieur de l'hôtel, toute une batterie d'écrans de contrôle permettant de repérer les mouvements suspects – le type en question posa doucement la tête sur la table devant lui et ferma les yeux. Sa respiration devint profonde et régulière.

« Vingt dieux ! reprit le premier. Il me faut de l'air ! »

Ce qui déclencha force rires, gloussements et roulements de tête chez les autres.

Le premier se hissa péniblement debout, tituba, dit : « Vingt dieux ! mais qu'est-ce que j'ai ? » et se dirigea d'un pas incertain vers la porte. « Je reviens tout de suite », annonça-t-il à la cantonade. Il ouvrit la porte et aussitôt, fidèle à sa parole, revint dans la pièce en clignant des yeux mais vaguement plus éveillé, alors que trois types vêtus de noir entraient en force, pistolet pointé. « Je commençais à me demander quand l'un de vous finirait par sortir », dit le premier.

Le second braqua son arme vers les gardiens assis et lança sèchement : « Restez à distance de ce bouton ! Si votre pied s'en rapproche, je vous tire dans le genou ! »

Ces gardiens étaient des professionnels extrêmement bien payés, trois d'entre eux étant d'anciens flics et les deux autres ayant appartenu à la police militaire. En temps normal, ils auraient rendu les choses très difficiles pour trois petits malins débarquant ainsi avec des armes. Mais ce soir, leur temps de réaction était nul, ils ne pouvaient plus coordonner leurs gestes, ils avaient le cerveau dans du coton et le corps dans du papier bulle. Avant que le gardien assis à côté du bouton d'urgence puisse envisager de bouger le pied pour appuyer sur ledit bouton – qui devait déclencher l'alarme au poste de police et dans le bureau du directeur derrière le comptoir de la réception –, on l'avait extirpé sans ménagement de son fauteuil et poussé contre le mur, avec ses amis, y compris celui qui dormait et avait été réveillé très brutalement en vérité. Les cinq gardiens furent désarmés en un rien de temps, puis, plissant les yeux, bouche bée, et la tête complètement dans le cirage, ils dévisagèrent leurs agresseurs et attendirent la suite.

« Ôtez vos uniformes », dit l'un des types en noir.

Ça ne leur plut pas, pas du tout, mais les hommes en noir insistèrent, et les chemises repassées nickel avec le pli tombèrent, suivies des ceinturons brillants avec l'étui à pistolet. Pour les pantalons, ce fut plus difficile. Les cinq gardiens durent s'asseoir par terre pour les enlever, faute de quoi ils seraient tombés et auraient pu se blesser.

Le long d'un des murs, il y avait un râtelier rempli de fusils, de carabines et de pistolets, fermé par une lourde grille verrouillée. Les hommes en noir forcèrent les gardiens, maintenant en sous-vêtements, qui se sentaient ridicules et maltraités mais ne pouvaient s'empêcher pour autant de pouffer à la vue de leurs collègues, à s'asseoir par terre sous ce râtelier. Ils furent ensuite attachés, poignets et chevilles, avec du ruban plastique, dont des longueurs supplémentaires furent glissées sous leurs aisselles et derrière les barreaux de la grille du râtelier, de sorte qu'ils ne puissent ramper à travers la pièce. Jusqu'au bouton d'alarme, par exemple.

« Dépêchons-nous, dit un des hommes en noir. Je commence à en avoir marre.

– Vingt dieux ! dit le premier garde en secouant sa tête cotonneuse, le corps suspendu à la grille par le ruban plastique. Qu'est-ce qui se passe ici ? »

Les hommes en noir se déshabillaient pour enfiler les uniformes. L'un d'eux s'interrompit pour dire : « Oh, vous n'êtes pas au courant ? Il y a un casse à l'hôtel. »

Un autre gardien, celui qui n'avait pas pu atteindre le bouton d'alarme, se mit à ricaner. « Vous ne vous en sortirez pas », mais la menace résonna beaucoup moins fort qu'il ne l'aurait voulu, presque aimablement, et fut quasiment recouverte par un ronflement sonore : le dormeur avait replongé dans le sommeil. Cet ensemble de facteurs aurait dû exaspérer le ricaneur, et pourtant, il n'en fut rien. Il commença à pouffer, secoua la tête et sourit aux voleurs qui remontaient la glissière de leur uniforme. « Vous êtes fous », leur dit-il, et il rit. Ceux des gardes qui ne dormaient pas encore rirent à leur tour.

« Ça va aller », déclara un des voleurs. Il avait fait un gros ballot avec les uniformes non utilisés et leurs vêtements, et le tenait dans ses bras. « À tout à l'heure. »

Ce que les gardiens qui ne dormaient pas encore – ils n'étaient plus que trois – trouvèrent extrêmement drôle. Ils riaient encore quand les voleurs sortirent de la pièce et que les portes claquèrent dans leurs dos, les abandonnant par terre, en sous-vêtements, avec la climatisation pour toute compagnie.

57

« C'est calme, par ici. Trop calme. »

Voilà ce que se disait Earl Radburn en patrouillant dans les parages de l'hôtel, faisant le tour du Battle-Lake, des piscines, des courts de tennis, du bar en plein air (fermé la nuit), des garages, de l'accès principal. Il n'entrait jamais dans les salles de jeu, au café ou au bar ; il n'y avait rien d'intéressant pour lui dans ces lieux. L'intéressant était dehors, quelque part autour du cottage numéro un, c'était un voleur cinglé mais déterminé qui avait pris Max Fairbanks pour cible.

Mais où était-il donc ? Earl savait que l'individu se trouvait quelque part à proximité, il pouvait le sentir comme un picotement sur la peau, comme si tous ses pores captaient, humaient le malfaiteur tout près. Mais où ?

Calme, trop calme. Earl repéra ses propres gardes ici et là, vit les agents de sécurité de l'hôtel, d'autres membres du personnel un peu partout. Il vit le portier qui s'ennuyait à l'entrée principale, le chauffeur noir au volant de la limousine à six portes qui attendait les derniers flambeurs, les voitures garées dans le parking du personnel au fond, et dans celui des clients à gauche de l'entrée, et dans celui des visiteurs non résidents à droite de l'entrée, et *rien* ne lui paraissait suspect. C'était justement ça, le plus suspect : rien n'était suspect.

Le responsable local de la sécurité, Wylie Branch, était rentré chez lui à minuit, ayant décrété qu'il n'arriverait rien pendant la nuit, et annoncé son intention de reprendre son poste, « l'œil vif et la queue frétillante » selon son expression, à six heures du matin. Ce qui était sans problème pour Wylie Branch, alors qu'Earl Radburn savait qu'on ne pouvait jamais être sûr, absolument sûr, de ce qui allait se produire, et *quand*. C'était la dernière chance, pour le voleur, d'avoir accès à Max Fairbanks. Attendrait-il le lendemain matin pour passer à l'action ? Earl n'en croyait rien.

Mais où était donc cet individu ? Earl ne cessait de parcourir le terrain, revenant inlassablement rôder autour des cottages, ressortant et remuant, remuant, cherchant comme un chien de chasse qui aurait perdu la piste. Mais dehors, c'était toujours aussi calme. Trop calme.

Il longea une fois de plus le flanc de l'hôtel pour revenir sur la façade et vit le gros camping-car qui arrivait du Strip, s'engageait dans l'allée et prenait à droite vers le parking des visiteurs non-résidents. Une femme semblait être au volant, coiffée d'un chapeau.

Earl regarda le gros véhicule traverser le parking quasiment vide. C'était le seul véhicule en mouvement à cette heure. Il finit par s'arrêter là-bas et Earl se détourna, reportant son attention ailleurs. Il longea la façade de l'hôtel et vit le portier assis sur un tabouret près de l'entrée, à moitié assoupi. La grande limousine était toujours là, son chauffeur attendant patiemment derrière le volant. L'homme fit un signe amical de la main et Earl lui répondit de même. Pauvre gars, obligé de patienter ainsi pendant des heures d'affilée. Et il était presque quatre heures du matin.

Earl fit volte-face, retournant sur ses pas, regardant de-ci de-là, et son regard s'arrêta sur ce camping-car. La femme était toujours assise au volant. Personne n'était sorti du véhicule, dont les lumières étaient pourtant allumées à l'intérieur, derrière les rideaux tirés.

Qu'est-ce qu'un camping-car peut avoir à faire ici à quatre heures du matin ? Pourquoi s'arrête-t-il, mais personne n'en descend ?

Hum, hum. Earl allongea le pas dans cette direction et constata que le chapeau de la femme était une de ces choses en hauteur avec des fruits, comme une salade. Elle était simplement assise là, aussi patiente que l'autre chauffeur, les mains sur le volant. Attendait-elle quelqu'un qui était supposé sortir du casino à pareille heure ? Attendait-elle comme le chauffeur de la limousine ? Voilà qui piquait la curiosité d'Earl. Un sixième sens lui soufflait que ce camping-car signifiait quelque chose de précis. Il s'en approcha, circonspect, surveillant ses arrières, guettant la porte latérale de l'engin, s'attendant à ce qu'elle s'ouvre, ce qui n'arriva pas.

Quand il s'arrêta à la hauteur de la fenêtre, la femme tourna la tête et lui sourit. « Bonjour », lui dit-il.

La fenêtre étant fermée, elle ne l'entendit probablement pas. Elle sourit et inclina la tête.

Articulant avec soin et haussant un peu le ton, Earl demanda : « Vous attendez quelqu'un ? »

Au lieu de répondre, la femme sourit davantage et montra du doigt l'arrière du véhicule, lui faisant signe d'aller voir sur le côté du camping-car. Il la regarda en fronçant les sourcils et fit le même geste dans la même direction : « Derrière ? »

Elle sourit avec insistance, opina et désignant l'arrière, fit des petits gestes en l'air avec son poing fermé.

Elle voulait qu'il aille sur le côté et frappe à la porte. Très bien, il y allait, il le fit. La femme, son sourire et son chapeau avaient eu raison de ses soupçons mais pas de sa curiosité. Il frappa à la porte qui s'ouvrit au bout de quelques secondes. Un type souriant, en T-shirt et pantalon marron, lui dit : « Salut.

– Vous attendez quelqu'un ? lui demanda Earl.

– Oui, répondit le type.

– Qui ?

– Vous », fit l'autre en avançant la main et le Colt automatique qu'il cachait jusqu'alors dans son dos. « Entrez donc. »

58

C'était tout simplement une nuit horrible pour Brandon Camberbridge. Son hôtel, son hôtel chéri, en état de siège, rempli d'étrangers, de *mercenaires*. Et Nell qui n'était pas là pour le consoler, et l'huile suprême, là-bas, dans le cottage numéro un, qui avait l'air d'en vouloir à Brandon pour Dieu sait quelle raison. En vouloir à Brandon ! Pourquoi ? Parce qu'il aimait l'hôtel ?

Ce soir, il n'arrivait pas à accomplir les gestes habituels, il ne pouvait tout simplement pas. Normalement, il était partout à la fois, présent dans tout l'hôtel, souriant, accueillant, inclinant la tête, encourageant le personnel, s'extasiant sur les splendeurs de son paradis, circulant toute la nuit tandis que le bâtiment voguait tel un merveilleux vaisseau dans l'obscurité, et que lui-même, debout jusqu'à quatre heures du matin, contrôlait tout tel le capitaine du merveilleux vaisseau, arpentant les ponts et sentant le grand bourdonnement de vie sous ses pieds.

Mais pas ce soir. Ce soir, il ne supportait pas d'être dehors, la tension, les visages inconnus des agents de sécurité importés, de savoir que l'huile suprême broyait du noir, ruminait sa rancœur dans le cottage un. Non, décidément, Brandon n'arrivait pas à arpenter le pont de son grand vaisseau.

L'hôtel n'avait qu'à naviguer sans lui pendant qu'il resterait assis dans son bureau, le poste de contrôle de l'ensemble, à attendre que le désastre se produise.

Au début, il avait téléphoné de temps en temps à la sécurité, juste pour vérifier, mais à 11 h 30, Wylie Branch avait pris la communication et s'était montré extrêmement sarcastique : « Laissez mes gars faire leur boulot, avait-il suggéré. S'il y a quelque chose à savoir, ils vous contacteront. Ils ont votre numéro, croyez-moi. »

Cela faisait donc quatre heures et demie qu'il était là, dans son bureau, à écouter la station d'informations locales et à essayer de mettre à jour de la paperasse en retard, en attendant que le téléphone sonne. Qu'est-ce qui se passe ? La guerre a-t-elle éclaté ? Le désastre est-il survenu ?

Quatre heures du matin. L'heure d'aller au lit. Pourtant, Brandon doutait sérieusement de pouvoir trouver le sommeil. N'empêche, il fallait qu'il s'en tienne à sa routine habituelle. Ça n'aiderait personne qu'il arrive patraque demain matin, n'est-ce pas ? Aussi, à 4 h 00 précises, il éteignit la radio, soulagé de n'avoir entendu aucune information fâcheuse concernant le Gaiety, et quitta la pièce.

Le grand bureau directorial de Brandon se trouvait immédiatement derrière le comptoir de la réception, mais l'accès direct se faisait par un petit couloir aboutissant à une porte qui ouvrait sur le hall, entre la réception et le café, en face des baies vitrées de la piscine. En sortant par cette porte, il ne s'étonna pas qu'il n'y ait personne dans le café, ou se promenant dans les parages. Le mardi à quatre heures du matin, ce n'était jamais très animé. Mais il devait au moins jeter un coup d'œil à la salle de jeu, juste pour se rassurer en suivant une des étapes de sa routine habituelle, aussi prit-il cette direction.

Il n'y avait pas un chat à la réception, mais cela aussi était normal. Personne ne venait jamais demander de chambre à pareille heure, et si quelqu'un avait un problème, il suffisait qu'il appuie sur la sonnette du comptoir pour qu'une demoiselle jaillisse du bureau, à l'arrière, prête à lui rendre service.

Brandon poursuivit son chemin et ne vit personne aux machines à sous, ce qui était un peu inhabituel. Les fanatiques des machines à sous ont une capacité de résistance supérieure à celle de quiconque sur cette terre. Réfléchissant à ce postulat, il avança, enregistrant du coin de l'œil le fait qu'il y avait bien deux clients, tassés par terre devant leur machine, retenant difficilement dans leur main molle un gobelet en carton qui déversait des pièces de monnaie, et son attention fut soudain attirée par l'horrible spectacle de quatre clients *inconscients* à la table de black-jack.

Bonté divine ! Le croupier et trois joueurs affalés sur la table en demi-lune, complètement dans les vapes. Et derrière eux, à une autre table, trois autres endormis.

Brandon resta ébahi. Il ne pouvait en croire ses yeux. Les gens dormaient aux tables de crap ! Ils dormaient par terre. Ils dormaient...

Mais dormaient-ils ? Ou bien étaient-ils...

Empoisonnés ! Brandon se précipita vers la table la plus proche, l'esprit affolé par le spectre du botulisme, la mort issue de ses propres cuisines. Oh, par pitié, soyez vivants ! Soyez vivants !

Ils l'étaient. Leurs bras étaient chauds. Plusieurs d'entre eux ronflaient. Ils vivaient. Simplement, ils dormaient.

« Réveillez-vous », commanda Brandon en secouant le croupier le plus proche, un costaud d'un certain âge qui continua à dormir. « Réveillez-vous, insista Brandon. Qu'est-ce qui se passe ici ? »

Mais l'homme ne se réveillait pas. Brandon regarda autour de lui et constata qu'il ne voyait aucun de ses gardiens, pas un seul membre du personnel de sécurité, pas un seul uniforme. Où étaient-ils donc passés ? Qu'était-il arrivé à tout le monde ?

Le long du mur, à droite des tables de black-jack, il y avait une porte ordinaire, sans inscription, qui ouvrait sur un couloir aux murs tapissés du même papier vert sinistre et au sol recouvert de la même moquette rouge sinistre que cette partie du casino. Ce couloir dessinait un coude et se perdait, hors de vue, anonyme, peu accueillant. Il menait à la salle de jour, comme on l'appelait, un endroit privé pour les temps de repos des gardiens de la sécurité. Il y avait du thé, du café et des pâtisseries à disposition, des fauteuils et des canapés pour s'asseoir les pieds en l'air, et se délasser après être resté debout pendant plusieurs heures, ce qui était le lot commun de leur profession. Perplexe, commençant à prendre peur et s'inquiétant de ce qui l'attendait encore, Brandon ouvrit cette porte, suivit le couloir et entra dans une pièce remplie de gardes endormis, affalés sur les sièges et le sol. Chacun d'eux avait les chevilles et les poignets ligotés au moyen de ruban plastique.

« Oh, mon Dieu ! » s'écria Brandon, et sur sa droite, un gardien en uniforme de la sécurité, qui était assis dos à la porte, se leva, se retourna et dit : « Ah, bonjour, vous. »

Brandon crut s'évanouir. Il pensa qu'il allait avoir une crise cardiaque, ou du moins un accident humiliant dans ses sous-vêtements. Il ne savait pas ce qui était le plus terrifiant, du pistolet que l'on braquait sur lui ou du masque à gaz sur le nez du gardien. À moins que ce fût le son métallique étouffé que produisait l'homme en parlant, sa voix qui sortait de cet abominable masque, sorte de parodie d'une tête d'éléphant, grossière et inhumaine.

« Je... dit Brandon. Euh... » Ses mains s'agitèrent et n'accomplirent rien.

Un deuxième gardien, non, un deuxième intrus en uniforme de gardien, se leva à son tour, dirigeant son arme et son masque à gaz vers Brandon. « Il y a de la place pour vous », dit-il de la même voix métallique assourdie que le premier.

« Qu'est-ce qui se passe ? Que faites-vous ici ? » demanda Brandon.

Le premier masque à gaz se tourna vers le deuxième et dit : « Tu as remarqué qu'ils demandent tous la même chose ? J'aurais cru que c'était évident, ce qui se passait, et pourtant, ils veulent tous savoir. »

Il y avait des toilettes derrière la machine à café. Un troisième larron en uniforme de sécurité et masque à gaz sortit de la section Hommes, regarda ses potes, puis Brandon, et demanda : « Qu'est-ce que nous avons là ? » (C'étaient les hommes qui venaient de régler le cas du personnel dans les bureaux de la sécurité.)

Brandon pensa *Non, pas dans mon hôtel*. Vous ne pouvez pas détruire mon hôtel, quoi qu'en pense l'huile suprême. Ce n'est pas un jouet ! Je dois être fort, se dit-il, je dois reprendre mes esprits et faire preuve d'autorité. D'une voix à peine tremblante, il annonça : « Je suis le directeur de l'hôtel. Je suis Brandon Camberbridge et vous êtes...

– C'est joli, dit le premier masque. C'est un joli nom. Venez vous asseoir ici.

– J'exige, poursuivit Brandon, de savoir... »

Le deuxième masque répéta : « Brandon Camberbridge. »

Brandon regarda l'abominable masque en clignant des yeux : « Pardon ?

– Asseyez-vous, ou je vous loge une balle dans le genou. » (C'est ce qu'il disait à tout le monde.)

Il faut absolument que je discute avec eux, pensa Brandon, je dois protester. Mais tout en pensant de la sorte, il avança, contre sa volonté mais obligeamment, et alla s'asseoir sur la chaise désignée, et les laissa, contre sa volonté mais obligeamment, attacher ses mains et ses chevilles avec du ruban plastique.

« À tout à l'heure, dit l'un des masques.

– Où allez-vous ? demanda Brandon, de plus en plus hystérique. Vous n'allez pas mettre le feu, n'est-ce pas ? Pourquoi portez-vous ces choses sur le visage ? »

Ils se mirent à rire, d'affreux rires métalliques et déformés, et l'un d'eux s'approcha suffisamment de Brandon pour lui faire lire l'inscription « Armée de l'air » sur la base du tube qui sortait de l'avant de son masque. « C'est la dernière mode », annonça-t-il de cette horrible voix nasillarde, tel un robot chantant un air country.

Ils éclatèrent de rire et allèrent vers la porte. « Faites de beaux rêves », dit l'un d'eux, et ils disparurent.

De beaux rêves ? C'était supposé être drôle ? Une comédie sadique ? S'imaginaient-ils qu'il pourrait dormir ? Ici, dans de pareilles circonstances ?

Les yeux écarquillés, Brandon regarda les gardiens endormis autour de lui. Endormis. Masques à gaz.

Oh !

Il s'avéra qu'il ne pouvait pas retenir sa respiration au-delà de trois minutes.

59

« Je ne suis pas tout à fait sûre que nous soyons censés être ensemble, toi et moi, dit Anne-Marie.

– Eh bien, répondit Andy Kelp en regardant les alentours paisibles du Gaiety par la fenêtre d'Anne-Marie, qui sait ? Je veux dire, je n'en suis pas sûr non plus. Mais tu crois que c'est le moment de poser la question ?

– Ben, peut-être pas », dit Anne-Marie.

60

Le marché était que Dortmunder avait organisé l'opération, et il prendrait sa part du butin, mais qu'il n'avait aucun rôle à jouer dans son déroulement proprement dit. Voilà un des avantages de la bande de vingt par rapport à la bande de cinq.

Bien sûr, non seulement il avait organisé le coup, mais il l'avait aussi rendu possible. Le complexe casino/hôtel avait modifié son fonctionnement habituel, introduit une quantité d'employés en uniforme qui ne connaissaient pas le terrain, ne se connaissaient pas entre eux et n'étaient pas connus des employés permanents, et avait déplacé l'objet de sa vigilance : il ne s'agissait plus de garder le casino mais une seule et unique personne qui occupait le cottage numéro un. C'est cet ensemble de données qui rendait le coup possible.

Sans Dortmunder, ça n'aurait pas été jouable. Aussi pouvait-on le laisser faire sa petite transaction de son côté, dont il s'acquitterait en profitant de la confusion qui devait suivre la réalisation – couronnée de succès, chacun l'espérait – de l'événement principal.

4 h 10 du matin. Les lumières s'étaient enfin éteintes, vingt minutes plus tôt, derrière les rideaux du cottage un, mais Dortmunder était toujours à son

poste d'observation dans la pénombre du cottage trois. Il n'y avait aucun risque qu'il s'endorme au mauvais moment, il était trop excité, trop prêt, il savait qu'il touchait au but. Cette nuit, il allait récupérer sa bague porte-bonheur.

Il n'avait donc qu'une chose à faire, rester assis là et surveiller l'autre cottage pour s'assurer qu'aucun élément nouveau ne viendrait modifier l'équation. Il ne voulait pas que Fairbanks se faufile dehors à la faveur de l'obscurité, ou introduise des renforts en douce, il ne voulait aucun changement sans en être informé. Il restait donc assis là, à regarder, pendant que le casse suivait son cours.

4 h 10 du matin. La porte latérale de l'Invidia s'ouvrit et six hommes sortirent, cinq d'entre eux habillés en gardiens et tenant sous le bras des petits cartons qui s'étaient précédemment trouvés dans la réserve de la base aérienne Nellis. Le sixième portait la livrée du portier du Gaiety, ce qui ne manqua surprendre le véritable portier quand le groupe s'approcha de lui, déploya tout un choix d'armes à feu et lui expliqua qu'il allait être momentanément remplacé.

À l'intérieur de la limousine, Herman vit le groupe arriver et se réjouit à l'idée de passer à l'action. Il s'était beaucoup ennuyé dans la voiture, n'ayant rien d'autre à faire que réfléchir au bon vieux temps du Talabwo, quand il s'agissait de ne pas se laisser descendre par ses amis politiques les plus proches et les plus chers.

Le portier de substitution s'assit à la place du précédent et arbora la même expression de somnolence abrutie. Les cinq pseudo gardiens, leur boîte sous le bras, escortèrent le portier d'origine à l'intérieur du casino où d'autres surprises l'attendaient, à commencer par les trois hommes cachés derrière des masques à gaz qui le conduisirent dans la salle de jour des gardiens et le ligotèrent avec du ruban plastique. Les cinq nouveaux gardiens, parmi lesquels se trouvaient les deux serruriers, Ralph Winslow et Wally Whistler, ajustèrent chacun un masque à gaz provenant de la boîte en carton qu'ils tenaient sous le bras, et traversèrent les salles de jeu jusqu'au fond, où était la cage du caissier.

Herman sortit de la limousine, laissant sa casquette sur le siège. Il entra à son tour dans le casino, mais prit la direction opposée, contournant le comptoir déserté de la réception pour entrer dans le café également déserté et ressortir par la porte intérieure qui ouvrait sur le couloir de ciment menant aux cuisines. Celles-ci fonctionnaient, prêtes à satisfaire toute commande passée par les clients des chambres ou du bar – quoique cette nuit-là, il n'y ait pas eu la moindre commande depuis un bon bout de temps –, mais le personnel de cuisine ne prêta aucune attention au Noir en smoking qui traversait leur territoire d'un pas assuré. Herman ressortit ainsi de la cuisine, passa devant le réduit des poubelles et obliqua dans le couloir où Tiny, Jim et Gus musardaient.

Qui le regardèrent avec soulagement. « Il était temps, dit Tiny.

– La musique a commencé », annonça Herman.

Le quatuor se rendit à la plate-forme de chargement pour relever de ses fonctions le gardien dans le bureau à petite fenêtre, qui fut remplacé par Jim, et fit ensuite la même politesse au responsable de la barrière d'entrée des véhicules, qui fut remplacé par Gus. Tiny et Herman escortèrent les deux gardiens privés de travail dans la salle de contrôle d'aération, où ils les immobilisèrent et les installèrent à côté des techniciens endormis.

À l'autre bout de la ville, Stan s'éveilla, bâilla, s'étira et mit la benne à ordures en route. Wally

Whistler et Ralph Winslow bidouillèrent quelques systèmes d'alarme pour pouvoir entrer dans la cage du caissier, où trois préposés dormaient du sommeil du juste. Les deux serruriers s'activèrent ensemble, en jurant silencieusement derrière leur masque à gaz, pour venir à bout d'autres serrures et alarmes encore plus compliquées, afin de passer de la cage à la salle du fond où les rentrées d'argent étaient comptées en permanence, triées et mises en liasses, et où deux employés aux doigts gantés de caoutchouc dormaient comme des anges dans un désordre de billets verts non triés. Et enfin, aussi difficile à forcer que cette dernière porte, il y avait celle de la chambre forte, où des plateaux contenant des piles de billets bien nettes s'alignaient sur des étagères métalliques. Mais ils réussirent également à franchirent cet obstacle.

Maintenant, la tâche des serruriers était terminée, du moins ici. Ils rebroussèrent chemin jusqu'aux salles de jeu en franchissant les portes avec précaution, et les six garçons aux masques à gaz entrèrent à leur tour en leur adressant un signe de tête. Wally et Ralph s'éloignèrent en passant par le casino, ayant balancé leurs masques à gaz sous les tables de black-jack, et ressortirent par la porte principale, levant le pouce au passage à l'intention du portier qui sourit et se départit une seconde de son air abruti.

Les six qui se trouvaient maintenant dans la salle de décompte et la chambre forte sortirent des sacs-poubelle en plastique noir jusqu'alors planqués sous leurs chemises d'uniforme et entreprirent de les remplir de billets.

Wally et Ralph marchèrent jusqu'à l'Invidia et montèrent à bord, d'où s'échappa un cri de joie discret mais enthousiaste. Puis Wally et Ralph en ressortirent, portant chacun une dame-jeanne en plastique contenant de l'eau de source, se dirigèrent vers le côté du casino, dépassèrent la piscine et le petit bassin des enfants, et atteignirent le Battle-Lake, où ils trouvèrent Ralph Demrovsky qui faisait tranquillement les cent pas, ressemblant à s'y méprendre à un îlotier. Wally et Ralph sourirent à l'autre Ralph et vaquèrent à leurs affaires tandis que Ralph Demrovsky tournait les talons et se dirigeait délibérément vers les cottages, s'arrêtait sur le chemin entre les numéros un et trois, enlevait sa casquette, se grattait la tête et remettait sa casquette.

À l'intérieur du cottage numéro trois, Dortmunder frotta une allumette et souffla dessus. Puis il consulta le cadran lumineux de la montre qu'il avait empruntée pour l'opération en cours.

Ralph Demrovsky repartit tranquillement vers le Battle-Lake, non sans avoir vu Wally et Ralph le serrurier se rejoindre, délestés l'un et l'autre de leur dame-jeanne d'eau minérale. Ralph Demrovsky sortit un petit appareil de sa poche de pantalon et enfonça un bouton sur le dessus avant de le lancer dans le lac où il flotta discrètement. Wally et les deux Ralph s'éloignèrent sans se presser, et montèrent dans l'Invidia. Des éclats de rire fusèrent à l'intérieur. Puis la porte s'ouvrit et Earl Radburn, extrêmement ficelé et irrité, fut porté dehors et déposé avec douceur sur l'asphalte entre deux voitures en stationnement, son chapeau lui servant d'oreiller. Ses yeux lançaient des étincelles mais ça n'avait l'air de déranger personne.

Herman avait quelques portes à ouvrir. La première séparait un couloir proche des cuisines d'un autre qui dessinait un coude derrière le casino pour conduire à une deuxième porte dont il allait devoir s'occuper, laquelle ouvrait sur le bureau du directeur du casino, où le directeur assurant le service de nuit dormait confortablement, la tête sur la table.

Ce bureau comportait deux autres portes. Celle qui donnait, *via* le bureau de la secrétaire, sur les salles de jeu n'était pas fermée à clé et ne présentait d'ailleurs aucun intérêt. L'autre présentait un intérêt, vu qu'elle menait à la cage du caissier.

Cette dernière était la seule dont Herman devait s'occuper tout en respirant l'air trafiqué, même s'il ne devait pas rester assez longtemps pour en sentir véritablement les effets. En avoir conscience le rendit toutefois un peu nerveux et l'entraîna à riper légèrement et à prendre quelques secondes de plus qu'il n'aurait dû, ce qui le contraria. Il pensait avoir davantage de sang-froid.

Lorsque Herman ouvrit cette dernière porte, ce fut pour trouver les six gars en uniforme de gardien et masque à gaz qui l'attendaient, tenant des sacs en plastique noir pleins à ras bord. Il y eut un échange de salutations en sourdine et Herman les fit sortir par le chemin qu'il avait emprunté à l'aller.

Dans les bureaux de la sécurité, les écrans de contrôle montraient toute cette activité qui ne dérangeait absolument pas les dormeurs, à l'exception des deux nouveaux arrivés, encore éveillés, dont le regard ahuri se posait alternativement sur les écrans et leurs collègues.

Stan Murch pilota la grosse benne à ordures dans l'enceinte du Gaiety, où Gus lui fit signe de son poste à la barrière. Stan lui rendit son salut, avança, fit demi-tour, s'approcha en marche arrière de la plate-forme de chargement, et Herman sortit en compagnie des six gardiens. Tous les sacs-poubelle et les masques à gaz furent lancés à l'arrière de la benne. Jim et Gus rejoignirent Stan dans l'habitacle et il les conduisit loin de là.

La plupart de ceux qui étaient venus à bord de l'Invidia y retournèrent à l'exception du portier remplaçant, et furent emmenés par Fred et Thelma.

Les trois qui s'étaient occupés des bureaux de la sécurité se joignirent à Herman. Ils traversèrent l'hôtel en passant devant la réception, et les trois sortirent par la grande porte pendant que Herman s'arrêtait aux cabines téléphoniques, composait le numéro d'Anne-Marie et laissait sonner une fois.

Le téléphone d'Anne-Marie sonna une fois. Elle se détourna de la fenêtre, imitée par Andy Kelp qui dit « Il faut que j'y aille.

– Il le faut », confirma-t-elle.

Ils s'embrassèrent. « Je te verrai à New York ? demanda Kelp.

– Je t'appellerai.

– D'accord. »

Il partit et elle retourna à la fenêtre pour regarder le vide dehors et réfléchir un peu, tandis que Kelp descendait par l'ascenseur et sortait de l'hôtel. La limousine attendait, Herman au volant, coiffé de sa casquette. La voiture était munie de vitres fumées, si bien que personne ne pouvait voir l'intérieur. Le portier s'approcha pour ouvrir la portière et Kelp monta à bord. Puis le portier monta à son tour et referma la portière. Herman enclencha la première et le véhicule s'éloigna en ronronnant dans la nuit.

Cinq minutes plus tard, Dortmunder consulta sa montre. « Ils ont terminé, maintenant », se dit-il, et il s'approcha du téléphone. Il composa le 9 pour obtenir la ligne, puis le numéro du poste de police. « Je veux signaler un vol », déclara-t-il.

61

Max rêvait d'Elsie Brenstid, la fille du brasseur. Elle l'aimait toujours mais insistait pour lui faire boire de la bière tiède. Le téléphone sonna. Bizarre : c'était un téléphone américain, pas anglais. Puis il y eut des voix excitées, des perturbations quelque part, et Max ouvrit les yeux. Le voleur !

Où suis-je ? Las Vegas, le Gaiety, cottage numéro un, à attendre le voleur. Chambre plongée dans l'obscurité, bas de la porte éclairé. Mais toutes les lumières du cottage avaient été éteintes quand il avait fini par se coucher, trop épuisé par la tension pour tenir plus longtemps.

Il s'était endormi à moitié habillé, n'ayant enlevé que son pantalon et ses chaussures. Il s'empressa de les remettre, à l'écoute des voix qui résonnaient dehors. Que se passait-il ? Était-ce ou non le voleur ? Pourquoi est-ce que personne ne venait l'informer ?

Max sortit en hâte de la chambre une seconde avant que la fenêtre s'ouvre derrière lui et qu'une silhouette sombre, encombrée par ce qu'elle portait, se glisse avec précaution à l'intérieur.

Dans le salon, la confusion était totale. Ses gardes du corps couraient en tous sens, se heurtant les uns aux autres, la main en suspens au-dessus de leur holster, les yeux fixés sur les portes et les fenêtres aux rideaux tirés, attendant Dieu sait quoi. D'autres gardes étaient figés dans l'embrasure de la porte, stupéfaits. Derrière eux, l'obscurité grouillait de gens qui couraient et criaient.

Dans un coin du salon, Earl Radburn parlait au téléphone, les vêtements en désordre et l'air furieux. Max ne l'avait jamais vu ainsi. Il remarqua d'abord sa tenue désordonnée, car Earl était toujours tellement net, d'une perfection si peu humaine. Mais regardez-le maintenant, couvert de taches de graisse, constellé de petits cailloux, barbouillé de poussière. On aurait dit qu'il s'était roulé sur le sol d'un parking, bonté divine !

Et sa colère était à la hauteur de sa présentation. Enragé, il était. Vociférant dans l'appareil, exigeant de l'action, finissant par raccrocher brutalement, faisant volte-face et dardant un regard fulminant sur Max en *hurlant* : « Eh bien, voilà ce qu'on a gagné !

– Ce qu'on a gagné ? Qu'est-ce qui se passe, Earl ?

– Le casino a été dévalisé ! »

Max ne pouvait le croire. Dévalisé ? Le casino ? Abasourdi, il regarda sa main droite. La bague y était toujours, à sa place. Elle était toujours là.

Alors, qu'était-il arrivé ? « Earl, le casino a été dévalisé ? Qui a fait ça ? Et pourquoi, que diable ?

– À mon avis, pour l'argent, si vous voulez savoir, répondit Earl d'un ton acide. Probablement deux millions, peut-être davantage.

– Pour l'argent ? Mais... mais c'est la bague qui l'intéressait !

– C'est bien toute la beauté de la chose ! » vitupéra Earl. Max comprit alors, avec stupeur (et non sans ressentiment), qu'Earl Radburn lui en voulait à *lui*, Max Fairbanks, son patron ! Earl continua à vitupérer : « Vous nous avez forcés à modifier notre routine pour vous surveiller, vous et votre maudite bague, et c'est exactement l'ouverture que ces salauds attendaient ! Ça n'aurait pas mieux marché si vous aviez été leur complice !

– Ce qui était le cas, évidemment », lança une voix depuis la porte.

Max se retourna en clignant des yeux, essayant d'assimiler une stupeur après l'autre, et que le diable l'emporte s'il n'avait pas sous les yeux ce taré de flic de New York, Klematsky ou je ne sais quoi. Pénétrant dans la pièce avec un culot d'enfer, suivi de deux policiers de Las Vegas en tenue.

Max secoua la tête, dépassé par cette vision inattendue, et demanda : « Qu'est-ce que vous foutez ici ? »

L'un des flics de Las Vegas dit : « Ça sent drôlement l'essence, chez vous. »

Mais personne ne lui prêta la moindre attention, il se passait trop de choses. En particulier l'inspecteur Klematsky, qui s'approcha de Max en souriant d'un air entendu, et dit : « Vous avez été très occupé, hein ? Vous avez recommencé vos petites combines.

– Qu'est-ce qu'il y a, cette fois, Klematsky? demanda Max. Je n'ai pas de temps à consacrer à vos foutaises pour l'instant, cet hôtel vient d'être dévalisé.

– Vous nous raconterez ça tout à l'heure, dit Klematsky. À moins que ce vol, perpétré pendant que vous résidiez ici, ne soit une autre de vos petites coïncidences.

– Quoi ? Quoi ?

– J'avais l'intention de venir un peu plus tard dans la matinée, poursuivit Klematsky. Je ne pouvais pas deviner que la police locale allait me réveiller à quatre heures du matin, mais ça n'a pas d'importance. Max Fairbanks, vous êtes en état d'arrestation pour vol aggravé, fausses déclarations et fraude à l'assurance.

– *Quoi ? Quoi ?*

– Voici le mandat d'arrêt, continua Klematsky, dément et implacable, et voici l'extradition signée par un juge du Nevada. Suivez-moi, nous avons une jolie petite cellule pour vous en attendant l'avion de New York.

– Ne me touchez pas ! Vous avez perdu la tête ! »

Max fit des moulinets avec les mains, ne voulant surtout pas qu'on le touche, et frappa par inadvertance le nez de Klematsky. Celui-ci, qui n'était pas homme à s'en laisser conter, saisit sa matraque.

Et c'est à ce moment-là que le feu se déclara sur le Battle-Lake.

62

Si tous ces buissons, ces arbres, ces fougères avaient été vrais, ils auraient probablement réussi à contenir l'incendie, vu que le feu n'était pas si important que ça au début et que les plantes réelles contiennent un certain pourcentage d'eau. Mais elles étaient en plastique, ces feuilles et ces frondes vertes, en plastique, ces branches et ces troncs marron, et le tout brûla comme fétu de paille.

Le vent du désert peut être fort comme il peut être faible, mais en tout cas, il souffle avec constance. Il n'était pas spécialement fort, cette nuit-là, mais extrêmement sec, et il n'eut aucun mal à pousser les lambeaux enflammés de fleurs et de feuilles en plastique jusqu'aux cottages, qui étaient en bois.

Dans le chaos et la confusion, Klematsky tenta désespérément de retenir Max Fairbanks, mais c'était impossible, surtout quand les lumières s'éteignirent. Max avançait dans l'obscurité de plus en plus enfumée, avec cette odeur âcre de pétrole que dégage le plastique en brûlant, craignant d'endommager irrémédiablement ses poumons, quand soudainement, comme surgi de la chambre à coucher, un pompier se dressa devant lui, illuminé par le lac en flammes, équipé d'un casque, d'un masque, d'une épaisse combinaison de caoutchouc noir et de grosses bottes noires. L'homme saisit le bras de Max et lui intima d'une voix assourdie, professionnelle et pressante, « Par ici, monsieur. On va vous sortir de là.

– Oh, oui ! Merci ! Sortons !

– Dégagez ! » commanda le pompier, et ils se frayèrent un chemin parmi la foule de gardes tandis que les craquements du feu s'intensifiaient. Le toit du cottage était pris.

Quelque part dans les chambres enténébrées, Klematsky hurlait comme un possédé : « Où est-il ? Où est Fairbanks ? Ne le laissez pas partir ! »

Il faut que je file, pensa Max, franchissant à tâtons le seuil du cottage, cramponné au pompier qui le tenait par le bras. Il faut que je sorte de là, que je trouve un téléphone pour appeler un avocat. J'ai besoin d'un avocat, de deux, voire de dix, pour me protéger de ce flic complètement cinglé.

« Par ici, dit la voix assourdie du pompier. L'incendie gagne du terrain. Par ici.

– Oui, oui, éloignons-nous. »

Le pompier le guida sur le chemin entre les cottages, et Max constata que deux autres avaient pris feu. Toute cette partie du complexe hôtelier allait être détruite sous peu si les pompiers ne s'y mettaient pas tout de suite avec les lances d'arrosage.

Des sirènes hurlaient dans le lointain, le bruit se rapprochait.

Le pompier aida Max à franchir la grille dans la haie et l'emmena dans le parking des employés, illuminé la nuit. « Merci, merci, bégaya Max alors que les sirènes des pompiers se rapprochaient. Vous m'avez sauvé la vie. »

Attends une minute. Les pompiers sont en route, ils ne sont pas encore arrivés. Alors, qui est celui-ci ?

Au moment même où Max formulait la question dans sa tête, et trouvait instantanément la réponse, le faux pompier pivota vers lui au milieu du parking des employés, sous cette horrible lumière blanche. Saisissant la main de Max, il hurla : « Donnez-moi cette bague !

– Vous ! s'exclama Max. C'était vous ! » Et il lui flanqua un grand coup sur la tête, ce qui eut pour seul résultat d'endolorir sa main gauche quand elle heurta le masque.

« Donnez-moi cette bague !

– Non ! Vous avez tout gâché, vous avez détruit...

– Donnez-moi la bague !

– Jamais ! »

Attisé par tant d'injustice, Max bondit sur le faux pompier et le projeta sur l'asphalte. Ils roulèrent ensemble, le pompier essayant d'attraper la bague, Max essayant de lui arracher son masque pour le mordre au visage, et Max se retrouva au-dessus de l'autre.

S'assit dessus à califourchon. Triomphant, comme il l'avait toujours été et le serait toujours. Car je suis Max Fairbanks et je ne serai jamais vaincu, jamais.

Vous ne vous attendiez pas à ça, Monsieur le Voleur, hein ? Vous ne vous attendiez pas à ce que je vous domine, vous coince avec mes genoux, prêt à vous donner ce que vous méritez, à vous tuer de mes mains nues, à vous arracher votre masque...

« VVVOOOOOOOOUUUUUUUUUUSSSSS ! »

Surpris, Max leva les yeux. C'était Brandon Camberbridge qui déboulait à toute allure dans le parking, fonçant à toutes jambes en hurlant comme une fée maléfique, « Vous ! Vous avez détruit mon hôtel, mon magnifique hôtel !

– Je le tiens », dit Max pour calmer le furieux, mais c'est Max que Brandon attaqua. Il lui fonça dedans tête la première, l'empoigna à bras le corps, et les deux hommes se mirent à voltiger d'un bout à l'autre du parking, loin de la cause de tous ces malheurs, le faux pompier, le voleur. Le voleur ! C'est lui ! Là-bas !

Max essaya de le dire, mais Brandon le tenait par le cou, le tabassait, lui cognait la tête par terre. Max hurla, Brandon hurla encore plus fort, ils s'empoignèrent furieusement et Max sentit qu'il perdait conscience.

« Excusez-moi. »

La voix calme les stoppa net. Ils tournèrent la tête. Le pompier était là, sans son casque, le masque pendant sur le côté. « Ceci m'appartient », déclara-t-il, et se baissant, il arracha la bague du doigt affaibli de Max. « Merci, ajouta-t-il en se redressant. Vous pouvez continuer. » Et il sortit du parking alors que Brandon saisissait Max à la gorge et lui braillait d'abominables paroles sous le nez.

Le temps que les secours arrivent pour dégager Brandon, mettre Max sur pied et lui taper dans le dos pour l'aider à reprendre son souffle, le voleur, bien sûr, avait disparu depuis longtemps.

La bague aussi.

63

Il y avait à peu près trois jours par an, toujours en juin, où le soleil, à condition qu'il brille sur l'île de Manhattan, descendait à l'oblique dans le salon de l'appartement de Dortmunder, 19e Rue Est. Jeudi 8 juin, deux semaines et demie après le feu d'artifice de Las Vegas, cela se produisit, à une heure où Dortmunder se trouvait par hasard dans son salon, n'ayant pas encore décidé ce qu'il allait faire de sa personne ce jour-là. Le soleil entrait par la fenêtre proche du canapé, ricochait sur le guéridon à côté du coude droit de Dortmunder, et se reflétait dans l'écran gris du téléviseur. Prenant conscience de cet afflux de lumière inhabituel, Dortmunder tendit la main pour attraper le rayon et la tourna plusieurs fois, paume en haut, paume en bas, observant comme tout avait l'air chaud et doré. Puis il ouvrit le tiroir du guéridon et en sortit la bague.

Toujours la même. Un chaton en écusson avec des petites lignes gravées. Dortmunder tint la bague sous la lumière du soleil et la contempla longuement.

Drôle. Il ne l'avait pas portée depuis qu'il l'avait reprise, il n'en avait jamais eu vraiment envie. Elle était restée dans sa poche pendant le trajet de retour en avion, et depuis lors, elle reposait dans ce tiroir.

Il était en train de la regarder, d'y penser, et s'apprêtait à la passer à son doigt quand le téléphone sonna. Il posa donc la bague sur la table, au soleil, et se pencha de l'autre côté pour décrocher. « Oui ?

– John ? C'est Alias.

– Oh, Alias. Comment vas-tu ?

– Ça va. Dis, tu te souviens de la famille Anadarko ?

– Non.

– John, tu peux faire un effort de mémoire ? Le contrat est réactivé, même chose que la dernière fois. »

May, retour du travail, passa devant la porte du salon avec son sac quotidien d'épicerie rapporté du supermarché Safeway, et se dirigea vers la cuisine. Elle échangea un signe de tête avec Dortmunder, qui dit au téléphone : « Je crois que c'est non, Alias. »

La seule perspective de rapprendre par cœur la vie à Red Tide Street, Carrport, ne lui disait rien, tout simplement. Et puis, il était à flot, ces derniers temps. Tous frais déduits, le bénéfice de l'expédition de Las Vegas s'était élevé à plus de soixante-douze mille dollars par personne, soit nettement plus que ce que Dortmunder touchait habituellement sur un coup. En fait, la plupart du temps, il s'estimait heureux lorsqu'il se sortait d'un casse sans trop de bobos, de larmes et de morsures de chien, aussi était-ce une sensation drôlement agréable, d'être en fonds. Il n'avait pas *besoin* de savoir la famille Anadarko par cœur pour cinq cents dollars, alors, pourquoi se forcer ? « Je regrette, Alias, mais je suis à moitié retiré des voitures, en ce moment.

– Je comprends très bien, John. Je trouverai quelqu'un d'autre. Mais je me disais juste, tu comprends, que tu avais déjà étudié le dossier.

– D'accord, mais ça m'a suffi », dit Dortmunder, et il raccrocha au moment où May entrait dans la pièce, les mains vides. « Comment ça se passe ? » lui demanda-t-il. Elle s'assit en soupirant : « Wouh ! Ah ! Ce que j'ai mal aux pieds.

– Je t'ai déjà dit que tu pouvais arrêter de bosser pour l'instant, tu sais.

– Et qu'est-ce que je vais faire toute la journée ? Tous ces gens qui travaillent là-bas, John, tu n'imagines pas la vie qu'ils ont, c'est comme un feuilleton télévisé, on ne parle que de ça tout le temps, je ne voudrais rater un chapitre pour rien au monde. Vraiment, John, c'est très bien comme ça. Oh, c'est la bague ?

– Oui, dit-il en la prenant et la faisant tourner au soleil. J'étais en train de la regarder.

– Tu ne la portes pas.

– Non, c'est vrai, admit-il. J'y pensais justement. Tu sais que je ne suis pas superstitieux. »

May savait très bien qu'il était superstitieux, profondément superstitieux, mais elle savait aussi qu'il n'en avait pas conscience, aussi dit-elle : « Euh, euh.

– Mais c'était censé être une bague porte-bonheur, n'est-ce pas ? » Il la regarda et secoua la tête. « Et qu'est-il arrivé, la première fois que je l'ai mise ? Bang, droit dans le toboggan, j'ai été pris, et arrêté. Je n'ai commencé à avoir de la chance que du jour où Max Fairbanks me l'a volée. Et quand il l'a eue, regarde ce qui lui est arrivé.

– Oui, mais il continue à avoir des ennuis, dit May, et pourtant, il n'a plus la bague. C'était dans le journal d'aujourd'hui. »

Dortmunder fronça les sourcils. « Pourquoi ? Ils ne croient tout de même pas que c'est lui qui a organisé tous ces cambriolages, hein ?

– Le truc est en veilleuse. Ce qu'il y a, c'est que c'est le genre de type qui peut tenir pendant longtemps, faire un tas d'arnaques et s'en sortir parce que personne ne met le nez dedans. Mais maintenant, ils ont mis le nez dedans. Il va rester en taule jusqu'à la fin de ses jours pour des trucs qui n'ont rien à voir avec les cambriolages. Ils ont juste provoqué la curiosité des flics.

– Eh bien, ça ne pouvait pas tomber sur un type plus sympa », dit Dortmunder au moment où Andy Kelp entrait dans la pièce et rétorquait : « Vous parliez de moi ?

– Nous parlions de Max Fairbanks, précisa May.

– Pourquoi tu ne sonnes jamais ? demanda Dortmunder.

– Pour ne pas vous faire peur. Au fait, je me posais la question, tu veux te retirer des affaires ? »

Dortmunder regarda May, qui écarta les mains et dit : « C'est ton argent, John.

– Pour le moment, répondit Dortmunder. Je vais me contenter de rester spectateur.

– Tiens, c'est la bague ? demanda Kelp.

– Oui. Justement, on la regardait.

– Je ne l'avais jamais vue, dit Kelp en la prenant et en la tournant dans le rayon de soleil. Il n'y a pas de quoi en faire un plat, tu ne trouves pas ? Comment ça se fait que tu ne la portes pas ?

– Attends que je t'explique. Je pense qu'elle a épuisé tout son stock de chance en gardant oncle Gideon solvable. Je crois que le seul pouvoir qui lui reste est négatif.

– Oh, dit Kelp en la reposant aussitôt et en allant s'asseoir dans le fauteuil devant la télé. Qu'est-ce que tu vas en faire, alors ? La donner ?

– Si je trouve quelqu'un que je n'aime vraiment pas. Sinon, elle peut rester là, dans le tiroir. » Et il la rangea dans le tiroir, à l'abri du soleil.

May commença : « John, je suis tout à fait d'accord si tu veux aller... » et le téléphone sonna.

« Un instant », dit Dortmunder en tendant la main vers l'appareil, se demandant si c'était encore Alias qui rappelait, bredouille, mais Kelp l'interrompit. « Non, John, c'est le mien. »

Dortmunder le dévisagea. Kelp sortit un petit téléphone de sa poche, un truc qui se repliait sur lui-même et devenait microscopique. Il ouvrit l'appareil, le mit devant sa bouche et dit : « Allô ? » Son visage s'illumina. « Bonjour, Anne-Marie. Alors, quoi de neuf ? »

Rivages / noir
Dernières parutions

Petits Romans noirs irlandais (nº 505)
Sherlock Holmes dans tous ses états (nº 664)

Eric Ambler	*Au loin le danger* (nº 622)
	Je ne suis pas un héros (nº 661)
	Le Masque de Dimitrios (nº 680)
	Sale Histoire (nº 721)
	Docteur Frigo (nº 771)
Claude Amoz	*Bois-Brûlé* (nº 423)
	Étoiles cannibales (nº 487)
	Racines amères (nº 629)
Raul Argemi	*Les morts perdent toujours leurs chaussures* (nº 640)
Olivier Arnaud	*L'Homme qui voulait parler au monde* (nº 547)
Ace Atkins	*Blues Bar* (nº 690)
Cesare Battisti	*Terres brûlées* (nº 477)
	Avenida Revolución (nº 522)
William Bayer	*Tarot* (nº 534)
	Le Rêve des chevaux brisés (nº 619)
	Pèlerin (nº 659)
	La Ville des couteaux (nº 702)
	Wallflower (nº 763)
Marc Behm/Paco Ignacio Taibo II	*Hurler à la lune* (nº 457)
A.-H. Benotman	*Les Forcenés* (nº 362)
	Les Poteaux de torture (nº 615)
	Marche de nuit sans lune (nº 676)
	Éboueur sur échafaud (nº 729)
Joseph Bialot	*La Ménagerie* (nº 635)
James C. Blake	*Les Amis de Pancho Villa* (nº 569)
	Crépuscule sanglant (nº 637)
	Un Monde de voleurs (nº 743)
Lawrence Block	*Moisson noire* (nº 581)

Michel Boujut	*La Vie de Marie-Thérèse qui bifurqua quand sa passion pour le jazz prit une forme excessive* (nº 678)
Marc Boulet	*L'Exequatur* (nº 614)
Frederic Brown	*La Nuit du Jabberwock* (nº 634)
	La Fille de nulle part (nº 703)
Edward Bunker	*L'Éducation d'un malfrat* (nº 549)
	Stark (nº 766)
Declan Burke	*Eight Ball Boogie* (nº 607)
James Lee Burke	*Sunset Limited* (nº 551)
	Heartwood (nº 573)
	Le Boogie des rêves perdus (nº 593)
	Purple Cane Road (nº 638)
	Jolie Blon's Bounce (nº 739)
	Bitterrott (nº 770)
James Cain	*Au bout de l'arc-en-ciel* (nº 550)
G. Carofiglio	*Témoin involontaire* (nº 658)
Daniel Chavarría	*Le Rouge sur la plume du perroquet* (nº 561)
George Chesbro	*Chant funèbre en rouge majeur* (nº 439)
	Pêche macabre en mer de sang (nº 480)
	Hémorragie dans l'œil du cyclone mental (nº 514)
	Loups solitaires (nº 538)
	Le Rêve d'un aigle foudroyé (nº 565)
	Le Seigneur des glaces et de la solitude (nº 604)
Andrew Coburn	*Des voix dans les ténèbres* (nº 585)
	La Baby-sitter (nº 712)
Piero Colaprico	*La Dent du narval* (nº 665)
	Derniers Coups de feu dans le Ticinese (nº 722)
Michael Connelly	*Moisson noire* (nº 625)
Christopher Cook	*Voleurs* (nº 501)
Robin Cook	*Quelque Chose de pourri au royaume d'Angleterre* (nº 574)
Peter Craig	*Hot Plastic* (nº 618)
David Cray	*Avocat criminel* (nº 504)
	Little Girl Blue (nº 610)
Jay Cronley	*Le Casse du siècle* (nº 468)
A. De Angelis	*Le Banquier assassiné* (nº 643)
J.-P. Demure	*La Culotte de la mort* (nº 682)
J.-C. Derey	*L'Alpha et l'Oméga* (nº 469)
Pascal Dessaint	*Les Paupières de Lou* (nº 493)
	Mourir n'est peut-être pas la pire des choses (nº 540)

	Les hommes sont courageux (nº 597)
	Loin des humains (nº 639)
J. Dickson Carr	*Les Nouveaux Mystères d'Udolpho* (nº 758)
Peter Dickinson	*L'Oracle empoisonné* (nº 519)
	Quelques Morts avant de mourir (nº 537)
Tim Dorsey	*Triggerfish Twist* (nº 705)
	Stingray Shuffle (nº 706)
L.L. Drumond	*Tout ce que vous direz pourra être retenu contre vous* (nº 717)
James Ellroy	*Le Dahlia noir* (nº 100)
	L.A. Confidential (nº 120)
	Crimes en série (nº 388)
	American Death Trip (nº 489)
	Destination morgue (nº 595)
	Revue POLAR spécial Ellroy (nº 662)
	Moisson noire (nº 668)
	Tijuana mon amour (nº 750)
V. Evangelisti	*Anthracite* (nº 671)
Howard Fast	*Un homme brisé* (nº 523)
	Mémoires d'un rouge (nº 543)
François Forestier	*Rue des rats* (nº 624)
Kinky Friedman	*Passé imparfait* (nº 644)
	Une fessée pour Watson (nº 720)
B. Garlaschelli	*Alice dans l'ombre* (nº 532)
	Deux Sœurs (nº 633)
Doris Gercke	*Aubergiste, tu seras pendu* (nº 525)
Barry Gifford	*L'Imagination du cœur* (nº 731)
A. Gimenez Bartlett	*Meurtres sur papier* (nº 541)
	Des serpents au paradis (nº 636)
	Un bateau plein de riz (nº 719)
David Goodis	*Nightfall* (nº 741)
	Ceux de la nuit (nº 760)
Joe Gores	*Privé* (nº 667)
James Grady	*Comme une flamme blanche* (nº 445)
	La Ville des ombres (nº 553)
	Les Six Jours du condor (nº 641)
Davis Grubb	*Personne ne regarde* (nº 627)
Wolf Haas	*Silentium !* (nº 509)
	Quitter Zell (nº 645)
P. Hamilton	*Hangover Square* (nº 732)
Josephine Hammett	*Dashiell Hammett, mon père* (nº 736)
Joseph Hansen	*Le Poids du monde* (nº 611)
	À fleur de peau (nº 631)
	Promesses non tenues (nº 681)
	Gravedigger (nº 757)

Cyril Hare	*Meurtre à l'anglaise* (nº 544)
	Le Clarinettiste manquant (nº 686)
John Harvey	*Couleur franche* (nº 511)
	Now's the Time (nº 526)
	Derniers Sacrements (nº 527)
	Bleu noir (nº 570)
	De chair et de sang (nº 652)
	De cendre et d'os (nº 689)
M. Haskell Smith	*À bras raccourci* (nº 508)
Tony Hillerman	*Blaireau se cache* (nº 442)
	Le Peuple des ténèbres (nº 506)
	Le Vent qui gémit (nº 600)
	Rares furent les déceptions (nº 605)
	Le Cochon sinistre (nº 651)
	L'Homme squelette (nº 679)
	Le Chagrin entre les fils (nº 713)
Mike Hodges	*Quand tout se fait la malle* (nº 734)
Craig Holden	*Les Quatre Coins de la nuit* (nº 447)
	La Rivière du Chagrin (nº 685)
Rupert Holmes	*La Vérité du mensonge* (nº 699)
Philippe Huet	*L'Inconnue d'Antoine* (nº 577)
	L'Ivresse des falaises (nº 751)
Fergus Hume	*Le Mystère du Hansom Cab* (nº 594)
Lorent Idir	*Un nageur en plein ciel* (nº 767)
Eugene Izzi	*Le Criminaliste* (nº 456)
Bill James	*Protection* (nº 517)
	Franc-Jeu (nº 583)
	Sans états d'âme (nº 655)
	Mal à la tête (nº 684)
	Club (nº 708)
	En son absence (nº 747)
Hervé Jaouen	*Les Moulins de Yalikavak* (nº 617)
Stuart Kaminsky	*Biscotti à Sarasotta* (nº 642)
	Soleil post mortem (nº 733)
	L'Impossible Monsieur Grant (nº 744)
Thomas Kelly	*Le Ventre de New York* (nº 396)
Claude Klotz	*Darakan* (nº 730)
Helen Knode	*Terminus Hollywood* (nº 576)
Jake Lamar	*Le Caméléon noir* (nº 460)
	Nous avions un rêve (nº 748)
Michael Larsen	*Le Serpent de Sydney* (nº 455)
	Le Cinquième Soleil (nº 565)
Hervé Le Corre	*L'Homme aux lèvres de saphir* (nº 531)
Alexis Lecaye	*Einstein et Sherlock Holmes* (nº 529)
Cornelius Lehane	*Prends garde au buveur solitaire* (nº 431)
	Qui sème le vent (nº 656)

Dennis Lehane	*Un dernier verre avant la guerre* (nº 380)
	Ténèbres, prenez-moi la main (nº 424)
	Sacré (nº 466)
	Mystic River (nº 515)
	Gone, Baby, Gone (nº 557)
	Shutter Island (nº 587)
	Prières pour la pluie (nº 612)
	Coronado (nº 646)
Christian Lehmann	*Une question de confiance* (nº 446)
	La Tribu (nº 463)
Robert Leininger	*Il faut tuer Suki Flood* (nº 528)
Elmore Leonard	*La Brava* (nº 591)
	Killshot (nº 598)
	Les Fantômes de Detroit (nº 609)
	La Loi de la cité (nº 632)
	Bandits (nº 674)
	Médecine apache (nº 675)
	Glitz (nº 695)
	3 heures 10 pour Yuma (nº 701)
	Dieu reconnaîtra les siens (nº 725)
	Quand les femmes sortent pour danser (nº 726)
	L'Homme au bras de fer (nº 752)
Bob Leuci	*L'Indic* (nº 485)
Ted Lewis	*Billy Rags* (nº 426)
Eva-Marie Liffner	*Chambre noire* (nº 761)
Chuck Logan	*Presque veuve* (nº 696)
	Brume de chaleur (nº 762)
Steve Lopez	*Le Club des Macaronis* (nº 533)
Ernesto Mallo	*L'Aiguille dans une botte de foin* (nº 745)
J.-P. Manchette	*Chroniques* (nº 488)
	Cache ta joie (nº 606)
D. Manotti	*Nos Fantastiques Années fric* (nº 483)
	Lorraine connection (nº 683)
Thierry Marignac	*À quai* (nº 590)
Ed McBain	*Le Paradis des ratés* (nº 677)
	Alice en danger (nº 711)
Stéphane Michaka	*La Fille de Carnegie* (nº 700)
Bill Moody	*Sur les traces de Chet Baker* (nº 497)
	Bird est vivant ! (nº 768)
R. H. Morrieson	*L'Épouvantail* (nº 616)
Tobie Nathan	*613* (nº 524)
	Serial Eater (nº 718)
Jim Nisbet	*Comment j'ai trouvé un boulot* (nº 710)
	Le Codex de Syracuse (nº 753)

Jean-Paul Nozière	*Le Silence des morts* (n° 596)
	Je vais tuer mon papa (n° 660)
	Cocktail Molotov (n° 746)
Jack O'Connell	*Et le verbe s'est fait chair* (n° 454)
	Ondes de choc (n° 558)
Renato Olivieri	*Ils mourront donc* (n° 513)
	L'Enquête interrompue (n° 620)
J.-H. Oppel	*Chaton : trilogie* (n° 418)
	Au Saut de la Louve (n° 530)
	French Tabloïds (n° 704)
Samuel Ornitz	*Monsieur Gros-Bidon* (n° 716)
Abigail Padgett	*Poupées brisées* (n° 435)
	Petite Tortue (n° 621)
Hugues Pagan	*Tarif de groupe* (n° 401)
	Je suis un soir d'été (n° 453)
Robert B. Parker	*Une ombre qui passe* (n° 648)
David Peace	*1974* (n° 510)
	1977 (n° 552)
	1980 (n° 603)
	1983 (n° 672)
	GB 84 (n° 735)
	44 Jours (n° 769)
Pierre Pelot	*Les Chiens qui traversent la nuit* (n° 459)
	Pauvres Zhéros (n° 693)
Anne Perry	*Un plat qui se mange froid* (n° 425)
Andrea G. Pinketts	*La Madone assassine* (n° 564)
Gianni Pirozzi	*Hôtel Europa* (n° 498)
	Le Quartier de la Fabrique (n° 756)
Philip Pullman	*Le Papillon tatoué* (n° 548)
Michel Quint	*À l'encre rouge* (n° 427)
Rob Reuland	*Point mort* (n° 589)
John Ridley	*Ici commence l'enfer* (n° 405)
Christian Roux	*Les Ombres mortes* (n° 575)
	Kadogos (n° 749)
Marc Ruscart	*L'Homme qui a vu l'homme qui a vu l'ours* (n° 657)
D. Salisbury-Davis	*L'Assassin affable* (n° 512)
James Sallis	*Drive* (n° 613)
Louis Sanders	*Passe-Temps pour les âmes ignobles* (n° 449)
G. Scerbanenco	*Le sable ne se souvient pas* (n° 464)
	Les Amants du bord de mer (n° 559)
	Mort sur la lagune (n° 654)
John Shannon	*Le Rideau orange* (n° 602)
Roger Simon	*Final Cut* (n° 592)

M. Wachendorff	*L'Impossible Enfant* (n° 653)
Jim Waltzer	*Keene en colère* (n° 740)
John Wessel	*Le Point limite* (n° 428)
	Pretty Ballerina (n° 578)
Donald Westlake	*Le Couperet* (n° 375)
	Smoke (n° 400)
	Le Contrat (n° 490)
	Mauvaises Nouvelles (n° 535)
	La Mouche du coche (n° 536)
	Jimmy the Kid (n° 554)
	Dégâts des eaux (n° 599)
	Pourquoi moi ? (n° 601)
	Pierre qui roule (n° 628)
	Adios Shéhérazade (n° 650)
	Personne n'est parfait (n° 666)
	Divine Providence (n° 694)
	Les Sentiers du désastre (n° 709)
	Bonne Conduite (n° 727)
	Motus et bouche cousue (n° 728)
J. Van De Wetering	*Le Perroquet perfide* (n° 496)
	Meurtre sur la digue (n° 518)
	Le Cadavre japonais (n° 539)
Charles Willeford	*Combats de coqs* (n° 492)
	La Différence (n° 626)
	La Machine du Pavillon 11 (n° 742)
John Williams	*Gueule de bois* (n° 444)
Colin Wilson	*Meurtre d'une écolière* (n° 608)
	Le Doute nécessaire (n° 670)
Daniel Woodrell	*La Mort du petit cœur* (n° 433)
	Chevauchée avec le diable (n° 434)

Achevé d'imprimer en février 2011
sur les presses de Normandie Roto Impression s.a.s.
61250 Lonrai
pour le compte
des Éditions Payot & Rivages
106, bd Saint-Germain - 75006 Paris
Dépôt légal : février 2007
N° d'imprimeur : 110742

Imprimé en France